质量效应-仙女座：联结堡起义

［美］加森·M.霍夫、［美］K.C.亚历山大／著
冯蔚骁／译

新星出版社　NEW STAR PRESS

©2017 Electronic Arts Inc. EA, the EA logo, Mass Effect, Mass Effect: Andromeda, BioWare and the BioWare logo are trademarks of Electronic Arts Inc.
Published by arrangement with Titan Publishing Group Ltd., through The Grayhawk Agency.

图书在版编目（CIP）数据

质量效应仙女座：联结堡起义／（美）加森・M.霍夫，（美）K.C.亚历山大著；冯蔚骁译. —北京：新星出版社，2018.6

ISBN 978−7−5133−3053−4

Ⅰ.①质… Ⅱ.①加… ②K… ③冯… Ⅲ.①科学幻想小说－美国－现代 Ⅳ.① I712.45

中国版本图书馆 CIP 数据核字（2018）第 093902 号

质量效应仙女座：联结堡起义
[美]加森・M.霍夫，[美]K.C.亚历山大 著　冯蔚骁 译

策划统筹：贾　骥　宋　凯
责任编辑：汪　欣
特约编辑：贾　衲
责任印制：李珊珊
美术编辑：马体浩

出版发行：新星出版社
出 版 人：马汝军
社　　址：北京市西城区车公庄大街丙3号楼　100044
网　　址：www.newstarpress.com
电　　话：010-88310888
传　　真：010-65270449
法律顾问：北京市岳成律师事务所

读者服务：010-88310811　service@newstarpress.com
邮购地址：北京市西城区车公庄大街丙 3 号楼　100044

印　　刷：北京玥实印刷有限公司
开　　本：910mm×1230mm　1/32
印　　张：13.125
字　　数：230千字
版　　次：2018年6月第一版　2018年6月第一次印刷
书　　号：ISBN 978−7−5133−3053−4
定　　价：58.00元

版权专有，侵权必究；如有质量问题，请与印刷厂联系调换。

序　章

即便是有生以来最严重的一场宿醉也无法赶走斯隆妮·凯莉脸上的笑容。

她以安全总监的姿态，将手反扣到背后，站在魔枢号众多泊位上其中一个举办活动的平台上。

直到昨天，泊位上还停满了战舰，每艘都挤满了熙熙攘攘的工人和职员，堆满了装备。忙完最后一分钟，斯隆妮带领她的安全官员们，深入演习了他们已经预习过多次的流程，确保他们即便在睡觉的时候也能准确无误地执行。

斯隆妮知道，这是个毫无必要的测试。她玩命训练，以确保手下能达到先遣队的标准，他们也并未令人失望。最后一个箱子也做好了标记，巨型空间站宣布准备发射，果然她的团队正如她所期待的一样如磐石般坚硬可靠。

准备了多年的计划，数以万计的申请表格，无数的人力，每年每月每小时都在为之工作，才搞定这一切。斯隆妮从未见过类似的场面，大家把所有的精力与期望都倾注到一件事情上——联结堡号。它比神堡小一些，但先进程度超乎常人想象，外形十分流畅，就算才建好一半，它的走廊和房间还被折叠着锁定以备发射，这座亮闪闪的空间站依旧足够炫目。一旦他们到达仙女座，这些建筑就会张开，联结堡号上所有被折叠起来的部分都会变成繁华的街区和功能泊位。

但在这一切开始之前，仙女座先遣队的工作不得不紧锣密鼓地推进。所以她在这里，站在平台上，满面笑容，尽管宿醉引起的不适使她的前额突突地跳动。狂欢带来的痛苦如此的真实，仿佛在提醒她，眼前的一切不是在做梦。

这真他妈是个奇迹。

而她是这个奇迹的安全总监。站在只有一艘太空船的港口，洞穴般的内部空间产生的巨大回声还让她有点不适应。小声嘀咕变成了喊叫，平常的说话声扩张成巨大的声浪。每个人道别之后，海伯利安号将会带着人类的先驱者号及其船员离开。

吉恩·加森是仙女座先遣队的创办者，她极富鼓动性，就站在斯隆妮前面一步的地方。她抱了抱阿列克·莱德尔，像拥抱老朋友那样，在先驱者号离开之前，她也一一拥抱了船员。加森站在莱德尔身边，看上去小得可怜，她的头顶才刚刚到他的肩膀，但这并不妨碍加森富有传奇色彩的高大形象。

这两个人不舍地分开彼此，却依然挽着对方的胳膊，最后一次致以彼此最好的祝福。

因为有回声干扰，所以斯隆妮没法听清楚他们在说什么。但她看得清他们的脸，加森一副希望满满、非常激动的样子。莱德尔则一脸淡定的表情，不过他一贯如此，她也从没把他的冷漠放到心里去。

两个人有如职业外交官的样子，真是有趣。但这是真正的告别，不再是昨晚的欢送会——成千上万的先遣队员，还有他们两倍人数的朋友和家人，在任务开始之前的最后一次狂欢。昨天是公元2185年的最后一个晚上，对于那些加入仙女座先遣队的人来说，也是他们在银河系的最后一天。

在联结堡号到达目的地之前，所有的这一切，这些队员，他们的家庭，还有这个银河系所有的一切，都将变成六百年前的往事。他们醒来的时候，将已在数百万光年之外。

这太疯狂了，她真这么觉得，有点刺激，还有些骇人。不过斯隆妮并没有害怕。她把重心在两只脚上来回切换，以保持坚定的站姿。不是害怕，而更像是……

焦虑。

一个新的星系，一个新的开始。对他们和她来说，都是如此。而且作为安全总监，斯隆妮将会有更多的权力，而不是像以前那样只做个应声虫。她太嫩，而老官员们被仇恨束缚得太久了。

这只是普通人类的想法。

但这一次，她想，事情会变得不一样，我们将做出正确的选择。

各个种族之间不再分裂和对立，再也没有宿怨与仇杀，没有贪婪的海盗，没有天连地区的闪击战。这一次，他们有机会去做正确的事情。这个空间站从一开始就精心挑选了一群先遣队员，每个人都渴望着实现同样的理想。

斯隆妮并不孤独，因为她知道，所有的先遣队员都是为了想要成就一番不同凡响的事业而报名的。每个人表面的骄傲下都掩藏着希望或者仅仅只是原始的热情，专注于工作。

把这些都留到欢送会上吧，先把这个事情搞定。

每个人都想要一个永生难忘的欢送会,他们值得隆重些。好吧,除了欢送会上欢快的时刻,就像所有盛大的聚会一样,还应该有一个礼物。斯隆妮忍住想要揉揉憋胀的太阳穴的冲动。如果在发射的那一天需要有人来护理她的宿醉,那也显得太不专业了,"要是我是唯一一个需要护理的人,那就更不专业了。"

吉恩·加森完美地撑起了一个大场面,但要不是她正在隐藏剧烈的头痛以及脏腑难忍的烧灼,斯隆妮会把她的这份荣耀吃掉。这个女人依然很难读懂。

她终于松开了莱德尔的胳膊,与他比肩而站,脸上看不出一丝宿醉的痕迹。她放眼望去,看到联结堡号的领导层聚在一起,在斯隆妮身边站成一行,吊顶灯在欢快的阴影中给她高挺的颧骨和茶色的肌肤镀上一层金色。没有头疼或者筋疲力尽的迹象,在她笔直的凝视中,甚至没有减少一丝智慧的光芒。

这个女人可不容小觑。她比斯隆妮想的要强得多。不管神堡理事会和其他私人投资者怎么说,仙女座先遣队是她的任务,而不是别人的。加森首先提出了这个想法,然后凭借着强大的意志力顶住了压力,排除开繁文缛节的干扰。她甚至说服了阿列克·莱德尔加入了人类开拓者,这可非同小可,他对自己那一大堆项目的痴迷早已尽人皆知。从各个方面来说,莱德尔在失去妻子之前都棒极了,而现在他只能独自拉扯两个孩子,而且还要对付各种破事。

斯隆妮已经听到风声,委员会成员在打赌他会不会签约。他的N7指派很有分量,而且确实如此。斯隆妮和他见了几次面,这几次会面让她意识到对方不可小觑。考虑到莱德尔现在站在加森身边,他俩的热情如此相似,斯隆妮想到很多人出发的时候比项目刚开始的时候还穷了点,而且,她听说他的孩子也加入了这个项目。也许这就足以刺激人们进入角色了,也许这些孩子们已经进入角色了,谁知道呢?

不管有没有孩子,她一直觉得莱德尔在工作中并不像委员会想的那样容易相处。她不善察言观色,都知道他很容易不耐烦,这些典礼可能已经让他很烦躁了。"让我们熬过这些破事,"人们总是听到他这么说,"然后我们就可以开始干点正事了。"

永远有更多"正事"在等着他。

"好吧,"他摩拳擦掌,见缝插针地说,"是时候动手了,可以开始干正事了。"

斯隆妮的傻笑引来了他的注视,她甚至不确定他是否多看了她几眼,对方可能只是点了个头而已,她也回点了一下。

似乎突然想起来应该注意礼貌,他又对其他成员点了点头,"祝我们所有人成功!"

加森大方地露齿一笑:"那边见。"

斯隆妮有点吃惊,因为莱德尔的不耐烦引起了几声轻笑。

不管他觉得什么事情很搞笑,他们都没有停下来,接下来的几分钟里他们依然道别。终于说了再见,莱德尔登上最后一架穿梭机迅速消失在天际,连鸣笛都没有。他在先遣队里有自己的任务,而海伯利安号将在联结堡号出发之后很快离开。

计划已经尽可能简单:联结堡号首先到达仙女座,然后完成它最终阶段的建设,从旅行捆扎状态像折纸一样伸展开。开拓者号将随后赶到,引导方舟到达中心空间站的泊位。全部装好并开始运行之后,它将作为一个物流中心港,以及新星系的殖民政府所在地——相当于仙女座的神堡,而且只会比神堡更好。

人们说联结堡号比神堡更好,加森并不喜欢这种说法。斯隆妮能理解加森的偏执，为了人类和其他的种族，神堡背负了太多包袱。在政治的夹缝间，理事会的努力无非就是互相争斗，压倒对方，或者一起攻击克洛根，再不然就是吐槽人类的愚蠢。

斯隆妮摇了摇头，似乎能摇掉这些恼火的事情。清单上的事太长，而归因于积压的死亡代价更大。

神堡的失败之处，联结堡绝不会重现。

她看着机库门在莱德尔的穿梭机身后哐啷关上，一阵激动的感觉涌过她的全身，浑身鸡皮疙瘩都起来了。

这就是了，联结堡号外面最后一扇门，在很长很长一段时间内都会是联结堡号的最后一扇门了，斯隆妮久久地盯着它。

他们站在原地，看着穿梭机推进器发出的一束光线越来越细，直到门最后尖锐的哐啷一声关上。

斯隆妮眨了眨眼，偷偷地四下环视，不想成为打破这一沉默的人。

但加森不会，"现在我们可以休息了。"她开心地说道，故意做出一副漠不关心的样子，她好像知道斯隆妮的想法。"我早就在等这一刻了。"

"真的？"

"为什么不呢？"她伸了个懒腰，"稍睡一会，然后我们就到了。我不知道你是怎么想的，我觉得我们有小憩一下的资格。"她笑着说道。

她的几名手下笑了笑，其他人也开心地点了点头，表示赞同。他们真的要动身了，真的要开始了。"联结堡号，"播音员在覆盖全系统的通讯器中广播道，"准备进行最终检查，所有成员进入指定的休眠舱。"

加森竖起一根手指，指向空中。声音来回震荡，基本都是突然大声地聊天，轻浮的笑声和神经质的呼气声。"听到了吗？"她棕黑色的眼睛闪着光,"让我们去指定的地方!"

斯隆妮深深吸了一口气。

"重复一遍,"那个声音再次响起,"所有人员进入指定的休眠舱,马上准备起飞了。"

"去往新的世界。"斯隆妮喃喃地对自己说,加森扫了她一眼,"去往更好的星系。"这个女人开心地纠正道。

是啊,斯隆妮也喜欢那个新的星系。

斯隆妮与核心管理层成员一起走着,他们刚刚结束最后一次仪式性的巡视。一切都正常,斯隆妮对这多年艰苦工作积累出来的成果特别自豪。

她知道现在一切顺利,每一次她在飞船上疾步的时候,她都觉得,联结堡号是个彻头彻尾的奇迹。一半算是方舟,一半算是太空站,这座建筑在规模上和野心上仅次于神堡。但与其创建理念不同,这个地方是他们一手搭建起来的,而且也是为了他们自己搭建的。

为了崭新的未来。

人类、赛拉睿人、阿莎丽人、突锐人。联结堡号上面唯一的非理事会种族是克洛根人,不过他们的纳克莫部落已经签署了协议,会为联结堡号效力。尽管如此,不论平等与否,他们都已经因为吉恩·加森的野心上了同一条船,而且他们履行了协议,联结堡号即将出发了。

管理层人员都在前往指定的休眠舱,斯隆妮站在后面。她只与其中两个人的关系超出了点头之交:加森,以及马特里亚其·努艾拉,她是团队中最好的咨询师。不管这名阿莎丽人之前做过些什么,斯隆妮一直很希望让长寿的马特里亚其待在船上。

如果他们想要成事,就需要阿莎丽人的智慧襄助,而且,斯隆妮心中惦记的是她的生物异能。联结堡号上只有少数乘客和工作人员拥有这种能力,其中绝大多数是阿莎丽人。努艾拉在场,让很多人感觉好多了,种族主义的残余在联结堡号的旅程中必须镇压下去。

努艾拉和加森现在黏在一起,双手紧握,显得情谊极深,分别的时候还互相鼓励。

斯隆妮盯着她们,满脑子都是发射程序。他们的休眠舱已经正确密封,最后的读数没有任何异常。他们和其他最高层领导将最早在仙女座醒过来。顺序已经确定下来,首先是顶级人员,其中有一名经受训练且充分准备的医生,接下来是其他顶级医疗人员,然后斯隆妮会醒过来,接着,殖民化的努力会在一片热忱中开始。

只是打个盹,对吧?斯隆妮摇了摇头,觉得这个简洁的概念太令人困惑了。六百年的时间可比打个盹长太多了,虽然他们感觉不到。

她一直等着其他人陆陆续续被护送到自己的休眠舱,相互道别和鼓励。她需要监视所有的舱门都关上,才能回到自己的休眠舱,到时候她的一部分组员们早已陷入沉睡。

很快,斯隆妮发现只剩她自己和加森了。就好像是女人的第六感要求自己必须要这么做一样,她与斯隆妮一起看着每个休眠舱都关上,所有的指示灯都闪着正确进入休眠的信号。

斯隆妮不知道该说些什么。

加森就没有这样的问题,"你喜欢我昨天晚上的演讲吗?"

"呃……"这个女人笑得有点夸张,斯隆妮尴尬地笑了,"我没有听到,我当时……"她的声音低沉下去,想要找出一个诚实又让自己看起来不那么混蛋的理由,"事不关己"可能不是个好理由。

"没关系的,凯莉总监,"她摸了摸鼻子以示理解,深邃的目光笑着看着斯隆妮,"那是个很忙的夜晚。"

"是很忙,"斯隆妮重复道,如果加森相信的话,斯隆妮就是个不堪一击的裸体奎利人了。"是的，正是如此。很多事情需要准备，简报，还有其他事情。"

"好的。"她走进自己的休眠舱，语气欢快。"如果你想听一下的话，核心部门有录音，万一有人需要在最后关头打打气呢。"

斯隆妮耸了耸肩，她知道她会听的。"每个人都说你讲得很棒，"她赞赏道，"我猜我应该了解一下他们热议过的东西。"

"嗯，很好。"加森又笑了，这个笑容比她的招牌动作还给力，清晰、明快、毫无弱点，正如她本人。加森如果是个风吹就倒的人，可走不了这么远。

斯隆妮很欣赏这一点。

加森躺下，整理了一下制服上的折痕，也许是这样更舒服？斯隆妮不太清楚这有什么影响，不过如果一个压痕在你身上印了几个世纪，这就可能成为最严重的问题。

她也许已经错过了绝大多数科学会议，但她看过加森一丝不苟写满笔记的计划，并机智地誊写了一遍，以便联结堡号上的新人看了也能照搬执行。太多宜居星球，热情好客的空间，需要探索、安居、拓展的地方。

他们是第一批造访另一个星系的先锋，不管那里是什么上帝，都要搞定，就算他们只剩下一个人，也会坚守这一点，斯隆妮当然也会。

休眠制服上的褶皱在她的清单上当然不会占据优先的地位，不过无论加森准备起飞的飞船上有什么，对斯隆妮来说都很不错。

加森双臂叠放到胸前，斯隆妮的注意力又重新回到这个女人身上，她正舒服地偎依在精致的休眠舱内部。"那头见……"她喃喃道，更像是对自己而不是斯隆妮说的，"仙女座。"然后，她看着斯隆妮的眼睛问道："你希望在那里找到什么，总监？"

斯隆妮眨了眨眼："我还没怎么想过这个问题。"赤裸的敷衍让加森有点泄气，斯隆妮又略带自嘲地问道："治疗一下常见的宿醉怎么样？"

这句话惹来了一阵大笑，爽朗而真挚。"我们只能希望如此。"加森说道，呵呵笑着朝斯隆妮点了点头，示意现在是结束谈话的时候了。

斯隆妮看着休眠舱关上，这位先遣队的领导也透过小小的舱窗看着她，依老习惯在舱门上轻轻拍了两下，直到所有的指示灯显示成功冷冻并稳定下来。

"那边见。"斯隆妮回应道，她真正的工作要开始了。

她按压着自己的太阳穴，那里还在因为昨晚的影响而突突地跳。她开始了对自己最后的检查。因为安全总监的身份，制定程序的人规定凯莉总监是最后一个保持清醒的人，这也算是个奇怪的荣誉吧。

凯莉将宣布空间站能够安全地飞行，这是件值得骄傲的事情，她提醒自己她也有权把飞船叫停，如果出现了任何疏漏，她还可以把飞船锁定。

这很说明问题，对吧？

"这并不意味着事情都有可能出错，"她在长长的走廊里边踱步边自言自语。这个地方由银河系最杰出的大脑们建造——每个东西，小到最细微的一束线缆，都是天才们耗费了无数时间完成的最终产品。如果现在什么事情出了岔子，只能是见鬼了。

斯隆妮并不相信上帝，或者从来都不屑这样的设定，而并非是因为联结堡号本身太大，风险太高。最后走一遍是发射清单上的小事，但她对清单上的事情连眼睛都不敢眨。

说实话她从计划开始制定的时候就一直在期盼现在这一刻。花几个小时在空间站的大厅中徜徉，这是她的空间站。这份寂静与孤独充满喜悦。她发誓要保护此处，为守护这个伟大的任务，她宁可付出生命。

她没有多少牵挂，没有家人，也没有联盟之外的责任需要承担。她的前辈们放弃的比她多得多，所以轮到她的时候，留下的只有一些行李。

一个星系当然值得这样付出。旧的伤疤，曾经两军对垒的敌人，随之而来的仇怨和在政治谈判桌上的外交。贪婪的官员只在意阵亡将士的白骨为他们赚来的闪亮勋章……

陈旧而熟悉的愤怒依然回荡在斯隆妮的脑中。她咬着牙摇了摇头，效果就是宿醉变成了头晕。

够了，适可而止。她已经在做银河系里最棒的工作了，很快就是两个星系内最棒的工作。她有能力搞定这个事情，而且就是现在。这是跳跃式前进。首先是旅程，然后是变革的时代。对她而言，听起来比一个在银河系里纠缠繁文缛节的可怜人要强得多。

斯隆妮又全神贯注事无巨细地过了一遍清单。她不在乎花六个小时还是六天，她要完全确定每一扇门都关上锁好，每一个储物板条箱都正确摆好，而且没有穷凶极恶的"失控因素"藏在通气孔里。

这意味着要走很多路，也是在万用工具上听加森演讲的完美时机。这个演讲就像这个女人一样，毫不拖泥带水。

"明天，我们将做出历史上或未来最伟大的牺牲，"加森这样开始道，豪情冲天，信心满满，"与此同时，我们将开始生命中最伟大的冒险。"

斯隆妮也同意这一点。未知世界的强烈吸引力并非是她的首选上瘾药物，不过她很享受这种刺激。

"我们解决了很多问题，流言、媒体报道，甚至威胁，可谓言之不尽。"她摊开手，好像能受得了参加数千个小时委员会会议。"有人说这个计划不过就是我们带着昂贵的玩具，逃离曾经努力建设的银河系找个新地方去玩，还有人责难说我们的任务是银河系所有有意识的种族里最昂贵的保险策略。"

能击败这些演讲中的"他人"，斯隆妮会非常开心。但眼下，她不得不满足于喃喃地骂他们几句，然后继续前行。至少没人听到她对着万用工具自言自语。

"我在海伯利安上留下的消息与我现在说的内容差不多。你们将开始与以往完全不同的旅程。而且请确信……"

全息图像里的加森停了下来，久久地看着摄像头。斯隆妮盯着图像，脚步也慢了下来，她感觉凉气在沿着脊背往上爬穿过头皮，好像吉恩·加森就是在注视着她，以及几千名同她一样的先遣队员。

"这是一趟单程旅行。很多政客、唱反调和威胁我们的家伙不明白我们为什么在这里，因为我们坚信一些他们不相信的东西。我们在这些人不能想象不能理解的事情上努力，投入心血和信心。但我知道，他们，"加森斩钉截铁地说道，"错了。"

斯隆妮坚定地点了点头，表示完全赞同。

"建设这样宏伟的空间站，需要各种各样的广阔环境，正是如此。我们都知道其中的原因。"不过说这些话的时候，加森是笑着的，斯隆妮不知道这是轻松还是无奈。"我们没人能事无巨细全部知道，包括我在内。不过他们只是等式中的一部分，你和我，"她向斯隆妮，也就是听众打了个手势，"是另外一部分。"

斯隆妮发现自己又在点头，她在心里默念，是的。她就是另外一部分，很大的一部分。斯隆妮有自己的计划、理念。而且加森已经清楚，她也喜欢，带着新希望的新办法，对吧？

"每个人都有自己出发的理由，"她继续说道，"而且这种人为数众多，他们很有责任感，担忧着我们银河系的未来。我们摆脱过去，寻找一个未来，是希望有一个全新的开始，并渴求未经探索的奇迹，这些奇迹将会刷新我们的认知。"加森的笑容温暖而鼓舞人心，"在我看来，所有人都一样起作用，但我想知道的是你们准备穿越时间和空间的海洋的时候，是否能让我确信，你们已经做好了准备？"她停了下来。

斯隆妮不由得赞叹这个女人的演讲技巧，尤其是与自己相比。斯隆妮的讲话简短而直接，比方说，"去做这件事"或者"别做这件事"，总是简单明了。

不过摄像机偏爱吉恩·加森这样的，她的意志力，她的信念，无时不从她的每个毛孔散发出来。加森斩钉截铁、毫不迟疑地说道，"但这些都不再重要了，因为现在对于你和我来说，到达仙女座之后做些什么，成为什么样的角色才是重要的。"

斯隆妮看着影像，愣了一下。是的，加森达到目标了，超过她期望的是，先遣队员也明白了她的意思。

"我们的旅程是我们各个种族所创造的最伟大的奇迹之一，"她这个行动创办者提醒他们，"我们以银河系史上从未有过的合作精神筑成此杰作。我们自己团结协作，集合了数千年来的文明、政府、信念、语言和艺术，以及令人难以置信的知识，惊人的先进科技，奋力拼搏来的东西，尽力工作的结果，渡过深不可测的灾难。而且最重要的是，数十个世纪、数千年来数十亿生灵的努力。"

"我们把这些像艺术家带着打磨好的工具到空空如也的画布前一样，带到仙女座星系。"加森的手合在一起，"我们的出发是为了描绘最伟大的杰作。"

斯隆妮斜靠在墙上，这个女人的演讲让她热血沸腾。仅仅是这些话语，斯隆妮就知道哪怕她让自己下刀山火海，自己也不会有丝毫犹豫。她想，因为这就是加森的力量。她了解员工，知道怎样能打动他们。

加森停顿了一下，又继续以深沉、了然的目光凝视着前方，"所以我现在告诉你们刚才开拓者阿列克·莱德尔对我说的话。"她的笑容，斯隆妮想，简直能统治伊利昂，这是另外一个她永远搞不定的演讲技巧。"他说，我将在那边见到你们所有人。"她又停顿了一下，笑得意味深长，灯光雕刻出了她的颧骨。"那时我们就可以开始干点正事了。"

录像结束。寂静笼罩了这里，沉得像雾，静得像冰。大厅很冷，而且还要再冷上六百年。不过斯隆妮可感觉不到冷。

她当兵已经很长时间了，实际上她这辈子都在当兵。她见过很多演说，有庆祝胜利的，有谴责暴行的。她一直在走战争之路上，士兵的生活就是这么两条路，她都忘了关于希望的演讲洗脑效果有多好。这是个新的开始，对吧？

斯隆妮摇了摇头，大声笑出来，空荡荡的大厅里荡漾着无数个回声。"仙女座！"她大声喊出这个词，回声再次此起彼伏。

那边。

她站在那里，倚靠在一片隔板上。这里有上百万片隔板，她都不能确定自己究竟在哪里。她趁此感觉了一下飞船，倾听它机械式的呼吸。系统呼呼运转，准备启动，干燥的循环空气一如既往的低语。空气循环系统很快就会停下来——没人需要空气的时候，不必再浪费能源。

接下来，斯隆妮会去睡觉。沉睡数百年，穿过永恒的寒冷虚无，联结堡号将在程序的精心导航下到达目的地。

斯隆妮推开隔板，继续巡视。她穿过水栽农场、机器商店和档案馆，这片不毛之地将在展开后形成宏伟的广场。在这边会有文化办公室，以及她自己的安全总部。她无比坚信这会是有史以来最好的安全总部。

她要保证每件事物都正常运转，而这里的一切证明，确实如此。非常完美，联结堡号真是非常完美。

斯隆妮在小方框上画了个勾，空间站点燃了发动机，开始出发。就是这么轻松，这么平稳，她几乎没有任何感觉。她笑了，带着轻松和满足，回到船员休眠舱。打开万用仪，把自己的装备放置好准备冷冻自己。441号休眠舱，这个小房间只是联结堡号上无数舱室之一，每个都一模一样。八个舱室，一张用来在解冻后复苏认证的外科用床，终端，以及其他小东西。

这就是最后一步了。

斯隆妮躺进休眠舱，发现自己在整理制服，和加森一模一样。她哼了一声，放弃了整理制服，关上舱门。

"冷冻休眠过程启动，"一个机械化声音说道，"好好休息，先遣队员。"

打盹时间，对吧？斯隆妮笑着合上眼睛。

几分钟内，她和船上的所有人都睡着了。

第一章

从冷冻中融化需要花不少时间。那是一个缓慢的过程——温度慢慢爬上休眠几个世纪的细胞，神经元精心地慢慢回到火力全开的状态。

合成液体以精准的剂量进入休眠者的血液，每天都以极其微小的幅度调整比例，最终，身体冲过一个阈值，重新成为一个整体。随后，重要器官才会被唤醒，也只有在此之后，最后的合成液体才会在专家的监视下注入体内。

差不多是这样的，斯隆妮·凯莉其实不记得具体的规格、具体时长，这个流程丢给制造休眠舱的技术人员就好，他们精于此道，至少他们应该精于此道。

不管现在的指令如何，斯隆妮非常确定从深度冷冻中突然惊醒，来到地狱的六度阴影下，不是计划中应该发生的事情。

警报响起。

灯光闪烁。

每个事情都出了岔子，震耳欲聋的声音就像撕裂钢铁般愤怒尖叫，刺痛她的耳朵，挤压她的全身。

她睁开眼睛从舱门的观景窗望去，可以看到断裂的线缆在噼啪闪光，她不得不闭上眼睛，让眩晕的大脑适应一下余波。所有的东西都不搭调地胡乱混堆在一起，灯光雷声一起飞舞，还有她的肾上腺素。小小的舱室在身体四周乱转，重心从一边晃到另外一边，晃得令人作呕。她用两只手撑住窗玻璃，下意识一个肘击，却撞到了金属板上。

疼痛感沿着胳膊往上跳，昏昏沉沉的脑子反而因此一醒。出去，她需要出去，她的冷冻舱失灵了。线缆可能已经被撕裂，在房间里到处乱晃，肯定是这样。空气刺激着她的鼻子和肺部，成分比例肯定是错的，而且温度太高了，充斥着化学品和发馊的汗水味道。

脚虽然刺痛，但她还是把脚顶在休眠舱的门上。

"失效保护！"她朝扭曲的空间喊道，好像这句话过一阵会有什么回应，以提醒那些制造这具愚蠢金属棺材的工程师们应该为它装上弹射座椅的拉手的。

就在这个时候，一个冷静的机械声响起，似乎与她醒来的这个世界格格不入。在运输过程中起保护作用的密封窗户玻璃现在解锁了，空气从缝隙中嘶嘶冲进来，像电喇叭一样响。她感觉呼吸被堵死了，现在肺部充满了冷冷的空气和陈腐的味道，然后又涌进来了新的味道——灰烬。

视野中的重影慢慢叠成一个恐怖的景象：浓烟正在往里灌着，她左边的什么地方有火舌在噼啪作响。

"见鬼！不光只有我一个人这样！"而这意味着……

因为她的身体处于被突然解除冷冻的状态，余下的部分还需要时间来唤醒，她的大脑还不能全力运转。每个细胞都尖叫着想要战斗，以回应联结堡号失火后能震裂头骨的警报，但肾上腺素刚刚注入四肢，感觉还没有完全恢复，这让她抖得厉害。

斯隆妮吸了一口气，猛击观景窗，外面红灯闪动。

联结堡号被攻击了，再没有其他合理的解释。这个念头闪过她过载的大脑，反而让她集中了注意力。让她从联结堡号预先编程好的数世纪休眠中如此复苏的原因只有这个。也许只过了几年，见鬼，甚至可能只有几个小时。没办法知道具体是哪一种情况，至少现在没法知道。

作为数千先遣队员的安全主管，并且身兼该死的联结堡号的安全总监，她需要振作起来，找到原因。

她的身体已经接收到了信号。只不过对大脑的命令反应尚不及时，休眠舱的门还没有完全打开，她就跌跌撞撞地跑了出来，四肢还在抽搐，就像无数针头和钉子扎下去一样。她的肺部倒是张开了，吸进了混杂着火花和烟尘的空气。

一路上差不多所有的东西都被烤焦了。

斯隆妮不住咳嗽，她的眼睛好像在燃烧，灰烬和化学物燃烧产生的辛辣气体刺得眼睛剧痛。不过她没有时间耽搁在疼痛上，她步履蹒跚，拖着身体挣扎着前行。

在小小的休眠舱里待着可能会让人有些幽闭症发作，但外面的情况比里面糟糕一千倍。半个空间依然隐藏在阴影里，只有暗弱的应急指示灯飘忽不定，一闪一闪——应急灯本来就不是为了做照明用的。

火焰和灰尘在破碎的残片间狂舞，斯隆妮骂着，沿着身边的休眠舱半爬半挪。一个休眠舱内奇迹般的干净如新，一个突锐人坚硬的拳头在另外一边慌张地捶打着。是坎德罗斯，她手下最好的军官之一。

"坚持住！"斯隆妮看到了这一切，她的声音从喉咙挤出来，穿过重重烟雾。她敲了两下观景玻璃,里面沉重的敲击声退却了。一个虚弱的声音勉强穿过玻璃,不过足以让她明白发生了什么,她得快点!

可能会有些不敬,因为这些休眠舱本来应该由定时器打开,而不是人工操作打开,更不应该由她操作。斯隆妮对于如何操作这些技术设备也没有头绪,不过她现在别无选择。离她最近的终端中间还与她隔着一层火花雨,而且在失事的飞船上,有终端也于事无补。

她现在也没有万用工具,她的万用工具被当作个人物品存起来了,而在进行复苏认证并由总监简报情况之前,个人物品是不会归还给主人的。

"见鬼。"她咬紧牙关挤出几个字。斯隆妮努力挺直身体,环顾四周,看有什么东西能把这具庞大的"金属棺材"撬开。

火焰把房间涂上一层地狱般的橙色、黑色和金色。烟雾刺鼻,幸存者的侧影在火焰上挣扎——有的被关在舱里,疯狂地想要出来。有的舱体已经破裂,里面的人是否还活着,斯隆妮就不清楚了。

每一秒钟都至关重要,这意味着让平和的手段见鬼去吧。

斯隆妮跑到一堆弯曲的金属杆子上,踢开了一堆自己也不知道是什么玩意儿的东西。上面盖着一层煤灰和油渣样的东西,有些金属杆子已被生生扯了下来,肯定是有什么大家伙撞上来了。

斯隆妮脸上的汗直往下流,她抓起一根粗杆子,拖回到休眠舱。

"坚持住!"斯隆妮嘶哑着喊道,把杆子开裂的一端塞到裂开的缝隙里。她身后的什么地方有人在尖叫,声音刺耳、狂暴。她缩了一下,把身体重量都压在这根临时的撬棍上,金属呻吟作响。

头发丝般的裂纹出现了,就像视窗玻璃上的霜,不过舱体还是一动不动。

"妈的,加把劲儿!"她骂着,赤手拧着凹凸不平的金属棒,用尽身上最后一股力量猛推。

休眠舱里面,一只三根手指的爪子贴在覆满灰烬的玻璃上,传出一通不明所以的狂叫,斯隆妮似乎明白了些什么。有意思,她下意识地觉得这有点好笑,灾难中人们甚至可以克服语言障碍。

"就现在!"她喊道,完全是在对自己说。她把浑身力量压到杆子上,突锐人也使出最后一分力量推着盖子。

密封门终于裂开,但由于太过突然,斯隆妮一下摔倒在了地上,盖子则裂开了一半,破掉的一端旋转着飞入了焰火中。坎德罗斯被甩出舱门,倒在了斯隆妮身边,纤细的四肢咯咯作响。他喘了几大口气,看上去有些狼狈,不过比斯隆妮预想的好很多。但情况也不会好太多,她敢打赌。

"没时间庆祝,"她对他说道,声音差不多是挤出来的。斯隆妮抓着破碎的舱门边儿,朝金属棒指了指,"尽量救人!"这是一个命令,直白而简单,她可不搞亲和力那一套。安全组员都知道她的性格,也都习惯了。

坎德罗斯努力从烟雾中答道:"是,女士!"他摇摇晃晃地站起来。和斯隆妮一样,他现在唯有一身制服。也许在几个世纪的休眠里,制服可以很好地保护他,让他睡得舒舒服服,但是在这样险恶的环境里就不够好使了。

他们没有说话,默契地选择了两个方向。

斯隆妮每走一步都感到更加提心吊胆,他们是不是遭到了攻击?敌人有没有登上来?甚至,他们有没有飞出银河系?是不是地狱犬攻击了他们?抑或是星际海盗?

如果是这样的话,他们在银河系内的护卫舰队又发生了什么?

她越想越绝望,干脆不想了。

她把手里的大号"临时开罐器"塞到目之所及的每个休眠舱里,用尽最大力量撬开它们。金属舱呻吟着,里面传来带着吃惊或费劲的喘息,她现在没有功夫回应里面传来的咒骂和疑问。

"先把他们弄出来!"她告诉塔里尼,这家伙也是个很有经验的军官。阿莎丽人一瘸一拐摇摇晃晃地拖着麻木的脚走开了。

"尽力救人!"

这句话成了一句沉默的咒语,在斯隆妮每次从噼啪作响的废墟中拖出一条命的时候响起。这些"小笼子"不远处是一个大房间,里面有很多平民及其他队员。她不知道那里安全与否,一切都乱作一团。沿路火花如雨落在阿莎丽人头上,她架着一名步履蹒跚的人类,还有其他两个人跟在身后,他俩用别扭的方式搀扶着彼此。

斯隆妮不可能跟踪每个人的情况,但她信任她的团队能集中精力于搜寻够得到的所有休眠舱。在十四分钟内,她搞定了十四个休眠舱,不过只有八个人爬了出来。

她的手下之一希里安的遗体已扭曲,她关上了盖子。不管是什么东西破坏了联结堡号,系统一定经受了巨大的能量冲击。线缆爆裂,烟雾飞扬,到处都是碳化的变压器,很多可怜的家伙在休眠舱里被活活烧焦。

斯隆妮咬牙切齿地骂着,碳化的烟尘弄脏了她的制服,双手也被烤热的金属烫出了泡,而这都无法让她遏制心中的恐惧和愤怒。她爬上希里安的"金属棺材",看能不能再寻得其他人。这巨大的不公的事实让她感到窒息——一个彻头彻尾令人绝望的悲剧。

没剩下多少了,坎德罗斯蹒跚着经过她身边,一只胳膊搭在他肩头。一个她不认识的赛拉睿人冷着脸,赶着把两个被吓坏了的小孩子带离这片乱成一团的废墟。

一群被吓坏了的平民挤在一起，用各种东西——手、胳膊、撕成条的制服掩着口鼻和其他呼吸器官从翻腾的烟雾旁走开。

够了！她转移开了注意力，眼睛扫视着烟雾笼罩的墙壁，寻找她需要的手动灭火开关。面板背后的火花像水花一样溅出来，不过她看到下面有个柜子，她忘了他们把灭火器放在了这里，正在被烟火熏脏的玻璃后面闪着光。

斯隆妮冲到灭火器旁边，猛踢玻璃一脚才发现平时穿的保护性硬底靴可不是休眠服的一部分。她的脚趾瞬时传来一阵剧痛，速碎玻璃板也掉在了地上。

脚趾至少破了一个，很好，太棒了。斯隆妮没管脚趾有多疼，只是一把取下灭火器，开始干活。

每处火焰都来一通发射，压缩混合液喷涌而出，盖到火焰和火星上。随着火焰被扑灭房间越来越暗淡，不过光线还好，她还看得见。她身边的人不住咳嗽，大哭，有的人则在尖叫。不远处有人崩溃地跪在地上，不住呕吐。

斯隆妮又取出一罐灭火器。听到的痛苦喊叫也少了些，现在的声音更多是焦虑地嚷嚷。那些能帮得上忙的人在救助情况糟糕的人让斯隆妮宽心了一些。

不过，在破裂金属的呻吟与火灾的混乱中，他们所在的处境都大抵差不多。灭火器已经用尽，斯隆妮把它丢在一边。

"大家都聚在一起！"她命令道。她强行打开失灵的门，用肩膀顶住嘎吱作响的门板，直到门打开到足够宽度，其他人可以过去。最后一个幸存者歪歪扭扭过去的时候，斯隆妮躲开了门，任它在身后关上。

汗水把头发和制服黏在了皮肤上，烟尘刺得眼睛生疼，她浑身上下都在痛。倚靠在门板上，她数了数自己身上的伤：脚趾破了，一跳一跳地疼，好几处轻微烧伤、青肿和划伤。不过这些都没有妨碍她继续下去。很好，她支起身，扫视整个前厅，这里很安静，好像门那边的地狱只是一个噩梦。

出去的路在下一个门的另一边，很可能更危险。

当她看到满面烟尘充满恐惧的面孔时，意识到还有一大半没有救出来，休眠舱里的人太多了。

不过他们无能为力，除了把幸存者救到安全的地方，再把这个鬼地方锁死，斯隆妮无计可施。

他们只有收拾完这一切再去哀悼。

坎德罗斯把制服袖子撕成条包着自己的下巴，抵在撬开休眠舱的金属棒上。这根金属棒原本好好的，突锐人也是。"所以，"他高声说道，以盖过尖利的警报声，"到底发生了什么？"

人们面面相觑，然后看着斯隆妮。

她也希望自己知道答案。

"不知道，"她直截了当地回答，因为知道原因也于事无补，所以她指着出口，"但现在我们只能去找出口。"

"好！"突锐人把金属棒扛到肩上，"我就知道你会这么说的！"

第二章

事实证明,外面大厅的情况更糟。

一束线缆从末端被劈开,从天花板的面板上垂了下来,闪着蓝白色火花在地上留下密密麻麻的黑点。烟尘向着天花板飘动,越来越厚,开始下沉,最后从斯隆妮能看到的一道沿着走廊破开的裂缝蔓延了下去。

"通风系统掉线了!"斯隆妮发现道,她不得不直面这些事实,"灭火系统也掉线了,我猜通信系统也被破坏了。"

"观察得真周到。"坎德罗斯说道。

他们对视了一眼,她可以从这个手下军官的眼睛里看到他对自己的肯定。损坏是从休眠舱开始往外延伸的,这意味着只可能有两个原因:要不然是严重的事故,要不然是袭击,甚至有可能是从内部发起的袭击。

严重的恐慌一旦蔓延开,后果将不可想象……

"我们接下来要干的事情是，"斯隆妮提高声调，好让大家都可以听到，"坎德罗斯，带着这些人，去个安全的地方。"

"比方说哪里？"

斯隆妮沉思了一下，低声说道："殖民事务处不是办公室，而是停放穿梭机的机库。至少有情况发生的时候你可以准备逃生，就算没有意外情况，那里的生命支持系统也更稳定。"

"好主意，那你去哪里？"

斯隆妮瞄了瞄右边，那里是行动室的方向。"我去查看一下到底发生了什么？不管发生了什么，都绝非小事。注意安全，知道了吗？"她看了看他的手，他应该拿支手枪的，但她现在没有什么东西可以给他。他们现在只能拿着弯曲破裂的水管和金属棒，真是"太棒了"。

他知道她在想什么，冲她坚定地点了点头。这就是斯隆妮喜欢他的一点。她曾经与突锐人共事过，与其中一个人的关系特别好，他告诉了她很多与突锐人打交道的窍门。坎德罗斯很吃这一套，而斯隆妮也很感激他对自己的信任，这样才能形成一个顽强的团队。

"我去行动室，"她又说道，"找通讯器，一旦知道是怎么回事就会立即和你联系。"

"是的，女士。"

真是个好人，她比绝大多数人都知道这种奉献精神有多可贵。斯隆妮在他细窄的甲壳上拍了拍，然后离开了。

她贴着墙走，没去理会路过的门。每扇门都关着，就现在而言这样还好，因为可以防止火势蔓延。不过她还是逐个检查了状态面板，所有的控制面板都闪烁着同一个词：离线。

这让斯隆妮很困扰——联结堡号是一个工程奇迹，参与建设的委员会数量远远超出斯隆妮的想象。而且最让人崩溃的是他们特别热爱冗余度，每一个控制面板都有三个甚至四个链接接入遍布空间站的系统阵列。设施的离线加深了斯隆妮的恐惧——要么发生的事情极其严重，要么就是发生了"解剖式"的巨大撞击。她需要更多信息，而且越快越好。

斯隆妮沿着走廊朝下一个部分跑过去。一扇本可以严实地封锁住这个地方的应急门现在半开着，转着圈往外吐火花。她走上前发现它被一具尸体堵住了，门不住地一开一关，碰到破碎的肉体就打开，然后又关上，如此往复。

尸体烧得认不出样子，上面还盖着一层废墟残片——机械碎片和天花板上掉下来的布线渣滓。甜味和恶臭混合着，来自腐化的血肉和碳化骨头的气味令斯隆妮作呕。

不过她以前经历过这些。她咽下呕出的胆汁，跪下身轻轻翻动尸体查看制服，但由于燃烧或者化学反应的原因，已经看不清铭牌。从头部的形状看来，应该是一个赛拉睿人。这一路真见鬼！斯隆妮轻轻放开尸体，从尸体上面跨过，尽力让自己蜷缩着穿过门缝。

她不得不把这个可怜的家伙留在这里。因为如果它不在地上挡着，门就会关上，把她关死在这一边——谁又知道这边到底会是什么情况。

热浪吹过她的脸颊，她不得不眯着眼。她的对面伸出一根管子，一根线缆的火花引燃了管子里的气体，管子喷吐着火焰，烧穿了墙上的砖。空气混杂着煤气的味道，让她的肺部几乎无法呼吸。

不过火焰意味着有氧气，有压力。在星系间寒冷漫长的飞行中，不可能一直烧着。所以要么他们还在银河系，要么已经到了仙女座。

无论是哪种情况，这都算是个小小的安慰。至少他们没有在两个星系之间的广大空间里游荡。

突然，一个身影冲破了浓厚的烟雾。斯隆妮虽没有武器，却条件反射般摆出战斗姿态。如果对方是全副武装的入侵者,这样其实屁用都没有。

不过对方身上的制服说明他是自己人。这家伙跌跌撞撞,一只手前后挥舞,满脸倒霉,徒劳无功地想把呛人的烟雾赶走。

不过这件制服已经烂成碎片,已经不能证明什么。

"不要再靠近了,"斯隆妮高声喊道,"报上你的姓名和军衔!"

他停了下来,颤抖着把手举到头顶,手掌上苍白的皮肤渗出了血液,双手满是烧伤的痕迹。她很同情这家伙,不过,有很多情况可能导致这些伤痕——打开燃烧的休眠舱救人,还是破坏行动出了岔子。她必须知道是哪种,这是她的工作。这家伙看上去在发抖:"发生了什么事情?我们是不是遭受攻击了?"

"这也是我想要知道的事情!"她有力地回答道,"现在,告诉我你究竟是谁?"

"我叫陈,我……我只是一个初级监控员。"他又说道,咳嗽严重打断了他的尾音。

斯隆妮没听过这个名字。"哪个部门的?医疗部门的吗?请告诉我你是医疗部门的。"

"环卫部门。"

"完美,太他妈完美了。"她摇了摇头,"这里很不安全,回到你的休眠舱去。"

"不——不!"他的反应发自肺腑,身体也随着颤动。"太可怕了!我感觉那里的人都死光了,我就跑出来了。而且那里着火了,然后休眠舱就……就……"

她明白了,伸出手抓着他的肩膀,完全忽略了手上传来的炸裂般剧痛。"听着,"她说道,想稳住他,"我是安全总监斯隆妮·凯莉。"

"安全？"他的眼睛在烟雾中不停流泪，猛力眨着，"那就是我们被袭击了？！一定是这样！"

因为若非如此，情况就只会更加糟糕。

斯隆妮皱了皱眉头，她嘴里都是灰烬的味道。喉咙刺痛，可能是因为过去几个世纪都滴水未进。不过对方看起来也没比她强到哪里去，而且从他的倒霉样来看也不像个袭击者，除非他打算用甜甜的樱桃炸弹把行动室炸掉……

斯隆妮想叹气，但她没有。"我不知道发生了什么，好吗？我也想搞清楚，告诉我你的休眠舱在哪？"

"我绝对不会回去的，我不会的……"他回头朝自己来的路指了指。"如果你想去看看的话，请便。不过你不会想去的……"他带着哭腔垂下头，用手背不停擦着脸，"整个地方都被封锁了，我勉强逃了出来。我不知道……我还能不能……"斯隆妮的手扶在他肩膀上，他一直在不住地剧烈颤抖。

斯隆妮打量着他。环卫部门是吧？她的直觉告诉她，这家伙磕到个比备用水管还脆的东西都会完蛋。"好的，听着，你自己寻路去殖民地事务处的机库，明白吗？"

"我不能和你在一起吗？"他惊惧地恳求道。

她差点没憋住自己的冷笑，他肯定不会喜欢她的冷笑的："当然不能，陈。我得查看你所在的休眠厅。"

他撤得倒是飞快，抽身的时候斯隆妮感觉自己手下像是一阵风吹过。"其实，机库听起来挺不错的，你说……那里安全？"

也许吧，斯隆妮心想。"小心散落的线缆，"她说道，"其他人正在那里集合，你会安全的。"

"谢谢，谢谢你。"他停了一下，沿着斯隆妮来的路飞奔过去，强挤出一个假笑："你一定要当心啊，总监女士。"陈歪歪斜斜做了个手势，连滚带爬离开了，身影越来越模糊。

斯隆妮看着他离开，他会到那儿的，可能。她面前的道路看上去比他的道路更加糟糕。"当心可没办法搞定事情。"她自言自语道。

那个清洁工倒没有夸大其词。

她首先找到了门，它本来应该在打开的位置上，但现在跑到了大厅对面。房间看上去活像战区，休眠舱像垃圾一样撒得满地都是，很多盖子都开了。斯隆妮这辈子已经无数次目睹死亡，看到此景还是忍不住用手捂住了嘴巴。

几十具尸体散落四处，有很多都被烧焦了。一些人从睡眠状态就被抛出，甩的地上家具上到处都是。一具尸体被压在翻过来的休眠舱下面，只能看到下面伸出来的手和脚。

这里除了破坏的技术装备嘶嘶鸣叫，电线噼啪作响，其他一切都很安静。

"有人吗？"她高声喊道。并不是指望这里会有活人，只是因为如果没有喊一声的话她永远不会原谅自己。没有回应，甚至一声咳嗽都没有。

陈尸这里的牺牲者都是愚蠢的错误或者某些人盲目自信的牺牲品……真希望能把这一幕忘掉。

斯隆妮转过身，强压着越来越强的呕吐感。安置休眠舱的房间旁边是接待室，关于联结堡号地图的回忆在她脑海中一点点找回来了。休眠舱散布在巨型飞船，它们成串地连接在部门专用的房间旁，刚苏醒的船员可以在这里放松，或者慢慢适应新环境，等待他们的上级军官过来并欢迎他们来到遍布奇迹的仙女座。

与此同时，医疗人员将评估他们的健康和精神状况，确定他们在休眠的时候没有脑细胞受损。如果他们脑细胞受损以至"失去控制"，斯隆妮团队的一名代表就来接手处理他们。

不管怎样，至少原来确定的流程就是这样。

他们为各种可能的灾难做过演习，但没人想到……一切都变成了灾难。

如果不是庞大的支撑主梁倒在房间正中，把桌子沙发打得粉碎，这个房间还是不错的。斯隆妮可以想象到这个地方应该是各种人群拥挤在一起，漫无目标地乱转，激动地对加森煽动的雄心壮志议论纷纷的。斯隆妮想，在灾难发生的时候，大量房间、大厅和广场以及公园还空着，这算是个小小的幸运吧。

一声悠长而颤抖的吱呀声在整个飞船上方回响，斯隆妮皱了皱眉头。

"不好！"

一个占了房间整墙的方形面板引起了她的注意。这是一台终端，亮着的屏幕上显示着先遣队的标识。

斯隆妮跳上一个底朝天的沙发，在颠三倒四的桌子椅子中挤开一条路。走了一半，一声巨响触动了斯隆妮在多次战斗中培养处的本能反射，她迅速蹲下身寻找掩体。

天花板上的火花如雨落下，房间突然变黑，只有墙脚的应急灯和远处墙上开放面板后面仅存的屏幕还亮着。

一个人躺在显示屏下方，只一个阿莎丽人，四脚朝天了无生气地被灾难中震下来的灯座压着。

爆炸停止了，斯隆妮在避难空间平静了一下，上前查看。她靠近的时候阿莎丽人一动不动，没有呼吸，什么动静都没有。

斯隆妮·凯莉的注意力转移到显示屏上，告诉自己现在应该做一次情况汇报了。但现在屏幕上不显示标识了，只有那个令人抓狂的单词：离线。斯隆妮真想崩溃地大叫。

虽然她已经知道自己找不到什么，她还是查验了"尸体"——这个女人在斯隆妮的眼里已经是一具尸体了。

这是另外一个混乱的战场。

烟火、灰烬、毁灭。

她摸到"尸体"一动不动的颈脉的时候，脑子里只有这些——这个女人和他们所有人为了到达这里牺牲了一切，为了什么？

废墟、失望、死亡？

斯隆妮咬紧了牙关，只是因为他们拥有同一个目标，并未它放弃了一切的东西这个简单的原因就足以让这个陌生人成为自己的朋友。

这名阿莎丽人临终在想什么？恐惧？或者愤怒？

毕竟任务失败了。

所谓另外一边似乎和他们预料的完全不一样。

一声低沉的咳嗽打破了沉寂，斯隆妮的注意力回到阿莎丽人身上，她喘息了一声，一股鲜血涌出，沿着下巴流成小溪。一些生命的光亮回到她苍白的紫色眼睛上，"救命……救命……"

斯隆妮一只胳膊搂着她的肩膀，防止她滑下去。"你会没事的，我们可能是遭到了攻击，你不要浪费力气，然后——"

"我不会，"这个女人喘着粗气说道，紫色的泡沫从嘴角漫出来，"……很快死。"她失神的眼睛看着离线的终端。"先遣……"斯隆妮尽力安稳地抱着她，而阿莎丽人再也挤不出字，只剩下咳嗽。阿莎丽人紧咬牙关，带血污的手死攥着斯隆妮的衣服，费尽力气说道："不是攻击……"每个字都带着气泡音，"损害范围太大。"

斯隆妮狠狠坐在地板上，她尽力保持这个女人身体平稳，不过这并不容易。她的大脑努力适应和理解着周围的情况："那就是我们撞上了什么东西？"

"不，"阿莎丽人忍着极大的痛苦说话，露出一嘴带血的牙齿，"各处都有损失，太……呃……"

"放松，"斯隆妮打断了她，并紧紧抓住她的手，"不要离开我，我需要你的情报，是破坏吗？"

阿莎丽人在疼痛和煎熬中仍然保持乐观，她用带着气泡的声音粗哑地笑了笑："你……没有……"血液和泡沫隔一阵就喷出来。她闭上眼睛，一滴眼泪划过她带瘀青的脸颊，尽管她保持着微笑。斯隆妮皱了皱眉，"物理……传感器，数……数据……"

斯隆妮想知道下一步该做什么，她需要答案，需要领导层。"我现在的优先目标是确认吉恩·加森还有参议会是否安全。"

"00号大厅。"阿莎丽人说道，又是一阵无力的咳嗽。

就是这个。在没有医生在场的情况下她这样是无法活着离开战场的，况且斯隆妮不是医生。

她皱紧眉头问："你叫什么名字？"

阿莎丽人制服上的印记已经看不清了。

每个人都会被铭记的，"告诉我你的名字？"斯隆妮命令道，把阿莎丽人扶起来，她的制服标记显示她叫"特万恩"。

斯隆妮只能知道这么多了。阿莎丽人最后的喘息是一阵模糊喑哑的咳嗽，接着安静下来——什么都没有了，她的手垂了下来，再也没有抽动。斯隆妮垂下头稍作默哀，在空间站四处不停震颤的时候她能做的只有这么多。她轻轻把特万恩——不，尸体放回到地板上，拳头抵着地面站了起来。

把这里所有的人都当作朋友，那就错了。休眠舱里有数千人，其中有些人，可能是相当一部分，非常乐意把过去抛在身后。加森亲口对她说过：这是一趟单程旅行。

他们都太天真了，以为万无一失。

"休眠大厅00号，"斯隆妮重复着从只言片语中提取的信息，"谢谢你。"

她的伤口炸裂般地疼痛，仿佛在燃烧。脚趾头在她一瘸一拐地穿行于废墟中的时候也感到了尖锐地刺痛，不过这与驱动她前进的念头相比不值一提：参议会在哪里？

不论任何情况，他们，还有加森，必须活下来。

"拜托！"斯隆妮强忍着一步一阵疼痛，一步一祈祷。

大厅乱成一团，一个黑暗而破损的隧道接着另外一个。她经过的每个休眠大厅都密封着，没法知道里面的人是什么状态。她也别无选择，只好就这样离开。如果整艘飞船都处在危险状态，那救出一名船员能起的作用微乎其微，她看到的越多，就越确信这一点。

一个长条形的走廊里，灯光闪了一下，她停了下来。供电恢复了？并没有。斯隆妮疾奔的时候甚至没有注意到身边从地板巨大的全景玻璃窗。

而接下来看到的景象，完全值得载入史册。

那一刻，她呆呆地定在窗前，不知如何形容此情此景。她晕头转向的脑子更加混乱，思绪仿佛聚成一束旋转的光芒与黑暗混合成旋涡，中间还闪耀着彩色的斑点。从观景窗可以看到广场，上面是一个巨大的建筑，可以把各个小房间叠在一起，方便星际旅行。人们本可以在这里散步，讨论殖民新星系的种种重要细节，现在却成了一片废墟。

从这个窗口可以一览无余地看到联结堡号空间站的一整条悬臂。这长达几公里的建筑经过精心设计和建设，适合居住、建工厂、水栽农场、设立医院——这是他们需要的一切，维持生活的设施都在这里。

但她现在看到的唯有火焰，一团一团喷出的瓦斯，撕成一截一截的墙壁，还有裸露在外的主梁，这是一次大规模的灾难。而远处，从未见过的星海沉默无言。

这里不是银河系，斯隆妮知道。她在旅行的时候通过舷窗看过无数次外面的星星，对银河系有一种莫名的熟悉感。帕勒文，瑟西亚，见鬼，就算是欧米茄的满天星辰都会让她无比开心。

这里却令人晕头转向，漫天蓝色红色和白色的星辰，还有颜色诡异的星际气体和星际尘埃划过的痕迹，这里肯定不是家园。

不过她们的新家又怎么样呢？

很难说。

斯隆妮·凯莉玩命地奔跑，受伤的脚趾传来的剧烈疼痛，还有从休眠状态残余的困劲都被她推到意识的角落不去理会。她会为此付出代价——如果还有以后的话。

她希望还有以后，一个她和参议会在酒桌上谈笑风生的以后，到时一定要喝个够。

走廊像一团模糊的光一样向后飞去，她终于到达了苦苦寻找的地方，门上有个简明的"00"标记。

门大开着，她定了定神，慢慢走了进去。

这里的休眠厅和其他的休眠厅没什么区别，和斯隆妮自己拼命想要逃出的休眠厅一模一样。唯一的区别就是损害的严重程度和尸体的惨状，这里并没有损害和尸体。

每个休眠舱都大开着，没有死亡和损害的迹象，没有火烧或者其他功能失灵的迹象。

她扫了一眼发现房间是空的,无比沉寂。至少这里没有任何尸体。现在任何进步对她都很重要,哪怕再微小。不过她轻松的心情转瞬即逝,她需要找到加森,听从她的命令,把好消息带给幸存者们。至少按惯例是这样的。

她转过身用脑子里盘算着备用计划,这时一声轻轻的咳嗽打破了沉寂。

斯隆妮警觉地扫视了一眼房间:"你好?"没有回答。

又是一声咳嗽,听起来脆弱苍白:"你好,有人吗?"

"我在这里。"对方确认道。斯隆妮快步跑到房间里,在暗处的休眠舱中探寻着,"你在哪里?"

"在这里。"一只手从一张金属桌子边举了起来,勉强能看到。斯隆妮挤过去,发现那里有个女人躺在地上。鲜血从额头深深的裂口流到鼻子和脸颊上,两只眼睛甚至都没有聚焦在同一个方向。

"有点严重哦?"斯隆妮问道,目光从她的伤口移到鲜血浸染的制服左侧胸部,那里有姓名牌,艾迪森——福斯特·艾迪森。另外一个资深高级船员,如果没记错的话,和斯隆妮一样,殖民事务处。

艾迪森举起一只手试探性地摸摸伤口。血液已经开始在边缘干涸凝结,摸上去的时候又有一股新鲜血液从夹缝渗出来,她苦笑着说:"我能搞定,不过有点晕。"

有点?好吧。

斯隆妮绕到急救面板前,它在这个奇迹般完好无损的房间里像是得到了神佑,从里面找到几包医疗凝胶套装。她撕下封条把冰凉的凝胶挤到艾迪森的前额上:"这应该有点用。"

艾迪森面容扭曲,又紧紧闭上了眼睛。"我想,这可不是病床边的医生该有的态度。"

"这儿可没有什么病床,"斯隆妮说,她坐下来脱掉自己的靴子,"没有医生,所以没么多事。"她轻轻拍掉一跳一跳地肿胀着的脚趾上的土,挤了一圈医疗凝胶并收好,以备不时之需。

斯隆妮没再理会这个女人,等了几秒钟让止痛剂生效。穿上靴子的时候依然很疼,不过比原来已经好了很多。

"好的,无关紧要的小事到此为止。"她抬起头。艾迪森奋力站直身体,不过还要靠手撑在冷冻舱上。

她看了看房间,皱着眉头看着斯隆妮,"你不应该在这里的吧?"

斯隆妮觉得她可能是因为脑子震得不清醒了,要不然不可能是别的原因。她没理会这句话:"其他人在哪里?加森呢?"斯隆妮朝周围扫视了一下,只是为了再次确定房间里的每个休眠舱都是空的,不过她这点微茫的希望也破灭了。

艾迪森用力闭上眼睛,她又睁开眼的时候,目光似乎比原来少了些云遮雾绕。前额上的医疗凝胶好像凝结了一点,封住了伤口。"我们都要去行动室的,因为……"她摇了一下头,差点把医疗凝胶甩掉。"因为我们到了。"

到了?!因为到达仙女座而醒来?

这个消息在周围的一片混乱中显得有些不真实。"所以……"斯隆妮看着她,"我们成功到达仙女座了?"

受伤的女人点点头,"我们到了。"

"那到底发生了什么事情?袭击?"

艾迪森没有说话,然后,好像突然之间把事情两两接在一起,她盯着斯隆妮,"你是谁?你看上去有些眼熟。"

不过两两相接,斯隆妮恼火地想着,显然得到了五,"安全总监斯隆妮·凯莉，"她耐心说道，"我们以前见过。"

"啊，安全部门，是的。"她咳嗽几声，又一次闭上了眼睛，两只手指压着肿胀的伤口，医疗凝胶可能已经起了作用，伤口麻木了。斯隆妮脚趾的疼痛感也减少了很多，手部也一样。"我们先不要猜测这是袭击，"女人继续说道，"我们来这里不是为和原住民开战。"

"是啊，是啊，和平友善，我知道演说里讲的。这不意味着土著们听过演讲。"不过特万恩不会同意。她绝对相信并没有发生什么袭击，并肯定地认为这只是她和斯隆妮说的感应器问题。斯隆妮皱着眉，"那到底发生了什么？"

这一次，艾迪森的声音低了下去，"我也不知道，不过，"她有力地说道，"我们应该查看一下。"

斯隆妮盘算着要不要把她留在身后，不过还是决定和她在一起。如果行动室的情况和休眠大厅一样糟糕，那她就需要能得到的一切帮助。她朝这个女人伸出一只手，想把她拉起来："你能走路吗？"

艾迪森费力地点了点头，没有理会斯隆妮伸过来的手，强撑着自己走了几步。

她没有跌倒，所以斯隆妮放下了手，但她拉近了彼此的距离，以防万一。

她们默默地走着，斯隆妮看着这个女人的后背，一个念头突然浮现："你为什么不在行动室？"

艾迪森横了她一眼："我来这里寻找吉恩。"

"寻找吉恩？"她神经反射一样抓住这个女人的胳膊，"她还活着？"

"上次检查的时候还活着。"她回答道。斯隆妮的手上太用力，艾迪森皱起眉头，"在到达协议正式启动之前，科学团队需要最后确定读数。吉恩那时恰巧出去了,所以我们快准备好的时候,我来找她。"

"她没跟你说什么?"

她摇了摇头,"我没找到她。"

斯隆妮指着他们过来的路:"你以为她在这里?"

她的眼光看向了其他地方,把胳膊从斯隆妮的手中抽出来。"哦,不,我只是在这里临时停一下。"

"为什么?"

"我就是要……用一下卫生间。"

斯隆妮皱了皱眉,"他们没有在行动室附近安装卫生间吗?"

女人看向前方,斯隆妮看到她的下巴在颤抖。"不要介意,主任。"她紧跟着说道。

"对不起,主任,我的问题是不是惹你生气了?"

艾迪森又瞥了她一眼,这次眼光很冷。"不,除非这个问题会让我遭到我不该有这种生物功能的指控。也许你该问点更重要的事情?"

好吧,斯隆妮终于想起来她为什么不去费力和殖民主任打交道了,因为她一直以来都是这个态度。

斯隆妮绷着脸笑了笑:"是啊。"她的眼光转向她们一路跑过来的走道,很整洁。比她过来的路上整齐干净多了。"那,你找到加森没有?"

艾迪森摇了摇头,虽然很勉强。"我正回去看她有没有回来,整座飞船突然倾斜了。就像是在大气飞行中碰上了湍流,只不过可能更加糟糕。地板突然从我脚下移开了,我觉得往上跑的时候脑袋被什么东西砸到或我撞上什么……好吧,我也不记得了。"

这名阿莎丽人总算说到一些实际的事情了。斯隆妮在从太空空降的时候有过这种感觉,难道她说的就是这个意思?

她没空理会细节,现在她有了更多谜题要解:"在行动室,你有没有看见可以解释这个事情的东西?"

"你的意思是说,像是异星战士绳降进窗户?"

"我宁愿猜你看到那样的事情了,"斯隆妮低声回答道,"如果你当时在自己的岗位上的话。"

这句话让艾迪森愤愤地转过头来:"没有任何此类的事情,没有飞船,没有攻击舰队,没有可以让你开枪的东西。安全总监凯莉,我很遗憾让你失望了。"

斯隆妮也不甘示弱:"我们现在深陷各种麻烦,如果你没注意到这个事实,我现在提醒你一下。我很感谢你直截了当的回答,但是不要忘了我在飞船上是什么职务。"她的声音冷得让艾迪森多看了她几眼。"所以我说什么,就是什么。不管失事原因是传感器数据的问题,天外飞来的废渣,还是什么巨型异星怪兽,任何东西。"

福斯特·艾迪森没有对她说去你的吧,尽管她表面毫不动摇,但斯隆妮知道她的指责刺痛了她,很好。

算是很好了。艾迪森抬起她充血的下巴,"不必再挖苦讽刺了,总监。"她想,这时候揍她一顿估计是没用了,只会激化矛盾。

算她走运。

艾迪森继续说,"我们就在正确的地方,旁边的恒星完全对得上我们的导航图。但在科学顾问的心中可能对读数……有些担心,他们担心六百年的飞行可能会让科学仪器设备出现破损。他们想要一些时间清理一下阵列,验算数据。这个时候我离开了——"

"去洗手间。"

"寻找吉恩。"她冷冷纠正道。

"没有读数?"

艾迪森摊开她的手,"可惜的是,没有人需要外部感应器来使用内部设施,现在,我们能不能不要再对完全自然发生的事件进行审问,如果你愿意的话,我们去寻找真正的答案。"她看着斯隆妮,指向了门和门外面。

好吧。无论如何,这总比猜测吓坏了的工作人员瞎说的话要好。

到嘴边的话全都咽了下去,斯隆妮在联结堡号的颠簸中迈进了接待室。

第三章

"这该死的到底是怎么回事?"斯隆妮摸不着头绪。飞船四处乱晃,此起彼伏,好像很多外力正在从不同方向抻拉飞船。她俩东倒西歪,一会儿撞到一起,一会儿又站起身。金属撕裂的嗞啦声在走廊间回荡,艾迪森半蹲着,一只胳膊护着头。

斯隆妮也保持低体位,准备颠簸停止的时候随时来个滚翻。金属又开始抻拉呻吟,本来安静的房间有点诡异,只能听到空洞的金属翻滚的声音。声音逐渐消逝了,她俩在死寂中面面相觑。

很长一段时间,没有任何动静。

她们没有动。

飞船也没有动。

斯隆妮松了一口气,此前她甚至没有意识到自己屏住了呼吸。"没有人跟着我们,"她说道,"这很好——或者至少这不那么糟糕。"

"另外一次爆炸?"

"不是吧？"

"你怎么知道？"

斯隆妮一只手扶着一根倾斜的杆子，仔细看着杆子上头的隔板，有点希望它突然破裂，掉下来，真是前路漫漫。"因为感觉不像爆炸。"她平静说道，"不管这是什么，它都影响了整个飞船，像是……像是一场地震。"

"太空中的地震？"

"现在是谁在挖苦讽刺？"斯隆妮反问道。

"彼此彼此……"艾迪森喃喃道，更像是在生硬的嘲笑中占了上风，斯隆妮翻了个白眼。

"我说的是，"斯隆妮用最后的耐心说道，"这不是我巴不得是受攻击的怪想法在作祟，是我在来时路上遇到的一个技师的猜想。"这让斯隆妮有些失望。在某种程度上，一次袭击更加容易对付——保卫空间站，干掉入侵者。

"谁说的？"

"特万恩，我记得是这个名字，一名阿莎丽人。"

艾迪森的眼睛睁大了。"她还好吗？"这句话充满期待，但事实却令人沮丧，这让斯隆妮内心很难过。

她无言地摇了摇头。

艾迪森像瘪下去的气球一样垂头丧气，她往前迈了一步："她是科学组的队员。"

斯隆妮猜到了，她点点头把注意力集中在空屋子上，天花板还在。"很好，她说的和你一样，感应器有异常。所以从这儿怎么去行动室？我们去检查一下。"

"穿过文化交流中心，沿着辐条悬臂，"她声音略显沮丧，"除非这条路也被堵死了。"

"那出发吧,"斯隆妮说道,"趁其他东西还没崩塌。"

她俩在这件事情上倒完全一致。尽管如此,她还是放慢了步伐。脚趾又开始剧痛,艾迪森的伤口在医疗凝胶的作用下已经开始发紫,她不喜欢这样。

斯隆妮小心翼翼地看着艾迪森,想要弄明白她是怎样的人。离开舰桥,去找加森?仅此而已。她已经失败了一次,虽然只是巧合。也许她出来的时候加森正好回到舰桥上了。

如果她留在原地,艾迪森会不会对这一团糟有了答案?

也许吧。

如果她说的都被证实了,斯隆妮可不想在报告送到某人办公桌上的时候扮演那个角色。当事情弄得不可收拾的时候,离开空间站?很糟的错误,甚至对总监来说也很糟。

不,不会仅仅是送到某个大人物——吉恩·加森的桌子上。艾迪森直接对她做报告,就像斯隆妮一样。虽然都知道先遣队的理念,他们会找到办法让委员会评判艾迪森的错误。

虽然她个人很反感官僚主义,而且她自己也偶尔与委员会有争执,但她对联结堡号的领导层依然有信心。加森会做正确的事情,不管她还是她的团队都会让委员会很信任。

斯隆妮天性就好调查,现在出现了小小的可疑声音。这个女人说的是真的,这是一个她现在认定的事实。通盘考虑,她会怀疑现在每个人都是潜在的破坏者。证据第一,然后才能推理。

一阵哗啦啦的声音把她拽出沉思,斯隆妮向后一跳,脉搏骤紧。她从未像这样怀念自己的手枪。前面的面板从不应该出现的一边裂开,里面的部件撒落在走廊上。管子嘶嘶地喷出出一束蒸汽。

这算不上严重的损坏，但依然很可怕。管子满地打滚，远处黑暗中还有不少电火花。被破坏的地方一闪一闪，与她们现在所处的整洁走廊一对比，有些奇怪，幸好她没有叫出来。

斯隆妮让艾迪森等着，艾迪森奋力稳住呼吸。斯隆妮试探地闻了闻，至少没什么有毒气体，也没有烟火。还不算太坏，只不过一艘被毁坏的飞船，坏掉的线缆，还有被破坏的计划罢了。

"见鬼，"艾迪森低声道，"希望不是什么重要的东西。"

"一根坏掉的管子，"斯隆妮说道，"这样的坏管子有几千根，我们要集中注意力。"她从眉弓上擦掉肾上腺素狂飙激发的汗水和蒸汽。之后，也许他们已经把最糟糕的事情甩在了身后，她担心的只是一根破掉的管子，或许是几千根。

她小心翼翼地跨过地上乱滚的触须一样的电线，有的电线突然噼啪作响，斯隆妮猛地往后一缩，电弧沿着滴下来的冷却液打到墙上。

"不烫，"她扭头说道，"远离到处乱动的电缆就可以了。"艾迪森跟在身后，不停抽鼻子，她看起来有点失神，"像是有什么东西滚过，然后……"她一只有些脏了的手不停敲打，"什么东西把里头的瓤挖出来，撒得到处都是。"

"集中注意力，"斯隆妮急切重复道，"最后还是会收拾清楚的。"

"请原谅我不像你一样乐观。我们要先做很多很多的事情才能开始我们的任务。不过这些……"随后她没有再说话，她俩只是把摇头晃尾嘶嘶作响的线缆甩在身后。

一丝罪恶感轻轻刺着斯隆妮的良心。"加森会有一个计划，"她说道，并未回头，"不管怎样，我们现在在仙女座了，在另外一边了，我们成功了。"

也许这句话让她这位不情愿的同伴有点吃惊，也许她只是需要听见她说话。"是啊。"她慢慢回了一句表示同意。

有一段时间没人说话。甚至在斯隆妮迈开腿绕过四具尸体的时候，艾迪森依然保持沉默，或者更像是麻木，因为有太多事情需要消化。

"如果你需要休息一下，跟我说一声。"斯隆妮费劲说道。

"我们还有两个片区的距离，"艾迪森这样答道，她用手掌捂住额头。"吉恩原来想在这里搞个简报……"而后，又一阵颠簸袭来，虽然比之前的几次都轻些，四周还都在抖动。她往后退，缩好身子，等颠簸过去，她苦笑了一下。"在这一切发生之前。"

斯隆妮紧咬着牙，快速冲向前去，不能确保绝对安全，不过以这样的速度，她们至少会早些得到答案。希望促使她们快马加鞭，她希望它们就是她们所需要的答案。

见鬼，又是这两个字，希望。

"希望"二字让他们所有人鼓足了劲。休眠状态中的每一个人，登记注册进入仙女座先遣队中的每个男人和女人，每个孩子——每个种族，人类，突锐人和赛拉睿人，还有阿莎丽人。见鬼，甚至克洛根人也登记进来了，为他们荒废的家园寻找一条道路。这一切只是因为希望。

现在每离行动室进一步，火焰就更高一些。每向前推进一点，就要经过被摧毁的控制面板和管线，废渣散落在走道上。斯隆妮第一次走进来的时候，灯光曾是多么温暖而耀眼。

现在她能闻到看到的就是焦味和废墟。

"我们将亲自描绘我们的杰作。"

如果有一个人能把这些拉回正轨，只有吉恩了。

"哦，不……"艾迪森的声音因为紧张或者冲击而屏住呼吸，然后碎成轻语。她步子迈出一半僵住了，一只手惊讶地捂着嘴。

斯隆妮的思绪从对未来的短暂思考切回到现实，下意识伸出一只手稳住这个女人。不过这没有必要。艾迪森自己稳稳站住，瞪大了眼睛，因为被更恐怖或者说可怕的东西震住了。

"那扇门……"

只有简短的几个字，出于本能，斯隆妮还是猜到了。

这是希望解决不了的问题。

艾迪森瞪着那扇加强门半开着，线缆吊在空中。从机械设计的角度这本来是不可能的。好像是什么东西把门生生撕开，从金属面板参差不齐地炸裂开来看，它们是被硬是砸出来的。

斯隆妮习惯性地伸手摸自己的武器——可是她现在并没有配枪。见鬼！一旦所有事情都搞砸，老习惯也就帮不上忙了。

斯隆妮朝门走去——虽然门只剩下一部分，艾迪森紧紧跟在她后面，黑暗淡去，只剩下诡异的灯光，她俩有些气短。

斯隆妮低声喝道："妈的……"

这一次，艾迪森躲开了。

斯隆妮本能地往回撤，屏住呼吸，她身上每一寸暴露的皮肤都因为深入骨髓的恐惧而如针扎。行动室宽广的前墙以及旁边的结构钢板部分被撕开，一块半透明充气式隔板在自动应急系统的作用下顶了上来。墙像是看上去完全不存在，另一边的情况更加糟糕。外面星光冷冷，黑灰色的线缆蜷曲飘动，洒出橙色黄色的光点。一条奇怪的反星云像末端破开的丝带一样伸向远方，就像神经突触的通道一样在诡异的内脏中延展。

"那是什么？"艾迪森低声说道。

斯隆妮强迫大脑运转，让僵硬的四肢解冻。他们不会漂移到太空中去，他不会窒息而死。

甚至，更棒的是，联结堡号的应急协议已经开始运作了。这道屏障拯救了行动室，或者……至少努力拯救行动室。

"我……不知道。"斯隆妮只能说这些，她以前从来没有见过类似的东西。在隔墙的另外一边，这些绳子一闪而过，似乎飘移在虚无的太空中，从这里分离出去了。在那里，但是不在里面。她的意识被抽得无法正确思考。

"像游泳池里搅作一团的头发。"她朗声说道。

"一大块。"艾迪森喃喃道。

斯隆妮同意，不过即便如此，她还是看到一根很长的触须，囚禁着橙色和黄色的光，一闪一闪，直到另一头消失在黑暗荒远的太空，或者隐藏在突如其来飞入视野的转动金属梁。

斯隆妮的眼睛瞪大了："那是不是……"

"联结堡号的一部分。"艾迪森确认道，屏住呼吸。她一只手掩着嘴，就像碰上了一辈子中最大的问题："不过这是怎么回事？"

即使她想说点什么，声音也会淹没在爆发出的求救声中。"哦，哦，不。"艾迪森向前走了一步，肢体僵硬。"不，不，"她从没看到过这一不可思议的一幕。斯隆妮的视角从黑暗星云般的丝带，以及满是麻点的大块冰冷金属转到房间里。

尸体。

房间里至少有六具尸体，翻过来的桌子和家具中间尸体更多，散布在周围的空间里。

这是联结堡号资深领导层的尸体。

"哦，见鬼！"斯隆妮低声骂道，她扫视了一眼周围，希望又不希望看到吉恩·加森的尸体。不过那些尸体太远了，看不清楚，而且碎得不成形，也没法分辨。

最近的一具尸体留着阿莎丽人的发型，是努阿拉。上一次斯隆妮看到她的时候，她正在和加森拥抱告别。她躺在休眠舱里，好像真的只是打个盹，醒来的时候就会开心而自如地开始工作。

与现实相去甚远。

她蜷缩在外壳撕碎的边缘，就在应急隔板的这一边。不过不只这些，根据定位推测，没有尸体能穿过密封舱体，斯隆妮可以猜到到底发生了什么。

领导层拼尽全力封闭这个房间，直到应急隔板部署到位。隔板无法密封空气，而且最后它并没有起到作用。不过他们努力控制局面，这样可以保住隔板另外一边的人员。

血腥的事实告诉斯隆妮，一个撕裂的壳体并不是舰桥上最重要的问题。

大火、混乱、应急措施，一切都没有拯救他们。

"没有比这个更糟的了！"斯隆妮低声道。

艾迪森深深吸了一口气。看上去她已经进入了状态。"我们现在没法为他们做些什么。"她转身不再看这一幕，而是开始搜查房间，轻手轻脚地越过废墟与烟烬。伸出的断臂、人、船员，都碳化破碎了。

斯隆妮不情愿地承认艾迪森是对的，如果这里有幸存者的话，他们一定还在更深的地方。

她的注意力转移到没有被破坏的那一个房间，心早已向下一沉。这个规模很大，可能是空间站上最大的一个大厅，现在却面目全非。

吊在天花板上的巨大显示屏碎成两块，落在一排呈弧形面向大厅的控制台上。控制台破裂焦黑，不可能再修复，不过斯隆妮的注意力全在椅子上，椅子都被压扁了，被拍成片片，遍地都是碎屑。上面通往瞭望平台的长长的楼梯井道，也倒塌了，似乎是被什么掉下来的东西砸坏的，一切无从知晓。到处都乱七八糟，东摇西晃，像是被扔来扔去很多次。

太多烧脑的事情了，斯隆妮不再费神，走到最近的一大堆废墟前。瞭望平台上的栏杆掉下来一块，扭成一团横在长凳上。斯隆妮把它拎起来甩到一边，趴下身子用手和膝盖撑着，看长凳底下。一个黑色皮肤、已经死去的男人嘴巴大张着，他的眼睛冷冷凝视着她，仿佛在无声地狂啸。马内尔·菲尔普斯，资深舰桥技师，斯隆妮想起来了，他是个好人。血液从他的嘴角流出，在地上汇成一个小小的血泊。他的眼球呆滞，一动不动。

"吉恩？"艾迪森喊道。她绕着屋子一遍遍地喊着，声音带着哭腔甚至还有点恐惧。"吉恩！"

斯隆妮将一把破损的椅子扔到一边，又把桌子翻了个底朝天，就算是一块破碎的屏幕砸到她的脚趾头上，她也没感觉到多疼痛。而她终于感受到疼痛的时候也只是骂了几句，但总比破了强。"真的太棒了。"她骂完又不由得嘶嘶呵气，看来要寻找更多医疗凝胶了。

当她从桌子上面看过去时，又发现有一具尸体躺在另一边，把其他东西都压垮了。"找到了一个人。"她喊道。一眼认不出是谁，尸体被蛮力破坏得不成形状。斯隆妮查看了制服左胸上的姓名牌，有些血迹，不过还得出来。"帕克。"她抬头说道。艾迪森停止了努力搜索，等着斯隆妮接着说下去，祈求平静般闭上了眼睛。"迈尔斯·帕克，水栽农场助理总监。"

斯隆妮小心翼翼地把压在这个可怜家伙身上的沉重桌子搬开。想到这个家伙的倒霉命运让她的胃一阵恶心，不过水栽农场的事情对她才是打击沉重的。如果储存种子的地下室也被破坏的话……

集中注意力！斯隆妮不允许自己再为此分神，至少不是现在。

搜索在继续，一具尸体接着一具尸体，每一具尸体的发现都沉重打击着斯隆妮，不过没有一具尸体是加森。大体搜寻一遍差不多花了一个小时的时间。

"她不在这里。"艾迪森说道，她的语气似乎是平稳的，但看了一眼她的表情却并非如此，"现在怎么办？"

很好的问题，但没有人准备好答案。

第四章

"组织搜寻组,"斯隆妮说道,"我们需要寻找加森和任何其他幸存者。"

艾迪森摇了摇头,虽然很不情愿。

"权力接续协议规定,我们必须为最坏的情况做准备。如果她已经死了……"她的声音淡下去,眼睛停留在房间前半部分那个临时封口上。

"她可能只是去趟洗手间,"斯隆妮说道,"你当时不就这样吗。"

艾迪森没有上当,看来现在不行。不过这似乎要激起她要来个清算,她抬起头瞪着斯隆妮,"她现在不见了,我们对此有明确的流程。"

"管他的,"斯隆妮打断她的话,"我们不是——"她抑制自己,压抑怒火。"你看,我很欣赏……艾迪森,我无意冒犯,但我们应该——"

一个粗粝刺耳的声音让斯隆妮把话咽了下去。声音再次响起,她的第一个念头是保持这里空气的力场正在失效。她退了回去,艾迪森跟在身后。

声音再次响起,这次更响了。不是来自屏障那一边,她松了口气,不过是来自远处的一扇门在响而已。

斯隆妮的手又一次朝屁股摸去,手枪还是不在那里。她嘴里骂着,稍微蹲下身,准备跑,如果有人过来,那就战斗。

门上出现了两只手,肥厚的手指扒在半开的门上,隐约看到一个人影蹲在另一边。那是一种爬行动物,宽脑袋,巨大的肩膀,眼睛分得很开。

一个克洛根人,一个深深皱着眉头,眉沟里简直能藏个人的女性克洛根人,斯隆妮太熟悉这个皱眉了。

她从弯腰状态站起,向前一步,藏不住脸上轻松的笑。

"凯什!能遇到你简直太好了。"斯隆妮的这句话发自内心。看到这位负责人,给斯隆妮带来了醒后第二次微弱的信心。纳克莫·凯什眼见着联结堡号建起来,她对联结堡号了如指掌,如果吉恩·加森是联结堡号的领袖,那凯什就是管家。

克洛根人向前走着,脑袋从一边晃到另外一边。"凯莉总监,我要和你是一样的心情。"她朝周遭和尸体指了指,"遇到这一切之后,看到任何喘气的人都感觉太棒了。吉恩·加森在哪里?"

"现在这也是我的问题。"斯隆妮承认。

"很多问题之一,"艾迪森说着,向前一步,"吉恩找不到了。"

斯隆妮向克洛根工程师简单介绍了一下已经发生的事情。在她说话的时候,又有其他几个低级别的船员走进行动室。他们一个个孱弱不已,急需来人护理伤口,像是一堆活死人。不过他们都是能干的船员,他是先遣队的先遣队员。尽管如此,斯隆妮可以看到尽管身处逆境，他们眼睛依然闪着光，那种想要帮助别人的眼神，想要生存下去的不死之火。"我们需要组织一个搜救组。"她为新来者找到了要做的事情。

"最重要的是——"艾迪森刚开始说，凯什就已经在点头了，"现在，我们能救一个是一个。"这个克洛根人打断了艾迪森的话。斯隆妮注意到了这一点，这倒不是鲁莽，而是坚定。不过这就是凯什，对于她的种族来说，已经算是理性和专注了。

"我会的，"艾迪森表示赞同，还轻轻摇了摇头，"看看我们能做些什么，也许你们两个人能搞明白发生了什么。"接着没有等别人答话，她就出发了。

斯隆妮看着她把这些落单的船员两两组队。"她就是很擅长与人打交道的那种人，是吧？"

"在情况允许的时候，"凯什说道，转了过来，"我能不能问一下艾迪森觉得什么比搜寻幸存者更重要？"

"移交协议。"

"嗯。"凯什又转了回去，眉头皱得更深。

搜救小组前往房间的黑暗角落，依然在废墟中翻找，他们自己都惊惧不已。毕竟这里死了这么多人，斯隆妮无法因此责怪他们。

"艾迪森，"斯隆妮皱着眉头，一脸冷酷，流露出的情绪尽在不言中。"建一份清单，把……"她停了一下，然后小心说道，"把这里人的名字写上去。"

艾迪森点了点头，也是一脸凝重，转身去执行这份重任。

斯隆妮走到克洛根女人近前，"我们现在在这里有很多麻烦，是吧？"斯隆妮问道，声音只有凯什听得见。

她以克洛根人特有的眼神直直瞪着斯隆妮。"欢迎来到仙女座，"

她在周遭的死寂中喃喃道,"另外一边,真的是这样。"凯什擦了擦手上的灰烬,好像刚刚诊断完一次冷却剂溢出故障,"我宁可知道真相,这些终端里面有能工作的吗?"

"我看到的里面没有。"斯隆妮承认道,突然感觉自己好没用,这是任何一名安全主管的工程噩梦。

"很好。"她拍了拍她宽阔的肩膀,"我们看看能不能修好一台。"

她穿过房间,艾迪森的搜救小组在身边不停穿梭忙碌,她没有理会身边的伤亡人员,只是把机械设备拔起来又插回去。斯隆妮帮了一会忙,不过说真的反而给凯什拖了后腿。

过了一会,她就让凯什接手此事,和艾迪森一起来到联结堡号司令通常会坐着的地方。他本来应该在这里端着茶鸟瞰整个空间站。

司令的豪华座椅掀了个底朝天,从基座上向后甩出好几米,椅子角上边缘的流苏都烧掉了。

"有加森的蛛丝马迹吗?"斯隆妮问道,虽然她可以看到答案就明明白白写在艾迪森的脸上,"有什么幸存者吗?"

女人摇了摇头,麻木得甚至没有说话。她身体僵硬,用手背擦了擦一只眼睛,眨了眨眼。不知擦的是眼泪还是灰尘,不过斯隆妮敢打赌艾迪森肯定会说是后者,她没有问。

艾迪森拿出一块数据板给斯隆妮看,名字匆匆列到闪烁的屏幕上。"醒来参加降临仪式的每个人都在这里了。"

斯隆妮的嘴吃惊地张开到需要刻意用力才能合上,她不由得咽了下口水——只有两个人的名字没有被勾掉:艾迪森,还有吉恩·加森。

"我感觉自己真他妈没用。"艾迪森说道,声音显得空远落寞。她没有看着斯隆妮,也没有看着尸体。斯隆妮说不清也道不明,但是这个女人的凝视仿佛可以穿越千万光年,足以让人封闭起自己的情感。

斯隆妮拍了拍她的肩膀，以平复艾迪森颤抖的呼吸，并把注意力拉回现在。"不要再为这件事伤神了，我们要干的事情还有很多，我们得找个地方安葬尸体，你来帮我……"

"在这儿？"艾迪森猛地插话，脸上挤出一丝干涩而富讽刺意味的笑容，"在仙女座？殖民事务总监就是个笑话，我们能把隔壁房间殖民了都算走了大运了。"

"嘿，"斯隆妮皱眉说道，"够了。"

"什么？那你是想告诉我说这一切都还好吗？这只是个挫折？看看你周围，一切都无可挽回了，完蛋了！吉恩和我们的领导层都完了！"

"这个！"凯什从房间另外一边喊道，她跪在一个终端前面，显示器有条裂口，还有几处烧伤的痕迹，不过除此之外其他似乎完好。"我觉得，"她停顿了一下，斜眼看着她们，"这个还有可能能用。"

真见鬼，现在斯隆妮觉得连"有可能"值得可以开心接受的。她拍了拍艾迪森的肩膀，换作是她，她也会这样拍拍自己的肩膀的。"我们以后再讨论这个问题，但我不准备灌一些狗屁鸡汤给你，好吗？我想说的就是你依然能帮助些。"

"怎么帮？"

"你准备怎么殖民我们身边的世界？"

"这是诺亚方舟的事情。不过我们有穿梭机，我们——"

"准确地说，是飞船。如果我们决定从联结堡号上疏散……"她看到了艾迪森眼中的理解，便沉下了声音。她比其他任何人都了解这些飞船，它们的能力无穷。

"好吧，我们看看凯什发现了什么。"

女人点了点头，跟在她后面穿过房间，至少她现在集中注意力于此了。

克洛根人不耐烦地嘟囔着，崩溃地叫了几声，她正检查一台未被完全损坏的电脑的内部结构。斯隆妮假模假样地在旁边站着看，麻木像冰一样在她的内心散开，这场灾难的规模已经大到完全将她压倒。

不过如果她所能做的就是让其他人忙于执行任务，也算是小小的成功，对吧？

突然爆发出一阵火花，凯什嘴里不停地骂着：又一次失败，又有一个事情需要搞定。

"如果我给它来一下子，会不会好些？"斯隆妮苦笑着问道。凯什扫了她一眼，这一瞥甚至让艾迪森也有所畏惧。克洛根人没有说话，巨掌握成拳头，朝终端猛砸下去。屏幕闪了几下，恢复运作，信息从屏幕上瀑布一样滚过。

"见鬼，这居然奏效了？"斯隆妮满是狐疑地说道。克洛根人笑了，捶了下她的肩膀："让我们看看能发现什么！"大家都挤了上来，看纳克莫·凯什操作屏幕。她不耐烦地把警告标识扫到一边。"嗯……"

"这是什么？"艾迪森问道。

"不让我进去。"

"你知道怎么使用吗？"

凯什恼怒地哼了一声，她的视线没有从屏幕移开。"紧急协议已经完全生效运作。"克洛根人摇晃着大脑袋，视线从艾迪森的脸上转到斯隆妮的脸上，"需要加森认可并授权，不过现在还没法做到。"

"现在找不着她人了。"艾迪森心怀防备。

"系统可不知道。"

"你在干什么，凯什？"斯隆妮问道。

克洛根人朝显示器做了个手势，接下来她再说的话就像是在引用程序手册的话了,斯隆妮猜得一点不错。

"在整个空间站都发生紧急情况的时候,如果指挥官在一定时间内没有认可这个状态,就会自动锁定。直到事先预编程的权力协议确定的合适人员就位后,锁定才终止。"

"好的。"斯隆妮说道,"那就是艾迪森,对吧?让她来就行。"

"可能吧。"凯什在研究面板,"不过程序有点特殊,找到加森之前,我们需要沿着名单找下去,把已经没有行动能力的人员划掉。"

艾迪森把数据板交给斯隆妮。她俩看着凯什在界面上操作,指挥清单上有六个名字依次闪过,在还没有出现艾迪森的名字之前,协议就已经产生了一个不在数据板上的名单,或者至少是降临典礼群的部分名单。

艾迪森斜视着显示屏。"等一下,"她指着文本,"这个嘉恩·坦恩是哪路神仙?"

"嘉恩·坦恩?"克洛根人说道,"税收管理代理总监。"

"太好了,"斯隆妮喃喃道,摇着头,"太完美了。"

他所在的休眠舱的大厅在这次"事件"中几乎没有遇到什么损失,不过艾迪森更愿意把这个事件叫作"灾难"。坦恩和所有其他人都在这里,不过依然处于睡眠状态,凯什用她自己系统内的技术手段绕过了维护系统,唤醒了嘉恩——事实上她也只唤醒了嘉恩,他现在活着,还能动弹。

这名赛拉睿人坐起身,感到神清气爽,可能觉得这只是漫长的休眠后所期望的正常苏醒,之后他就可以继续做个吝啬鬼,或者继续干他应该完成的工作。

听到斯隆妮的声音,他的脸色一变,他看看她,然后看着艾迪森,之后是纳克莫·凯什。他看见克洛根人围着他,不由得蜷起身子。"发生了什么？你不是复活团队的人。"

"我是斯隆妮·凯莉，安全总监。"

"我们被攻击了？"

她摇了摇头："这里发生了可怕的事故，空间站遇到了麻烦。所以我们唤醒……"她强忍着不屑的笑容才说出这些话。深呼吸，深呼吸……她稳住自己接着说道，"所以我们唤醒了你。"

"事故？和收税有关吗？"他的眼睛转向凯什的方向，然后箭一样回到斯隆妮身上。这个只懂税收的书呆子在休眠舱里来回蠕动，"这不会是个恶作剧吧……"

"不是恶作剧，"斯隆妮说道，"相信我，我也希望这是个恶作剧。"

"什么意思？"

艾迪森长长出了一口气，"现在，你是最资深的船员了，而且你要负起全部责任。"

沉默笼罩了他们，只有嘉恩傻傻地盯着她。

艾迪森轻轻地笑了，"根据紧急指挥协议，联结堡号上你说了算。"

这句话他听懂了。"什么？！"

话音未落地，凯什就缓缓说道："也就是说直到我们找到吉恩·加森，这里的一切都由你来负责。"

这个搞笑的情况并没持续多久。嘉恩·坦恩对于现在聚集起来的领导层来说是个未知的新人，而且作为执行总监，她们对他一无所知。让一名赛拉睿人和一名克洛根人走得太近……

斯隆妮实在无法忽视克洛根人语气中的威胁。

而且，她注意到坦恩本来就很大的眼睛更大了，是的。

第五章

　　凯什跟着其他人回到行动室，然后静静等着，而嘉恩·坦恩研究着眼前的清单——上面把他列为联结堡号的临时司令官。

　　斯隆妮站在他身边，双臂交叉放在身前。艾迪森则带着愠怒——不，准确地说是愤怒——与他保持距离。在这种情况下，她就算不希望，也至少期待自己是名单上接下来的那个人。不过，因为某些不可言说的原因，这位中层税务官员在名单上位置最高。

　　赛拉睿人站在那里，懒懒抓着自己的脖颈后面，一次次地在屏幕上看着自己的名字，好像能看出什么名堂似的。

　　凯什依然在门边，双臂垂在两侧，他一步登天的事实真是令人愤怒。追根溯源，是由于赛拉睿这个种族研制出的基因炸弹几乎把克洛根部落灭绝了。就算几个世纪之后的现在，依然是赛拉睿人担任着挣扎求生的克洛根人的头头，而且似乎每个人提起此事来都有很多话要说。

　　他们很愿意用自己短粗的鼻子鄙视克洛根人。

凯什曾经希望远离这一切，与富有协作精神的人们合作，那些种族愿意尊重克洛根人带到这个新地盘上的东西。

还有部分原因是，她感觉到了缺乏认同而带来的刺痛与他们义愤中的背叛色彩。不过她更清楚，她是一名工程师，事情拖下去，空间站的情况绝不会变好。而且凯什已经在头脑中列出了必须要进行的修理清单。

不管赛拉睿人想干什么，凯什都知道自己的职责所在。

坦恩好像终于弄明白了这件事，也知道了其他人的情况，虽然没进行什么仪式，却最终在显示屏上进行了确认。他输入了自己的姓名和那个无聊的职务，完成了安全认证。屏幕一闪而过，然后更多信息在屏幕上流过。凯什终于忍不住了，穿过房间站在他们三个人后面。屏幕上出现了紧急冷冻终止协议几个字，下面是坦恩的名字。

又出现了两个名字，她们的身份也一并列出，而且更重要的是他们的头衔：福斯特·艾迪森总监以及斯隆妮·凯莉，临时司令官顾问。

凯什不在名单上，其他二十多个已经醒来的人也不在清单上。

这没什么好吃惊的，也不应该刺激到她。这些数据无非确认了凯什的猜测——她被唤醒并非事出突然，也绝不需要她进行领导，她就不在那些被指定担负责任的那个圈子里。

克洛根人不是干领导的料，即使在这里他们也不是。尽管每个人都好像知道这应该意味着什么，信誓旦旦地说，这是一个新的开始。

并不是，至少从她和她的种族的角度上说不算是。

纳克莫·凯什是对空间站贡献最大的人之一，现在的空间站虽然支离破碎，但是她对联结堡号的了解超过绝大多数人。她看着赛拉睿人的后脑勺，无法想象为什么居然会有人让他管事。凯什觉得按最糟糕的算法，就算无视掉凯什自己的贡献，这种情况下也应该让总监斯隆妮·凯莉领导。

转念一想，凯什知道了其中的原因——政治，参议会政治，反克洛根政治，官样文章，叫什么无所谓，但这就是根源。

一个崭新的开始，却脱胎于旧的、毁灭性的惯例。真相埋藏得很深，她希望他们离开，而且是真正离开，把银河系甩在身后，还有所有的歧视，所有的印记。实际上，这是她决定加入到这个任务中最重要的原因也就是说，在克洛根这个种族看来，这是一个与周围种族平起平坐的机会。这不仅仅因为他们是这么说的，而且还因为他们已经展示自己与其他种族一样有竞争力、勤勉，而且坚定。

在欢送晚会上，她向纳克莫·莫达也是这么坦白的，但这名老兵哈哈大笑，为这种荒唐的理想主义喝了一大杯。这种记忆让凯什很尴尬……而且愤怒。她有权利向往过上更好的生活，更融入群体。

她不是什么天真青年，但莫达完全是另外一回事。必要时，她更加凶悍强硬，她部落首领的地位可不是白来的。

凯什没有预料到领导层会在这样所谓的新星系醒过来。

"等一下。"斯隆妮说道，指着屏幕。"在我的大厅里的每个人都苏醒了，旁边的那个大厅也一样。你怎么知道我是这个协议还是什么东西中的一部分？"

凯什不耐烦地嘟囔了几声："记录日志不会撒谎的。"这回答直截了当。没有人问她，她向前走了一步——稍靠近赛拉睿人便把他挤到了一边——现在终端已经解锁，她靠近屏幕。"其他的休眠舱毁损严重，而你的没有。看到这儿了吗？那一群，还有这三个。要不是休眠舱损坏，他们现在还在休眠，或者更糟。但是你的休眠舱没有损坏，这就是协议。"

"但我记得它坏掉了。"

"那是在协议开始之后。"凯什肥厚的手指戳着那条线。

斯隆妮张开嘴,似乎仔细想了想,要说些什么。

"看起来,"坦恩对身侧的两名人类女人说道,"我们三个人要一起共事很长一段时间了。"

"直到我们找到加森。"凯什尖锐地指出。如果她不在房间里,她会有种想法,这是想要在赛拉睿人扁平的臭脸上来一记老拳。克洛根人本性的那一部分,一辈子都浸泡在冲突中的那一部分。

安全总监拯救了她这种想法。

斯隆妮摇了摇头,表情坚毅:"是啊,不过现在还没有。"

"什么?"

"顾问什么的,去死吧。除非情况得到控制,否则都是我说了算。"

趁艾迪森说话空隙和坦恩闪烁磕巴的当口,凯什夺过了话语权。"现在是紧急情况,可能很致命。直到我们收拾好烂摊子前,我最不愿意做的就是和一个税收官员争论成本。当然,我没有不敬的意思。"凯什拼命抑制着自己带着恶意的幽默感。

赛拉睿人迎着她的目光,嘴巴咬紧,目光直视着安全总监。"我理解你的焦虑,不过任务协议……"

"去他的任务协议,看看我们周围,坦恩。我们活到下一个小时都算命大,可你知道什么?让任务见鬼去吧。"艾迪森眼神闪动,愤怒不已,"最后一处火踩灭之后,我才会关心任务。"

赛拉睿人向后退了一步,不过凯什缓步过来的时候他并没有再退。"安全总监凯莉说得没错。"话很简单,声调平稳,她不是和稀泥的那种人。

女人皱起了眉头:"叫我斯隆妮,好吗?这个头衔让我头疼。"

凯什尊重她的想法:"斯隆妮,"她修正道,"说得很对。"

坦恩的眼睛眯了起来："我知道你的想法了。"

她可能出于通盘考虑，还要建议把联结堡号涂成图岑卡瓦斯一样的粉色。

她花了比凯什更多的力气才把声音中的愤怒压下去："这是事实，而不是什么想法。"

凯什指着屏幕道："生命支持系统已经失灵！从核心动力系统到空气循环都已经在超负荷运作，因为飞船想要补偿系统受到的损害。"

他们看着她，脸上挂着不同程度的质疑和困惑。或者，在赛拉睿人看来都是不耐烦，现在可没时间整这个。于是她提高了声调，几近咆哮着说："联结堡号正在被摧毁啊！"

有时候只有直截了当才能起作用。

三个人的态度各不相同，在凯什看来，以大家现在的反应，她的火气还不够大。

坦恩看着艾迪森，艾迪森看着斯隆妮，斯隆妮只是眯起眼睛，看着唯一正常工作的屏幕，沉浸在自己的思绪中，凯什几乎可以看到斯隆妮脑子里旋转的轮子。

赛拉睿人扯了扯斯隆妮的袖子："那好吧，我建议——"

斯隆妮举起手，打断了他的话，她看着凯什说，"谁负责生命维持系统，他们还活着吗？"

凯什知道是谁，突锐人是直接向她汇报工作的。她在屏幕上又戳又扫，操作了几下。

"卡里克斯·科万尼斯，他很有能力，不过有点……你懂的，突锐人那股劲。"她注意到斯隆妮的嘴唇撇了一下，人类懂的。突锐人的傲慢还有这个种族对精英制度特有的忠诚在嘉恩·坦恩那边一定是一根让人头疼的刺。真是个愚蠢的举动，他们却都洗耳恭听着。

他们对所说的这个突锐人，尊重程度各有不同。

卡里克斯是个优秀的军官，不过他喜怒不形于色，凯什会尊重他的空间，而他也会尊重她的命令，不过这种关系在新的情景下究竟如何，只有走着瞧了。

"他还在休眠状态，"她观察到，"状态……有些危险，不过只是名义上有危险，就像所有其他人一样。"

"把他唤醒。"

坦恩皱起眉头："什么？"

"还有他的船员。"斯隆妮又说道，没理会坦恩。

"等一下。"坦恩提高了声调。他伸出一只手，斯隆妮不知道这是为了引起自己的注意还是让凯什遵守命令："现在这么做可不明智。"

斯隆妮横了他一眼，"你现在告诉我说找人修复生命支持系统不明智？真的吗？"

有些时候要相信别人，凯什有些小气地想，但赛拉睿人坚持己见。

"我在问增加更多氧气消耗是否明智，这种情况下人越多，产生的废物也越多。"他强硬地回答道，"生命支持系统可能失灵，但是它已经尽力为我们这里的人提供了可以呼吸的空气，对吧，纳克莫·凯什？"

凯什看着显示器说，"空气首先会对人类产生毒害，还有……大概四十三分钟左右。"

"那，"坦恩十分坚信自己的猜想，"你看到了吗？把卡里克斯叫醒，然后把其他的人也唤醒，然后你可能还是会看到你所希望修理完好的系统依然失灵。"

斯隆妮·凯莉闭上眼睛，用手指按压太阳穴："那有什么其他的办法？难道因为我们努力修理可能让生命支持系统更快失灵，所以就要放任系统慢慢失效？"

坦恩笑了："因为你打断了我，所以我还没有提出任何建议。"

斯隆妮咬咬牙，准备骂人。"你们两个都放松点，"福斯特·艾迪森站在他们二人中间说道，"你有什么就直说，坦恩，利索点。"

赛拉睿人整理了一下自己，撸撸袖子。"只唤醒卡里克斯这个人，然后让他决定这种情况下是不是需要其他人的帮助。他来说应该，是一个专家。也许他可以在我们已经醒了的这些人里找几个来帮忙，而不是增加非冬眠状态的人数。"

艾迪森毫不迟疑："同意。"她看着凯什，好像这件事情已经定下来了。

斯隆妮又恶狠狠地瞪了坦恩一会，然后转向凯什。"那就唤醒卡里克斯，到时候你和我在他的休眠舱与他碰头，跟他说下现在的情况，并且有必要的话帮助他。"她说"帮助"一词的时候都充满气愤，凯什没料到她会如此不满。不过这是一个小小的矛盾，甚至凯什也能看出来赛拉睿人说得有理。

凯什朝斯隆妮点了点头，便朝出口奔去，一路跨过砸坏的设备和再无生气的尸体。斯隆妮跟在后面，再没说什么。

"你离开的时候我们干些什么？"艾迪森在身后喊道。

"趁我现在还没疯掉，去找加森！"安全总监答道。凯什则一言不发。

斯隆妮转过头高声说道："别让反应堆出现严重情况，除此以外，如果你能让通信系统正常工作的话，事情就容易多了。你赞同吗，税收管理员兼代理总监坦恩？"

"似乎是个很周到……"

"很好。"

65

凯什带着斯隆妮·凯莉出了房间,来到外面破败的走道,联结堡号正在被摧毁,很高兴没有人看到她面部肌肉上充满恨意的微笑。每名克洛根人都希望好好干一仗,管它是大自然还是什么活物,无论前方有什么,绝不是无聊的事。

她加速奔跑,斯隆妮有点跛,但依然跟在她旁边。她们在与一个古老而顽强的敌人战斗:时间。但凯什注意到,时间要赢了。

"你敢肯定你要去哪儿吧?"斯隆妮问道。

一根支撑梁呈对角线落下,贯穿大厅,凯什从下面滚翻过去。她又站起来,跳过一张床,继续发力狂奔。她们的行进路线上有的地方一片漆黑,只有制服上的小型应急灯能勉强提供一点照明。

这里一团糟,却并没有让她狼狈不堪,路上甚至还找到一张床,真是太神奇了。

"这个地方是我建起来的,"凯什一边跨着大步一边说道,"按照你们人类的说法,我对联结堡号算是了如指掌。"她又想了一下,"不过我还真没遇到过一个特别了解自己手掌的人类。"

斯隆妮咕哝着躲过凯什刚才跨过的障碍,还不错,她只不过落后了几米而已。在一个特别的路口,凯什一个滑步停下,朝左一闪。

"就是这里了。"

"等等。"斯隆妮在她身后喊道。

凯什转过身,看到这名人类在墙上的一个小键盘敲着,这个键盘居然还能工作。旁边的一个面板印着安全标记,滑开面板,露出一小堆应急供应储存物资。斯隆妮伸出手,越过一排医疗包,选择了一支古老的凯斯勒手枪。她查看了一下装弹情况,激活了武器。

"你觉得我们还需要这玩意吗?"

"以防万一。"斯隆妮耸耸肩,"心里安全点。"

"你不能朝太空开枪,斯隆妮。"

"我也不想朝太空开枪。"她浅笑着回答道,她显然不会像其他人那么毛躁,她很专注,"有些人在我出休眠舱的时候已经出来了,这些人惊慌失措,无法管理。我们没有时间浪费在这些狗屎事情上,如果卡里克斯醒过来开始发飙,我们就死定了。"

"我明白你的意思,不过,能不能不要伤到他?"

"不敢保证。"

凯什摊手道:"卡里克斯可是空间站唯一一个对生命支持系统里里外外都了如指掌的人!"

"你不也是吗?"

她不接这茬:"我是,但我光是忙我擅长的事情都忙不过来了。所以如果你一定要朝他开枪的话,朝腿上打好吗?"

斯隆妮哈哈大笑,凯什可以从放声大笑中感受到人类的幽默感,这种幽默感更接近于克洛根人,而不是突锐人。"那就这样,"她咯咯笑道,"不过我没有准备朝任何人开枪,你就称之为鸣枪警示就可以。"她把几个弹夹和医疗包塞到口袋里,然后把一个应急呼吸器甩到肩上。凯什也拿了一个,然后她们就离开了。

前往下一个大厅的半道上,一排排红色应急灯在地板和墙面上闪烁,又模糊下来。头上一个警报器猛起地响起,过了几秒又归于沉寂。

凯什一只手撑到墙上,微弱的震动穿过她厚厚的手掌传了过来。"她正在从危险中恢复。"斯隆妮轻轻笑了笑,再没说什么,她继续带路前进。

"左边,这里。"凯什在下一个路口催促道,"D14号大厅,在右边。"

这条走道好像承受了空间站的大部分冲击力,不过凯什知道这只是幻觉，其他地方的情况更加严重，她现在也只能在这样的灾难现场穿行。地板直直翘起，一团水管和电线从拱起的金属瓦片中穿出来，就像破碎的骨头穿透人体脆弱的皮肤。

水管破了一头，橙色的液体从破口滴出来，流到地面上凹进去的地方，像是火山岩浆流下的样子。一排灯本来应该连在天花板上的，但现在都不亮了，挂在线缆上荡来荡去。

"这里太乱了。"斯隆妮喃喃道，"你确信终端说了卡里克斯在冬眠状态？"

"十分钟之前，是这么说的。"

他们跨过地板砖堆成的小山，越过难闻的液体流成的橙色小河。

D14大厅的门奇迹般地没有受到损害，应急电力正在供电，斯隆妮在旁边弯折的面板上敲了一个数字，朝后退了一步，门滑开了。

一个寂静的老式大厅就在前面，地板上一圈红灯闪着暗弱的光。八个休眠舱呈圆形散布，直面着中心一个检验台，就像史前陵墓里的棺材一样，每个休眠舱的门口依然覆盖着寒霜。

凯什的目光扫过休眠舱，发现每个舱门上都有一个小绿灯。总算，不是所有事情都出了岔子。她用肩膀挤过斯隆妮，在卡里克斯的舱门前面弯下身。她迅速检查了一下控制终端，又松了一口气。

"确认完好，他还好。"

"太好了。"斯隆妮激动道，"叫醒他，快，我们没时间了。"

凯什输入指令的时候，斯隆妮走到检验台的终端旁，想要激活它。从她的骂骂咧咧来看，终端显然没有反应。

"试试通信系统。"凯什建议道。斯隆妮走到门旁边的小仪器旁，戳了一下。凯什用余光看到斯隆妮用拳头捶那个按钮——其实更像是疼爱地拍拍，好吧，这不算是人类的天赋。

"坏的。"斯隆妮说。

"好吧,准备好武器,解冻差不多完成了,重要器官看起来都还不错。"

两个人面对休眠舱肩并肩站着,一分钟过去了,什么反应也没有,只是窗上的寒霜凝结成了细细的水滴。一只手拍着玻璃,擦净了水汽。凯什靠在上面,使用手动授权打开舱门,污浊难闻的气味从密封条缝隙中间嘶嘶而出,凯什打开盖子,向上一转,让出位置。

突锐人直直躺着,双眼紧闭,湿漉漉的休眠服紧贴在他鸟一样的身体上。过了几秒钟,他说话了,但眼睛还是没有睁开。

"怎么这么安静?"突锐人有自己说话的方式,听上去就像是一个喉咙里发出两个声音。凯什觉得这种声音特别悦耳,不过她知道人类可不会这么认为。

科万尼斯被这么不客气地叫醒,还没有缓过劲来,他不紧不慢的语调听起来很厚实,跟缺少自信似的。

凯什瞄了一眼斯隆妮,这位安全总监盯着工程师,她很满意这个情况:"我们现在遇到了麻烦,需要你的帮助。"

这句话吸引了突锐人的注意。"这还用说,什么麻烦?"卡里克斯眨了几下眼睛,眼神还是有些迷茫。他抬了抬头,缩回休眠舱,又躺下了,骨质头冠靠回按照形状制作的垫子里。

"考虑到唤醒的方式,我们只能使用这种武器来热烈欢迎你了——"斯隆妮把手枪往下指了一点,不过只是一点。

"而且现在缺少医疗人员,我猜这就是严重情况?"

"对手很严重,"斯隆妮说道,"我们边走边说,你赶快起来。"

卡里克斯嘟囔着,抽出胳膊用两只拳头揉了揉眼睛。他伸出手,凯什一只手托着他的下巴,挟着胳膊把他从气垫的怀抱中拉出来,他需要她的帮助才能站住。"纳克莫·凯什,"他努力了半天,关节终于能动弹了,"能看到你真好。"

"我看到你也很好,"她答道,"尤其是你还活着。"

"这就是为什么她还带着枪?"他的脑袋倾向斯隆妮,问道。

"以防万一,"斯隆妮插话道,"如果你不采取合作态度的话。"

"你怎么会这么想?"

"我认识一些突锐人。"她答道,不过把枪完全垂了下来。凯什不能怪罪她,这个种族有很多臭名昭著的习惯,但绝没有盲从别人的习惯。卡里克斯并不热忱于他种族喜欢的那些事情——荣耀、名誉,还有地位。

他需要的,正是凯什能利用的,那就是信任。他对工作很在行,而且对手下了如指掌。他伸开两只手,大拇指推开凯什,朝斯隆妮点了点头。"我听说过,"他简单说道,凯什怒视着他,"可以的话,给我一分钟让我头脑……"

"不行,生命支持系统在三十二分钟内就要失灵,你现在必须把它修好。"

凯什抓着他,感觉到他的胳膊发僵,强忍着不打哈欠:"没有其他可以生存的区域吗?"

"生命支持系统是为整个联结堡号服务的。"

这句话起了作用,卡里克斯好像终于集中了注意力,他疑惑地看着这个女人:"你在开玩笑吧?"

"你自己过来看看,"凯什摇着她的脑袋说,"她要是开玩笑,那也是全星系最糟糕的玩笑。"

"没错,"他似乎没法把眼睛从斯隆妮那里移开。她了解突锐人——也了解他——他想要弄明白她的想法,如果她有的话。

凯什觉得他现在漫不经心是因为还没从长达六个世纪的休眠中醒过来,她把他的胳膊架到自己肩膀上,经过检验床,扶他走出房间。按照正常的苏醒流程,本来应该在这里进行几个小时的肌肉萎缩治疗,和几百项检测以及修复性注射的。

在大厅里,卡里克斯面对灾难现场,一脸痛苦和错愕:"怎么跟办了一场克洛根人婚礼似的。"凯什哼了一声,"我们才不办婚礼。"

"看出来了。"他喷了回去,显然脑子已经恢复了运转。斯隆妮觉得这并不有趣。"现在没时间开玩笑。"卡里克斯举起一只没被抓住的手,摆出和解的手势。斯隆妮生气地皱眉,转身跳到了地板上一处被压弯的地方。

"我们现在去哪儿?"

"行动室。"

卡里克斯摇着头,凯什本来跟在后面,但他突然停了下来:"真浪费时间,如果联结堡号的其他地方也被打成这个样子,那你应该带我去车间,而且车间更近一些。"

斯隆妮的视线越过他的头顶,看着凯什。

她点了点头,安全总监没浪费时间争辩:"好吧,带我们去。"

"告诉你吧,"卡里克斯苦着脸,"你带路,我让凯什架着我,这样我们可以假装我比一个死去的沃勒人强些。"

凯什伫立着,看来他没有办法自己走路,斯隆妮挤出一丝笑容,好像这是个艰苦的任务,然后简单地回答道:"好。"

也许现在没时间开玩笑,但是她没法无视这个事实:人类与克洛根人或者突锐人在一起的时候,好像比和其他人类在一起还轻松,就此来说,赛拉睿人也行。这一点好像对凯什来说也很明显。

他们一起尽力前行，卡里克斯告诉她们在哪里拐弯，一路上就算因为遇到路障而走了两倍回头路也没有因此苦恼——那里有一条路直接弯向真空的外层空间。从壳体上撕下来一个直径三米的整块，不过和行动室一样也被密封住了。

凯什想要记录一份清单，把需要修理的地方都列上去。不过在她记录到下层走廊和被撕裂的船体之前，就放弃了。

每件东西都需要修理，甚至是那些看起来没有受到损害的东西也需要测试并加以重新确认。这要花好几个月，甚至几年，而且现在没有工作人员加以补充，也没有装满备件的仓库和机库。

"你还没有告诉我这里究竟发生了什么。"卡里克斯说道，打破了沉默，"我们是不是被袭击了？"

"传感器全部离线，而且所有其他东西也几乎都离线了，似乎是我们撞上了什么。"

"一艘飞船？或者什么自然物体？"

"我现在回答不了，"斯隆妮简单答道，"我们越早让整个地方运转起来，就能越早发现究竟发生了什么事情。"

凯什觉得这个回答太棒了。

突锐人不是纸上谈兵浪费时间的角色，他没有说话，集中注意力给自己因为休眠依然沉重的四肢热身。凯什发现他的重量越来越轻，直到他自己慢慢找到平衡，重新控制住自己。然后，当她非常确信他能够自己走路时，他清了清喉咙。"就在里面。"卡里克斯朝一扇门点了点头，墙上的标记写着生命支持中心监控。

面板已经失效，凯什走了进去，把两扇门掰开，卡里克斯走了进去。斯隆妮也跟着进来，不过卡里克斯抬起手，示意斯隆妮停下来。他环视整个房间，这里就像其他地方一样，里面也是一团糟。

"我们有多少时间？"卡里克斯问道。

"二十四分钟。"斯隆妮立即答道。

"我需要把我团队的其他人叫醒。"

斯隆妮僵了："我们没有时间。"

"我现在需要他们。"他说道，"要么你现在手边就有几千个呼吸器吗？"

斯隆妮扫了一眼凯什，凯什只是耸耸肩。安全总监的迟疑只持续了一秒钟，卡里克斯大步朝他们来的地方走去。"待在这儿。"他回头说道，然后消失在角落。

人类瞪着他的背影："他是不是一直都这样？"

凯什带着沉重鼻音的笑声在乱七八糟的房间里回荡着。"卡里克斯就像他种族的很多人一样，"她说道，"他既不为名誉也不为地位，只是能控制场面的时候如此。"

"他在精英里面不算大人物，是吧？"

她耸了耸肩的。"我不知道他过去如何，斯隆妮总监。我觉得也没必要问，我只能告诉你他是个踏实且极富天才的工程师，善于保护自己，并且很难被激怒。这也是他的理念，"她又说道，"覆盖到了他监管的一切事物，无论是系统还是手下。"

斯隆妮扬起眉毛，"所以你就任由他自己作决定？"

凯什又耸耸宽阔的肩膀，"与绝大多数人不同，我不觉得应该对自己的手下多疑，卡里克斯按照自己的理念做事，肯定有其道理，而且会成功的。"她坚决地说。

"你相信他？"

"相信他足够能修复整个冬眠系统。"

斯隆妮俏皮地低声吹了个口哨。"他需要我们帮忙寻找他的船员吗？"

这个凯什就不知道了。"你和突锐人混在一起的时间长，"她反而说道，"你怎么想？"

不管她怎么想，斯隆妮都不准备对凯什说出来，这显而易见。在银河系的时候，有传言说人类和突锐人走得很近，如果没记错的话，是凯伊图斯说的，而且经常这么说。他登上了纳塔图斯号，这一点并不让人吃惊。纳塔图斯号是突锐人的方舟，目的是在随后与联结堡号接轨。

不管他跟着斯隆妮来仙女座是因为友谊，还是像传说的那样另有原因，凯什都不关心。甚至这个传说中的突锐人存在与否都不重要，重要的是，斯隆妮非常熟悉突锐人那一套，愿意让她的工程师尽力去做最擅长的事情。

她现在似乎允许这件事情发生。

凯什则是有什么条件就接受什么条件，卡里克斯和她都赢取了按照自己想法修理这个失灵的系统所必要的信任。斯隆妮露出对他们种族的偏爱，这对事情帮助很大。"现在，"凯什干脆地说道，双手紧紧握在一起，"我们可能也要忙了。"

"我也是这么想的。"斯隆妮叹了口气。她身体张开，打开肩膀，弯下身开始干活。

在斯隆妮的帮助下，倒下的设备重新立了起来，控制屏幕上的灰烬也被清扫干净。

在创纪录般的短时间内，卡里克斯·科万尼斯带回了七名初级工程师，个个眼神疲惫。斯隆妮知道，说他们是初级，只不过是因为他们拒绝自己的等级比卡里克斯更高。他们马上开始了工作，好像根本不需要指令。卡里克斯也不闲着，他不时吼出命令，那些术语和缩写凯什可听不懂。

他太了解他的手下了，他们一起共事过很长时间。凯什想起来，实际上，他们是作为一个团队志愿报名登上联结堡号的。她原来看过资料，上面有备注，在他来到这个岗位之前，曾经为了团队的福利待遇对抗过上面的命令，引起了劳动纠纷。不过她不知道细节，因为他很谦逊，几乎不愿意提起。不管那件事情怎样，他们后来一直都很忠诚，用他的话说"这本是个错误，他们说我去哪儿他们就跟着去哪儿"。卡里克斯平静地说道："所以我就试试他们，看他们愿不愿意来仙女座，结果他们是认真的。"

斯隆妮此刻特别想问，这个答案他满意吗？

"我不会拖着任何人去做他们不喜欢的事情。"他告诉她，朝手下干活的地方点了点头。"他们想要离开的话，可以。但他们看了先遣队的介绍，也听到了演讲，和我一样。他们之所以今天在这里，是因为他们想来，凯什，他们会努力工作的。"

她从不怀疑这一点，而且，十分感谢他们。现在他们每一个人都需要把自己磨快擦亮，做好准备。

突锐人简洁地喊出命令，两个人一起跑开，去修理一个在下面一层甲板上的被阻塞的阀门，另外还有在外面的三个阀门。

凯什站在后面，强迫自己不去看时间，不过现在也不需要。因为斯隆妮每隔一分钟就会报一次数，十五分钟，很快只剩下十分钟，然后是五分钟。工程师们拼命干活，一般只在训练中才有的沉默蔓延到整个空间。

"两分钟。"斯隆妮喊道，语气中缺少了激情。她的喘息越来越重，声音也低沉下去。现在空气中有了燃烧的化学品味道，对于克洛根人来说，闻起来很糟糕。凯什只能想象人类现在多惨，实际上，说完之后，安全总监就把呼吸面罩戴到她脸上，让她坐下。凯什没有问她是否没事，显然答案是否定的，只有时间能说明一切，而时间正是卡里克斯需要的。

工程师团队正在检验刚才的修理成果，而斯隆妮和凯莉只有干等着。

"氧气水平稳定！"一个人说道。

"过滤器水平在11%！"另外一名阿莎丽人说道，"现在，十，九，不，等一下，在九和十之间浮动！"紧张的氛围在房间中一扫而空，他们相视而笑。

"成功了吗？"斯隆妮问道，声音在全副呼吸面罩下特别喑哑。

卡里克斯松了一口气，伸展开长长的手臂："我能说我们争取到了二十四个小时，也可能更久。"

斯隆妮骂了一句什么，以表示感谢，但凯什听不到她说了什么。她伸手去摘面罩，被卡里克斯挥手拦下："你最好还是备好面罩，这里的空气依然有毒，而且接下来一阵也会有毒。"

可以看到斯隆妮有点喘不过气，她放下手大声说道："如果不能呼吸，那我们就无法修复联结堡号遭受到的损害。"

"长官？"阿莎丽工程师问道。

卡里克斯转向她："请讲，伊利达。"

"如果我们把联结堡号上没有必要的部分抽成真空，然后使用分类过滤膜——"

"那我们就可以制造出一小块定制的空气，很好的想法，工程师。"这位名叫伊利达的阿莎丽工程师因为受到表扬笑逐颜开。

斯隆妮又按着太阳穴："什么意思？"

"把好空气抽到这里，把坏空气排走，然后把联结堡号的绝大部分留空。"

"听起来就像是个金蝉脱壳的游戏。"斯隆妮说道。卡里克斯觉得这个古老的比方很不错,"因为这本来就是。"突锐人举起一只手,回避斯隆妮的下一个目标。"这样可以留给我们一个或者两个空气绝对安全的区域。如果我们的路线规划足够聪明,我们可以把空气转移到任何需要的地方。"

凯什把斯隆妮拉到一边,她倾过身,压低声音说:"我们还是不知道吉恩·加森在哪里。如果她在外面转……"

"她不可能走那么远。"

"有这个危险的可能性。"

"我们现在没有很多选择,凯什。"然后,对卡里克斯大声说,"就这么干!"

凯什看着人类:"你不想让坦恩先管事,对吧?"

"坦恩可能上钩——"她住嘴了。凯什注意到,这是一个进步,这个小小的胜利让人类稍微镇定了一些。"他会理解的,而且很容易得到原谅,对吧?"

第六章

嘉恩·坦恩盘腿坐在吉恩·加森办公室的地板上——从技术上讲，这里现在是他的办公室了。他双手捧着一个装满阿莎丽蜂蜜酒的玻璃瓶子，喉咙因为抿了一口酒而有些刺痛，接着一股舒适的暖流慢慢扩散进肚子里。

他的视线穿过落地窗，联结堡号一条长长的居住用的悬臂从下面向外伸展了几公里。他这样看着，终于成功说服自己一切都会好的。然后他一阵傻笑，一会开心一会恼怒，脑子像人类似的反复无常。人类大脑过滤和扭曲事实的能力总是超出他的想象，而且他在人类周围待得越久，这总越是发现人类，或者他们倾向如此。风波平静下来的时候，他一定要好好研究一下。

如果这场风波能平静下来，他正在努力纠正自己这个毛病——"等什么时候平静下来""到……时候"的句式意味着成功只是时间问题，是看什么时候找到加森，而不是"如果能"找到加森。出于现实的考虑他很怀疑这个时间点是否存在，但他没有说出来，就让斯隆妮·凯莉和福斯特·艾迪森去说什么"到……的时候"吧，当鼓动船员的时候，这是一个有用的工具。加森自己也说过，"当我们到达仙女座时……"而他才不会预先假定什么事情呢。

"假如"才是现实，假如允许失败的可能，然后才能为失败制定一个计划。

"假如"到达仙女座；"假如"我们能及时修复生命支持系统；"假如"加森还……

"生命支持系统稳定了！"艾迪森说道。他瞥了一眼她，甚至都没有意识到她已经回到了房间。艾迪森从他手里拿过蜂蜜酒，大喝一口。"他们搞定了。"她说完，又喝了一大口。

人类？"这真是个好消息。"坦恩高声说道。

艾迪森走到窗边，站在那里。坦森看着玻璃映出的艾迪森，半透明的身影叠在群星上。群星和艾迪森身影的上方，是谁也说不清楚的一团黑暗。他们心中挥之不去的恐惧，已大大减轻，坚定的信心已经取代了疑惑，所有的焦虑在信心之墙面前烟消云散。

他希望他能知道这些一定会发生，希望他有理由研究先遣队的领导委员会。开始做愚昧的事情总是让他非常困扰。

艾迪森又喝了一小口，点了点头，十分享受。"天呐，这酒不错，你在哪里找到的？"

他指了指加森桌子上一个打开的面板，灾难发生的时候它弹开了，露出一排各式饮料。有的已经倒下来，但是没有一瓶摔碎。这是奇迹中的奇迹。

艾迪森看到这里就笑了："要是吉恩知道自己的私藏被拿走了，一定很抓狂。"

"在这种情况下，"他冷静回答道，"我觉得她会原谅我。"

艾迪森喝光了杯子里的酒，好像是能量过剩似的，她跑回到大桌子旁边，围着转了几圈。然后泰然自若地坐在大理石桌后面的大椅子上，放下空杯子，对坦恩说，"你觉得我们能挽回整个任务吗？"

坦恩笑了："这只是个关于可能性的问题。"他为自己玩弄文字而沾沾自喜。

艾迪森皱了皱眉，她张开嘴想问他一个问题，不过最后还是觉得不问为妙。"通信系统有没有进展？"

"看你身后的屏幕。"坦恩指了指，"我做了一次例行检查，看看还有哪些连接器、传感器和接收器还能工作，并且指令根据结果创建一个新网，同时也为覆盖范围做了优化。有些……不太重要的线路按照当前的需要被改作他用。"

"你会做这么多？我以为你就是个收税的。"

艾迪森的惊讶令他很受伤，就让她这么想吧，他已经达到了自己的目的。"好吧，"他认真说道，"线路早就存在了，我知道这些是因为我批准了这个项目的预算，而且我能无比清晰地回想起把账做平的时刻。"

艾迪森看着他，显然并不懂他的意思。"我选择了程序，"坦恩叹了口气，耐心说道，"然后按下那个写着号码的大按钮。"他弯起手指，跟个按键大赛的冠军似的。

艾迪森现在的心情好像不太适合开玩笑，但一丝微笑还是出现在她嘴角。"金星。"她低声道。

"嗯？"

"你说的不太重要的线路。"她大声说道，"你指的是？"

坦恩转过来面对她，"你知不知道，医疗——我的意思是整个这一块——都是由一套高级声音系统进行配置的？"

"声音？"

他歪歪脑袋："用来安慰病人。"

她的眉弓抬起："漂亮。"

"是的。"他停了一下，"设计得最先进最棒了，最聪明的家伙们聚在一起，用最先进的科技产生了最棒的声音，之前从来没有空间站自己搞定过。"他瞪大了眼睛，她也对此表示怀疑。坦恩笑了笑："好吧，这过去是最顶尖的科技，现在我恐怕他们会在另外的地方也让人如此放松。"

艾迪森直爽地笑了笑："好吧。"这句话说得干巴巴的。

他耸了耸肩："我觉得我们还是有一套能工作的通信系统比较好。"

她的脑子里在想着些什么，他能察觉她的幽默感褪去了。但坦恩不明白发生了什么，直到艾迪森喃喃地说："我们对此付出了过去和未来最伟大的牺牲。"

这句话让他严肃了起来。沉默了一会，他把自己的杯子放在桌上，有些迟疑地说道："也许一套高级的声音系统并不是她想要的，不过……"不过什么？不过至少他们从中得到了一点乐趣，还有一个勉强能用的通信系统。艾迪森似乎明白了，但她朝他招了招手，好像在让此刻远去。

终端突然鸣叫了几声。坦恩从这令人痛苦的对话中解脱出来："快看看有什么收获？"

看到的东西并不乐观，坦恩咬着下嘴唇，分析一团糟的代码和气泡。联结堡号的绝大部分都没有通信系统覆盖到，甚至在应该覆盖的地方也没有覆盖。有些道路在交叉口有连接，而十米开外的另一个地方却没有。实验室房间的角落还好，中间的线路则被切断。总体来说，黑暗的地方远比被照亮的地方要多得多。

"嗯。"艾迪森看上去并没有多兴奋。

"比一无所有要强点。"

"累计起来就很不错了。"

"我提个议,我们就启动改变后的设置。"他侧眼看了她一下,"都赞成吗?"

这句话换来了一个笑容:"你不需要我来投票,执行总监。"

坦恩摇了摇头:"我对一起取得胜利很有信心。"他停了一下,然后又重复道:"都赞成?"

她耸了耸肩:"是的。"不过现在就算她有一点暂时的胜利,也很快让位于罪恶感了。她的声音又低成私语,"我真不能相信一切变成了这样……假如……假如吉恩……那我们怎么办?"

"继续下去。"

一个明显的问题,一个直白的答案。

现在轮到她来瞪着他了,她在他的眼神中找寻什么:"说明白点,你是指坦恩,还是这个任务?"

"我的意思是这个任务,这个任务必须继续下去,它压倒一切。"

"如果开拓者们到来的时候发现联结堡号不在……"

他把一只手放到她的肩膀上:"一次解决一件事情。我们都认为,这个任务是最重要的关切所在。为了完成任务,我们就……"他把她转到大窗户的方向,看着整个破烂的飞船,"有很多事情要做,要做出很多艰难的决定,要忍受更多死亡和痛苦。我们还要扔掉尸体,以免疫情发生。"

福斯特·艾迪森笑了。

"什么事?"他问道。

"没什么，"她说道，"只是……也许你应该让我来做动员演说。"

"那是另外一回事，"坦恩同意道，"在这件事情上我们是一致的。"

她直视着眼前的残骸，看了好一阵。坦恩疯狂地在脑海里搜索各种词语，却发现实在找不到合适的。逻辑完全不适合这个女人，他不知道该以怎样的同理心继续说下去。所以，他一直等到她理清脑头绪，转过身来。艾迪森的表情变得坚毅了不少，坦恩这才松了一口气。决心回来了，才对事情有利，他可以引导此事。

"我们现在能试试通信系统了吗？"艾迪森举起胳膊，露出手腕。坦恩一开始没反应过来，直到她说，"也许可以凭这个定位吉恩万用工具的位置。"

好主意，资深船员一般都会首先打开这个小玩意，艾迪森就是明证。他细长的手在通讯面板上一挥："明白了。"他很轻松地为计算机设定程序连接新的通讯矩阵全程只花了几秒钟。矩阵中大部分是绿灯，少数很快又变成红灯，有些则依然不亮，需要更换线缆、天线才能重新连接。他暂时没有管这些，长长的手指在显示屏上不停点击，然后他调出地图，向四处摊开。

"嗯……"

艾迪森看着一大堆数字问："大家在哪里？""我现在也在担心这个，生物信号定位功能好像已经离线。数据库可能已经损坏，也需要修复的问题——不过关系不大。"坦恩马上答道。"我们看看其他人能不能听见我们。"他点击传输选项，按住不动，"我是嘉恩·坦恩，如果能听见我，请寻找最近的通讯器并回话。如果最近的通讯器失灵，我希望你熟悉淘汰程序。"

他听见自己的声音从临近的行动室里传回来，也在旁边几个走道里回荡。信号不错，他很开心。

寂静在延续，坦恩等待着。艾迪森在他身边把身体的重心从一只脚换到另外一只脚。就在坦恩盘算要不要再发送一遍的时候，通讯器响了。

"斯隆妮·凯莉在此。"熟悉的声音从扬声器中传来，"干得漂亮，二位。"

"你也干得漂亮，"坦恩答道，"至少我们现在还没有在真空的宇宙中窒息。"

艾迪森难以置信地看着坦恩。看来不管怎样，他们知道他是什么意思。

"卡里克斯和他的团队配得上所有的赞美。"安全总监回答道。他觉得这语气谦虚得有些奇怪，"他们已经开始工作，努力挽回损失，不过这需要耗费一段时间。"

意思是还有他的团队？这让他稍微有点焦虑，就和那些多出来的呼吸器以及行动中的小小叛逆一样，不过不必太费神。能够呼吸依然让他很开心，至少现在如此。坦恩决定不对此质疑。

从个人角度，他怀疑是否在只有卡里克斯出手的情况下他们才搞定这个问题。斯隆妮似乎就是那种深究原委的安全官员——在坦恩的经验看来，这意味着她遇到任何问题的反应都会是立即用压倒性的优势火力进行还击，需要留个心眼盯着她。他收回自己的思绪，意识到自己有义务在这个节点说点什么，但是太晚了。

艾迪森注意到了这一点。"请感谢他们的努力。"

"我会的，加森出现了没？"

"很悲哀，没有。"坦恩回答道，"而且生物定位系统失灵了。"

"当然失灵了，几乎没有什么系统还在运作。"斯隆妮停了一下。"真倒霉，好吧，一旦有空闲的人手，我就会派出几个搜救组。我们现在已经开始把尸体转移到一个实验室里的临时停尸房了。"

"了解，马上回到行动室。"这句话一出口，他就意识到这么说话像下达命令。很快，斯隆妮就对他的领导状态产生了误解，"请在你方便的时候尽快。"他又说道，"我们有很多事情需要讨论。"

"得过一段时间。"斯隆妮清脆的声音从通信系统中传来。"生命支持系统只是我们的第一个问题，我们还没有脱离困境。"

"艾迪森和我知道，但……"

"完毕。"通话断开了。

好吧，他尽力了。坦恩没有叹气，至少没有大声叹气。

斯隆妮把手指从屏幕上抬起。"卡里克斯已经控制住了这里的情况。"凯什说道。斯隆妮和坦恩说话的时候，凯什一直站在她的身后。"我会检查一下剩下的克洛根人的情况，确认下他们的休眠舱有没有损坏。"

斯隆妮叹了口气，她明白这种冲动，也想不顾一切地为自己的小队做一样的事情。"供电依然不稳定，感应器被击毁了，防护盾也是。谁也不知道我们站在这里吸收了多少拉德的辐射。"

纳克莫·凯什点了点头表示同意。

"没错，而且就像生命支持系统一样，所有的东西都需要训练有素的小队去修理。这在很多情况下意味着需要克洛根人。我需要确认他们的安全。"

"可能还有其他办法。"她说道，仍然在琢磨这个想法。"等一下。"斯隆妮在通讯面板上确认自己的身份，凯什等在一边。系统识别出了她，却不能完成她希望的事情。允许她在联结堡号任意地方定位船员的系统是失效的，不过她可以打开广播通讯，这只是个开始。

"斯隆妮·凯莉呼叫坎德罗斯，请回话。"没有应答传回来，她又重复了一遍。

这一次，回应几秒钟之后传了过来："我是坎德罗斯，我现在和塔里尼及其他六个幸存者在一起。"除了这个显然的好消息，他并没有向她询问那边的情况，说明他身边有其他人在听着，所以斯隆妮需要注意自己的措辞。他并不知道通讯器并没有关闭，她会之后告诉他的。"接着向我报告。"

"我们在寻找飞船，但你听到我们的结果会不开心的。"

她的脸抽搐了一下："告诉我。"

"探险飞船完了，或者，至少，绝大多数都完了。有个什么东西切过了泊位，就像打谷机的锯条切过沙子一样。开拓者的飞船撞上了。"

"天哪！"斯隆妮揉着前额，在她的思虑深处，一个自由飘浮的空间站小块飘过了行动室的机翼。凯什低沉而颇有意味地问道："你说，绝大多数？"

"是的，这里没有其他人的迹象。"停了一下，"只有一个大洞。"

真是太棒了。

坎德罗斯接着说："不过也不是完全让人绝望，我们在二号机库的穿梭机里找到一个地方藏身，虽说有些逼仄，但很稳定。"

凯什低声表示同意："聪明，这个地方能自我维护，有生命支持系统，甚至还有一个医疗所，真是聪明的做法。"

斯隆妮点了点头，把这条数据存好以备后续使用。她还没有走到命令所有人退回到安全地带那一步。

"让塔里尼在那里盯着，"她对坎德罗斯说道，"我有个任务给你。"

"说吧。"

斯隆妮笑了，他的态度给了她很大支持。"你去休眠舱……"她看着凯什，一只眉毛扬起。

克洛根人飞快说出一大堆标识符号，显然都是大部分克洛根人所在的地方。斯隆妮重复了一下，以防记不住。

"明白了？"

"收到。"他回复道，"任务是什么？"

"我需要情况报告，多少人活了下来，多少人……好吧，你知道我说的是什么。"

"明白，还有什么其他的吗？"

"注意安全。"

她真的听到了他压抑很久的得意扬扬的笑。"一直如此，坎德罗斯完毕。"

斯隆妮手从屏幕上放下。"我知道了我另一半小队的情况，你马上就会得到寻找的情报，每个人都是胜利者。"

"多谢你，斯隆妮·凯莉。"从她严肃的语气看来，这件事关系重大的事情。

她挥了挥手，示意克洛根人不必如此感谢。"我们每个人都得到了自己需要的东西，不用谢。"

克洛根人注视着她："你还需要一些其他东西。"她很肯定，很有观察力，斯隆妮想，远远超出了一般水平，而且很正确。

"我确实很感谢你。"她确认道，"但其他东西指什么？"

"没什么。"她禁不住拉了一下克洛根人的链子，"是融化的第一阶段的一个能量核心，离开行动室的时候请注意警报，现在最好不要惊动任何人。"

凯什几近咆哮，而如果克洛根人怒发冲冠，斯隆妮敢肯定他们是真的怒不可遏。"你等到现在才告诉我？"

斯隆妮没有寻找借口，虽然是个腹黑的玩笑，不过她的选择很糟糕。幸亏有卡里克斯的小队，现在情况好多了。"至少现在我知道我们不会窒息了？好吗。"

克洛根人站在那里，像堵墙一样一动不动，瞪着她。

斯隆妮知道，受到刺激的克洛根人随时都可能爆炸，谁也不知道会不会发作，这可不是瞎说。"我希望这就是你告诉我们需要去修理的地方。"她建议道。

凯什摇了摇头："你不能在融化的第一阶段就去修理能量核心。"她咬牙切齿地说道："你必须得把它丢掉，丢得远远的。"

斯隆妮张开了嘴，停顿了一下。她只能尽人事，听天命了。"但是发动机并不……"

"一次做一件事！"凯什吼道，双手不耐烦地朝天花板举起。

斯隆妮和凯什已经肩并肩地干了二十六个小时。在汗水与鲜血，各种语言的咒骂下，这个失灵的核心终于被手动抛弃，在艾迪森灵机一动天才闪光的主意下，一架半自动货运无人机将它拖到一个安全位置。随后每个人都蹲下身，尽量躲到这个错综复杂的空间站的犄角旮旯，以免在爆炸的时候受伤，不过无人机完美地完成了任务。

今天实在是太疯狂了。坦恩或者艾迪森或者这俩人至少有三次一起要求斯隆妮回到行动室，这样他们可以碰一下头。这真是个糟糕的碰头，她所在的地方周围都火焰冲天。

这根本是不可能的事，搞定了一个紧急情况，就会有另外一个紧急情况在等着你。而且生命支持系统停在10%的水平上不去，也没有余量再来唤醒其他的支援。斯隆妮和凯莉从一个区域奔向另外一个区域，筋疲力尽的斯隆妮终于崩溃了，在一个烧了一半的大使馆接待厅沙发上睡着了。现在，滑稽的大使馆毫无存在的必要，她嗤出一声苦笑，然后很快坠入深沉的睡眠。

正在斯隆妮·凯莉睡得死死的时候，通讯器中传来第四波信息。她团了团身体，把一只胳膊折在脑后当作枕头，恼人的鸣响又把她拉回到意识清醒的状态。她直直弹起，准备告诉赛拉睿人可以把"讨论"丢到哪个角落去。

她还没来得及张嘴，就被坦恩打断。

"现在需要你赶到水栽农场，"坦恩说道，"恐怕那里又有些坏消息。"

"是不是加森？你找到她了？"

"我们找到的，"他语气严肃，"是其他的东西。让你失望了，总监，不过你需要去看一下。"

第七章

"凯什和我会尽快赶到那儿的。"

嘉恩·坦恩扫了一眼他的同伴,艾迪森毫无表情。那好吧,"让纳克莫·凯什不用从她目前的任务里离开。"坦恩说道,"这不是,一个技术问题。"

正如坦恩预料的,安全总监不喜欢玩暗示这一套。"我考虑考虑。"就像往常一样,和斯隆妮·凯莉的链接突然中断了。

坦恩默默站了一会儿,来回切换着重心,然后若有所思地说道:"也许我的语气应该更强硬一点。"

"这就可以了。"艾迪森说道。她坐在一张凳子上,双手抱膝腿。凳子是歪的,固定的螺栓在灾难中被撕开。凳子横跨普通地面和海绵一样的合成土壤,如果每件事情都按照计划进行的话,这里在坦恩苏醒之前本应该长出一片绿油油的草地的。

"如果凯什和她在一起,那我们肯定会搞定的。这甚至是件好事,她对空间站的了解——"

"是无人能比的。"坦恩挤出一个坚定的微笑以掩饰自己抑制不住的酸气。

"协议说得很清楚,你和总监是……不过,协议?"艾迪森叹了口气,"说真的,你看看这个地方,坦恩。协议是我们最不应该关心的事情。"

从某种程度上说的确如此。他踱了几步,抬脚踢开碎石,碎石在地板上咔嗒咔嗒地跳开了。就像其他地方一样,水栽农场也曾是一片荒芜的史前地区。本该被建成完美的工程奇迹的它,现在却化为了泡影。这个地方也许一片静谧,但受到的灾难却一点也不少。

这让现在显得格外紧要。不,他对这件事情的感觉是对的。"我不同意,"他说道,"有很多非常聪明的人为我们可能面临的每种情况都投入了无数精力,为每种偶然性都做好了计划。如果我们把他们的努力都扔到一边,而只是按照偶然站在这里的人做出的临时决定开始行动,那就铸下了大错。"

他走到墙边,又转过身。"没有哪种办法算是高出一筹的,"他说道。又开始走另外一条路线。

艾迪森还是没说话。他走到一半,停在她面前:"你一定同意我的看法对不对?"

她的反应不如预料般热烈,不过她至少在倾听。

"我以为……"坦恩的声音低了下去。他继续走着,每走一步他都会有新的思路,另外一种值得考虑的可能性,然后所有的思路都汇集到了同一件事情。

吉恩·加森确实是一个卓越的思想家,她有意把协议编码到联结堡号的系统中来,不然他也不会被唤醒。他之所以存在在这里,以及他所扮演的角色，实际上都是因为她的直接指令，而他愿意为完成这个角色的任务倾注其全部的努力。也许艾迪森总监会因为没有被选择担任这个角色而感到不平，但这不是坦恩的错，也不是他的责任。只有吉恩·加森能解释其中缘由，如果她能出现的话。

他又走一圈，走得越多，想得越深。

吉恩·加森绝不会猜到这种规模的灾难会降临在她的任务上。实际上这个协议中最后收尾的几个人是两个人类清洁工和一个克洛根牙医——这很显然是宇宙中最烂的工作了——作为新的领导层，如果他们恰巧是活下来的三个最资深船员的话。如果情况真的是这样，他们的能量就太大了。

转身接着走，他的头脑不停地思考着。

当然，最糟糕的情况并没有发生，名单被协议削减至他头上来。他在领导层级上足足比加森低七位，但艾迪森和斯隆妮会为他提供咨询的，就像她俩也会给加森提供咨询一样。他可没这么要求她们，更没有发动政变。嘉恩·坦恩本来来这里就是工作的，所以不管要求他干什么都可以。如果这就是他的工作，那他就履行自己的职责。任务第一，这才是最重要的。

他突然不动了。

他面前出现了一双靴子，这双靴子什么时候出现的？他抬起头，看到满脸倦色的斯隆妮·凯莉。

"快点，"她说道，甚至一句礼貌的客套话都没有，"我很忙的。"

"我得先跟你问个好，"他走到了门前，拦住了她的路，"进来，进来。"他手向水栽农场里面一挥，跟着安全总监走到里面。

她向福斯特·艾迪森打了招呼，坐在一把椅子上，看着倒塌的边缘。这两个女人占据了仅有的两把椅子，坦恩站在一边，他没有什么东西可靠,只能把手扣在背后,等着。

艾迪森没有说话,斯隆妮只好打破沉默。

"该死的紧急情况在哪里?"她喝道,"这里没有火灾,也没有死尸。所以……怎么回事?"

"没有着火,"坦恩同意,"没有尸体,也是真的,但你注意到这里少了些什么吗,凯利总监?"

"我没精力猜谜,执行总监坦恩!有话直说。"

他推断,他接下来揭示的真相所带来的冲击,足以回击她刚才强硬的语气。"很好,"他指着最近的泊位,"你看,那里没有庄稼!"他字正腔圆地解释道。

斯隆妮筋疲力尽地坐在那里,他反应也太迟钝了吧?然后,她耸了耸肩,说道:"好的,那又如何?我们刚到这里,植物需要时间才能长起来的。"

"那也应该有萌芽的。"艾迪森帮腔道,但这就破坏了专属于他的伟大发现,这些人类,一点不尊重精妙之处。"在我们到达之前的几个星期,自动化系统就会进行播种,所以在船员醒来的时候,庄稼就应该开始生长了。"

坦恩走到一个自动种植机前面,拿下一个他在30分钟之前放在那里的袋子。他把袋子拿到斯隆妮那里,放到她脚下。里面是几百株小作物的残骸,都已经枯萎烧坏了。

"辐射造成的,"他说道,"每一株都是。"

安全总监看着这些植物,她摊开手,"那我们就开始播种另外一批,对吧?必要的时候。我们有后勤供应,我不是个植物学家,但是……"

"没错,"坦恩抓住机会插话道,"你不是植物学家,我也不是,艾迪森总监也不是。我们所需要的正是植物学家，一整队植物学家。"

"坦恩，"斯隆妮皱着眉头说道，"我们正在谈论这个事情，而你却在纠缠于概念。每件事情都在并行，而我们最不需要的就是让更多人来做事。增加系统的压力可不是什么好主意。"

"我们现在对情况有了更多地了解了，"他直截了当地说，"这意味着要重新考虑决定。所以在这种情况下，我不能同意你的看法。"他举起手以示抵制，以防她必定夹杂三字经的反击，"请让我解释一下。"

也许就是这个请字起了作用，斯隆妮没有那么咄咄逼人了。她看了一眼福斯特·艾迪森，可能是寻找支持，但另外一个女人只是沉默。

"好吧，"她叹了口气，"什么理由？"

"我们的情况依然很严重，"坦恩点了点头说道，"不过迫在眉睫的威胁已经过去了。"

"你不可能知道到底结束没有，"她急促说道，明明还有这么多危险，"见鬼，我们甚至不知道哪些是威胁。所以我告诉你，你要做的事情很危险。"

"我的意思无非是，"坦恩放慢速度以示强调，"火已经都扑灭了，破损的船壳也都密封住了。我也知道可能会有滞后效果，或者新的袭击，不管我们怎么称呼它，不过这些可能都不会发生。但我们能不能至少在这件事情上取得一致？"

艾迪森点了一下头，斯隆妮耸了耸肩。

"那，继续。假如这一点成立，我们现在的注意力应该转到任务上来。"

"你在和我开玩笑吧，"斯隆妮瞪着他的脸，坦恩希望自己脸上是一副冷静自信的表情。

"见鬼，你不是开玩笑，你是认真的？！把这坨事情给加森说去吧，现在不需要——"

坦恩又一次举起手："拜托，总监，让我说完。我希望，我们都希望，我们很快能发现指导者和远见者能好好活着。而且我得提醒你一下我不是主动要坐这个位置的。"

斯隆妮摇了摇头，她不相信他的真诚，也不相信他的动机。这很明显，但缺少办法对付他，或者斯隆妮现在只是没有找好合适的脏话回过去。

在她还没有还击之前，他继续推进。"我们需要调整眼前的目标。改变我们的焦点，从生存转为恢复。我相信我们的终极目标，支持开拓者们的任务，仍然是有可能的。实际上，不仅可能，而且重要。我们不能让他们到来的时候发现这里只有光秃秃的联结堡号。"他的手朝破败的水栽农场一挥，"就像这样。"

"你有什么计划来完成这个任务吗？"

他有，但是他准备把它藏在自己的幌子下。"我们有意无意地都有自己的计划，让我们讨论一下这些选项，然后决定怎么做。"

"决定？"斯隆妮讽刺地笑了笑，"这就是为什么你支开凯什？"

"事情不是这么简单。"他答道。

"你不要感觉自己被冒犯了，"她对此嗤之以鼻，"因为事实就是这样。"

"好的，好吧。"他答道，这个女人不信任的态度让他有些恼火，还有她敏锐的观察力。"支开她是有原因，但不是你深信不疑的那个原因。"

现在斯隆妮真的放声笑了，响亮而激昂。"我们现在在仙女座了，坦恩。你还记不记得加森的话？把之前的一切狗屁规矩扔到门外吧。"

"我不记得她曾经说过如此粗俗的话。"

"我只是说这个意思,不过她的意思就是这个。我们原来的老一套,愚蠢而不公平的偏见,在这里都不该出现。"

"就像我说的,这并不是我焦虑的理由。我只是感觉到协议……"

斯隆妮挥了挥手,敷衍的应和道:"对的,对的,协议清清楚楚让你当老大。"她叹了口气,几近崩溃,"我们到此为止吧,我现在要搞定一个在悬崖边摇摇欲坠的空间站,而你满脑子都是协议协议。我可以从你很符合空气动力学的脸上看出来。"

坦恩点了点头。"是流气动力学,我们种族不适合……"

"管它是什么。"

他在想,自己到底能不能找到与斯隆妮和谐一致的地方,但就目前而言,似乎不可能。结果呢,当然,也不重要。他有权下达决定,只要艾迪森还对他尚有一份理解,这样的决定就能得到批准。可能不会是一致通过,不过依然是多数,而这正是他们所一直需要的。

"很好,我建议唤醒大部分人群,"他解释道,"包括各个系统的专家,我们已经搞定了生命支持系统。"这句话没有任何谴责的成分。"水栽、能源、医疗、通讯、环境清理、传感器、星际导航,还有很多其他领域,都处于离线或者危急状态。而且如果我们不唤醒这些必要的人开始修理系统,这些系统就不会正常工作。"

这名引起麻烦的人类已经在不停摇头。"不行,"斯隆妮说道,"没有足够的空气食物,还有水。你说你想从求生存转变到恢复,但你恢复的队员们会让生存变得不可能。"

这正是他想听到的回答,他知道她会这么说,也故意引她这么说的,现在是艾迪森显身手的时候了。

而且恰在此时,艾迪森接话了,"供应可以扩张一些。"

"怎么增加?"斯隆妮问道。

"从附近的行星取得。"她扬起眉毛,"我们这帮人受训就是干这个的,我听到了你和上司争论。"她又说道,"那是什么时候,二十几个小时之前?"

"二十六,"坦恩回答道,不过决定再转还一下,因为斯隆妮对他怒目而视,"再加上几分钟。"

准确地说,是三十七分钟。他们一般都很欣赏赛拉睿人照相机般的记忆力。

"我知道没有开拓者的侦察飞船对我们是个打击,"艾迪森继续说道,"但我们可以发射穿梭机,侦察最近的世界。他们可以带回空气和水,甚至食物。我承认可能性很低,但是绝不会是零。"

"是个屁!艾迪森,我们不能这样做。"斯隆妮怒视着,手锁在下巴上——坦恩注意到了这个姿态,她把疲乏的身体重量支在手肘上,然后撑在膝盖上。她瞪着他们两个人:"我对你们两个人说不,在这里就成了坏人,不过当坏人也可以。你也听到了坎德罗斯的话,我们现在没有飞船了。如果有什么其他事情发生,或者生命支持系统变得更加糟糕,我们就需要那些穿梭机从联结堡号疏散。"

"会有什么事情?"艾迪森质问道,紧皱着眉。

"疏散依然很有可能发生,"斯隆妮答道,"尤其是我们到现在还不知道发生了什么。如果我们非要讨论什么事情的话,也应该是我们如何匆忙带走这数千个休眠舱,仅把它们送到哪里。"

"我们知道宜居星球……"

"我们没有——"斯隆妮强硬插话道,"足够的人力去与充满敌意的原生种族战斗。"

艾迪森顿时愁容满面:"我们来这里不是进行战斗的,斯隆妮。谈判可以——"

"是啊，是啊，我记得演说，"斯隆妮反驳道，"不过除非我们手里有一套仙女座星系现有生命体生存图的副本，否则我不会指望他们会和平欢迎我们。"

艾迪森咬牙切齿，肩膀绷紧。

坦恩觉得这时候应该发话，不然她们会吵得更凶。他没有想过疏散撤退这回事，但这并非一个不可翻越的障碍。"你的担心很有理由，"他开腔了，当斯隆妮嘴里叨咕什么"呵，谢谢"的时候，他停了一下。

如果讽刺是一种武器，这个女人早已是一名不知附加损害为何物的刺客。而且，她对一个合情合理的问题的焦虑似乎消耗了福斯特·艾迪森对他的信任。至少她现在在怒视着的是他，而不是她的临时对手。

他回敬了一个叹气，在脑海里为休眠唤醒清单加了一位精神学家。也许应该为各个不同种族唤醒一个精神学家团队，帮助船员们应付冲击。是的，真是个好主意。

坦恩把手交叠到脑后："如果没有妥协的余地，那就是个僵局。我们的困境在于没有人力在合理的时间框架内修理联结堡号。我们现在的基干船员顶多只能维持空间站勉强跛行，不过我们都必须承认这样的场景下我们和任务的前景都不是一片光明的对吧？"

艾迪森同情地点点头，斯隆妮也不情愿地点点头。

坦恩继续踱着步说道："而且，我们不能送走穿梭机，因为一旦发生了空间站级别的系统失灵，我们就需要用它逃生——这是非常有可能的，正如同总监凯莉……"

"斯隆妮，"他修正道，"所指出的。"他得到更多点头赞许。这一次，艾迪森犹豫了，而斯隆妮强烈赞同这一点。

他们都知道自己的处境，很好。"这么一来，"他坚定地说道，"我一开始的提议是最好的。我们需要唤醒从事修理工作的船员,指导他们利用严重受限的资源高效工作。无论人员是否被唤醒,艾迪森的飞船都要做好疏散全体人员的准备,做到只要一声令下,飞船就可以开始行动。"

令坦恩吃惊的是,斯隆妮没有皱着眉头,但不知什么东西让她张嘴大笑起来。"怎么了?"他小心问道,"我刚才说了句笑话吗?"

"不是,"斯隆妮回答道,"只是我们需要唤醒进行修理工作的船员绝大部分都是纯劳动力,"她笑得更大声了,"凯什的人。"停了一下,"克洛根人,你懂的。"

坦恩的脚步停了下来。

"我们应该列一个清单,"她继续说道,语气在这个压抑的环境下显得十分明朗,"列出我们所需要的所有克洛根工人。"

"我……"坦恩咽下后面的话,他的脑海中勾画出联结堡号满是克洛根人的样子,这个场景令他颤抖了一下。太晚了,而他能做的就是尽力制止。"我对我们需要谁有些想法,也许应该另外增加一下警卫人手会比较明智……"

斯隆妮笑得更开心了,显然这个难搞的人类女人在他的不安中找到了乐趣。

"我也需要几个人,"艾迪森说道,"最开始是我的助理,威廉·斯本德,而且还需要其他几个殖民小队的船员检查幸存的穿梭机,我们都知道它在灾难中受到了损害。"

"就像我说的,列个清单出来。我会出于安全因素再审阅一下。"斯隆妮的眼神在他们身上一一掠过,确保他们都注意到她说的话,"如果我们唤醒了一群人,却发现无法支持供养他们,会发生什么事?"

"让他们回到休眠舱,"坦恩直接说道。这是个显而易见的答案,不过斯隆妮很是怀疑,但她没有反驳。相反,她站起来经过坦恩朝门走去。她走过的时候,重重地拍了几下他的背。

坦恩的身体歪了一下,他的面部抽搐,又恼火又吃惊。

"我们都同意对吧,"她干脆地说道,"我会让凯什知道的,会议结束。"就像她来一样,她想走便走。她甩上门的时候,他的肩膀依然刺痛。

即便如此,坦恩感觉一抹微笑爬上了他的脸,令人吃惊的是,感觉还不错。他在这里办成了点事情,当然,不算大事,不过这只是个开始。

而且,"也许"在这里已经变成了"到时候"。

在大厅外面,斯隆妮走到最近的通讯面板旁边,输入了自己第一个军官的登录名。谢天谢地,他们终于趁她和凯什忙得热火朝天的时候成功地锁定了通信系统。她不希望嘟嘟嘟的声音在每一个扬声器上都听得见。然后当赛拉睿人以后想要什么东西的时候,把这个扔到她脸上。

"坎德罗斯在。"他的回复一分钟后传了过来。

"我是斯隆妮,"她说道,"你现在说话方便吗?"

一阵脚步声,然后是关上门的声音。"可以,请继续。"

她仔细斟酌了一下措辞,再次确定坦恩和艾迪森没有在大厅里面听着。她很满意,为自己找了个角度监视周围,压低声音:"组织一支军官团队,由塔里尼领导,他是可以信任的人。"

"多少人?"

"足够守卫所有现在能到达的物资存储房间。"储备物资遍布联结堡号,不过空间站的大部分都阴冷而没有空气,而且由于损害严重而无法进入。斯隆妮不觉得需要在这样的房间门口布置士兵，至少现在不需要。

"我们遇到问题了吗？"坎德罗斯问道。

"没有，"她说道，"不过仅仅在周二，如果你明白我的话。"

"是的。我明白。"

"很好，完毕。"她挂掉链接，出发去寻找纳克莫·凯什。

她穿过一个又一个满地碎屑的大厅，又穿过一排可以鸟瞰悬臂的公寓。这些门厅的门虽然没有休眠厅的门结实，不过都被扯了下来，整整齐齐地摆放在走道的对面，这就很诡异了。好像是安装工人把它们放在那里准备安装一样。

她心血来潮，从其中一个门口，走了进去。这个房间的布局比较简单，只有一张床，一张桌子和一把椅子。没有私人物品；这些东西都已经存放好，等谁被安排到这个房间才能拿出来，如果他们还活着的话。

见鬼，斯隆妮自从空间站发射以后，甚至没有看过自己的房间，它们都闪着崭新的光，谁会知道空间站的这块区域能留存下来呢？

这种想法让她胸口隐隐作痛。她自己的办公室也是这样，对吧？只不过床更小一些。

斯隆妮叹了口气，转身离开了这个孤寂的房间。她走到大厅尽头，拐弯，继续向前，穿过百叶窗遮蔽的运输办公室，然后是移民办公室。

这几个房间再次坐满职员投入使用的可能性非常渺茫，她在思考这个地方是不是用作避难所更佳。

后面传来了轻微的声音，斯隆妮迅速抽出手枪，转身，瞄准。

"是我，是我。"嘉恩·坦恩着急说道，举起双手。

斯隆妮眯起眼睛，"你跟着我？"

"当然啦，"他答道，然后似乎又想了想刚才话的意思。"我的意思是，不是那个意思。"

"那到底是什么意思？"

他走出阴影。"意思就是两个人刚吵完架，却要去同一个方向，很尴尬。"

她看着他，不过这绝不意味着她喜欢赛拉睿人的表情。突锐人的脸庞也是这么回事，不过没这么……我也不知道，她这样胡思乱想。赛拉睿人鸟一样的脸庞上没什么线条，没有足够明显的区别。角倒是很容易识别，大大的鸟眼当然也能区别开，不过他们都有角和鸟眼。不管原因如何，她不能确定她能相信他。

坦恩看到她沉默不语，以为她没有理解他的意思。

"我正在回到行动室的路上，而且我以为你在我前面很远的地方，这样我们就可以避免可以预见的尴尬。然后你从我前面几米的公寓里走出来，站在这里等着你会感觉很奇怪，所以我……"

"好的，坦恩，我明白了。"

"那你能把枪口放低一些吗？"

斯隆妮垂下枪，尽力藏住自己的笑。她意识到刚才几乎把他吓坏了，不过她其实并不在意，让他受点惊吓也许对健康有好处。

"所以，行动室，是吧？你的下一个日程安排是什么？你过来，我又不咬你。"

赛拉睿人尽了全部努力才保持脸色平静，越过两人之间的距离，来到她身边。他们走了几步，都没说话。

不是因为没话说，斯隆妮意识到赛拉睿人在低声叨咕脑子里在想的事情。他是个爱思考的人，这个税收呆子，字斟句酌的，但这并不能让他变得更加可信。

"很难排个一二三四,"他终于开腔,"毕竟我们现在面临这么多问题。"

"是啊,那我们现在不说这个。"

他点了点头:"我们开会之后,我终于有了喘息的时间。我觉得我应该看一下一直困扰我的东西。"

"只有一件事?"

赛拉睿人停了一下,小心翼翼而又深思熟虑地朝斯隆妮扫了一眼,至少斯隆妮认为是这样的。"不。"他说道,而这份小心又伴随着浅浅的微笑,"当然不是,但让我们现在先集中于一件特别的事情上。"

"哪个事情?"

"特别的,那件事。"他加强了这个词的语气,好像这样可以让他开心似的,"我们可以碰碰运气。不管这件事情如何,对我们来说都很陌生,不然传感器会注意到并且会警告我们中的某些人。"

"传感器阵列已经坏掉了。"她指出。

"是吗?"他把双手并在一起,拢进袖子,"或者是因为这些技师无法查验数据,所以相信传感器都坏掉了。"

他的眉弓抬起:"就算这样,那又如何?事情没有任何改变。"

"改变不了,"他同意道,"但是我担心这不是一个孤立的事情。"

"嗯。"她也在想此事,尤其是睡觉前。现在有这么多已经明明白白要担心的事情,为还不明所以的问题忧心好像毫无意义。但是问题既然已经提出了,她也就考虑了一番。"我们第一次定位行动室的时候,"她回想着,"发生了强烈地震。整艘飞船突然一歪,听起来就像是船体后面卷起来了。"

"可能是某些脆弱的结构掉下来了?或者是撞上了另外一个空间站,或者其他什么东西?"

"如果这是一次碰撞,"她指出,"我却没有看到任何飞船……"她的话停住,她的脚步也停住了,人僵在走廊中间。

坦恩朝她望着的地方转过去:"你看到什么了?"

"可能是什么东西在那。"她皱着眉,拇指和食指使劲夹着鼻梁。"什么事都能惹得我肾上腺素激增。"

坦恩小心地拍了拍她的胳膊,表示同情:"人类进化的关键点在于从猎物崛起为猎食者,不过从来不是把多余的系统进化到有效的程序……"

"坦恩……"

他赶紧停下,清了清喉咙。"肾上腺素,"他简洁说道,"会扰乱思维的。"

她接受这个解释,斯隆妮又加快了脚步,旁边还是赛拉睿人。"我记得最清楚的就是外面的星云,或者是某种形式的能量波?我看到它在空间站上面盘旋……我记不清了,好像是被扯掉的那一块。"她快到了,她也清楚这一点。她摊手,"我不是天文物理学家,所以用词不准确。不过我不能确定那里有什么东西,有些事情我们还没看到。"或者是漏过了。

坦恩看着她:"没有感应器不可能找到的。不过我觉得如果我们研究撞击之前收集到的数据——等等会儿,你相信这片不寻常的星云就是关键所在?"

"这是我唯一看到的东西。"她说道,又耸耸肩,"而且考虑到它靠得很近,如果我们真的忽视了它的存在那就太令人恼火了,以后说不定会再撞上。"

"这个猜测很有道理,我们在第一批要调查的事情中应该给它打上特别的记号。"坦恩说道,斯隆妮在他踱步的时候不停看着他,发现这次竟然没什么需要和他争辩的，"实际上，我在琢磨在新的星系里学习新东西这个想法。"

"你？"

"是啊，当然，"他答道，振作起来，"还有谁能解码日志记录？虽然烧毁的记录只有一部分，但是里面的情报不少。"

"我相信魔鬼就在细节处。"

他竟然笑了一下："我最喜欢的人类格言之一。是的，没错。就算我们的系统无法将来袭的攻击识别为威胁，但至少会留下记录。"

"那你能搞定此事吗？"她问道，她至少可以保持真挚，因为无论如何，传感器数据技师不像执行总监这一角色有可替代性，"我觉得税收才是你的专业领域吧。"

听到这句话，他瘦弱的肩膀也挺立了起来，虽然很难说，不过她还是感觉他的赛拉睿胸膛也挺了起来。"数学才是我的专业，"他声称，"传感器记录和成本基础数据也没有太大区别。"

"好吧，既然你这么说了。"他们走的距离稍微远了点，通过一大片公地。这里本来应该有一大群兴高采烈的先遣队员，吹着长笛，喝着香槟。不过现在这里只是一块倾倒废弃家具的垃圾场，就像其他地方一样，都是灾难现场。"不过，"她凝神说道，"如果，灾难就横在我们面前，你会怎么办？我们无法采取行动，总不能朝看不见的目标开枪吧。"

"这就是我对优先要做的事的评定了。"他说道。

"我们是应该先修复水栽农场，以保证将来的几个月甚至几年我们都有的吃？还是先修复发动机，以避免下一次撞击呢？而且，可能这种撞击的影响范围还在扩散，我们需要提醒开拓者。"

在脑海里反复掂量着这件事情，哪怕是睡觉时也挥之不去，在此之前,开拓者的事情本来被扔到一边。

"如果他们还在冬眠状态,撞上这一大坨……"

她用一根手指按着鼻梁:"坦恩,你让我很头疼。"

"我觉得这就是我们的区别。"坦恩说道,"原谅我不客气地直说,你喜欢把问题看得太狭隘,眼前的东西吸引了你所有的注意,而这件事情搞定之后,你又转向等着解决的下一个问题。"

"要深谋远虑,是不是这个意思?"

"很准确。"

她停了下来,他俩现在通往行动室的门,而他好像并未注意这一点。"你准备怎么办,坦恩?"

"只是随便聊聊吗?"他说道,已经很大的眼睛瞪得更大。

"没错。"

他叹了口气:"好吧,你锐利的观察力已经看穿了我阴险的计划。"

斯隆妮大笑,就算是坦恩看来,这个投降也假得太明显了,她示意继续。

"我想说的就是,安全。斯隆妮,假如,比方说,我确实发现我们需要简单直接的执行能力,而且我对你和艾迪森的建议一样,我要求你们时刻谨记我的方法。也就是说,如果我要求的是引擎,那是因为数学告诉我我们对引擎的需求比我们对种子的需求更加紧急。"

"不过这可超出了数学的范围。"斯隆妮看着空空如也的走道,皱着眉,"有人受了伤,有人濒临死亡。你是不是说,如果你过来告诉我说我们应该修理引擎,而不是生命支持系统,我是不是应该接受这个该死的数学,而一点都不质疑你?"

"我只是要求一点基本的信任,如果数据告诉我修理生命支持系统可以挽救十条生命,而修理引擎会杀死这十个人,但随后就可以拯救一千条生命,那我们就应该修理引擎。"

"见鬼,这太冷血了。就算对一个赛拉睿人来说,也太冷血了。"

"一般来说,宇宙就是这个样子的。不过……我可以向你保证如果我忙着将数学数值应用到任何紧急情况,我宏大智能的另外一部分也会通过思想来试验其他的可能。"他给了斯隆妮一个自认为很友善的笑容。

也许所有的赛拉睿人看起来都像骗子,又或许只有他像骗子。

斯隆妮摇了摇头,她的善意消逝了,现在她就像他的计算一样冷冰冰。"所以你的意思就是如果你的数学推理结果坚如磐石,我就应该双倍信任你,"她慢慢说道,每个字都浸满了怀疑,"然后好让你做出更好的选择?"她大笑一声:"你是对的,坦恩。我们之间是有区别的,所以我给你另外一套数据进行分析。"她一根手指指向他的方向,只不过没有直接指着他干瘪的胸部。"不管你是不是执行总监,如果你的数学说 X 代表什么未来的潜在收益,而我的直觉告诉我现在就要救人命,我的直觉一定会赢,每次都会赢,明白吗?"

他仔细看着她,又一次把手塞到袖子里。然后,轻轻点了点头,喃喃说道:"太明白了。"

通往行动室的门打开了,纳克莫·凯什笨拙地走了出来。碰到这位不速之客坦恩有点措手不及,几乎摔倒在一边。

斯隆妮甚至都没有掩饰自己的不屑,至少克洛根人的眼光与她的眼光接触的时候。"现在怎样了?"

凯什的大脑袋晃来晃去,最终盯着坦恩。他正窘迫地整理仪容,没有说话。不过,停下手忙脚乱的一切后,他皱着眉头问:"发生了什么事?"

克洛根人的声音猛地低沉下来。"是吉恩·加森。"他们两个人还没来得及问问题,她就摇了摇头,"他们找到了她。"

临时停尸房设在一个生物实验室里面,几个甲板之外。凯什带路,斯隆妮在她身边,坦恩沉默不语,跟在后面。

"他们现在死了差不多一百个人,"凯什说道,"生物定位器离线,而尸体……好吧,你差不多都看过了,你知道是什么样子。"

"所以他们不知道已经找到了她。"斯隆妮终于开口了,一个空洞的解释,不过还是有意义的。

"没错。"

凯什冲进冰冷的房间,直奔一张桌子前面,有两名技师站在桌子旁边。桌子上是一个斯隆妮职业生涯经常目睹的东西——尸体。一个尸袋,她从来没有想过,加森会在里面。

"在哪里找到她的?"

"在行动室附近的一个房间里。"答案传来,不过不是克洛根人说的,是技师回答的,他满眼疲惫,"我们一个房间一个房间地清理尸体。"

另外一个技师说道,"所有的人都是受的一样的伤,物理损伤,严重烧伤。场面十分惨烈。"

门打开了,福斯特·艾迪森冲进房间。她看一眼斯隆妮的脸色就知道,最后一丝希望也熄灭了。斯隆妮等着这个女人走到她身边,拉过袋子。一开始,斯隆妮找不到什么证据证明她的身份,面部大部分已经烧焦,藏在碳化皮肤下。味道很难闻,血肉一部分烧焦,一部分翻出来,还有的因为不知道暴露在空气中多少小时,已经腐烂。不过斯隆妮强迫自己站直,强忍掩住口鼻的冲动。

聚在这里的人都沉浸在悲伤的沉默中。

斯隆妮脑子里闪过一百万个想法,太多需要注意和勾画的了。

艾迪森重新把尸体盖上,指节发白,抓住桌子一边。"我们得安排一个葬礼。"她说道,声音哽咽。

"不行。"斯隆妮回答道,趁这个想法还没能发酵成为一个自己无法应付的事件。这样做虽不近人情,但无可指摘。

"我和安全总监是一个想法。"坦恩自愿帮腔。

"我没有问你。"斯隆妮勉强控制住自己的怒气。这个不是针对他,也没有经过盘算。而且,他执行总监的地位变得更加稳固了,事到如今已经不能指望加森出现拯救一切了。"艾迪森,我无意冒犯,不过我们现在完全不必考虑葬礼的事情。我们没有时间也没有人力。"

"也没有设施"凯什低声说。

"我们现在只能把她放在这里,"斯隆妮继续道,感激克洛根人的支持,"和其他所有人一起,直到……"

"直到我们能好好做事,"坦恩插话道,坚定得令人吃惊。"她值得办一个葬礼。"

"他们都值得。"斯隆妮情不自禁地说,房间里面差不多有一百具尸体,他们都配得上一次饱含尊敬的道别。

大家一动不动,没人争辩这件事情,也没人说话。过了一会儿,凯什把巨掌放到加森闭上的眼睑上。这是一个柔软的姿态,不过并不令人吃惊。她为纳克莫的部落登上旅途用尽了排山倒海的力量。

最后还是坦恩打破了沉默:"我们都希望能哀悼纪念,不过现在有太多工作要做。说句不客气的,我们伟大的奠基人会希望我们竭尽全力挽救这个任务,这排在其他事情之前。"

这句话,无论是语气还是内容,都无懈可击。斯隆妮朝他点了点头表示同意,他也善意地回点了一下。

现在在吉恩·加森的身边已经不需要再说什么话，也没有什么可以做的事情，她离开了。

真的有很多事情要做，现在任务就靠他们了，也只有他们了。

第八章

  他们三人一组站成半个圆圈,绕着这座特别大的休眠舱。房间有点冷,但不是因为气温低。

  肯定不是,斯隆妮想,因为空调系统还在勉强工作。纳克莫·凯什站在休眠舱前面,倒还没有表露出什么负面情绪。几分钟的时间里,她始终一动不动,也没有说话。

  斯隆妮决定,给她点时间,让这个克洛根人沉思一下,因为这是她自己的决定。斯隆妮看了一眼房间里的卡里克斯,他靠在桌子对面,胳膊交叉放在胸前,头耷拉着。这个突锐人看起来坐着睡着了,不过谁又能指责他呢?他的小队已经在生命支持系统上奋战了好几天,而且到最后除了说"这个还没有彻底完蛋"还不能认为他们自己取得了多大的胜利,但相比空间站遭受了这么严重的损失,他们的努力如杯水车薪。这已经是很了不起的成就了,但加森已死的消息,压在每个人身上,使联结堡号蒙上了一层阴影,斯隆妮担心这层阴影能否散去。

最后，克洛根人动弹了一下，庞大的身躯移动回来："让她安息吧。"凯什说道。

斯隆妮仔细看着她："你确定？"

凯什又一次点了点头，就这么决定了。

部落首领纳克莫·莫达这一段时间依然会保持休眠。斯隆妮从未与部落首领见过面，不过她听说过很多酒吧故事和战争故事，那种爬到这个位置、拥有这种知名度的克洛根人都会有的残忍与乖张的故事。虽然莫达率领这个部落，不过空间站维护和保养的事情，她却让凯什负责，这就使得凯什在莫达休眠的时候成了事实上的领导者。

莫达似乎无意与其他种族一争高下，除了战斗时候。

好吧，也许这不是一个公平的假设，但是斯隆妮看出从正式意义上说，莫达指定凯什为纳克莫部落面对联结堡号其余种族时的大使。除非你本来就想得远远的，否则不会指定他人代理这样的事情。

不过凯什解释道，在部落内部还是莫达说了算。只要她醒了，还是能说了算的。

"我很确定，"凯什回答道，此时一阵劲风吹来，"她才不愿意招惹这些琐事，太多需要处理的事情了。"

卡里克斯笑了，然后努力想把笑声压成咳嗽，不过很失败。好在凯什没有注意到这一点。

"如果最后证明我们面对的是什么未知的敌人，"她又说道，"那就完全是另外一回事了，而且她会很享受这种事。"

"好吧，"斯隆妮撑着桌子站了起来，"如果你没问题，那我这里也没问题。让我们唤醒其他人。"

第二个大厅是空的，里面的人早就被扔了出来。因为盒子破裂，里面的克洛根人没法逃生，死在了里面，好几个人都是这样的，他们都由凯什经手处理。

接着他们都来到第三个房间，卡里克斯开始了复活程序。因为生物统计数据库已经离线，所以需要一个特别的维护代码，而斯隆妮并不知道这个代码。就目前，只有卡里克斯及他的上司凯什可以启动手工唤醒，她很喜欢这种操作方式。

卡里克斯敲进去最后几个字符，走了回来。"需要好几分钟。"

休眠舱开始升温，液体从盒子里暗藏的数千个管道泵出。很快窗户内侧的透明冰晶开始抖动，然后整齐地融化成了小水珠。

又过去一段时间。

"内脏器官看起来不错。"卡里克斯说道。

"我去唤醒下一个。"凯什说道。她不需要得到准许便以同样的方式开始下一个。

卡里克斯看着斯隆妮："这样做明智吗？"

斯隆妮耸了耸肩："根据清单我们需要唤醒数百名船员。我不知道你要做什么，不过我最好找点我能做的事情。"

"我们不都是么。"他走到下一个休眠舱，手动操作，"至少对我们来说他们的苏醒过程很平缓。"

斯隆妮瞪着他后背上尖利的刺。"所以呢？为什么你们这群又聪明又勤奋的家伙在里面没有拉动紧急弹射？"

"我们拉了。"他没有理会她的眼神，语气泛着幽默，手上依旧在小心调整控制，"你上课不专心。"

"那是因为……"她犹豫了一下，想争辩。"好吧，是这样。"她承认道。她更喜欢上训练模拟和安保后勤课，这才是课程。仪器琐碎的细节只会让她昏昏欲睡，而她喜欢的那些课程能展示她所知道的东西。

斯隆妮的注意力重新转移到眼前的休眠舱上，唤醒流程快完成了。

克洛根人已经在里面开始翻动身体了,她的手神经反射一样伸到屁股后的手枪上。

"也许我应该对付这儿,"凯什迈着沉重的脚步走到她身后,"我的意思是,对付克洛根人这一部分。"

"这样做明智吗?"斯隆妮问道。她故意重复卡里克斯的话,另外一名突锐人笑出了声。

凯什挥手让她走开:"无意冒犯,斯隆妮。不过如果我部落的人醒来的时候情绪不佳,那么如果征服者是人类,情况就会更糟糕。"

斯隆妮眼睛大睁:"哦,那我们应该把代码给坦恩,让他来做此事。"

"这很有趣。"

"我愿意花一大笔钱看这个事情。"卡里克斯喊道。

这次凯什哈哈大笑,她笑得全身抖动起来。斯隆妮一边笑一边走开,她很开心,埋头苦干的时候应该有些轻松的时刻。

"公平起见,凯什。你一定要保证克洛根人完事之后,向他们解释我们现在的情况。"

"当然。"

"如果他们正在遭受……"

"我可以搞定,"她坚定地说,"唤醒你的小队,开始做剩下的事情。"

休眠仓打开了一条缝,难闻的气味从门边的一条小缝嘶嘶喷了出来。呼的一声门打开了,一个浑身湿透满脸怒容的克洛根人冲了出来,他浑身肌肉绷紧着。"是谁敢……"这个男人开始发作了,凯什用前额在他脸上猛撞一下,这名克洛根人趔趄着弹回休眠舱。

斯隆妮眨了眨眼睛。

"我会这样做的！"凯什说道，而那个克洛根人在咆哮，震惊或疼痛，或者……斯隆妮甚至没有考虑其他可能。

她用力关上舱门。"是啊，我就猜你会的。"卡里克斯也加入进来，在其他四个安排好的休眠舱上启动了加热程序。

名单上大概有一半是克洛根工人，他们全部都是纳克莫部落的成员。斯隆妮希望剩下的人好管理一些。她带着卡里克斯走过迷宫一样的走道，前往下一个集群。每走一步她都觉得信心更足。

有一支随时待命的克洛根力量意味着可以再去搞定很多事情。

接下来才是安全方面，这不是一件可以谈判的事情。虽然坦恩已经抗议说，如果剩下的船员在唤醒的时候没有被枪指着，不太可能会引起恐慌。

"不用枪，"斯隆妮安慰他道，"只是保证事情能得到控制。记住这些人为加入任务所做的牺牲，他们入睡的时候又如何梦想到达后醒来时能发现的惊喜。我们会碾碎他们的梦想，坦恩，所以我们要为任何情况做好准备。"赛拉睿人看上去非常迷惑，不过艾迪森对斯隆妮的支持最终让争辩偏向了斯隆妮这一边。她和卡里克斯干起活来很有一套，她的小组里已经有八名老手被唤醒。

有一个人器官存疑而被暂停解冻过程，要等一名医生过来才行。安全小队在活动筋骨的时候，斯隆妮和卡里克斯马不停蹄，准备唤醒她的另外一批手下——生命支持技师，他们的人数是外勤医疗团队的两倍。这一次没有失灵，斯隆妮把两个团队都聚集起来，向他们解释所处的逆境和现在的计划，还有一些来自卡里克斯的后备技术人员。

此后，整个过程就好像有了自己的生命。卡里克斯不像个专家，更像是一名传令兵，从一个休眠舱跑到下一个休眠舱，输入他的最高权限维护代码。斯隆妮正在盘算其他人是否也应该有这样的权力，如果更多人有这个代码,事情就会快得多。

她脑子里的一部分不喜欢某项知识仅仅由两个人垄断。这太危险了,考虑到他们现在尚且深处危险之中。不过这种担心很快被扔到一边——如果最高权限的特权散布开来,人们就会在没有监督的情况下想唤醒谁就唤醒谁,人口很快就会灾难性地爆炸。

这份名单已经够长了。

现在卡里克斯身后有八个小组,每个小组有一名安全官员和一名生命支持系统的技师,后者负责处理健康评估,并且向被唤醒的船员简单介绍现在的情况。首先是医生和护士,然后是负责联结堡号上面所有复杂机械和技术的工程团队,此外就是各种辅助人员,还有其他坦恩或者艾迪森坚持应该成为名单一部分的船员。

在名单任务全部完成之后,行动将变得可以自我维持,至少在清单完成之后。

现在是让他们都开始干活的时候了。

这个晚上,斯隆妮把安全责任托付于富有能力的坎德罗斯之手,拖着沉重的脚步在一块损害不那么严重的公地上找了个沙发,瘫下了。她的眼睛刚刚闭上,坦恩和艾迪森就出现了。

哦,拜托……

"啊,她在这里。"坦恩说道,走了过来。

斯隆妮站了起来,身体撑在沙发上:"现在怎么样了?"

"什么事情也没有,我们只是想知道最新进展。"坦恩笑道。这可能是同情,还甚至可能是鼓励,不过斯隆妮看出了他的洋洋得意,"不过我们可以让你睡一觉。"

而且还要冒着被叫醒的风险?"不,很好。"斯隆妮一只手摸摸脸,眨了眨眼。她现在太疲劳了，根本没有反应过来他们根本无法"要"她做什么。一杯水出现在她手里，她一饮而尽。喝完之后她才意识到这杯水是艾迪森递给她的，斯隆妮低声道谢。

现在，简报开始。"每个关键系统集群的团队领导都已经唤醒，而且还有几个手下队员。"她说道，"总计大概一百五十人。不幸的是，名单上有十四个人已经死在休眠舱里。我们就把他们留在那里，如果这样的话就不需要更多停尸房了。"

"太恐怖了。"

"好可怕，"坦恩同意道，"不过这个死亡率其实比我预计的要好一些。"

斯隆妮只能点点头。要不是睡了一觉又吃了点东西，她会怒怼他多么无情的，不过她现在只想事情赶快过去，然后躺下。"凯什唤醒的克洛根人也差不多这个数，所以我们大概完成了这个清单的一半。"

"他们的人伤亡如何？"坦恩问道。

"很少。他们的遭遇好一些。"

"那……很好。"艾迪森说道，不过有些尴尬。

"是的，"坦恩同意，"实际上这是很好的消息。不过我觉得你最好现在把整个清单过一遍。"

没错，好像他能做得更好一样。斯隆妮看着他。"我们唤醒的每个人都需要处理，进行诊断，并简单介绍情况。"

"不过，我们的能力还应该翻几番，是吧？"

"问题不大。只有凯什和她的首席生命支持技师卡里克斯，拥有最高权限的维护代码，能打开休眠舱。"她举起一只手，"在你发问之前，我们都没有交出这个代码，因为我们不想犯错误，或者弄出我们无法处理的人。就算是我自己也没有这个代码。"

他看上去并不惊讶，斯隆妮不知道是不是因为缺少分享和数字。"很公平。"坦恩说道，话里带刺。

她换了个话题，把她的事换成他的事："有没有关于灾难起因的消息？"

坦恩两只手握在一起，看着艾迪森。

她摇了摇头，显然很崩溃："我们还是一无所知。传感器记录就是一团垃圾，到处都是虚假警报。"

"感应器实际上在飞行中已经损坏了，不过还没有到达需要记录显示出来的级别，"坦恩又说道。斯隆妮注意到他把承认任务失败的活儿丢给了其他人，然后自己负责尚存一丝希望的部分。

官僚主义，他们都是一路货色，对吧？

斯隆妮甚至都没有在意去点一下头，只是打了个哈欠。"好的，你们知道的时候就告诉我。我现在能睡觉了吗？"

"当然可以了，"坦恩马上说道，艾迪森拍着她的肩膀说，"现在你能休息就赶快休息。"

斯隆妮倒头就睡。

她梦里来到伊利姆，目睹天联地区闪击战时的恐怖袭击。星际海盗的袭击从来不是驾车兜风，不过闪击战就完全是另外一回事了。偏远地区的联盟制服小分队没有理由去假设他们会遭遇一整支舰队的围攻，更不要说会预料他们别有用心有备而来。

有些士兵在这次冲突中一战成名，他们成了英雄，为自己赢得了地位与功名。他们还看到了真正战斗中被烧焦的男人和女人，浑身是血。

不过也令其他一些士兵崩溃了。

斯隆妮不知道自己掉到了哪里——血污和崩溃之间——不过她永

远忘不了那些漫长的日子。那是她一生中最黑暗的日子,哪怕之后又进行了很多战斗,随后又在特拉弗斯与海盗血战一场。

她加入先遣队就是为了把这些抛诸身后。

不过就算没有其他痕迹,这也留下了永远的伤疤,同时使一种本能从那里和在其他十几场战斗中磨砺而出。这种本能让她突然惊醒,掏出手枪,指着入侵者。

斯隆妮花了几秒钟才想起来自己在公地的一个沙发上。身边睡着几十个人,他们也是找个能睡的地方就躺下了;还有一些人醒着,往嘴里塞食物,或者低声谈论着什么;另外几个人在哭,可能是弹晕症,或者二者皆有。

在她对面的一张沙发上,一名她不认识的人类男性坐在那里,等待着什么。他睁大眼睛看着她,慢慢举起手,示意投降。她意识到自己的手枪正直直指着那个人的眉心,于是垂下枪口。

"你是谁?"

"威廉·斯本德。"

"我听说过这个名字。"斯隆妮说道,努力在大脑疲乏的记忆里翻找,"我怎么知道这个名字的?"

"殖民事务处,我是福斯特·艾迪森的副手。"停了一下,"总监助理斯本德。"

"哦。"另外一个呆子。神奇,她把手枪塞回枪套,揉着眼睛。这个家伙,斯本德,从桌子旁边拿起一个马克杯,递给她。热气袅袅升起,也许他不是一个呆子。

斯隆妮的情绪振奋了一点:"咖啡?"

他停了下来,看着杯子。脸上抽搐了一下:"麦片。"他承认道。

"我恨你。"情绪很快又发酵了,不过斯隆妮还是接过杯子。没有勺子，所以她一饮而尽。热乎乎的絮状麦片没有加糖，不过她承认这杯麦片出乎意料地好吃。

斯本德看了看周围："我可以试着找些咖啡。"

"不用了，"她满嘴麦片，说着，"没关系。"

这家伙笑了："你只喜欢咖啡？"

她没有答话，只是亲切地耸了耸肩。

威廉·斯本德，总监助理，长着一张最欠揍的脸——就是那种政客面对急切的实习生的面容。他找时间把自己的棕色头发梳理得整整齐齐，还有一双无比真诚到很假的眼睛，流露出内心的想法。请让我帮你一下，这样就显得我很乐于助人。斯隆妮打住这种猜测的乐趣，吃完麦片。

不过到最后，他也没有动一下。

斯隆妮扬起一边眉毛，看着他。"你还在这里，这意味着麦片是有代价的，我猜？"她问道。

斯本德耸耸肩："实际上就是安全方面的事情。"

睡眠带来的迷糊消失了："发生了什么事情？"

"哦，不！不！不！"他伸出手，安慰道，"没什么，我只是……福斯特让我负责加强供应。把灾难后剩下来的物品分门别类。就是这事，我们可以协作，在一个地方存储所有物资。"

斯隆妮的另外一只眉毛也扬了起来："好的，问题是，为什么我要在乎这件事情？"

"因为，"斯本德耐心地回答道，"它们需要存在安全的地方。"

"哦，"斯隆妮把杯子放在最近的地方，停了一下，皱眉看着他，"等一下，艾迪森担心有人会偷？"

"坦恩总监建议说在当前这种情况下有些人可能不欣赏保留库存这

种做法。"然后他又笑了,"福斯特和我都同意。"

哦,见鬼,斯隆妮想。她知道坦恩在担心什么,而且她很想为这么荒谬的想法抽他脸。不过从宽泛意义上说,他的想法也不无道理。为了安全起见,武器和急救物资必须储存在安全的地方。"空间站没有专门的仓储区吗?"

"实际上有几个,不过最近的这个没法进去。"

这倒不令人吃惊。"那机库怎样?里面只有一艘飞船。一旦真正有交通了,其他的机库才会塞满。"

这让他眼前一亮,好像他之前根本没有想过,斯隆妮不知道他是怎么操作的。甚至就算他地点头,也像半鼓励半安慰,让她感觉他演得有些过火。"这个可能有用。"他沉思道,"是的,我觉得这很完美。"

"乐意效劳,"她疲倦地说道,"和塔里尼中士谈谈,他可以保证每个人都赞同保留储存的决定。"

斯本德又点点头,这次露出理解的微笑:"我会在其他总监的指导下执行此事,这样可以确保空间站每个人都赞同计划。"

"是啊,不管怎样你去做就好。"突然之间这变成了"我们的"计划,她想到这点就有些恼火。这家伙狡猾得就像一只鼹鼠,斯隆妮挥手让他走了。"如果你需要我来告诉她们赞同计划,跟我说一声。现在,我会派两个手下检查一下辅助机库,挑一个合适的。"

这家伙站着,至少他知道什么时候谈话结束。斯隆妮躺回到沙发上,一只胳膊掩着眼睛,她的身体需要更多的睡眠,或者咖啡;最不需要的就是整天扑火。

她都可以猜到她能得到什么,但是自从他在这里……

"你能帮我找些咖啡吗?斯本德……"斯隆妮朝斯本德逐渐消逝的脚步声喊道,她任这句话消逝在风中,只是一根手指戳着自己的嘴。

从门外传来他的笑声。"明白了。"他回答道。

就是这么想一想，似乎也稍微驱散了她身体中的疲惫。但是她的意识不肯止歇，她思考着每个可能的缺口，每一个可能潜伏危险的地方，都让她充满焦虑。现在有多少人苏醒了？会不会有什么问题？凯什是否需要帮忙？

她想到坦恩可能操纵人力的优先流向，惊得从沙发上放下腿，嘟囔着站起来。她感觉身体僵硬，又渴又饿。她的四肢像是被一个沃勒人拽着，要把她拉倒一般。

也许这里没有咖啡，尚没有。斯隆妮别无选择，只好倒向唯一能帮上忙的东西。

她抻直腿，走出公地，这一块地方的人越来越多了。斯隆妮突然加速，一阵小跑。

一个小时之后，她还是绝望地没有找到咖啡，眼睛后面却开始剧痛。斯隆妮站在一张桌子上，面对六百多名联结堡号船员。这个地方起初并不是为聚会准备的，这里本来应该是管理层职员安静的办公空间。

"应该"，"本该"，如果这些愿望是地球上的咖啡，那都够他们享受好几天了。

绝大多数聚会的人都站着，有的人坐在桌子上或者特大号的椅子上。很多人站在地板上，仍然没有从休眠舱的碰撞中清醒过来。"休眠恐惧。"她听见一些人如此称呼这种状态。这个术语传播得似乎与管理层死伤殆尽的消息一样快。

神经质一样的闲聊充斥着房间，斯隆妮仔细斟酌着措辞。

"这个任务最终会怎样？"

"我们能回去吗?这有可能吗?"

"开拓者最终会拯救我们。"

"一定是一次袭击,为什么他们不告诉我呢?"

"这么多克洛根人……"

她甚至都懒得去搭理这些话,最好让这些话淹没她,把她吸走。因为这比大规模的恐慌好得多,现在至少表面之下还很安静。

"我们开始吧!"她尽力大声说道,她不得不把一个一个字从嘴里挤出去。然后她举起胳膊,高过头,示意安静。有些人注意到了,但大多数人没有注意到。斯隆妮在脑袋上方拍着手,朝上看着天花板:"不要让我吼!"她说道,更像是叹息。

她不必再说什么了,凯什一记重拳砸在最近的桌子上。砰的一声在巨大的房间响起,声音还没有弹回来的时候,每个人的注意力已经在斯隆妮身上。

"谢了。"她低声道。

克洛根人朝她投来毫无悔意的一笑,其他每个克洛根人都跟着朝她笑。

"这不是一次演说,"斯隆妮告诉他们,"这也不是动员演讲,我们没有时间扯这些。这是一次战斗计划。"

人群开始嘀嘀咕咕,她等着嘀咕声平静下来,用此时间等头脑中的一股刺痛渐渐退去。

"你们绝大多数人都知道已经发生了什么。"嘉恩·坦恩大声说道,打断了她。

斯隆妮朝右边扫了一眼,嘴角一动。她没有注意到他已经迈上桌子,来到她身边。太好了,似乎他有很多时间面对此事。

他继续道,声音又大了一点:"尽管如此,我还是解释一下,以免出现疑惑或者谣言。这种疑惑和谣言甚至传到了总监之间。我们只能说这不是一次袭击。一旦传感器恢复上线,科技团队能展开工作,我们绝对可以确定原因。不过我能告诉你们的就是,联结堡号在到达这里的时候,好像与什么自然现象碰在了一起。"等一下,这些话只会引发他们的猜疑。

"可能是什么饱含致命粒子包的长须,"他继续道,"这个……鞭子,不管撞上的叫什么,这个灾难都已经让空间站步履蹒跚,举步维艰。"

糟糕,现在后退已经太晚了。就算他们的预感是对的,她唯一能做的就是让他们把注意力集中在自身,而不是外界。人们不总是需要所有的情报。

简直让人七窍生烟。她插话进来,"这就是为什么你们都被唤醒了。"她的语气里有一丝恼怒,不过她并不在意他们是否知晓,"你们是联结堡号各个系统的专家,我们需要你们做最擅长的事情——分析、稳定、修复。现在的目标是让空间站功能保持在能支持我们的程度,第二个目标是保证万一还有其他灾难袭来,我们能够撤离。"

"撤离?"有人喊道,听起来像是警告,"我们是不是仍然处在危险之中?"

"为什么现在不撤离?"后面的一个船员喊道。

"我们现在不撤离!"斯隆妮回了一句,"你们忘了我们为什么来这里吗?"几名船员的目光移开了。"你们忘记了风险吗?你们签名的时候只是觉得很有趣,以为这像是游戏,一个发光的梦想,但是现在我们在这里了。才出现了第一个麻烦的迹象,你们就喊着要撤?"人群一阵骚动,她看着他们。"你们怎么能这么做?"

坦恩一只手搭在她胳膊上,示意她冷静:"安全总监凯莉意思是,我们现在还不知道联结堡号是否依然身处危险中。直到了解情况我们依然要保持警惕，现在我们要为了让飞船保持正轨而全力以赴。任务并没有变化，而且我们都有责任——"

"你他妈到底是谁？"有人喊道，斯隆妮看不清这个人的脸，不过她觉得是房间中间的一个突锐人，穿着水栽农场的制服。

坦恩有一丝畏缩，虽然斯隆妮处于很愤怒的状态，但她也感觉到了。

到底是谁？

但坦恩可不是一个在人群中丢脸的人。"我知道你们的困惑，"他说道，一只手依然在斯隆妮的胳膊上，以示团结，"我是执行总监嘉恩·坦恩。根据应急协议，我已经……"

斯隆妮摇了摇头，打断他的话。"这话不是这么说的。"她低声道，然后直面群众，"我们现在在一个一团糟的世界里，而这意味着我们需要改变。这就是你需要知道的事情：坦恩已经担任了加森的职位，而我负责安全。"她手指着三人参议会的第三名成员，站上桌子。"这是福斯特·艾迪森，殖民事务……"

"而且是代理总监的咨询员。"艾迪森为自己代言，态度比斯隆妮想象得更加坚定。

很好，如果有人想挖出点什么的话，那就现在吧。"我们是飞船上三名最资深的船员。唤醒你们是因为飞船需要帮助，就是这样。这就是我们的形势，现在我们开始干活，因为我想活下去。而且就像你们一样，我也想我们的任务能成功。"

死一般的寂静。

斯隆妮攥紧拳头，等着嘉恩·坦恩再一次拙劣地推销他那一套狗屎玩意。不过这一次他和她一致，他什么也没说。问问题的突锐人迎着斯隆妮的目光,然后慢慢点了点头。听到这些话,其他人开始低声谈论什么。在斯隆妮看来,不是争辩的语气了。先解决了一个问题,然后还有很多需要思考,要做的事情。

很好。

艾迪森环视了一圈人群,而对于他们来说,也许她姿态柔软一些是最好的。"我们都记得阿列克·莱德尔的话,"她说道,赢来很多赞许的点头,"历尽艰辛来到这里是一回事,不过我们都知道什么在迎接我们。"

赛拉睿人眼睛突然睁大了,斯隆妮猜想这就是他们灵机一动的时刻。坦恩打了个响指,以超出标准的夸张语气说道:"现在,他真正的工作就从这里开始。"这句话换来更多笑声,哼声,还有更多的坚信,效果比她想象中好多了。

"你们都精通于你们的系统,"斯隆妮说道,声音压过众人的私语,"要不遗余力,务必保持系统稳定。我们现在只关注空间站的这一块地方,毕竟其余的部分没有人,也没有气压。"一小群想法相似的专家开始聚在一起,斯隆妮的声音更响了,因为人们开始自然而然地开始忙碌。"如果你们需要帮助,需要清开一条走道或者移开一扇崩弯的门,纳克莫·凯什手下有一支数百人的建筑队可以帮忙,好好用上他们。"凯什旁边的几个克洛根人一阵雷鸣般地狂吼,完全没有必要这么大声嚎叫与欢呼。坦恩被吓到了,斯隆妮忍着不笑。这并没有引起这群直立怪兽的惊慌与溃散。

够了够了,他们都知道自己的任务,人群中的监工会维护秩序。

她转身回到桌子边,人群立即散开,房间里顿时沸腾起来。

"祝你们每一位好运!"坦恩尽力大声让每个人听见,但并没起什么作用,他转身走了下去。

斯隆妮向艾迪森伸出一只手,艾迪森满是感谢地跳了下来。"就在这。"她低声道,斯隆妮有点疑惑地笑着看她。

这个女人耸了耸肩,她平静地回答道:"不管殖民事务有多难,我哪里也不去,坚守在这。"

可能有些可悲,斯隆妮不能责备她。就现在而言,建立殖民地像是几光年之外的事情。也许这件事情就会把福斯特·艾迪森吃个干净,她的工作,她的角色。

担任执行总监的顾问,她会满足吗?

斯隆妮不会,不过,安全方面的事务就有很多要做了。她安抚性地按了一下艾迪森的胳膊,轻轻放开。她们转过身,坦恩跳下来,站在她们身边。"我觉得刚才做得很棒,"赛拉睿人说道,他的语气好像是刚才整个一件事全是他策划的。"现在,如果我们能继续同心协力,在未来就可成事。"

斯隆妮之前收获的微小希望现在突然都变味了。

斯本德等在旁边,他的万用工具屏幕亮起,出现提示。"很好,"他开心地说道,"很顺利。"

斯隆妮擦身而过,大声喊道:"给我找点咖啡!然后我们再说顺不顺利。"斯本德吓得闪开了。

第九章

绝大部分私人空间都处于真空锁定中，嘉恩·坦恩只能在一个研究实验室住下，他怀疑这里能不能看见真正的研究——至少很长时间之内都看不到。

这个实验室离外层壳体不远，一大块区域都已经被"鞭子"撕开。他记录了一下刚才在即兴演说中这个词的受欢迎程度。他很开心地发现，使用这个词指代触须一星期之后，人群中已经加强了对这个词的使用。虽然他更希望这并没有完全损害到其目的，不过"鞭子"留下的后续效果依然在已苏醒人群中挥之不去。

另外一个原因是为什么坦恩需要独处一会，要有个安静独立的地方，离那一群乌合之众远一些，好让他焦虑、专注、努力、崩溃。

在这个废弃的实验室里，他有了一个自己的房间。如果容许自己说句俏皮话，其实就是个空间。房间里的大部分设备都在外壳破碎的时候被吸走了，留下一条狭长的地方，没有家具或者其他东西。在行动室里，临时隔板把坑洞都填上了，这一景倒也别有风味，伴着群星，空间站的边缘参差不齐。

"鞭子"拖着的能量触须，还有五彩斑斓针扎般的光点，排成一个阵列，这个完美的地方使嘉恩·坦恩可以散步，思考。这里很安静，离那块公地很远，大部分船员都睡在那里。他们在人群中找到了慰藉，因为其他人的存在而更加安心。安静地谈话，或者只是声音就能证明其他人存在。

在任何正常的情况下，他感觉都一样，不过现在这场灾难完全属于不正常的范畴。他需要专注、仔细和小心翼翼。坦恩知道自己的局限，他这一生都在与自己面对外界的干扰时的无能为力做斗争。

当他需要真正思考的时候，需要绝对的安静。现在没有什么动静，只有他自己的脚步声，还有脚下不断滑过的地板砖，他以完美无瑕的步伐走着。

这就是他把万用工具留在前厅的主要原因，它的不间断式通讯很受欢迎——而坦恩更喜欢由人通知——不过他需要思考的空间，可不希望被通知。

过去的一周发生了太多事情，现在联结堡号已经稳定下来。而"鞭子"，在最后一根带着"鞭子"的梳子刷过之后，现在成了一个他们哪怕醒着也无视的现象。直到传感器修好，没人真正知道它的毁坏，传感器这个项目面对海量灾难屡被拖延。

传感器，传感器，坦恩想到。他们可能都茫然无知地在太空中飘移，不过殖民事务处机库的穿梭机在这方面肯定有些能力。也许艾迪森是对的，应该发射一些出去，哪怕只是为了看一下附近的地方读数如何，甚至他们还有可能接触到开拓者，还能请求援助。是的，开辟一条新路。开拓者，他们当然可以……

不，不，这是一个可怕的想法。他的思绪就停留在这里，如果其他系统失败了，或者更糟——联结堡号撞上了这个神秘"鞭子"的另外一条动脉，那这里的每一架穿梭机都很有必要。撤离的时候需要穿梭机能提供每一平方厘米的面积，因为现在唤醒的人已经太多。

现在他们是总人数的不到五分之一，当然，每个人都局限在联结堡号总生存空间的一小块碎片上了。空间站的绝大部分，就像船员的绝大部分一样，依然冰冻着。

在他眼里，每件事情都与人口密切相关。每个苏醒的船员都是一个"需求包"，这个说法是从一名突锐人那里听来的。当然这个说法对他们来说很容易理解，因为他们高度依赖于独此一家的右旋氨基酸。人类、克洛根人、阿莎丽人以及赛拉睿人让人担心程度则要高出四倍。

而且，他还要假定突锐生物体的总供给量不足。

每个人都有一张嘴要喂，还需要呼吸器，要对他们临时领导的决定进行权衡评判。

权衡，而且很多权衡。

他早就知道这次人口激增会让联结堡号稳定下来，他也知道，一旦醒过来，不会再有人觉得回去休眠是个很好玩的想法。他们将从休眠中苏醒视为又出生一次，一种超自然的孵化。

除了那些很积极的结果，每个可能的后果都在他脑子里转来转去。如果一切顺利，他就会在那里与其他人一起与团队努力最终拯救了任务，与大家举杯共贺艰苦的劳作。他怀疑会不会有人举杯称赞所有耗费的脑力和计划，就算没有，这个损失也可以接受。他已经习惯了，而且现在有很多问题场景要考虑。客气一点说，他们是个军团，所有的问题又归结于供应储备。嘴巴饿了要吃，渴了要喝，废弃物要处理。生命有很多方面，不过共同特点就是能把食物超高效地变成粪便，而这个简单的过程是他所有焦虑的核心。

供应储备，它们会飞速减少到舒适标准以下。

他已经遇见到第一起偷盗的报告。一个在走道里提出的简单问题，问的是箱子去哪里了。"我记得我把它放在这里了。"回答是，"我没看见啊，你确定吗？"

外面的某些地方，在这巨大而又渺小的空间站的一角，那些聪明人能看到潜在的问题浮现，而不管有意无意，他们会开始拟定计划。

这不一定是恶意的行动，坦恩能理解，只是生存本能而已。当一个人看到麻烦已经在远处浮现的时候，他就会做好准备。

那怎么办？

他走了又走，模糊地注意到实验室那边的万用工具亮起，鸣叫声吸引了他的注意。毫无疑问是斯本德，不过也有可能是艾迪森。他们在寻求他的意见，并且传来了消息。而另一方面，斯隆妮·凯莉和纳克莫·凯什，仍然不完全承认他总监之位，甚至在发现了加森的尸体之后也如此。一旦情况需要，他总是主动找她们，总是成为要问问题的那个人。

不过他能接受这一点，刚上任的日子就是这样的。

凯莉正在慢慢把自己从应急反应者的思维模式中抽出来。凯什也一样，她是个克洛根人，她的行动会屈从于基因预编码的指导，用暴力和攻击解决问题。克洛根人就是这样行事的。

这就是为什么斯隆妮·凯莉要求唤醒更多安全队员的时候，他没有和她争论。

的确需要喂养更多人口，不过里面没有克洛根人。当麻烦发生的时候——而且暴力种族总是伴随着麻烦——他可以指望斯隆妮的安全小队把麻烦压下去。

为此，他需要斯隆妮·凯莉的信任，或者至少需要她尽力去信任他。

无论是好是坏，他视目前的领导安排为一个三人执政。他，艾迪森，斯隆妮，如果他做出一个单边决定，他毫不怀疑自己会被从现在的位子上赶下来，而且任何人都不会替他争辩一句。他们只会依据自己短浅的眼光做出肯定很有问题的决定，而且他感觉吉恩·加森能理解。

几乎可以肯定，这就是为什么他的名字出现了，一个有层次的头脑，一个宽广的视野，他们需要他，而他也需要他们。

艾迪森经常不情愿地成为那个解开死结的人，这个等式中"不情愿"的那一部分令坦恩非常困扰，她对这场灾难的反应比别人更大。她总是把一天说得很糟糕，而在斯隆妮嘴里却是个好日子。

管理层偶尔在一起讨论什么事情的时候，她总是不占据谈话的主导地位，只是跟随着她觉得最正确的那个人的说法，然而言辞中并无热情。

曾经有一个短暂的时间，她鼓吹探索附近的世界，在空间站无法支撑下去的情况下，也许该为联结堡号任务找到一个替代的地点。坦恩觉得可以为这个想法做更多工作，不过也可以支持斯隆妮。

任务优先，而且现在需要穿梭机。

他没有考虑所有的可能情况，他可以在争论中退让，而回报就是争取到一个更可靠的盟友。相反，他如果让殖民事务总监感觉他上船的全部目的只是为了"如果我们能转圜的话"。这就有问题了，很严重的问题。

如果考虑艾迪森的想法，似乎就会有不可预见的后果。她的决定票立场飘忽不定，而结果就是让坦恩深思熟虑的结果竹篮打水一场空。这意味着……

他停了一下，又走了半步。一个想法像苏凯什半夜的烟花一样绽放开了。"啊！"

他放弃了自己的行走路线，转身朝门跑过去，他知道该做什么了。

他在大厅里从地面上捡起自己的万用工具，固定在手腕上。有几条来自威廉·斯本德的信息，好几个恢复工作的状态更新。坦恩没有主动要求能得到这样的信息，不过依然很欣慰。

斯本德似乎也没有缓解艾迪森的失望情绪，他没有等着艾迪森情绪变好，而是自己寻找其他办法。不应该打击这样的努力，坦恩会用可以采取的手段帮助他。

这些以后再说，现在，他要无视这些消息。

感谢他之前天才的顺序安排，以及系统工程师们增强信号的努力，让他现在有机会能够点对点地与斯隆妮进行通讯。

过了几秒钟她回了话，只有语音，似乎这是她一贯的作风。

"我很忙。"她说道，这也是她一贯的作风。

她的通讯信号里，传来丁零咣啷的背景声和工具嗡嗡的声音。他知道今天的焦点是水栽农场。不是作物的生长状况如何，因为种子的状态，作物能长成什么程度还前景成疑，按照斯隆妮的说法，"不那么性感"。焦点是公寓旁边的细菌发酵桶，这些东西对于空间站的正常运行至关重要，它们不仅仅把废物变成肥料，而且副产品是可以饮用的水。二者都是极度需要的。

"完全可以理解，安全总监，"他说道，"实际上我有个个人私事想问一下。"

"不是开玩笑吧？"

"我猜，"他语气平静地回复，"你身边一定有大把的'那些东西'。"

坦恩一边走一边说，往主连接走廊走去，这处路口把联结堡号的这一部分和仓储区连在一起。凯什和她的团队已经在这个地方热火朝天地干了两天，想要清出一条通路。为了此事，他总是留出一只眼盯着那些不小心遇见的劳动力。

斯隆妮的哼声在他听起来就是在笑话。她哼声太多，经常让他疑惑。"是的，聪明的家伙。这是这个工作需要的。"

"显然是的，我打电话的目的是想让你和艾迪森谈谈。"

斯隆妮停了一下："谈什么？"

"这就需要想一下了。"

就算是通过万用工具上的微型麦克风，他也能听到她在笑。"请告诉我你想要我在班里给她传个小纸条。"

坦恩想了想，觉得这个建议毫无缘由："现在可不是在上学。"他皱眉看着手腕，仿佛手腕能给出什么答案。现在就算能看到斯隆妮的脸庞也无法给出提示，他也不知道这个话题应该往哪里走，"那你觉得一个小纸条会有帮助吗？"

"哦，可以……算了……"她说道，显然更加恼火。"这是个玩笑好吗？我要和她说什么？"

斯隆妮的玩笑就像她的合作精神一样善变。他耸了耸肩："她的情绪一直低落，我有些担心。我不是医生也不是心理学家，但是我相信她正在被抑郁症折磨。"

这句话并没有得到他预想中的理解。"是啊，这不是开玩笑。"她回答道，"而且这事证明，就算是一个我这样的傻瓜也能看出来，坦恩。"

看出来了吧？真是个善变的人。他叹了口气："我可没说你是个傻瓜，斯隆妮。"

"是吗？那你是什么意思？"

"我是说，作为一名人类女性，在某些方面可能有强大的优势……"他暂停了一下，考虑措辞。"比方说做出协调？类似于在二者之间，而不是承担义务。"他又说道，以防她误解。因为他懂政治，所以种族间的互动正是他的特长。

而其他种族内部的关系就超出他的理解范围了。

她没有马上回答，坦恩又着急地说道："除非这是你的个人偏好，在这种情况下我会全力支持你……"

然后斯隆妮笑了，十分尖利，但不生硬。"放松点，"她最后说，"我知道你的意思，对不起，我在这里要睡两个小时。你希望我作为一名人类女性和她说说，让她不要恐惧，是这样吧？"

坦恩松了口气："就是这样。这种事情不是我的强项。"这个事实稍微缓解了他的刺痛感。

"你和我一样，"斯隆妮说道，"我不是个擅长安慰的人。而且这一次你还是对的，你他妈的真是深思熟虑！"

轻松变成了吃惊……还是什么？高兴？因为她很少表扬人？坦恩张大嘴正要感谢她，不过她没有给他机会。

"我想……是啊，肯定，我可以试试。"

出乎意料的容易，而且特别令人吃惊："谢谢你，斯隆妮。"

"等这里都安定下来时候吧。"她又马上说道，语气让人感觉她要打人了。

他没有理会："当然。"

"还有什么其他事情吗？"

坦恩确实脑子里还在想其他的事情，不过考虑到现在是团队建设的时候，最好还是不要说。

"没了，拜托，务必，回到你的——"

"完毕。"斯隆妮说道，切断了链接。

典型的斯隆妮·凯莉风格，一直到最后一个词都是如此。不过，也许，只是也许，她对每个人都是这样。这至少在他前进路上留给他一些思索的事情。

刚才的这份努力是不是正确的事情？只有时间能证明一切，但如果他的猜想正确，不仅福斯特·艾迪森会昂首走出糟糕的情绪，而且这份动力会来自斯隆妮，而不是他本人。他不知道这将如何改变艾迪森对斯隆妮的印象及对斯隆妮的效忠，不过这会让斯隆妮对他多一点赞同。

如果他们可以相信他，这会是增强凝聚力的一个小小动作，坦恩感觉这个任务会回到正轨，能够为开拓者提供帮助，并最终在仙女座建立殖民地。"挥洒伟大的杰作！"就像吉恩曾经深情感怀一样。

现在进行我日志中的下一项。他挺直腰杆，因为这可能前往一个不同的方向。这次不用万用工具了，最好面对面拜访。这是个让代理总监嘉恩·坦恩不再是代理的机会——他要去寻找纳克莫·凯什。

第十章

嘉恩·坦恩觉得联结堡号现在依然只是个残骸,这在之后的一段时间里都不会改变,不过他在厅堂与大厅之间的迷宫般的道路穿行的时候,不禁萌生了一丝希望。短短一个星期之内取得的进展相当了得,甚至算上"鞭子"带来的额外损失也如此。

他想到,或者可能正是因为有额外损失才有进展,没有什么东西比迫在眉睫的危险更能激发人。

就在两天之前,为了从指派给他的研究实验室前往行动室,坦恩需要下两层楼梯,穿过制造车间,爬上一个倒塌的天花板无意形成的坡道,在一堆因为破裂露出难闻气味管子下面低下身,最后从一个钉在停电的升降梯外墙上的楼梯上再爬两层楼高度。

虽然他依然需要完成这么一套程序,不过破裂的管子至少不再泄漏了。有人在这组管子上面焊上了一块金属应急板盖住了这一大堆。在很多情况下,这种小事情都能让大家充满乐观。

虽然税收才是他的岗位，不过坦恩并没有堕落到只认数字，在还年轻的时候放弃健康养生的锻炼。这条道路正好满足了锻炼的需求——而且从来没有比把身体的重量全部扔到竖直电梯地板上更完美的了。

这能算是很有效的健身，不过他又不是士兵。他躺在充满沙砾的地板上，等着呼吸平稳下来。尽管今天已经精疲力竭，等待呼吸恢复的时间也稍微长了点。他的肺像在燃烧，而且他发现自己有一点喘。毫无疑问，这是自灾难发生以来，他吸入不少有毒气体的结果。

尽管小队一直很努力，直到昨天空气流通系统也才达到正常阈值50%的效率。

他一感觉到自己不再喘粗气，就翻身爬了起来。一路上他没有看到其他人，行动室空无一人。倒霉的领导层的尸体都已搬走，放在一个临时的停尸间，直到各种情况允许开一个说得过去的纪念仪式。甚至有人清理了血迹和碎石，把翻过来的家具全部摆放好。除了临时墙面还在，每个屏幕都还是黑的，房间的其他情况看起来像模像样。

几乎和离开银河系之前差不多，可能就多了些鬼魂而已。这个想法让他出了神，赛拉睿人，尤其是坦恩，觉得幽灵这个概念一点用都没有。

"为什么你要离开？"

这个声音从一个空房间响起，冲进他的耳道，他身体一歪。他的眼睛朝那个空……不，之前是空的。纳克莫·凯什站在他身后，好像她跟着他的脚印一路过来。声音还没消逝，她就挤过他。

"对不起，你在说什么？"他僵硬地问道。

"你已经听到我的话了。"她没有转过身直接对他说。他看着她大步流星走向对面墙上的一排显示器，庞大的身体蹲到地上。她不拘形象，开始把烧坏的系统主板从打开的门禁面板上拉下来。

他当然已经听见她说的了，不过他没明白是什么意思。"离开什么？"他小心翼翼地靠近。不是因为他想处在克洛根人拳头范围之内，而是因为他觉得与别人交谈不能太远。

"银河系，"她对火烧过的线缆和电路板说道，没有对着他说，"每个人都有自己的原因，你的原因是什么，嘉恩·坦恩？"

"啊。"船员中一个很受欢迎的话题，他曾经很多次听见别人与朋友或者同事在公地上讨论此事。这些都在提醒其他人他们曾经做出怎样的牺牲，用怀旧情绪激发斗志。无疑这是一个竞争机制。

不过，这是第一次有人问他坦恩这个问题，他有些紧张。预测问题，然后准备好自然而然的声音和仔细彩排过的答案，对他来说已经是过去式了。他并不善于即兴演讲，虽然这并没有挫败他去努力尝试。

这是个好时机，所有的事情都取决于时机。

他刚缓了口气，就意识到克洛根人正吐着怨气，端坐着怒视着他。"你一定有超出赛拉睿人本能的原因，才能同时操翻（处理）所有的事情。"她语气很重。这话从其他任何人嘴里说出来都会很容易，而在克洛根人这里并非如此。

"不需要这样，"他马上说道，语气强硬，"如果你一定要知道的话，我离开的原因就是我一直想要探索。"他又怒道，"不用笑，这就是真相。我曾经想要在群星中徜徉，我做代理管理总监税收计划的第三助理，这是一个迂回战术。我将先遣队视为重新选择的机会。"

"为什么？"

为什么？他低头看着她，或者尝试低头。克洛根人个子太大，很难直接鄙视。"虽然我们是银河系中智力最超群的种族，"他控制住自己，"但赛拉睿人的生命却不是最长的。"

凯什哼了一声，转身回到那些不工作的处理器上。"这是我最喜欢赛拉睿人的一点。"另外一个本可以是玩笑的话就坏在了克洛根人的利齿间。更糟的是，他没有办法除掉这个克洛根人，因为她的鲁莽来源于她对空间站的信心。

纳克莫·凯什在她这个种族里担任着一个可以说是不受欢迎的职位。这个职位将与其他种族的联络人、文化上的翻译者和大使的角色合而为一。这绝不是一名克洛根人拼死想要的角色，这是一个克洛根人拼死避之不及的角色。但她似乎很享受这它，而这让他对她多添了几分嫌恶。

她的工作就是与联结堡号的领导层打交道，这真是双方的不幸。尤其是嘉恩·坦恩，联结堡号总监。态度要小心，他提醒自己。无论凯什是不是克洛根人，他都需要从纳克莫·凯什这里得到一些东西，所以他也愿意玩她的游戏。"那你呢？"他的用词尽量礼貌，"你为什么要加入先遣队呢，纳克莫·凯什？"

凯什躺在地上，挪到桌子下面两个破碎的显示器中间，撕开一个烧焦的线缆，用膝盖把它们堆成一堆。坦恩看得真真切切，克洛根人多么强悍。

赛拉睿人没转眼睛。好吧，不是鄙视的意思——赛拉睿人可以不转眼睛，而且坦恩就是这么弄的，不过仅限于在薄薄的一层细胞膜需要额外保护不至于干旱或受到刺激的时候。不过，在这个时候，他所能想象的就是如果他照着斯隆妮的样子跟她处世，他会变成怎样。

"他们邀请我们来的。"

克洛根人的话因为桌子隔着而有些模糊，他的注意力完全不在其中的含义上，只是眼光直直看着克洛根人弯曲的膝盖。球根状，令人恶心的畸形，不过下面全是虬结的肌肉，就像克洛根人的头骨。

坦恩装出一副感兴趣的样子。"你说……邀请？"

她嘟囔了一声，"纳克莫部落在这个地方投入了自己的劳动血汗。当这里快要建造完成的时候，我们收到了邀请。"

坦恩知道这一切，不过，他为社交努力寻找合适的说法。"别人告诉我，"他小心说道，字斟句酌，尽可能地委婉，"克洛根人在银河系并不活跃。"

这一次，她模糊的声音像是在笑。"谁啊？"

这是个很好的突破口，毕竟他们是第一次聊这么长时间。

"纳克莫部落对基因噬体有更强的抵抗力，"凯什继续说道，声音更加干脆。

啊，基因噬体。坦恩小心地往后退了一步，凡是有什么话题涉及这个由赛拉睿人制造突锐人投掷的、让克洛根种族断子绝孙的疾病，通常是不会有什么愉快的收尾的。凯什却不愿意丢下这个通常来说展示力量的话头："吉恩·加森觉得这也许意味着我们是个比较吃苦耐劳的种族。"

"我明白了。"坦恩说道。他不知道这个部落的基因抗性，或者Dalatrasses，他怀疑，也许这是一个银河系中的纳克莫种族死守的秘密？吉恩·加森知道这事吗？可能正是因为基因调查才拯救了他们，所有的先遣队员都经过了严格的测试。也许他困惑于赛拉睿人并不在乎的事情，也许纳克莫部落从一开始就什么都知道。

如果是这样，那就是说这个克洛根种族从一开始就隐瞒这个事实，而赛拉睿人的领导阶层以及精英特工一无所知。坦恩当然也不清楚，而且就算他是Dalatrasses的线人，他现在也做不了什么。所以他把这点基因情报放到一边。

他郁闷地想，这个错误也许未来需要修正一下，如果放任不管，克洛根人也许有进化能力变成瓦伦兽那样的生育机器。不过这是以后的问题了。凯什好像有点唠叨，他觉得应该稍微刺探一下："不过这并没有解释为什么你们答应了，有人邀请并不是理由。"

这一次，她的笑声像有一层黑暗沉重的底色。"这可不像你，坦恩，"她说道，把一堆黑色的装备从桌子底下扔出来，推到一边，"这么明显的原因都视而不见。"

他的双臂交叉，皱着眉看着克洛根人。这句话击中了他，并不是他对什么视而不见，而是因为他选择了一条明显的办法获取情报，而不是找个特工刺探克洛根人。

她是个再次使用基因噬体的障碍，或者是任何控制克洛根人整体的障碍。

所以他们认为自己处在能改变未来历史进程的地位上。他不能因此怪罪她，也不能怪罪部落的其他人，因为他们都会追随部落领袖一起加入，不过他会记住的。

"我明白了，"他答道。这一次缓缓转身，显示他有多么真诚。最好让她知道他已经收到这个信息，而且允许她相信这事已经解决了。

她低声自语，好像显示她已经相信了。凯什从严重变形的柜台底下爬出来，慢慢站起身。她朝他走来，一边走一边用乌黑的双手在条纹制服上擦。在最后一刻，坦恩意识到她的意思是如果他不让开，就撞过去。坦恩走到一边，挥出一只手好像是允许她过去。

信息收到，很好。

她走过，没说一句话，而他一直跟着她。已经没什么别的话题好说的了，他自愿说出他的目的："其实，我来这儿是看你的。"

"哦？好吧，我就在这儿。"

坦恩特意练习过这句话："我正在组织一个数据库，如果未来有什么紧急情况,我的意思是,中央系统依然离线,而且也不知道是否完好的话。"

"什么的数据库?"

"关键信息。就现在而言,它们仅仅存在于我们几个人的脑子里。如果未来船员中有人突然离开,我们就会损失相当可观的知识。"

"你是不是想知道我生命中的故事,还是别的什么?"凯什问道。她蹲在一棵装饰用的树下,这棵树差不多从迎客位置被甩出二十米远,插到墙面上一个面板里面。她背部凸起的肉块几乎碰到了它。

坦恩习惯性地蹲下,不过尽管赛拉睿人天生就很高,和克洛根人的大块头一比还是很小。他一路小跑跟着。"不,不是那样,我想特别保存的东西是特定的维护代码。你和你的手下有这项技术……"

"卡里克斯。"

"是的,卡里克斯,技师……"

"科万尼斯。"她简洁地说道。

坦恩咽下一个干脆的答案。"卡里克斯·科万尼斯,是的,这位突锐人。特别是,记录你能手动将船员脱出冬眠状态的这项技术时应该非常谨慎。如果没有其他因素,比……"

"不。"一个短暂粗粝的音节,从凯什的口中传来。

坦恩预料如此,而且已经决定唤醒她的使命感。"纳克莫·凯什,我很确信如果你和卡里克斯·科万尼斯出了什么事,我们就没有其他办法唤醒他人了。现在还有几千名船员在休眠舱,如果那样,我们在这里成功的机会将非常渺茫。"

克洛根人使劲耸了耸肩:"唯一应该拥有这项技术的其他方是安全人员,但凯莉总监已经拒绝了。"

他很吃惊:"理由是什么?"

"问她吧。"

"我在问你。"

凯什朝门口走去，好像这就是她的目的地。她转向坦恩，上下打量着他，如果坦恩自己认为这是扫视的话，自己从下摆到头上精心修理的角质，一直到按照联结堡标准有效维护的靴子都让坦恩很满意。

不过她似乎对哪里都不感兴趣。"斯隆妮不想负责，"她最终说道，"你也不想。"

坦恩挺直身子，身体的每一厘米都绷紧："你没有权利这样瞎猜。"

她已经在摇头，她一只手拉着一根掉下来的柱子，弯下身，这样她的脸就可以让坦恩看得更清楚。"是你搞错了，从来没有！哪怕三十分钟的时间，没有人问我，求我，命令我，去唤醒一个朋友，一个爱人，或者一个他们觉得对任务非常关键的人。"

"我会非常开心能管理——"

克洛根人的大嘴扭曲了："哈哈，当然你会开心的。大权在握，决定他们谁死谁活。"

"他们都是活生生的人，"他反驳道，挥手示意，"我的目的也不是……"

"我确信你从来没有这样想过。"

那好吧，坦恩抬起下巴。他也预料到对话中会有这么一轮，不过他不觉得凯什会这么快就得出结论。"我觉得，"他策略性地说道，"好像你和我的角色搞错了。"

凯什扭曲地笑了，露出牙齿："历史就是个婊子，对吧？"她转身而去。然后停了一下，转过肩膀，看着坦恩。"我会要卡里克斯把最高维护的权限放在一个安全的文件里，为斯隆妮·凯莉进行编码。你最多也就能得到这么多。"

"不过……"

"对不起。"雪崩往往在最后非常安静。她迈开大步,门滑开了,门外是一屋子克洛根工人,全部由其他几个工头监管。他们正在联结堡号上一个最大的引擎上工作——如果他们再次遇到"鞭子",这个引擎就非常重要。

他战胜了一次匆忙而且政治正确的撤退。

不管怎样,他觉得这次聊天的结果是一个小小的胜利。真正的意义在于,如果有一天形势恶化,需要在唤醒人口这件事上做出艰难的决定,他还有另外一个人可以谈一谈。截至目前,斯隆妮·凯莉的作用像是一张外卡。而想要预测她在某件事上的立场,只有掷骰子猜中的概率比较高了,这实在令坦恩崩溃。

不过,这个等式中还有第三个人,这个人除了一点最简单的自我介绍,还没有怎么说过话。坦恩觉得一个小小的、不需要掷骰子的赌博就要开场了。

他想了一个看起来更官方的办法,坦恩在行动室附近发现了一个无人使用然而非常整洁的办公室,他坐在椅子里,等着。

过了三十分钟,有人敲门——蜂鸣声坏掉了。坦恩喊道:"进来!"

他希望自己看起来更忙碌一些,纸张传来传去,或者全神贯注地盯着一个终端屏幕。但他不得不假装忙着使用万用工具,然后在突锐人进来的时候正好关掉。

"啊,卡里克斯·科万尼斯。请,上座。"

突锐人扫视了一下房间,好像想要看到其他什么人。可能是凯什吧,至少可以说她是个不同寻常的盟友。克洛根人和赛拉睿人按照规矩是不会搞在一起的,不过克洛根人也没有忘记在几乎阉割整个部落的过程中突锐人所扮演的角色。

卡里克斯双手交叉,爪子向内。"如果你不介意的话,我宁愿站着。"

"我理解,你很忙。"

他点点头,壳质的皮肤反射着暗弱的光。不那么准确地说是金属色,他的种群已经进化出皮肤颜色能融入环境的功能。所有的突锐人外骨骼或多或少有某种版本的变色功能,这是他们家族母星的核心缺少金属的后遗症。

"是啊,很忙。"突锐人回答道,"不过有点坐腻了,我刚才做了一个成功的长期校准,可以伸伸懒腰了。"

"哦,我懂。"坦恩和绝大多数人一样,都不精通突锐人的表情艺术。卡里克斯似乎够通情达理的了,他假定坦恩真的懂了。"我能不能为你做点什么?"

"除非你现在有些图帕里酒的库存。"坦恩还没来得及作答,卡里克斯又说,"不了,谢谢你。你能快些说完就好了,现在有很多重要的工作要做。这个到底是什么东西?"他停了一下,扫视着周围。

坦恩花了几秒钟琢磨了一下,之后躺回到椅子上,仔细看着突锐人。卡里克斯的制服有些脏了。这种情况下这没什么奇怪的,不过不同寻常的是,他没有什么上级领导的架子,就是坦恩和突锐精英打过一点交道时感觉到的那种架子。

卡里克斯·科万尼斯看起来非常自信,他的语气和姿态好似所有的事情对他来说都小菜一碟。很有趣,坦恩想,是不是突锐人在所有重要人物身边都特别轻松,还是说他压根没觉得坦恩有多重要,可能二者兼有。

他注意到斯隆妮和艾迪森不在。作为一个简单的生命支持技师,他的观察很敏锐。

"其实是个小事,我简单点说。至于图帕里酒,"他平静地说道,"我现在没有一点点的库存了,虽然我觉得每个人都来上点挺好。"

卡里克斯笑了,或者说坦恩觉得他笑了。他的下颌骨动了一下,嘴巴旁边齿状外骨骼好像也跟着动了一下。但总的来说,他只是站着,手交叉在背后,好像这是什么军事会议,而非闲谈。

嘉恩·坦恩咽下自己的不安,准备开始谈话。虽然他并未真正准备好,但对于谈话的另外一个参与者所知无几,才是更糟的事。

好吧,全力以赴的时候到了。他把对凯什的话又同样说了一遍,毫无保留。毕竟他给定的理由都是事实——关键信息只掌握在极少数人手里,这种情况就算在平时也很危险。现在联结堡号的状态是生物统计已经离线,主数据库受损,备份情况未知,而休眠维护最高权限仅仅藏在两个人的脑子里,这几乎已经算过失犯罪了。

"我希望,"他巧妙地补充道,"我们能避免每一种情况的发生。"

卡里克斯看着他:"所以你希望我把代码给你?"

坦恩身体前倾,这实在是老谋深算——这个信号说明他们俩是一伙的。"我只是想把这个知识分类存档……"

"你为什么不问凯什?"

在这里被打断,坦恩十分恼火,他将之视为其他人觉得并不值得听完他说话的信号。不过他还是强忍着答道:"我问过了。"

"然后呢?"他问道,坦恩怀疑突锐人早已知道此事,只是想听他亲口说出来。

很好,就让突锐人得一分吧。"她拒绝了。"他感觉他在微笑,下颌骨,还有眼睛周围不那么坚硬的皮肤动了动。他又扫视了一下房间,"密室政治的标准定义。"

也许确实如此，不过他需要突锐人理解为何如此，"你看，卡里克斯，你一定要理解纳克莫·凯什对我的天然不信任。对所有赛拉睿人都不信任。"

"你的那伙人自找的。"

"你们不也是吗。"他指出，引得工程师缓慢而别有意味地瞪着他。

坦恩继续道："无论哪边都无须再争论了。木已成舟。不过，领导状况飘忽不定，我们必须采取措施避免将偏见带入现在的均衡。"

卡里克斯摸着下巴："你觉得我会愿意冒险对抗上级？"

"那你会对抗先遣队的总监喽？"坦恩这句话算是反驳，但也是经过深思熟虑的，这句话够工程师琢磨一阵子了。

突锐人琢磨了吗？卡里克斯似乎没有费神："你知道我直接对凯什负责，对吧？"

"我知道。"

"如果我到她那里去，汇报这次见面呢？"

坦恩摊开手："只会加强她对我的印象，虽然我不会离我的目标更近，不过我至少努力了。而你，再也不会是我遇到空间站相关问题时想要咨询的工程师。"他停顿了一下，摆出一副在思考的样子，"我可能会找另外一个突锐工程师，他名字叫什么？"

"她。"一个简短的纠错，然后卡里克斯把手放在桌子上。"那你的目的到底是什么？不要再对我说什么将知识分类归档之类的屁话。"

坦恩瞪着突锐人紧张的眼睛，这个突锐人是想失去领导权吗？他仔细权衡自己的用词："对我来说，似乎在很近的将来，我们不得不根据形势需要做出艰难的决定。"

"继续。"

嘉恩·坦恩身体靠回去，他只是想缓和氛围，而不是准备撤退。

他一只手放在椅子扶手上，另外一只手放在桌子上，这是准备攻击的姿态。但他只是想让突锐人知道他在二者之间毫不设防。"我只是担心联结堡号上其他重要人物没法做出这样的决定。"

卡里克斯缓缓地点了点头："我也知道这种时候迟早会来。"他的声音也很缓慢。此时，坦恩相信他已经赢了，这是个突破。

然后突锐人从桌子旁边推开身体，朝门走了一步。"对不起，总监，我帮不了你。或者不能以你想要的方式帮忙。"

啪！坦恩站起来，一只手拍在桌子上。"为什么？"

突锐人看着他，坦恩发誓这是同情的目光。他的皮肤绷紧，身体也因为坦恩精心的伪装而愤怒。"因为，"突锐人干脆说道，"我相信地球人的那句名言，绝对的权力绝对会腐败。"

就是这个原因？卡里克斯·科万尼斯拒绝分享信息，就是因为恐惧这个？"你一定知道 Dalatrasses 战队，"他又说道，以提醒突锐人想想自己的社会，"他们一直拥有如此之大的权力。"

"是啊，这就是原因。"卡里克斯非常尖刻，毫不留情。"所以我不会外传我们之间的谈话，而你无私心的提议是给我面子。如果你需要对休眠舱进行授权，而情况又特别敏感，可能引来审查，那你就来找我。"

坦恩坐回到椅子上，弹簧吱吱作响。"所以你现在能告诉我你要去问凯什了吗？"他苦涩地问道。

突锐人摇了摇头："就我的意愿来说，我不会的。我能理解你的意思，因为未来种族间关系不停变动，性质非常复杂。如果你的理由非常充分，我会自己处理授权过程，怎么样？"

这个……也可以接受，坦恩知道什么时候应该成交。"这很好。"

"很好，现在如果没有什么其他的事情，我要忙着拯救空间站了。"

他没有等坦恩让他离开，没有人让他离开。

门关上以后，嘉恩·坦恩在桌子后面坐了几分钟，一动不动，眼神失去焦点。在不知情的人看来，他不是在恍惚，就是在睡觉，而实际上他思绪难平。

预定的假设和期待都需要改变，很多他原本能够相当合理地准确预言，并加以依赖的事情都需要改变。不过，卡里克斯·科万尼斯，本来只是棋盘上的一个小兵，却已证明自己比这个角色更加狡猾多端。一个能与克洛根人轻易建立友谊的突锐人，谁在能往上爬的时候不去跳一跳呢。一张有趣的外卡，不过也只是一张外卡而已。

最后，坦恩摇了摇脑袋，他需要一个充足的睡眠和一场友好的谈话。他发现自己相当不喜欢一直被当成坏人。

第十一章

斯隆妮把自己甩到办公桌后面的椅子上,两只手在脸上不停地搓。她身体的每根骨头,每根头发,每个细胞都喊着需要休息。已经有多少天没有好好睡一觉了?

甚至连笑声都这么咸涩,"没机会睡了。"她对着张开的手掌说。把手掌按到眼睛上也不顶事。在下次开会,或者出现紧急情况,或者其他什么事情前,她还有些停机的时间。该来的总会来的,斯隆妮虽然对联结堡号上的很多技术问题都不了解,但她看见需要修缮的房子在外面游动时知道那是个麻烦。如果没有意外,还会有另外一处故障,另外一起火灾,还会有更多储存物资长腿跑了,又有什么东西坏掉了,还有另外一个"鞭子"带来的致命危险需要避开。

而他们就在这里——斯隆妮、坦恩、艾迪森,还有凯什,房子里的数千条生命。这些事情在她脑子里无休止地重复,最重要的是我们到达的时候干些什么,这一切足以使一个女人烦扰到想喝上一杯了。

她停了下来，准备睡觉。斯隆妮双手垂到两边，身体向后倒去，直到椅子完全承担身体的重量。她的临时办公室位于文化交流中心的来宾接待处，这里离任何混乱的地方都很远，她可以把呼吸器拿下来，释放无所不在的压力，简直比公地的房间好太多了。

福斯特·艾迪森没有问她就给她安排了这个地方。她私下觉得艾迪森想让她在压力太大事情太多的时候可以放声大骂而不影响别人，总而言之，艾迪森想得很周到。

过去的两周里他们双管齐下，一方面推进任务进展，另一方面收拾烂摊子。有些事情斯隆妮自己就能处理，不需要执行总监监工——虽然坦恩一直对她有所监视；而其他的事情则需要沟通，或者说争吵。

她也没有什么个人时间，总是和她的团队在一起，执行最基本的安保，关照那帮克洛根工程师，或者是坦恩与艾迪森，还有艾迪森卑劣的助手……嗯，资讯运作者总是让她很紧张。斯隆妮绝大多数时间都用来对付什么人或者什么事了，现在的人数已经不少，每个人都专注于某个任务，每个人都在联结堡号这张大网上分派了角色。

每一个小小的成功都让空间站成形的可能性又大了一些，开拓者们需要把它作为空间站的中心地带。不过每次失败也都在撕扯着这张大网。系统过热，附近的其他系统也跟着失灵，通道被堵塞，前往必要设施的通路也会被堵死。现在他们越来越需要开拓者们的支持，而不是支持他们。

人们不知疲倦地工作，焦虑无处不在。不当班的或者非关键系统的人躲到殖民事务机库的穿梭机里——殖民事务处有一整个舰队的穿梭机，等待着执行任务。现在，作为光荣的睡眠铺位意义重大。在关键部门，工人小步跑出工作点的临时检测系统，没有人在原来预定的岗位上。甚至克洛根人也没有惹出事端，没有真的打架。通常克洛根人占大部分，他们总是不停推拉，喊叫，头碰头——或许这就是他们表达感情的方式。

斯隆妮睁开眼睛，使劲眨了几下，把疲劳和眩晕都甩开，一段话音又刺破这难得的寂静。

"斯隆妮总监，你现在有空吗？"

她把两根食指都按到鼻梁上，驱走疲惫："我现在有空，你需要什么，斯本德？"

他察觉到斯隆妮话音中的怒气："嗨，对不起在休息时间打扰你，但我发现了一些情报，而且我觉得，哇，斯隆妮总监理应知……"

"少拍马屁，有话直说。"

"好的。"他答道，不过她感觉他不过是在敷衍，这是从坦恩那里学来的。斯隆妮有种尊严被冒犯的感觉，而且他都要藏不住自己的冷笑了。这个人花了很多时间站在坦恩一边，也花了很多时间站在艾迪森一边。在二者之间玩管理任务，她承认这需要大量的技巧。这并不意味着她可以信任他，一点都不行。对于斯隆妮来说，他只不过是另外一个官僚发声筒，总是对她需要处理的事情争辩不休。

当然，这可能是她自己的偏见。

"我前一阵在准备早期唤醒的职员的后休眠报告，"他说道，通讯器在这期间只坏了一下，比以前强太多了，坦恩在这里干得不错，凯什和她手下的技师们都是创造奇迹的天才，"其中有个人引起了我的注意。"

"继续。"

他说的时候，她启动了自己的万用工具，登录到安全系统。安全系统的绝大多数功能依然锁定在防火墙后面。只有加森才有全部访问权限，只为了以防万一。原定的领导层现在全军覆没，斯隆妮和其他少数人能访问部分数据，不过没有活下来的人能有权访问全部数据。她也不确定斯本德是不是在那些能访问数据的人里，不过他既然与坦恩和艾迪森在工作上离得很近，那她也不能确定他就不需要。

"他叫法兰，"斯本德告诉她，"普瑞欧特·法兰，我把记录给你。"她嗯了两声，记录已经显示在她的邮件终端上。

"一个赛拉睿人？"她大声说道，"我们的苏凯什专家，供货商之一。"她扫视了附在她文件后面的推荐清单，低声吹了个口哨，"在通讯阵列方面受过高级训练。你团队的，是吧？搞殖民事务的，他怎么了？"

"我就直说了……他现在腐化了。"

"那你应该叫医疗团队。"

"我的意思是我现在有理由怀疑他。"

太棒了，现在斯本德和坦恩说话简直一个腔调。斯隆妮绷着脸，伸手点开了视频阵列，顾问的傲慢表情填满了屏幕。他的眼睛瞪大了一下，似乎没有预计到这突如其来的面对面的谈话。不过他马上镇定下来，道歉似的笑着点了点头。

出于习惯，她也回点了一下。"好的，说吧。"

"在我们发射之前，我手下有几个人在进行最后时刻的检查，绝大多数已经完成。"他的眼睛危险地眯起，又继续着急地说，"包括法兰。"

"然后？"

"所以我觉得这是一个错误，而且不是我一个人这么想。"他答道，"分类部门正在忙着只构建一个实例，我还没有来得及和艾迪森总监说，就发生了奇怪的事情。"

"简单点，斯本德。"

他的眉毛扭成结。"绝大多数数字证据都已消失。不是被摧毁的，而是……"他的手指在空中比画着，好像烟花散开，"砰！从来没有存在过。我试着回溯过去，但是……"

斯隆妮没有耐心听他瞎掰。她的胳膊肘砸在桌子上："三十秒内结束你的话。"

"内部有人毁灭了这个实例，而且法兰是最可能的嫌疑人。"

"斯本德，"斯隆妮慢慢说道，把他的名字拉得很长，好像他是个三岁小孩，"这个赛拉睿人做了什么错事，还是没做？"

他犹豫了一下："我看到他出现在与他完全不相干的地方。记录还显示他访问了根本无须访问的终端。是的，我承认，这只是一个预感。不过考虑到出发之前的担心，以及有报告说供给储备丢失的事实，我觉得可以……称之为可疑行为。"斯隆妮没有被这段长篇大论搞的困到把前额砸到桌子上，她觉得这他也算个胜利。

"很好，"她叹了叹气，"我会查一下这个家伙，他现在驻扎在哪里？"

斯本德敲了几下键盘，眼睛左右扫了几遍，拉出数据。"根据记录，他总是在行动室出入，甚至下到中央通讯处。"

"很好，太完美了。"斯本德自觉干得不错，所以也没有退缩。不过，他的笑容没有那么自然了，因为她话中有话而且有点僵硬。"我去看看能找到什么。"

"谢谢你，斯隆妮总监。"这个头衔依然让她恼火，不过他至少用了她的名字，本来他送她去做徒劳无功的事情的时候，她是很感谢的。

斯隆妮退出登录，久久瞪着墙面，"我真的……"她说道，一开始缓慢而平缓，收尾的每个字却都在呐喊，"真他妈的需要点咖啡！"墙却毫无回应。

好容易有人让事情没有那么糟了……虽然斯隆妮没法管这玩意叫音乐，不过，它能在这个临时办公室打发时间。如果非要她猜的话，这估计是他们从神堡夜总会取的一些混音版的电子乐，一路带着，以抒发乡愁。六百年的乡愁，肯定要把最好的东西留到现在啊，怎么会有人怀念这些夜总会里已经过时的东西呢？

在那些依然恶心的房间里，沉重的节奏一串串响起，并不是因为那些技师在准备开派对，而是联结堡号的船员们在那里聚精会神地干活。她走进去的时候只有一个人抬起头，一个她不认识的人类。斯隆妮略去细节，点点头，打了个手势。

"我不想打断你们，但我需要耽误你们一分钟。"

这个家伙赶紧过来，宽阔的大手在满是尘灰的脸上擦了几下。"我能帮你什么呢，总监？"他的声音很低沉，音乐停了。他问完，毫不客气地打了个哈欠。有其他几个在他身后的技师抬起头，斯隆妮注意到他们似乎比一个星期之前更加淡定了，他们找到了最佳状态。

"法兰，"她语气干脆地问，"他在这儿吗？"

技师摇了摇头："他现在不当班，我听说是他准备睡到下次紧急情况出现。"

"那感觉一定很棒，他在哪里？"

"他找到哪儿算哪儿。"技师说道，耸了耸肩："和我们绝大多数人一样。"

是啊，随便拿个号。"在公地？或是在机库里面？"

他想了想，回头看了一眼他的队伍，而他们也只是耸耸肩："我们绝大多数都在2号总部的一张桌子下面睡觉。"

"那是什么地方？"

"就在穿过大厅的一个房间。"

斯隆妮扬起一只眉毛,他突然起了戒心。"没有其他人使用那里,而且我们都不喜欢一路走回到我们在机库的临时总部。"

"嗯,慢点说,好吧。"斯隆妮伸出一根手指回头指着大厅。"法兰在那里睡觉?你看见他了?"

"哦,我也不知道,对不起。"

明白了。"多谢,你们继续吧。"

"好,女士。"他回答道,回到了队伍中。他回去的时候对其他人轻轻耸了一下肩膀,这个动作没有逃过她的眼睛。

斯隆妮走了,在脑子里打着腹稿。是的,我知道你在睡觉,很抱歉要叫醒你了,我有些问题要问……

关于什么的问题呢?准确一点,可疑行为。斯隆妮皱着眉,想记起自己为什么要同意做这件事,至少应该做点实际的安全工作。这根本不能说明任何事情,所有部门的人都访问终端。如果需要调查什么的话,就是斯本德为什么浪费她的时间。

临时总部就在走廊另外一边,这个房间因为其他什么用途做了标记。斯隆妮不能确定是什么——应该是技术性的事情,而且毫无疑问增加了冗余,而非必要性。

她手动输入访问码,传感器依然时不时地抽风,门有时候大开,有时候砰地关上。手动操作仍然是最可靠的办法,不用冒碰得鼻青脸肿大丢面子的风险。

斯隆妮咒骂自己疲惫的大脑,她为什么要进行一次这样的调查?但这不完全是斯隆妮的错。她非常清楚她想要审查任何可疑的东西,还有任何想要绕过安全线的人。他正好在这方面给自己打了个标记。

不过她也不喜欢到处瞎跑。这个改作休息用的房间一片黑暗,为方便睡觉光线非常暗弱。而且,她从门框里看到这个房间是空的。货架一排排整齐摆放,毯子叠得整整齐齐,枕头摆在一边,无论哪个种族的人睡都可以。没有一个赛拉睿人正睡觉,一个人也没有。

她歪了歪头。好吧,也许他在一个可以住人的机库里。每架穿梭机都有自己的生命支持系统,非常适合紧急情况下居住。找出法兰究竟居住在哪一架穿梭机里是个很头疼的事情,不过也不是不可能。

但她能找到的人都找不到他,他的室友觉得他回到行动室了,而她问的那个家伙暗示他可能在公地,并没有人实际看到他。也许他有个幽会,所有其他人都为他打掩护。不过赛拉睿人真的在幽会吗?

"与阿莎丽人约会?"她嘟囔道。她前往下一个地点的路上,一名偶尔遇到的人类侧目而视。在斯隆妮发火之前,她必须要在联结堡号上能够运作的地方走几个来回。连她的安全小队都无法找到他在哪里,太棒了。

她的通话器响了,她差不多就要发火了,不过还是礼貌地回道:"最好是好消息。"

"我不保证。"从讯道中传过来卡里克斯的声音,她现在已经很熟悉这个声音了,"你是不是授权了某个信息安全组的疯子访问了我的系统?"

"访问?比如说?"

"比方说,安全小组中是否有人在我的队列里释放了一个伪造的休眠授权指令?也许是有人运行测试程序或者协议?"

"天呐,没有……"她立马停下,在走道上站住,激活了万用工具的显示屏。"见鬼,给我一点时间。"

"你不知道?"

"闭嘴!"她嘟囔道,突锐人干笑了一声。卡里克斯理解官方繁文缛节带来的麻烦,尤其是涉及艾迪森和坦恩的时候。不过这份理解并不能使她免受他的这套嘲讽。

她快速浏览了最近的通讯记录。"没有,"她慢慢说道。"连能靠得上边的都没有。你说的事情,我感觉很糟糕,卡里克斯。"

"是的,"语气干燥得就像图昌卡上的灰尘。"那你现在应该知道,因为这个伪造的工作指令,九个未经授权的休眠舱现在被解封了,我把清单给你发过去。"

"谁解封的?"

"我,因为他们有艾迪森总监的同意。"

斯隆妮咬着牙:"不过她实际上没有同意?"

"不是的,我问过她,幸运的是她收到了指令。"

"你去凯什那里查验了吗?有可能是她……"

"她没有。"

她苦着脸,"我要确认一下。"她扫视着卡里克斯发过来的清单。"商务?海关?这些都不是关键组员。"

"我的想法和你一样,"卡里克斯回复道,"两个小时之前我拿到了记录时间。"

"两个小时足够进行环境适应,"她注意到,"真是太便利了。"

"好,"她可以从语气中感到突锐人耸了耸肩。"而且足够去往任何地方。不管他们什么意图,我觉得你会想知道的。我把问题交给你,因为你有能力处理它,斯隆妮。"

"是啊,谢谢。"她马上转过身,在走道里半走半跑。人们从休眠舱中出来,第一件事情就是寻找食物和取暖。

她拨通了坎德罗斯。"给我找普瑞欧特·法兰和福斯特·艾迪森所有最近的访问记录。"他还没来得及打招呼,她就说道。

"普瑞欧特·法兰到底是谁?"

"只管执行。"

"是的,女士。"他识趣地回答道。

她挂断通话,联系艾迪森。她匆匆跑过,见到的人人都用好奇地眼光看着她,而她只是躲开路上偶尔出现的建筑垃圾。

通讯连接上了。"我现在正好要找你。"艾迪森说道,她的语气听起来很着急,很紧张。

"我们现在有个麻烦。"斯隆妮说道。

"不止一个麻烦。"艾迪森回答道,这么长时间以来,斯隆妮第一次听到她的语气带着强硬。还有很多其他的事情,需要集中注意力。

斯隆妮皱了皱眉:"让我猜一下,你知道谁以你的名义伪造了批准文件,唤醒了非重要人员吗?"

"一个名叫法兰的赛拉睿人。"

斯隆妮点了点头:"然后呢?"

"然后,"艾迪森呼了口气,"这个混蛋和他大概十名狐朋狗友袭击了机库,包围了一架穿梭机。他们要求我们让他们登机,然后清空机库,不然就开枪。"

第十二章

坎德罗斯带着四个手下和斯隆妮在机库门口见面了,塔里尼也在其中。很好,这样塔里尼的生物异能就能方便调用了。

所有人都按照她的指示做好了准备,穿着先遣队认证的白尾鸢风险控制特勤装备,随身携带的火力足以消灭任何麻烦,而又不至于引起伤亡。

"你和信息安全组谈过了吗?"斯隆妮问塔里尼。

阿莎丽人敬礼:"是的,女士。"

"之后呢?"

"他们正在处理此事。"

斯隆妮点头表示感谢。她要求信息安全组做的事情可能会让坦恩严重不爽,更不要说艾迪森和她的手下。从现在开始,直到事件平息,对安全网络的任何访问都会进行记录,包括视频监控以及所有方面。如果没有发生什么事情,很好。但如果再发生这样的事情……

下一次,她会在对方得手之前就抓住他。就算这是监视个人隐私,也好过再出现这种信息系统被当作人质的情况。

坎德罗斯的眼睛通过一个改过的库瓦什目镜盯着大门,这个目镜可以输送数据,保证他射击准确,及时收发情报。"情报安全组在飞船外面列好了十个队形,人质依然被关在里面,其他人都已经疏散了。"

"这样会比较节省时间。"

他点了点头:"我们按照你的命令行动。"

斯隆妮的血液里的肾上腺素已经升高,她举起复仇者手枪。"开枪,冲进去!"她的命令清晰,"不过尽可能保证安全,我希望干掉这帮混蛋后你们都还站着。"她根本不在乎里面的叛变者在最后还有多少能站着,不过她不能这么说。如果这群叛变者胆敢伤害空间站职员——像她这样的先遣队员——那么无论他们下场如何都是咎由自取。

她一声令下,队员纷纷或点头或敬礼,坎德罗斯则抬起下巴,表示赞同。对突锐人来说,只有一个女人作指挥官是他们的弱点,她下令开枪的时候,从没见过哪个突锐人不是目光专注。卡尔图斯可能是个例外,不过他已经加入了一个方舟。斯隆妮扫视一番,看着塔里尼。"我们开门的时候开出护盾,寻找掩体,然后放倒他们。"

"保证完成!"他欢乐地搓着手答道,"下令吧,女士!"

斯隆妮又查验了他的小队,他们都面朝门,端起武器。目镜后面的面庞坚毅。

"营救那艘飞船,带回人质!"她又呼了一口气,说出大家都在等待的话,"行动!"

手动授权打开门只花了几秒钟。面板滑开,一道蓝色的生物异能能量场在他们面前展开,吸收了第一波火力。斯隆妮一直不习惯透过生物异能能量场看东西,一切都有些扭曲和偏移,不过生物异能盾牌能搞定的事情，正是斯隆妮最需要的。

队员散开，在箱子和装备后面寻找掩体，然后把成堆的库存货物扔出飞船，为队员腾出藏身之处。斯隆妮蹲在一排油布盖着的箱子后面，而坎德罗斯背紧靠着一个高大的板条箱。他们面前的护盾被撕裂，喊声震耳欲聋。

"干掉他们！"

"保护飞船！"

敌人突击步枪射名的回声在机库里回荡。她越过掩体飞速扫了一眼，看见法兰在后面，眼睛大大瞪着，步枪稀稀拉拉地吐出火舌，一看就没练过打仗。

"趴下！"她听到她的一个手下喊道，但太迟了。一枚流弹撕碎了她的护盾，钻进她的肩膀，斯隆妮猛地一抽，蹲下身来，没有办法还击。

相反，她锁定了通讯器。"塔里尼，从后面突袭他们。坎德罗斯，带上冈萨雷斯向右包抄。要守住后门！把他们和飞船里的人质隔开，其他人火力掩护！"

"我会盯死他们！"

斯隆妮高喊"开始！"认可了志愿行动。然后等来了一排掩护火力齐射。"冲，冲出去！"她通过通讯器喊道，冲出自己的掩体。

就在她冲出去的时候，强盗们后面的空间扭曲了，向内弯曲，爆出一个蓝紫色的泡泡，像是时空的伤口——塔里尼的生物异能扭成一个漩涡，除掉了法兰的重力。法兰表情扭曲，恐慌地被吸离地面。

他们被旋转的扭曲力场撞到一起，两声惨叫。塔里尼高喊"吃我这招！"的声音从通讯器里传过来，斯隆妮也忍不住笑了。

斯隆妮站在地上用复仇者手枪瞄准，食指扣动扳机，短连发，对付这家伙足够了。有的人幸运地躲过了阿莎丽人的奇点，他们散开，很多人在穿梭机后面的箱子后找好了掩体。真聪明，他们知道里面的东西是很重要的资产。

"去救人质！"有人喊道。她余光看见一个穿着联结堡号制服的家伙，应该是叛贼，朝穿梭机冲过去。坎德罗斯太远了，塔里尼无法脱身，斯隆妮手枪一甩，打出一个短连发。这名人类旋即倒下，血从大腿和身侧飞溅出来。虽没有致命，但至少他没法接近人质了。

"我本可以干掉他的！"她在通讯器中说道，"你太慢了，坎德罗斯。"

坎德罗斯哼了一声，她笑着，然后立即蹲下，一支步枪的枪柄从她头上划着弧线飞过，同时听见冈萨雷斯一声惨叫："我中枪了！"

"我们背后有鬼。"坎德罗斯又说，而且前面也有——就是那支步枪的主人。

"真麻烦。"斯隆妮咬着牙说道，一名大个子粗脖子人类女人，浑身肌肉，一记重拳砸向斯隆妮的头盔。斯隆妮还没来得及反应，粗大的手指就找到了脖子旁边的缝隙，然后一击，力道十足。

复仇者手枪飞了出去，斯隆妮被打得晕头转向，失去平衡，倒了下去。那个女人把她往掩体上猛地一抢，剧痛在后背上扩散开来，动能护甲无法抵御物理伤害，一点都不能。

敌人抓着背把她甩到空中，把她砸向最近的东西。她不知道这究竟是什么——只是脑袋像锣一样嗡嗡作响，脖子因为重击而抽紧，明天从肩膀到肋骨肯定都是青的。

她的身体已经失去控制，嘴里骂着，而那个女人咕哝着，用力在她头盔的连接处不停猛击。

她的世界在以最高的速度和动能旋转，头盔飞了出去。

她现在天旋地转，几乎想不起保护自己没有任何掩护的脑袋，一头撞到飞船的侧壁上。这一下声音也像个锣，而且还是很大的锣。

斯隆妮想骂些什么，但是已经骂不出声。她重重倒在地上，疼痛感在全身炸裂，四肢瘫软。幸运的是，那个女打手没有预料到扔出去斯隆妮失掉的重量，她还没来得及找回平衡，斯隆妮就站起身冲了上来。

斯隆妮整个身体肌肉绷紧，就像一身护甲。那个女人低声怒吼，斯隆妮也吼了回去，绷紧腿和胳膊朝那个女人中段挥去。

斯隆妮想要把她举起来甩走，但犹如螳臂挡车。这名身形巨大的叛贼举起一只拳头，直击斯隆妮的两片肩胛骨中间，她的护盾承受了打击，但她没吃住这股力量。好在没有摔个狗吃屎，斯隆妮踉跄地站了起来。

"见鬼，你个大块头。"她喘气道，她一只手挥向对方汗水涔涔的下巴。"你是干嘛的？"

"装载！"这个女人转动宽阔的肩膀，厚厚的嘴唇咧出牙一笑，"干了七年了。"她身上的制服标明她名叫格瑞芙斯。

斯隆妮叹了口气，她就感觉这家伙就像廉价液压起重器来着。

"需要帮忙吗，老大？"塔里尼毫无感情地问道，她不需要帮助，也不需要嘲讽。

"去找到人质，封锁飞船！"

"我也去！"塔里尼回答道，不过这一丝幽默很快消散了。

"安排四个人在坡道上！"坎德罗斯又说。

"收到。"

"就刚才，"斯隆妮说道，注意力又完全回到格瑞芙斯身上。"我们说话的时候，你的小队散伙了。"如果她的话说得很费劲而具威胁性，那她无视自己说的话，并且希望这个女人没听到。

她的对手眼神根本没有动一下,相反她捏紧了拳头。"我们不会待在这个死亡陷阱上的。"格瑞芙斯答道,"而且你们阻止不了我们离开。"

"我要告诉你个消息,女士,"斯隆妮反身指向身后,那里枪声喊叫声一片。"我们需要这些穿梭机,我们需要知道自己在干什么的人,而你本可以成为其中一员的。"

这个女人紧咬着厚厚的下唇。

"不过既然你不准备在未来尽一份力……"斯隆妮的头左右摇动,听到脖颈咔嗒作响。她摆好站姿,全身劲头十足。

"去你的吧!"房间另一边传来塔里尼的喊声,格瑞芙斯一缩身子,往后一退,两名身穿制服的叛贼张牙舞爪地从她头顶飞过。

趁瞅准时机,斯隆妮猛突过去,肩膀结结实实撞上了这个蛮人暴露的中段。这两人落到一个箱子上,斯隆妮滚到格瑞芙斯的脚踝旁边。两个女人抱在一起,只是地点不对,她想要挣脱,但是太晚了,身体已经失去平衡。突如其来飞过一只膝盖顶在斯隆妮肚子上,斯隆妮喘不过气来。这是因为格瑞芙斯无意和那两个叛贼撞在了一起。她倒在塔里尼的两名受害者身上,把他俩撞到地上,动弹不得。

斯隆妮滚到一边,脸朝上躺了一会,身边打斗的声音不绝于耳。

"最后一个也趴下了,"坎德罗斯在通讯器中说道,"死了两个叛贼。"他又严肃地说道。在她头上,有什么东西噼啪作响,需要更多维修工作了。

情况还算不错,斯隆妮一只手抬起到脸上,扭开万用工具的显示器。"斯隆妮找艾迪森。"

艾迪森立即回话:"你搞定他们了吗?"

斯隆妮吸了一口气,想对着通讯器喷出一串脏话,不过她咬着牙,转而说道："没错。"

"有伤亡吗？"艾迪森有些紧张地问道，斯隆妮想了一秒钟。

"没有。"她说道，挂断了通话。她现在真的需要喝上一杯。咖啡或者酒都行。

"这就是场灾难，"坦恩说道，在公地上为军官保留的一块地方上来回走着，"彻头彻尾的灾难，你怎么能让这种事情发生？"

"这又不是斯隆妮的过错，"福斯特·艾迪森干脆地打断他的话。她站在隔板窗户旁边，看着赛拉睿人走来走去，斯隆妮背靠在一张软椅上，可能是从会议室拿出来的。

如果你无视她脖子上一圈瘀青和一边肩膀上冰冷的凝胶，坚强的安全总监看起来也没有因为过分疲劳而很糟糕。

艾迪森看了监控视频，知道那些瘀青是怎么来的。她可不希望自己也被这样痛打一顿。

安全小队如同往常，以受过的良好训练平息了危机。在他们的处理过程中，艾迪森找不到任何不妥，这说明坦恩又一次反应过激了。

而斯隆妮什么也没说，她好像需要喘口气，而不是立即把想对赛拉睿人说的话广而告之。

赛拉睿人怒视着艾迪森，"冷库里又多了两具尸体，还有八个人锁在……"他犹豫了一下，"我们把他们锁到哪里了？"

斯隆妮在医疗胶水包后面嘟囔了一声："你上……"

"一个临时牢房，"艾迪森急忙打断道。她瞪了斯隆妮一眼，本想施压，但结果可能是更加拱火。女人抽了抽鼻子，算是默默认同。"这就可以了。他们离任何通讯终端都足够远，没有万用工具，而且有足够的地方休息。我们之后再决定怎么处理他们。"

"把他们扔到太空中去，"斯隆妮低声说道，"他们是叛徒。"

艾迪森没理这茬，安全总监可能只是开玩笑。不过很有可能这个女人在头脑发热，而不是瞎说，她不想在任何人身上碰运气。

"那就来一次审判，"坦恩说道，回到踱步的状态，"一次公正的审判，每个人都可以看得见，这样他们就会知道……"

"这儿不是马戏团。"艾迪森眼睛瞪大说道。

她从窗户旁边走开了一步，手自然而然地搭到屁股上。"悄悄处理掉，如果你想让这件事变成一场秀，那就会刺激大家产生嫌隙。关在下面牢房里的那些人不是仅有为了逃避复杂的过去而来到仙女座的人。"

"嫌隙？"坦恩答道，大大的眼珠不停地转。他朝门做了个手势，细细的鼻孔向外张开——那群等待审判的叛贼等在那里。"他们想要偷走飞船，劫持人质！我们不能让人看到对他们太放纵，放纵只会鼓励这种行为。"

斯隆妮什么也没说，她把医疗凝胶往伤口上抹。

艾迪森正怼坦恩。"这也会把人们压垮，现在大家的士气已经非常低落，我没有说要原谅他们或者什么，只是我们并不需要这样袋鼠法庭来处理第一次安全事故。"（译注：袋鼠法庭指的是事先已定罪，庭审走过场的法庭。）

坦恩瞪了她一会，然后恢复了表情："啊，这个地球物种几乎灭绝了，我没听说过他们还会开庭审判。"

艾迪森叹了口气，回敬道："这是个比喻，坦恩。"

"那个这个比喻够烂的。"

"这是说你自己吧。"斯隆妮低声道。

坦恩瞪着她："斯隆妮总监，如果你……"

斯隆妮放下医疗凝胶，露出制服撕烂的肩部下面的瘀青。她朝前坐着，肘撑在膝盖上，手指并在一起像个锥子，面目狰狞地狠狠钻下去。

"你看，我们不能再继续假装空间站上的每个人都很开心，无辜人群可能已经死了，我的两名手下正在接受治疗。艾迪森有一件事情是对的，联结堡号有相当一部分船员，我称他们为过去的三教九流，加森希望能再给他们一次机会。"

"她还相信一支庞大而经费充足的安全队伍呢。"坦恩说。

"是的，这支队伍扭转了刚才的局面。我们完成了工作，现在你去做你的工作——把这些罪犯扔到太空里去，趁……"

"你的工作难道不是避免这种事情吗？"坦恩冷酷地问道。

"如果你能不碍手碍脚，让我带领……"

"只要我在，这种事情就不会发生……这辈子都不行，"坦恩回击道。艾迪森的心跳猛地加速，她不愿意承认是因为愤怒，不过她找不出别的原因。

好吧。她处理得非常糟糕——彻底失去了嘉恩，而坦恩被任命到本属于她的位子上，还有，空间站已经毁了，她甚至还没有哀悼逝去的人。她不能哀悼，直到空间站能够再次正常运作，这是嘉恩的遗产和数千号人的希望，到那时她才可以开始哀悼，直到开拓者们来到。

所以她紧抓着双手大声说道："关键在于，我们必须决定如何处理罪犯，然后如何继续推进任务。我们不会把他们扔到太空中去。"她瞪着斯隆妮说道，不过这个女人耸耸肩，什么也没说。

"所以我们把他们送回休眠状态。"艾迪森建议道。

斯隆妮难以置信地摇了摇头。

"嗯，"坦恩吸了口气，"把审判推迟到更加合适的时候，这很明智。虽然这可能暗示我们不够权威，不过如果不处决这些人可能对士气有好处。"最后一句话很显然直接针对斯隆妮·凯莉。

"他们袭击了联结堡号的安全组！"斯隆妮说道，语气尖利，就像一只匕首，"只会鼓励更多这种事情发生，让我的手下更加危险。"

"你的工作不就是处理这些事情吗，安全总监斯隆妮？"

她龇出了牙齿："至少这是我的工作，代理总监坦恩。"

"够了，"艾迪森跳到他们两个人中间，张开双臂，"你们这样吵这一点用都没有！"

虽然坦恩的眼睛眯着，还是能看出他的白眼。艾迪森毫不怀疑以后会有更多的争吵。坦恩用尽耐心说道："我已经做了决定，把这些囚犯送回到休眠状态，直到能建立起一个合格的法庭。"他等着斯隆妮与他争辩，不过安全总监总算大慈大悲地消停了。坦恩继续道："把每个文件都做好记录，和你之前的每个案件一样，这样时机成熟的时候就可以公平公正地审判。"

斯隆妮冷笑道："如果你认为我会……"

"我没有说，"坦恩说道，"我只是想确认我们已经都清楚了。"

"清楚了。"艾迪森说道。她看着斯隆妮。

"OK，"斯隆妮说道，"清楚了。"

艾迪森又喘了口气："真正的问题是我们如何防止这种事情再次发生。"

斯隆妮昂着头，以令人吃惊的速度把刚才的冲突甩在身后。"对访问权限进行重新编码，以防其他人在我们还没有审查的时候就找出办法侵入任务的关键空间。"

"我同意，"艾迪森说道，"关于机库，让凯什的团队进行修理和加固。"

坦恩修长的手指不停敲打，脑子里在不停盘算。"我们可以挤出一些劳力，不过还是需要时间和装备，这两个东西我们都很短缺。"

"我们可以找到装备，"艾迪森指出，"凯什知道去哪儿找。"

斯隆妮坐回到椅子上，一只手摸着后背。"我会让我的人开始巡逻，我们太自满了。"她说道，暗暗开脱自己，眼睛看着坦恩。"我们不能再继续假设这里的每个人都还百分之百把任务放在自己前面。比方说，这帮王八蛋想要夺取我们的飞船。"这让坦恩很不开心，很难说这个情绪到底是针对斯隆妮还是现在的局势。"他们的办法还没有探测出来，太慢了。应该早就弄清楚的。"

赛拉睿人皱着眉，不过并没有表示不同意。

"如果还有其他……"斯隆妮停了一下，斟酌措辞，"不满意的人群在空间站上，我们就需要对付他们，关键在于把他们找出来。"

"我希望你能用些计谋，"坦恩直截了当地说，"如果你缺少手段……"

"听起来很棒，"艾迪森声音依然很大，两个人都看着她，她很确信自己的笑容柔中带刚，"我们知道该干些什么了，开始吧！"

斯隆妮想，也许之前发生的一切已经足够提醒他们现在身居何种危险中了。"会议结束，"坦恩转身朝门走去，"我们不能失去对最终任务的关注。"

"是的，"斯隆妮重复道，看着他走出去。"我们不能。"

艾迪森差一点骂出来。

也许她只是被这些呆子们包围了，他们让克洛根人奔向了自己的黄金时代。

第十三章

事情进展得非常顺利,生命支持系统没有失灵过,而人们可以指望卡里克斯的小队继续维护好生命支持系统。

克洛根人成功清理出足够的工作空间,这样大家能喘息的时候,终于不用担心哪里突然出现一具尸体了。仔细的维护和头发丝般精准的调试保证了最基本的电力供应,即使空间站哪里断路了,整体也不会一团糟。

他们与受到严重损害的系统阵列较上了劲,卡里克斯·科万尼斯以严格而稳妥的眼光检视着他的小队。他们都筋疲力尽,虽然累到了骨子里,也只能低声私语。

他以前也看到过这支队伍一模一样的场景,一样的情况,不一样的飞船——那是一艘名为华沙号的护卫舰,因为固执的船长一连串糟糕的决定,战舰几乎摔烂了。卡里克斯被命令冒着全军覆没的危险搞定此事,无论代价如何。最后,他们简直觉得工作的目标不是为了修复飞船，而是为了让他的小队受到责难，所以卡里克斯拒绝了。他的举动近乎暴乱，但他赢了。

面对失去整个生命支持团队的风险，船长退却了。卡里克斯因此赢得了团队永远的忠诚。在华沙号驶离港口的那一刻，卡里克斯被发下一份"行政调动"的命令，不过这很好，卡里克斯毫不犹豫地走了。

他没指望手下的小队跟着自己，离开华沙号，前往仙女座先遣队。他们本来可以留下来，让他一个人栽个跟头。保持独立的话他们可以完成很多工作，但他们选择跟着他。这些人工作努力，齐力同心，勇往直前，他们相信忠诚是最重要的，说他们愿意跟着他到任何地方去。但是，还有谁会接纳他们呢？他们因为他的解职而罢工，任何雇主都不会无视他们记录上的这一条，除了凯什。

当然，事情进展非常顺利，并不意味着情况就多好。这只是意味着他们能勉强维持下去而已，包括他的小队、联结堡号，还有未来。

"氨储备只剩下百分之三十。"卡里克斯看了一眼说话的人，这个人类名叫内布朗——劳伦斯·内布朗，联盟出品，出生于地球，训练有素，能力很强……不过还很年轻。卡里克斯的手指戳了一下系统主机——百分之三十。不行，这个数量不足以让他安心。

"我们能不能切换到电力？"他问道。

"我们已经在危险的边缘行走，可能要关闭部分电网。这种附加载荷，可能引发断电。"

"好吧，"卡里克斯想到，"我们不想成为停电的肇事者。"

伊利达·伊利达从计算中抬起头。"对，我们不当，"这名紫色皮肤的阿莎丽人说道，"以免他们高贵的国王来指手画脚。"

卡里克斯没有看她，他害怕看到她脸上的怒火，因为筋疲力尽而爆发的愤怒，以及其他。这么多小时的劳作之后，他也很疲劳。因为沿着指挥链传下来的那些可笑命令，每一个都在兜圈子。

所以他不能责怪任何一个充满怒气的人，起码被突然间叫醒就令人震惊。他只能想象作为第一批幸存者当时是什么情况，在没有护理和警告的情况下从休眠舱里被赶出来，他们一定震骇不已。

这就是为什么卡里克斯的任务是保证下一群人能唤醒，然后做好一切准备。每件事情都和他还有疲劳不堪的团队对着来。

他的双眉峰之间一阵跳动，怎么回事。卡里克斯使劲揉着，可无论怎么揉，紧张感都没有消退。

"我们稳定情况如何？"他问道。伊利达递给他一个屏幕，他只是看了一眼，"很好，现在能维持住了，休息一下吧。"他又说道，把平板电脑放到仪表板上，那是阿莎丽人够不到的位置。

她注意到了："但……"

"我来处理任何抵制反应，"卡里克斯坚定地说道，"你们都已经竭尽全力，而且仅仅依靠自己的力量就创造了奇迹，好好休息吧，你们值得休息一会。"

伊利达和内布朗交换了一下目光，内布朗只是耸了耸肩："如果你这么说的话。"这个人类说道。

小队的其他人也非常疲劳，仅剩的力气只够把自己疲劳的身体拖出工作站。

"在公地上野餐！"一个人说道，响起一阵支持的欢呼声。

伊利达小心地看着他们："野餐？"

卡里克斯看着阿莎丽人皱起的鼻子，笑了："嗨，别打击他们。艰难时刻没有一顿野餐解决不了的问题。"

"嗯。"短短一个字，不过讽刺意味清晰而响亮，"野餐难道不需要肉和蔬菜吗？"

"是啊，对……"

"而且你懂得，他们难道不应该在外面弄吗？"

"好吧，"卡里克斯重复了一遍，笑着耸了耸肩。"你们会有吃的，而且幸运的话，还有夜总会音乐，你就跟着爽吧，这叫即兴发挥。"

她皱着鼻子跟着其他人走开了。

卡里克斯的开心褪去，疲劳感像海浪一样从他身上滚过，他靠在仪表板上，按摩着自己的脖颈后部，甚至边上也疼。

他们到底希望卡里克斯和他的小队在这个星系里干什么？他们不能唤醒更多人了，克洛根人干粗活很棒，玩细活就很惨了——凯什除外，卡里克斯承认这一点。而一旦他们有一点点走神，数千人就要受难。

真是巨大的压力，一整个空间站的压力，一代人的压力。

双眼间的疼痛在过去几个星期里如影随形，每一次他发现自己这么想的时候，卡里克斯就会觉得自己比突锐人的知识精英强多了。联结堡号的行动室里有真正的思想家、计划人员，还有实干家，不光是一些幸运的家伙，他们只是在计算后的选择中活了下来。

除了……除了他们只是这样的人，难道不是吗？

通讯器中响起链接连通的声音："你来了，老大？"又是内布朗。

"还有五分钟。"卡里克斯回话道，然后立即挂断了电话，这个年轻人还来不及听到他叹气。

突锐精英可能不是卡里克斯理想中的领导层，不过他理想中的领导层也不是基于那见鬼的算法按照汇报层级筛出来的。现在唯一能做的就是让一些配角填补真正天才的位置。

他走出系统阵列，皱着眉头，这里已经用线缆连接到位，中间光滑整洁，他的小队开始把光洁的零件一点点安装回去。

面板在闪动。福斯特·艾迪森是个称职的殖民事务总监，绝大多数情况她头脑稳定。不过她更像是一个组织者，而不是坚强的领导者。这种角色需要制定计划，然后强迫或利用微妙的人性来执行计划。殖民事务这个角色很适合她，但在没有加森指导的情况下管理整座空间站，她还不行。

另一方面，嘉恩·坦恩一点也不具备强迫性，也不玩手段。赛拉睿人的习惯就是暗地里鄙视卡里克斯和他的小队，虽然他的头衔是"执行总监"。理论上他可以完全由自己做出决定，不过卡里克斯怀疑如果赛拉睿人真的尝试这么做的话，可能会出什么事情，而且肯定不是好事。

卡里克斯在走廊里踱步的时候总是自言自语。他把领口的拉链拉下来了一点，似乎是为了让自己多一些呼吸的空间。几乎没有人在这几座大厅中穿行，偶尔有几个克洛根人拖着沉重的步子走过，向他点头示意。他也点点头，不过什么也没说。他太累了，连致意示好的力气也没有。

他最近也跟斯隆妮学到了一点，他不指望这名人类能陪着他，不过她缺少终极动机和直白的个性，让突锐人非常欣赏，也就成为三个人中比较好的那一个。至少他可以相信安全总监会用老派的方式解决问题。见鬼，她可能按照她单刀直入的方式造就了一个突锐好人。当然这个突锐人很会玩政治，卡里克斯对此太熟悉了。不过不是赛拉睿人以及阿莎丽人玩阴谋的那种方式。

当然，人类可能一样糟糕，第一次接触战争已经证明了这一点。不过以现在卡里克斯的观察，斯隆妮要好得多，三个人中至少有一个不那么糟糕。

卡里克斯走到目的地的时候，走廊里传来了三三两两的说话声。

为了节省能源灯光依然黯淡，不过音乐并未停下来，灯光穿透娱乐嬉戏与喊声。有人决定放电子乐，真是个好主意。"很好，科万尼斯，"他低声说道，自言自语因为这个逗乐的想法戛然而止。"抬起头来。"他的队员如果看到他现在强烈的挫败感，只会更加低落。他要振作起来，他的小队也要振作起来，他们必须要振作！

他揉着自己的下巴，努力让自己的表情不要一副深思熟虑的样子。但这可不是一个微笑，甚至按照突锐人的标准，这也不能算是一个微笑，他实在没有办法驱走自己的疲惫。

船员已经准备好野炊，但不管他们弄成什么样子，卡里克斯都没有料到他听到的声音会是愤怒的喊叫。他绕过转角，来到公地，本来以为看到的会是热烈欢迎，却被眼前一幕搞得立即停了下来。他手下的四名队员聚成一个松散的环形，中间的那个东西他乍一看似乎是个蒸馏器。他们的眼睛并没有看着里面的化学品，而是都盯着房间的另外一边，那边的一排灯更加明亮，照亮了年轻的工程师内布朗和艾迪森焦躁不安的助理。

喊声从最高一层的座位传过来，紧张感就像走入一层尘埃云。他的好心情戛然而止："这儿发生了什么？"

人群突然沉寂了，威廉·斯本德弯着身子从内布朗身边跑开，以确保这个工程师不会把他怎么样。

"啊，你是不是这群小丑的头子？"这个政客问道。

卡里克斯的手指一抽拉开拉链，不过他克制住了。他们以前见过面，显然，这货瞧不起地勤及技术人员。

"卡里克斯·科万尼斯，"他冷静地大步走过他的船员，没有理会蒸馏器，站在斯本德和其他人中间，形成一个缓冲的屏障。"工程部的。"

斯本德皱起眉头,他把平板电脑从一只手换到另外一只手,殷勤地朝他挥舞了一下。"我从你制服上看出来了。"他说道,"不过我问的不是这个,你是不是这里的头儿?"

"是的,"卡里克斯看着内布朗,斩钉截铁地说道,视线完全无视斯本德。"发生了什么事情?"

内布朗竖起肩膀:"我们在准备野炊,长官,这个时候这个……"他身后,伊利达清了清喉咙。内布朗咳嗽了一声,吞掉自己想说的话,修正了一下,"这个家伙把脸凑过来,伸到不该伸的地方。"

卡里克斯还没来得及问其他的问题,斯本德就开始攻击船员。"我是执行总监及殖民事务副总监的顾问。"

"然后呢?"

伊利达看着自己的脚,她确认了自己猜测的事实,其他人则在大声叫喊,她抿住了嘴巴。

"他把插头拔了……"她停了下来,皱了眉头,"你管它叫啥?"

"烤肉,"内布朗回答道,周围一阵阴沉的喃喃低语,他目光如刀般看着斯本德。

"非法使用联结堡号上的物资。"斯本德冷淡地打断,"在任何情况下都不允许如此使用供给的粮食和物资,无论你管现在这个聚会叫什么。"

卡里克斯的眼睛还在伊利达身上,他不需要看斯本德,默认这个家伙是那种颐指气使的人。

内布朗冷笑道:"我们又没有做错什么!"

疲劳总是与不耐烦交织在一起,卡里克斯把脸转向副官:"斯本德,对吧?"斯本德干脆地点头:"听着,这个小队已经连轴转了很长时间,他们有权花些时间休息一下。"

这个人向前走了几步，手里拿着平板电脑，好像这玩意能给他一点底气。"他们下班的时候干什么我不管，"他回答道，"但是干货储备，重生口粮，还有那个！"他指着蒸馏锅，"都不在规定的范围里！"

他敲着屏幕，不过没有近到能让卡里克斯看清上面的字。

"这只是供给品的部分清单，"他继续道，"目前所有的工作都会进入目录，因为我们不知道修理需要进行多长时间，所以我们有必要限制口粮的数量和能够取货的人。"

卡里克斯身后在窃窃私语，这也是卡里克斯的感觉。"我们并不知道有什么禁止规定，"他说道，"你把限制我们的规定拿出来看看？"

当然不会有这种东西，他很确定。

斯本德迎着卡里克斯的注视："我就是规定，总监坦恩让我完成这个任务，我来决定你们能用什么，不能用什么！"他指了指烹调器具。

这些话很强硬，不过卡里克斯感觉很有底气。如果他的人看见一只哈巴狗一样的人，他们一眼就能认出这是什么货色，小菜一碟。

他需要把这个事情藏在心里，有些流言八卦无所谓，只是不要帮倒忙。

卡里克斯灵机一动，"你看，"卡里克斯说道，语气尽可能和缓。他伸开三只手指，"我的小队努力工作，只是为了大家能活下去。他们配得上一顿野餐，如果没有休闲时间，让大家的情绪高涨一点，我们就可能开始犯错误。而没有人希望这种事情发生，相信我。"

助理总监的手指在平板电脑的读数上不停敲打："我要和你们的总监说话，你们部门的老大。"

卡里克斯瞪着他："你是认真的？"

"非常认真。"

他叹了口气："伊利达。"

阿莎丽人的声音回得非常快，而且很镇定："在，卡里克斯。"

卡里克斯的目光没有离开斯本德眯缝的眼睛，说道："告诉老大，一个叫威廉·斯本德的人，他是殖民事务总监的助理，想要见他。"

这个人类本来耷拉的嘴角开始不停地抽搐扭曲。

"好的，可以，"伊利达说道，语气很开心，"嘿，内布朗！"

"什么事情，威尔莱特？"

"告诉老大，一个名叫斯本德的人，是什么货色还是什么人的助理总监，想要见他。"

斯本德在平板电脑上的手指加快了节奏。

"当然可以，"停了一下，然后他拼命想要压住笑声，卡里克斯听到内布朗转过半边身子。"嗨，内卓！"

赛拉睿人叹了口气，"是纳托。"

"不管是啥名字吧，告诉老大有个哥们要……"

斯本德嘟囔一声，表示很不满。

纳托从来不会错过这种暗示，喃喃道："我又不是秘书，"不过他还是加大嗓门，高声喊道，"科万尼斯，长官，这里有个人类要见你。"

卡里克斯换上一副夸张的质询腔调："哦，是吗？"每个字拉得老长，"什么事？"

纳托耸了耸肩，答道："内布朗没说。"

"明白了，"卡里克斯回答道，斯本德的刘海都气得发红了，或者是发际线。不管是哪里吧，卡里克斯一动不动，脸上什么表情都没有。他停了很长时间，好让每个人看清楚。然后开心地说道，"我是卡里克斯·科万尼斯，生命支持团队的领导。我能为你做什么吗？"

他的手下拼命用手掩嘴，咳嗽，清喉咙以憋住不笑。

卡里克斯以为大家会爆发，可能是咒骂，打架，诸如此类被激怒的时候做出来的事情，他没有预料到他们也会玩幽默。

对方目光和紧绷的嘴唇都变了，这个转变来得如此突然，卡里克斯简直忍不住钦佩他的领悟能力。他几乎可以看到起泡的眼睛后面的计算，抑制愤怒的强大意志力。斯本德的表情亮了："你知道吗？呃……你是对的，我太严苛了，这对你和你的团队都不公平。我为这场误会向你们道歉，科万尼斯长官。"

"嗯……"卡里克斯放松了紧绷的脊背，他的小队都不再笑了。包括内布朗，这个孩子能代表制服组的态度。

斯本德张开双臂："我应该感谢你，这些家伙们在这里，让我们都能活下去。所以我可以帮你搞定你需要的东西，而不用理会那些没用的程序，我们本可以成为朋友的。"

卡里克斯并没有放松，不过他确实笑了，这个笑容有些干瘪，包含着了解的意味。"从一开始就没有给我们好印象，对吧？"

"是的，"斯本德说道，"确实如此，疲劳和对'鞭子'无法放下的恐惧，这都让我们有些疯癫，是吧？所以忘了我说的话吧，好好享受你们的聚会。"

几个人在他身后指指点点，他感到有人轻轻碰了他的背板，可能是用手肘，肯定是内布朗的手肘。他明白这个意思，双手交叉放在胸前，友善地说道："我们来享受点更多更好的东西，比如喝上一杯。"

这个人类究竟有多想变成大家可以去依靠的人？显然，一杯酒是不够的。斯本德举起手，打了个响指，然后指着卡里克斯："我已经搞定了这个事情，我会把它放在一边，把这事按下去的。"

"你真是太好了，而且也很明智，把事情丢在一边。"卡里克斯在这个特别的标记上加了一个小小的注脚。斯本德似乎不像他假装的那么刻板。

"看到了吗？"斯本德拍着他的肩膀说道，"不管什么时候，我们没有理由不去互相拉一把。"

他的肩膀并没有随着斯本德的手而动。"根本没有理由。"卡里克斯答道，报以突锐人的微笑。他也知道没做什么示弱的事情。

这个人类轻轻摇手，转身离去留下一句颇吹牛的话："需要帮忙的时候，记得找我。"斯本德转身离开了。

斯本德消失在拐角的时候，伊利达走在他身边。"好吧，这很开心。"

"这很……尴尬，"他纠正道。

"也许，看怎么说了。"

这不是开玩笑，一旦他了解卡里克斯作为生命支持团队领导的角色，就知道他突然转变的态度并没有那么微妙。他低头看着阿莎丽人，耸肩表示不在意。"好吧，不管这个怎样，首先感谢你们没有把他的脑袋扔到门外去。"

阿莎丽人朝他笑了："谢谢你又一次为我们站出来。"

两个人在线缆和一排炉子后面弯下身，重新打开火，另外三个人轻轻拨开蒸馏器。现在卡里克斯想，是不是该把其他储备食物下到烤炉里面，也许斯本德的干涉不仅仅只是一个权利狂在张牙舞爪，这个想法让卡里克斯有了新的担忧。

通盘考虑，假如斯本德有些道理呢？这个家伙像个股票交易员只是在关心口粮最终会耗尽。如果已经开始耗尽怎么办？他想着这个问题，面色凝重。不过他又放下了这个念头，先顾眼前吧。

内布朗揉着肩膀，对着门口怒目而视。"狡猾的政客，"他低声道，"来的时候气势汹汹，好像这儿他说了算。"

"放松点，"伊利达说道，她拍着他的肩膀，"政客收了钱就得这样表演，他们所有人都一样。"

"就算是这样也不对。"

"是可能不对。"卡里克斯若有所思地说着，一边检视他的团队，他的手下，他们每一个都是勤奋的工人。埋头在生命支持系统上没日没夜地干，心里清楚成千上万人的生命都在他们手里。

首先，他们失去了加森，然后他们还没法以一个整体的团队干活，因为必须要分成几班轮番上阵。现在一个什么中层政客过来说食物配给，以节省口粮？就凭他？

也许领导层知道一些没有告诉他们的事情——关于方舟，或者关于这个神秘的"鞭子"的事。他的一名手下在房间另外一边喊："好了！"接着燃起一股烟火，房间里的气氛顿时轻松高涨起来。

伊利达用肘推了推他："你在想什么，老大？"

卡里克斯揉着肩膀，紧张感一点都没有消退。"我就是在想，"他慢慢说道，"斯本德开始担心供给的目的是什么，现在行动室那边都没有给出任何命令。"

内布朗胳膊交叉，黑色的眉毛拧成一个结。"你觉得发生了什么事情？"

他犹豫了一下，耸了耸肩，承认道："我也不确定，不过如果我们密切注意，维持自己的物资供给，肯定是个好主意。"而且要让斯本德站在我们这边，他心中默默又想。

阿莎丽人点点头，和他一样陷入了沉思和忧虑。

"没问题，长官，"内布朗放下胳膊，"现在趁供给还没耗尽，我们先弄点虫子。"

"虫子？"伊利达吃惊地问道，"你一定是开玩笑。"

"这是打个比方，"卡里克斯告诉被吓坏了的阿莎丽人。

"没错。"她苦着脸点点头,然后保持着阿莎丽人瘦长而优雅的姿态,跟一个孩子走过人群。卡里克斯看着他俩,怀疑他是不是应该说点什么。他不想引起麻烦,只是想保证他的船员得到很好的照料。

他的经验告诉他,没有经验的领导很容易把目力所不及的员工遗漏——工程、卫生,所有的事情似乎都在运作,但任何第三层甲板外面的人是看不见他们的。

但斯本德过来了……

卡里克斯不喜欢这样,行动室里有些事情正在发酵。这些事情他们可能知道,而联结堡号的其他人并不知晓。

凯什会知道吗?可能不会,坦恩不会允许凯什知道的。

然后是斯隆妮?他一定要问一下。一定要找个理由,在斯本德与其他人都不在场的情况下和她谈谈,而在找到斯隆妮之前,他首要的任务是房间里每个人的福祉。

"刚才的英雄先吃!"

卡里克斯摆出一副万事顺利的样子,站到内布朗那个改造过的蒸馏器的旁边:"好的,好的,这到底是什么?"

"我也不知道。"一个人笑道。安德里亚拿起一个盘子,里面还冒着烟,两条烤肉一样的东西交叠在一起,上面堆着黑红色的酱。

烤肉闻起来辛辣而刺鼻,有点酸味,而且卡里克斯觉得……太诱人了。不过他的内脏可不会喜欢这块烤肉,"闻起来很棒,"他机智地回答道,"不过如果它不是右旋……"他们都停了下来,面面相觑,爆发出一阵大笑。

"明白了,"内布朗喊道。纳托笑着拖出一个盘子,上面的东西一样美味,不过不会让他的内脏因为想大快朵颐而开始咕咕叫。

他们把这块肉铲到卡里克斯的手里,他也和小队一起放声大笑。

"谁打赌赢了？"

"你会不会笨到顺水人情，把它吃了？"伊利达问道，偷笑着说，又递给他另外一个瓶子。上面写着是为突锐人提供的酱料。

"我觉得你会的。"内布朗又说道。

一个红头发扎到头顶上的人类举起一只手，"我觉得你太聪明了！"

卡里克斯向她举起这瓶酱料："谢谢你，安德里亚，至少有人还对我们充满信心。"

小队的心情融化舒缓了很多，在他们最需要的休闲氛围中显得十分放松。绝大多数人基本上没有听到门口的关门声，不过卡里克斯看到了斯本德离开，反身跟他挥手道别。

他在房间里留下一个盒子："嘿，拿好这个盒子。"他朝内布朗点点头说道。

这个年轻人穿过房间打开盒子："靠，地球上的烤肉酱！这家伙真不是开玩笑。"

"我怀疑他从哪里弄来的，"卡里克斯笑道。

"别问啦，"内布朗警告他，已经把盒子拿到人群中来，"别往坏处想，别想它已经放了几百年了，闭嘴开吃吧！"

卡里克斯笑道："大家吃吧，一起。"他举起另外一只手里的盘子，"别浪费了。"趁他们现在还能吃。

第十四章

克洛根人并没有休息,他们一直在干活。甚至一些非关键岗位的船员有整天休息时间的时候,纳克莫部落也一直在工作,为什么?因为纳克莫部落本就如此,但他们得到感谢了吗?

没有,因为其他人根本不会为此而感谢。哪怕在不同的星系,这事一样恶心。

艾维克丝一只手拿起烙铁上一个弯曲的面板,在空中一扔又想接住,本想换一个更好的角度拿着,结果飞到远处墙面去了。力道没有希望的那么大,面板的速度也没有那么快,但这就是这里的问题——艾维克丝的力量跟不上了。

空间站的重力被设定为最小值,很显然是为了节省能源。不过,虽然面板的飞行曲线非常优美,它还是当啷一声撞在墙上。

他的两名克洛根同伴,在一堆乱麻一样的管子与电线上忙乎着,面目狰狞,嘴里不停念叨。面板飞到墙上,弹回到距离最近的卡杰的太阳穴上,只听一声痛叫。

"怎么回事?"拉什走到咆哮的卡杰面前。艾维克丝吼了回去,一只脚重重踩在甲板上,好像准备冲上来。粗糙的兽皮下,内脏器官的每一根血管都在奋力充血。"我已经厌倦了等待。"他低吼道,拳头愤怒地飞舞,"纳克莫人签约不是为了来这堆垃圾上当清洁工。"

总是为这件事情争吵。为一次平常的争吵而不耐烦、崩溃,这纯粹是多个世纪的战斗本能,在建筑管井里的另外一天。这个小时和之前一样,傻等着本该早就过来的技师修好外面的管线。

部族兄弟之间的另一次争吵。

卡杰给拉什来了个过肩摔,砸到密封门上,在这个低重力环境下一切动作都很慢,摔人很费劲。"咱们能不能回去继续焊接?"他质问道,虽然他已经知道了答案。

艾维克丝还是盯着他:"生命支持的那群兽人过来前才能回去。现在不准废话,滚回去把那些刮伤的面板扯下来。"

他们现在在一个仓库里收拾一团糟的现场,车辆横七竖八地摆着,就像盒子里的宠物,当然,是幸存下来的宠物。不到三米的地方,仓库突然消失了,边缘净是撕碎的金属,耷拉着的管线和飘浮的垃圾。在应急隔板另一边,只有无尽的黑暗和深蓝色,还有其他种族喜欢的闪烁着奇幻光彩的星星点点。

艾维克丝并不在意外面的风景,太空就是太空。他出生在纳克莫,成长在图岑卡,而雇佣兵的经历又磨炼了他。不管在仙女座星系还是银河系,他都不在乎那是什么样子的。

他在乎的和想要的——与所有纳克莫人一样。

带着力量和荣耀开疆拓土,保护这儿第一代克洛根女性生育出的下一代克洛根人。他们的态度都一样,卡杰和拉什也无不同,艾维克丝愿意为此赌上生命。再也不会失去什么，再也不会死亡。基因噬体已经唤醒了足够多的克洛根精神。部落首领给他们灌输的就是，有这么一种机会和可能——这里的任何一个克洛根人都可以开枝散叶，无视该死的赛拉睿人设计出来收割克洛根人的瘟疫。

艾维克丝在撕裂开的边缘蹲下，注视着宽广无垠的太空。甚至联结堡号撕裂的残迹也不在他的视野里。虽然有什么东西把联结堡号撕开了，不过在飘浮的时候没什么拦着联结堡号。可能以奇怪角度喷射出去的能量除外。

"鞭子，是吧？"声音从他的胸部传出来，像是沉思，艾维克丝没有太在意。拉什听见了，他把一根建筑用大梁扔到一堆其他大梁里，每一根都好像因为过热而在自身重力作用下扭曲成奇怪的角度。大梁弹了一下，铿啷作响，声音还没有停下来，他就提高声调说，"听说这玩意把传感器弄坏了。"

"你要是整天听垃圾聊天，就会得到这样的结论。"卡杰驳了回去，从门旁走过。"传感器又看不到，这是不一样的。"

"是啊，"拉什嘟囔道，"就像你的丑脸。"

"去他的哈纳人吧，拉什。"

"滚。"克洛根人咬牙表示回应。

艾维克丝咬着嘴唇嘟囔着什么，但他没有吼回去。不管这个毁灭之网把飞船或者空间站星际船坞破坏成什么样，都不是这个克洛根人能够开火，破坏或者损毁的。

他的眼睛眯着看触须里流光溢彩，身后继续传来干活的声音。艾维克丝没动，只是想着到底这该死的东西是真的在移动，还是因为看着空旷的空间而觉得空间在移动。联结堡号旁边有很多垃圾和碎片，这些东西与曾经正常工作的空间站一起飘浮着，整个场景看起来让人啧啧称奇。

他头盔里的通讯器响了起来,他低声应道:"我是艾维克丝。"

流畅的声音传来:"我是卡里克斯·科万尼斯,听说你需要我的手下?"

艾维克丝从头到脚都充满愤怒,但他没有喊出来。凯什至少已经给了不少关照,所以他们绝大多数现在都被洗脑了。

纳克莫·莫达部落最强硬的头脑可能是德拉克了。因为一个见鬼的祖父,一个见鬼的女人为自己赚取了血脉。所以,他不再去冒与凯什再次会面的危险。

艾维克丝低吼道:"你迟到了。"

"很抱歉,"这个突锐人说道,"我现在手下可以匀出三个人,你那边准备好了吗?"

艾维克丝低头看着船壳边上锯齿般碎裂的边缘,他不在乎自己的哈哈大笑像不像挑衅。"哦,"他双手折叠放在胸前说道,"准备好了。"

突锐人犹豫了一下:"我的工程师现在归你管了,纳克莫·艾维克丝。"艾维克丝感觉到这份直爽。

是啊。他没有立即答话就挂掉电话,仔细思索了一番。一点来自突锐人的尊敬似乎可以让凯什少管点他的事情,"我们要保证他们的娇贵的脚踏在甲板上。"

不管卡里克斯·科万尼斯怎么说,艾维克丝不在乎,承诺一经做出,就挂掉电话。

"拉什!"

一个愤怒的声音。

"卡杰!"

"什么?"

艾维克丝宽厚的嘴唇咧出露齿的笑容："铺上欢迎的垫子，我们要欢迎一群老头子来了。"

"你确定？"纳托的紧张透过电话清晰可闻，还有他狭窄的赛拉睿肩膀。

雷吉发自内心地笑了，尖细的声音透过面颊，而且声音还很大。"放松点，纳托，几个克洛根人怎么啦？"

"吓人……"他低声道，他们呈楔子队形走近一道密封门，不知怎么回事纳托就到了最前面。雷吉的体型和脑袋对于普通人类来说太大了些，应该首先由他来迎接另外一边的克洛根人。

他的右后方，安德里亚没有憋住笑。

他注意到笑声有些紧张，看来他不是唯一一个焦虑的人。他也不知道是因为他自己，还是因为他们比较紧张，他们好像很注意自己的举动，好像现在是什么正常的模式，不过他可以开始行动。"而且……"他清晰说道，"是纳托。"

"你说了算。"

纳托调整了一下腰带上的工具，坚定了决心。没有什么事情像预想中的一样顺利，不过在很多方面，也没有令赛拉睿人吃惊，任何事情都极少让赛拉睿人吃惊；或者至少制定计划的人会努力为各种意外做好计划准备。

如果他失败了，他就会成为掠过观景窗前的一个沉重而肥阔的身影，而人们也会这样看待克洛根人。

他在门外停了一下，输入通讯频率，等待他们确认。很好，有一个人确认了。一个人几乎咆哮着说："是啊，是啊，你等一下……"他们还没说出来要等什么，通讯器就突然又断掉了。

纳托转身看着他的队友,希望能穿过头盔上的面板,希望他们能看到自己脸上"我早就告诉你了"这个表情,但他看到的只有反光,还有队友的耸肩。

"好吧,我们出师不利。"他阴郁地说道。

"哥们儿。"安德里亚低声道。

门开了,发出扭曲的呻吟和长啸,他朝里面快速扫了一眼,和他预想的差不多,光秃秃的,空空如也,破裂,以及……

"我的老天啊!"安德里亚的声音听起来吓坏了。

"是啊,"克洛根人手动开门的声音听起来也算是欢快,他没有看他们,而是看着眼前的一切——空间,辽阔的空间,百万计乃至上亿颗恒星和气体在黑暗之间闪烁。"这难道不壮观吗?"

这个场景的确壮观,但这是个死亡陷阱。如果在太空中没有护盾的话,光是碎屑就可以带来很多问题——他知道确实没有护盾。

"差不多是这个意思,"纳托干脆地回答道,大步跑进房间,对此特别关心,"我们的任务就是对付它们。我……"

"除非你接下来要说的话是'这是我的活儿',"另外一个深沉的克洛根声音说道,"否则我们不关心。"这个大块头笨蛋朝裂缝边缘打了个手势,应急隔板的角落外面就是太空,"艾维克丝等着呢。"

"那好吧。"纳托朝雷吉及安德里亚转过身去,耸了耸肩表示强调,"我觉得我们最好马上就去。"

安德里亚的个子比雷吉或者克洛根人要小得多,朝边缘跑过去的时候蹑手蹑脚,步子也不是很重。这里的重力很小,不适合沉重的脚步。他的肩膀划过克洛根人粗大的手腕,而克洛根人一动不动。

这个克洛根人戴着为克洛根人特别定制的护目镜,身形特别显眼。跑过去的时候斜眼看着她:"哦,这家伙很认真呢。"

雷吉和纳托跟着克洛根工程师,没有理会身后,露齿笑了,"在船壳上行走,"雷吉低声道,"真是太牛了。"

"我不知道你为什么要抱怨,"安德里亚答道,把他的大背包甩到金属地板上,"纳托才是行走的那个人。"

他当然清楚这一点。纳托的眼睛看着喷射出的不明能量形成的漂亮飘带,而他的同伴在最后一次为他检查装备,他会用这个装备翻过凸出的地方,飞向星际和黑暗。能量刚喷出时是黑色和灰色,然后变成黄色和橙色。他不用担心触须的某条能量会扫过来,因为距离并不太近,但也没有远到他可以无视的程度。

"你还好吧,纳托?"

"嗯,"纳托说道,又抬头看着无尽的黑暗。这个词不是句子,他回头看小队的时候意识到这一点。"看起来不够接近,而且我们没有任何为不能预料的情况准备的替代方案,以后也会这样。"

克洛根人面面相觑,然后一起耸了耸肩。"这很奇怪。"一个人说道。

"是啊,"另外一个人说道,"像是一个 thresher maw 宠物。"

"什么?"

"我觉得,"纳托换了一种说法,"他们的意思是这种情况不可预测。"

"好吧那就,我们在记录时间里把管道看一遍。"

大家再没有废话,纳托卷起线圈,把雷吉放飞到应急舱口,竟然奇迹般地在灾难中幸存了下来。"很好,"他说道,在通讯器中测试性地欢呼了几声,空气在他身边嘶嘶作响,小小的应急舱口加上了压力,"情况还可以。"

"哦,是吗?"安德里亚在通讯器里的声音比面对面说的时候要年轻一些。在不幸的结果发生之后,他指出了这个事实。"怎么回事?"

一旦搞定,外部舱口就会直接面对太空。偶尔会有一些抛射出去的东西,不过都挡不住这壮观得令人屏住呼吸的景色。纳托在面具后面也忍不住笑。"我可能被那些散发气味的克洛根人弄翻。"

一名克洛根人口里嘟囔着什么,纳托觉得可能是在笑。"别着急,"他低声笑道,"这里倒也不赖。"

"是吗?"雷吉问道,若有所思,但是很专注。纳托知道他的安全绳握在可靠的人手里。"你以为怎样?"

一大块阴影罩住了纳托周围的星辰。"因为,"一个更加低沉的声音传来。他转过身去,重力靴每一步都扎实地锁定在地上,眼睛瞪着一个克洛根人的面部护板,这家伙背部的肉峰比纳托的脑袋还高出许多。虽然块头很大,但他唯一能看到的就是一排参差不齐的锋利牙齿。"他们可能卡死在我这里。"

"哦,"纳托身体没动,只是定位系统在奋力适应零重力环境,超级难搞的靴子想要补偿重力的丧失,纳托的身体也轻轻随着摆动。"你一定是艾维克丝。"

"而你一定是被派到这里来的技师组长,修好了这一大坨之后我就可以重新干活了。"艾维克丝弯下身看着他们、"太有趣了,我没想到他们会送过来一个赛拉睿人。"

纳托叹了口气,偷偷向赐予他生命的母系氏族祈祷了一下。"很好玩,"他友善地回应道,"我没料到克洛根人还会想事情。"

通讯器中又是死寂,传回来的唯一声音就是他自己的呼吸,还有真空中他们间的紧张感。

艾维克丝爆发出一阵大笑:"拉倒吧。"

他转过身,缓慢地在船壳上前进。每一步都会踏进力场里,而它们在神秘触须的微妙海洋里轻轻地摆动着。他已经离得很近，他觉得自己唯一能做的事情就是伸出一只手够到它们，当然这是个错觉。他的双眼在空间深度上受到了欺骗，"鞭子"占据的空间，光线在静静飘浮的联结堡号上折射出的形状，还有他自己的幻想让他产生了不准确的空间概念。

不过还有舱口，现在赛拉睿人可以把双手伸进去。无论如何，这只是个开始。艾维克丝停了下来，双臂交叉，看着里面被照亮。"这就是了，现在就做你来这里要做的事情，然后我们就离开这该死的外壳。"在灯光照耀下，线缆和连接器还在原始状态，闪着光。

很好，差不多很近了。

"啊，"他低声自言自语，在空间站船壳上的最后几级上爬着，眼睛一直盯着硬件。"绝对是辅助线缆，"他报告道，轻轻抬起一捆线缆，放到一边。"尚且看不出问题根源在哪里，不过这个，还有这个……"

"这是什么？"雷吉问了一个问题，不过不是对艾维克丝问的，而是对着安德里亚。

他从他传送过来的视频看到了。"这个为生命支持系统提供支援，很好。辅助能源系统，而且我猜本来不是为了提供现在这么多能源的。"

他身后的克洛根人哼了一声，纳托没理会。

"安德里亚？"雷吉问道。

"是啊，我也很着急，"安德里亚平静回复道。

"听着，纳托，现在'鞭子'让我感到毛骨悚然。我这边感觉更近一些，比有人居住的那一边更近。"

纳托沉吟了一下，不过他的大部分思绪在与能量牵引与数值计算纠缠不清。

"他没听见，"艾维克丝插话道，"典型的赛拉睿人。"

"典型的纳托，就这样。"雷吉叹了口气，"我们留意一下那个东西，看它是不是在飘移。我念咒语！去看看隔板两边。"

"你觉得谁会……"

一只脚在舱门另外一边踢着。"动手！"艾维克丝喊道。然后他感觉到了克洛根人的目光，听到他蹲下来。"你听到了吗，开胃菜？让这个老家伙像新品一样运行起来，趁它们还没出岔子。"

老家伙？哦，不，不，新的，最尖端的，可能失灵了——能看到保险丝烧黑了。有可能是过热；不，压力，这才是决定性的，赛拉睿人没理会克洛根人，弯下身几乎把整个脸埋进舱门里。他真心希望自己能把头盔摘掉，这样就能用自己的感受去感觉接收器和连接器，只是想……知道技师正在干什么。

为什么飞船如此摇晃？不过这就太容易了。聊天的声音在背景中黯淡下来，而纳托的注意力最终集中在他自己和所爱的事情上。

"我不明白。"艾维克丝低声道。

"我们也不明白，"安德里亚答道，"不过我们让他做自己的事情。"大家都没说话。

然后，克洛根人的金属靴又跺在船壳上，他调整了一下站姿，直直盯着纳托的脑袋说道，"他的事情很奇怪。"赛拉睿人淡淡地笑了笑。他们不必理解，让他尽自己令人匪夷所思的天分完成工作就好。

艾莫瑞愤怒地叹了口气，挂掉通讯器，还带点认命的意味。她知道与一个工程师结婚意味着什么。不过无论制定正常日程表时候怎么努力，最终还是来了一场灾难，而且事情就没有一点正常的。

现在联结堡号就是一具残骸，水栽作物没有一点反应。而且她非常确定下一步就是严重的口粮供给问题，其他事情都没有意义。

当然，艾莫瑞·维尔德博士曾经是一名科学家，准确地说，是一名植物学家，在天体植物学和异种植物学方面获奖无数，但无论如何，她也只有一个不停争吵的丈夫。只有这两件事情听起来能帮助联结堡号。

第三个方面能帮助雷吉，不过只有这头倔强的蠢驴能听得进去的时候。艾莫瑞意识到自己已经在显微镜前面弯腰太久了，导致她的背部已经自然而然地弯成了那个样子。不过这种想法没什么意义，她现在坐在井井有条的食堂大厅里面，而不是与水栽团队其他成员一样待在实验室里。

现在显微镜下面一片空旷，没什么好看的，除非他们愿意在显微镜底下摆弄麦片粥。不过考虑到麦片粥烂泥一样的外观，艾莫瑞没啥兴趣。

对面的椅子吱吱作响，宣布桌子上来了一位不速之客。当艾莫瑞抬起疲惫的眼睛，看到是斯本德陪着其他总监到来的时候，她挤出笑容："早上好，或者……"

"晚上好。"斯本德善意地笑了，他很瘦，看上去就像从来没有真正融入这个地方，就像一只猫，甚至就像一只老鼠，永远打量着角落。

艾莫瑞觉得这不是做作，她在很多联结堡号船员脸上看到过这种表情，不安、焦虑，以及对边界的不镇定。

她在雷吉脸上看到的次数更多，至少在小队总监让他去休息一会的时候。

艾莫瑞的笑容淡去，更像是很同情。她是一个异种生物学家，但她仍然是个人类，所以她明白要付出的代价："你看起来累坏了。"

这个家伙把胳膊撑在桌子上,双手疲惫地插在一起。"我感觉累坏了,"她承认道,"似乎紧急情况总是没完没了。"

艾莫瑞猜这句话里有多少真实的成分,"水栽农场里,"她希望话里同情的成分恰到好处,"我们只忙一件事情,就是种植食物,但你要管理的事情就实在太多了。"斯本德的眼睛眯了起来,不过不是在笑,更像是向疲惫投降,"灭掉一场火,另外一场火又开始烧。"

"这还是真的是个比喻。"

"你不是在开玩笑,哥们儿。"

艾莫瑞点了点头,可怜地笑了笑,把麦片粥推到他面前:"给,如果你想吃的话。"

斯本德看着,好像他除了这一坨黄呼呼的东西什么都愿意吃,不过他抬起头的时候,表情又变成漠不关心的样子:"不,你知道现在的食品情况看上去如何。"

啊,她一直这样确定。她的丈夫经常说,能感觉到休眠舱里的人的重量依然压在她肩上,而艾莫瑞感觉所有苏醒过来的人的重量都压在她肩上。各个种族的好男人和好女人,他们都需要食物,但这些受过辐射的库存情况可不怎么样。

艾莫瑞双手交叠在一起,不停搓着,直到指节发白。"确实,"她承认道,而斯本德什么也没说。"我很焦虑,助理总监。种子的进展——"

"是啊,进展。"斯本德身体朝前倾,重量支在肘上。他压低声音,像个阴谋家一样说话,"告诉我,你能不能很快取得突破?"

他们两个人身边,吃饭的人尽力把这第三餐变成嗡嗡的背景声,似乎没有人注意他们,更不要说有人在乎他俩。

艾莫瑞想了想:"如果你说的'很快',指的是两个星期的话,不可能。样品需要时间进行孵化，而我们在调查基因损坏的情况——"

斯本德又一次打断了他的话。"我明白，我明白，进展还不错。"他微笑着说，安抚式地点了点头。"团队怎么样？"

艾莫瑞盯着威廉·斯本德的脸，又沉默了，想从这句问话中看出他的动机。对于植物大家没有他那么在行，但这个人似乎比感兴趣多那么一点。

作为坦恩总监和艾迪森总监的助手，他当然可以更加感兴趣一点。

艾莫瑞伸出手，强迫自己打开锁住的手指，不然手指就会因为焦虑而受伤。"他们依然在挣扎中，"他承认道，"我们对空间站的情况还不是特别了解，而且我们不明白'鞭子'是怎么回事。"斯本德鼓励性地点点头。

"我们都在加班，而且必须加班。"他又说道，"大家都筋疲力尽，而且十分恐惧，搞得我们的床伴都睡得很差。"

"当然，当然，"斯本德又低着头，看着递过来的稀粥，他一根手指把粥推回到桌子那边的艾莫瑞旁边，"最好还是你吃。"他悲伤地说道，"我怀疑这是一段时间里我们能吃到的全部东西了。"

"食物配给？"停了一下，艾莫瑞解释道，"我的意思是，是不是我们的食物都要进行配给？"

"配给？"斯本德摇了摇头，轻蔑地笑了，站起身，"还没到那个程度，朋友，还没有。"他停了一下，好像在细想此事，他只是伸出手与艾莫瑞握了握，又重复了一遍，"还没有。"威廉·斯本德就这样道别，离开了食堂大厅。

艾莫瑞看着他离开，肚子里满是狐疑。

他很怀念家，怀念他的旧实验室，怀念他与雷吉一起营造的温馨。雷吉可以在各个岗哨换班的间隙回去，在那里他们可以放下世界压在他们身上的重量,而在这里,似乎他们拥有的一切就是重担。

首先,是数千依然在休眠舱的人的重担,而现在男人女人们都要忍受饥饿。"还没有",斯本德是这么说的,但可悲的是,这一切似乎已经不可避免。

艾莫瑞叠起双手,前额把重量支在双手上。最重要的是她想念自己的老公,她比以往任何时候都想让雷吉休息一下,来看看她,这样就可以把新的焦虑对他说,细细地说,好一起面对。

不过现在,他能做的就是振作自己,鼓起所有的勇气和低落的力量,甩掉疲劳带来的不利影响,再为水栽作物进行一次努力。一次努力会变成两次努力,然后是三次,然后是一整天的努力。他们需要的是来一次突破,因为现在谣言已经开始传播:供应趋紧。斯本德知道,艾莫瑞必须相信这意味着总监们都已经知道了。

他们会带来一些改变的。

第十五章

"纳托终于搞定了!"

"好吧,来次该死的合唱吧,唱什么都行!"艾维克丝在通讯器中喊道,他的声音越来越乖戾,就算是换了另外两个傻瓜也一样没有软下来。现在他回到了甲板的瞭望处,一名克洛根人——拉什,安德里亚刚刚知道他的名字——守在舱门旁边。

所有的人都因为这个愤怒的家伙转了一圈。几个小时过去了,纳托只是偶尔自言自语,克洛根人已经想不出新的办法来讽刺他,雷吉甚至安德里亚。他们现在也没有新的招儿互相折腾。

现在艾维克丝听起来像是要拧掉赛拉睿人的脖子以逃离战区。联结堡号稳定的飘移把他们扔到战区里。

"鞭子"的触须又展开了,而且好像被看不见的力量所驱使,过去的几个小时里似乎又变长了,真是令人忧心忡忡。

"好消息,"安德里亚说道,敲打着通讯器传送的数据,"我们快要完成通过这根辅助线缆加强能量供应了。"

"坏消息呢?"雷吉在她身后问道。

她非常清楚三个克洛根人的注意力都集中在她身上,虽然其中两个人都在气锁外面。"好吧,"她慢慢说道,"坏消息就是一旦我们搞定这里,你、我和纳托都要去吃午饭了。"她停了下来。

"这为什么是坏消息?"

"你显然没有注意到你吃的究竟是什么,"卡杰说道,他的位置很靠近雷吉,趁换班的间隙玩一会休闲电子游戏。

安德里亚藏起笑容:"基本上没错。"

"嗨,如果那样意味着与艾莫瑞一起进餐,我非常愿意,"雷吉不甘示弱地回答。

"哦,没错,甜蜜的一对。"安德里亚故意发出恶心的声音。

"别羡慕嫉妒恨。"

"你就知道我羡慕嫉妒恨啊。"

"你们这几个人类叽叽歪歪什么呢?"纳托的声音终于从通讯器中传了过来,听起来很疲惫,但充满了胜利的骄傲。"我注意力只离开了一分钟,你们嘴上就斗个不停?"

"一分钟?"这句话是拉什说的,他感到难以置信。"哪种赛拉睿人才会失去时间的概念?"

"当然是最聪明的那一种,"纳托循规蹈矩地回答道。安德里亚把自己拉出舱门的时候,看着摄像头传送的数据又传了回来——附在上面的线缆、保险丝盒都滋滋作响,这是安全正常的声音。

"呃……"

"闭嘴,拉什!好像你从来没有在瓦刃地区失去时间概念一样。"卡杰笑道。

"不，那个……"

一阵咔嗒声吸引了安德里亚的注意，然后是另外一阵咔嗒声。她举目四望，看见雷吉也在扫视身边，卡杰猛地站起来。他指着应急隔板："它在动！"

"见鬼！"安德里亚抽了口冷气，他已经在触摸万用工具上的下一个频道。"见鬼！见鬼！工程部呼叫舰桥，我在7B仓库外面看到一个'鞭子'的触须。"

"收到，工程部。"有人说道，她不知道有谁在舰桥，也不知道那边是谁，什么级别。"大概深度是多少？"

"我要是知道就见鬼了！"她扫视着一片虚空，相信雷吉的手就在朋友的装备左右。"这上面遍地都是，只要做错一个动作就……"

一大块阴影缓缓映入眼帘，金色和红色的能量光线像是为他们镶上了漂亮的边，能量穿过他们，好像超热的东西划过壁板，她的嘴吃惊地大张着。

卡杰伸出手，抓着她的胳膊，拉到自己的面前。"那些探险者撤出了11号甲板？"他对着麦克风高声喊道，"他们回来了！"

艾迪森在斯隆妮走出中央公地的时候碰到了她，她头发上的合成羽毛以及搞笑的表情一变她通常一副沉思的样子。

"嘿！"她打了个招呼，眉弓结成一坨。"你是不是开枪打了一只大鸡？"

斯隆妮低头看着自己的复仇者手枪，然后抬起头，一样奇怪的表情。好像她跌到了另外一个维度，不知道该怎么朝前走。

"嗨，艾迪森，"停了一下，她伸出一只手，"捏下我，好吧？"艾迪森眨了眨眼，斯隆妮没有放下手。艾迪森握住一下安全总监的皮肤，用力捏了一下。

"你个婊……谢了!"她尖声说道,猛地抽回了手。她回头看着公地大门,而艾迪森第一次听到像是尖叫的声音。

她的眼睛瞪大了:"斯隆妮,你不会吧?"

斯隆妮摆摆手,从门旁边跑开了:"拜托,第一,这里没有小鸡可以开枪打,除非你觉得突锐人也是鸡——"

艾迪森清了清喉咙。

"第二,"斯隆妮又说道,"我根本没有开枪,他们是……"又停了一下。

艾迪森张开手,眉弓扬得更高了。"什么?因为就在这里,听起来像是有人同类相食,而你有一支枪。"

令她吃惊的是,斯隆妮轻轻咧嘴笑了。她手一指,就是刚才那只被捏的手,而不是开枪的手。"你可以去看看,不过也许你不应该去。"

"为什么?"

"因为里面一团糟。"

"斯隆妮!"

这一次,是安全总监开始大笑了。艾迪森举起手,在这个女人身边疯狂舞动尖声叫着转圈。门滑开了,艾迪森看到合成羽毛,不,更确切地说,羽毛盖满的两个人。一排酒瓶里的酒被泼洒到至少五个人身上,一大群人围着他们,挥拳打气,下注。

"这是喝酒大赛?"输家须沾满合成羽毛,而赢家则继续喝酒,下的赌注会越来越高。艾迪森慢慢退出来让门关上。

斯隆妮的笑声几乎歇斯底里:"你……你知道吗?"她喘着气说。而艾迪森转过身后依然想在这一幕中抱头。斯隆妮接着说:"里面至少有五十个人。"她还点了点头,却差点让身体失去平衡倒向走廊的墙,但她用复仇者手枪撑住了。

"我喝多了。"她又点了点头,在她想要挣扎着呼吸的时候,眼泪从眼睛里流出,从红红的脸颊流下。艾迪森的手举到脸上,掩住因为吃惊而张大的嘴,"然后你进去了,正好带着来复枪?"这让斯隆妮放声狂笑,一屁股坐在空空的装饰物上。

她的笑声不期而至,穿过艾迪森的震惊和恼怒。"斯隆妮。"她说道,想让自己简洁有力些,但她的幽默出卖了她。

"我知道。"斯隆妮气喘吁吁地说道。

"一支来复枪哎!"

这个女人举起枪来,差点拿不住它:"我知道!"

"你可以用瞄准器的!"不过艾迪森也开始大笑了,斯隆妮耸了耸肩,陷入喘不过气来的狂笑,她放弃了所有的伪装与矜持,肆意挥洒。自从那一天出发晚会的狂饮之后,就再没有看到如此多笑容,听到如此多笑声了。

这已经是几个月前……其实是很多年前,哦不,是几个世纪之前了,在上一次她看到自己的总监的时候,不准确地说,的确如此。

很麻烦,反应过激。不过门滑开了,两个人从里面蹒跚而出,一排来自输家狂吼的声浪,狂野的欢呼跟着一起涌了出来,雷鸣般的笑声充满了走廊。"那什么,嗨,总监大人!"一个人类兴高采烈地说。

斯隆妮只能挥手让他们到一边去。"就让他们喝吧。"她告诉艾迪森,依旧笑着,"把压力都释放掉。如果情况开始混乱,我就派几个克洛根人盯着。"

艾迪森脸部抽搐了几下。"也许少派几个克洛根人,多来点咖啡就行了?"

"我提供……"

他们的通讯器突然全响了:"警报!准备迎接撞击!"命令来了,所有的娱乐瞬间终止。斯隆妮抓着艾迪森的胳膊,而艾迪森的胳膊恰好扫过一个蹒跚而过跌跌撞撞的人类。就在这个时候,空间站猛地一震,撞上了。

纳托刚叫出一声,就有一只大手抓着他制服的前面把他整个拖出舱口,咔嗒一声,他感觉脚底碰到了什么。"看着点!"他大喊道,试图扭身看看自己有没有受伤。

"没时间了!"这是艾维克丝的声音,从来不能小声说话,现在更是把自己淹没在极度的紧张感里了,"回到舱口,快!快!"

克洛根人狠狠把他甩到甲板上,虽然脚先落地,纳托还是摔了一下。他忘了关掉靴子上的磁力开关,只有这样他才能在复杂的能源管线内部工作。所以当他制服上的大手松开的时候,纳托感觉自己的脚又提了起来。"救命!"他说道,然后又大喊一声,"救命!"

"赛拉睿人笨得像石头!打开你的靴子!"那只大手这一次抓住它的面板,把他抡起来甩回到壁板上。艾维克丝一直等到纳托的靴子锁在甲板上,确定纳托不会再飘浮到宇宙空间中去才把他推到另外一个克洛根人——拉什——身边,他沉默寡言。

"纳托,别待着!"这是雷吉的声音,紧紧拉住绳子,让他不要远离空间站。一排子弹从他身后射出来。

他的脑子里转的全是保险丝和合成能量核心,还有一路上他修好的那些倒霉线缆,现在他的脑子挣扎着想要看清当前的情况,所以直到第一片碎屑钻进他肩膀的时候,他还在想是怎么回事。

并不疼,真的不疼。碎屑太小了,纳托一只手拍开碎屑,强迫磁力靴松开,朝气闸走去。它旋转着飞开了,像是一个旋转的盘子。滚出我的地盘,他想到,他又不做结构修理。

"纳托!"安德里亚警告道,声音很高,甚至导致听起来有些年轻,"集中注意力!"他摇了摇头,把注意力转回到正在行走的甲板上,而且还要注意头顶上像地雷炸开一样的碎片——有的很小,有的中等大,而有的非常非常大。所有的这些都被黑色橙色卷须一样的东西抓住,然后——

"它动了!"他高喊道,似乎被这个想法惊呆了,竟然停下了跑动。身后的一声巨响又把他的注意力又拉回到舱口。纳克莫·艾维克丝跪在上面,一边怒骂着一边把螺栓安装到位。在他头上,碎屑旋转着乱飞,聚在一起,像被"鞭子"抽打一样疯狂甩动。散逸出来的能量把大块碎屑击成小块,它们互相碰撞又互相磁化,克洛根人的子弹像胡椒面一样撒过去,想要清出一条道路,而这令情况更加糟糕。

行动、反应、计算运动的速度、克洛根人火力控制的附加力量、目测去往气锁的距离……这一切都没什么用。

"哦,见鬼!"安德里亚低声道,"见鬼见鬼!"

"让你这些破烂玩意进去吧!"艾维克丝吼道。

纳托努力了,他喘着气,想要稳定自己瘦弱的身形,让靴子的重磁场牢牢粘住。他挣扎着迈开大步,一副要吃了船壳的样子。他要离气锁近一些,离安全近一些。

他身后,艾维克丝咒骂着——或者是喊叫,或者是鼓励,纳托不能确定,对他来说这只是个克洛根人。他唯一知道的是,就凭现在的力量级别,还有他自己弱小的动能,以及剩余的旋转力量,他是无法及时赶回去的。通讯器里的声音太多太嘈杂,叫喊声和嚎叫声、安慰和鼓励的声音混成一片。

纳托抬起头,什么也没看见,不过好像明白了点什么。他推着一边,强迫靴子拉开,飞向一边,飘浮着闪躲开碎片,这让他离开了空间站的船壳。就在此时,一个融化的红色碎片犁过了壁板。

"外面!"拉什在通讯器里喊道,"关上仓库!"

"但是纳托……"

"我找到他了。"雷吉着急地说道。纳托的安全令人揪心,他不停抽打身边的碎片,但被一个飘浮的东西击中了,歪倒撞在一个破碎的机翼上,他感到身体里每一块骨头都被撞得震动。黑色的闪电在他的眼睛里变成了白色,他抓住一小块金属,奋力大:"这里!拉!"

"不要拉!"艾维克丝喊道,不过太晚了。

雷吉拉着绳子,纳托的手指抠在撕裂的机翼边缘,很疼。而空气从他胸部有力喷出去,不过他感觉到自己在移动。

"不!"他低声道,接着,他用力撑开眼皮,大声喊道,"不,不!放手——"

克洛根人的咒骂充斥着通信线路,而纳托恐惧地紧盯着空间站的外面。从他这个有利位置来看,地平线比从船壳上看更加宽阔和辽远。浩瀚的空间,黑色、蓝色、红色、白色以及每一种漂亮的颜色在深不可测的永恒中尽情伸展。它看上去让人想起一团杂乱星云中完美的球形。

"放手!"艾维克丝命令道。纳托麻木地服从了,他的双手抽筋,整个身体被拉到一边的时候,这块撕裂的金属碎片脱落开了。

"外面,外面!"

"雷吉!"

纳托看不见仓库里面发生了什么,不能定位船壳边缘在哪里,也不知道他站在哪块甲板上。他打着圈,失去控制,缓缓旋转,但是机翼的抛线并没有变化。

"准备撞击。"艾维克丝在通信线路中吼道。

他?呵呵。纳托不能,不能在外面。灾难缓慢而不可阻挡地徐徐展开,而他无助地看着这一切。他腰部的带子松开了,头盔内只有自己雷鸣般的呼吸声。

而下面,碎片即将撞击船壳几米远的地方,艾维克丝两只手抓着纳托的安全绳,脚站稳锁定,每一次呼吸都与纳托同步。

赛拉睿人张开手。"放开吧。"他说道,语气比自己的想象还要冷静。在这一秒,不,一纳秒之间,他的思绪飞跃千山万水。他知道这会是什么样子,最终结局如何。

机翼可能造成的损害超出了已经在挣扎的结构的承载能力。"鞭子"将把剩下的部分撕碎。

不过,仿佛奇迹,纳托没有直接飘向像恐怖的黑色太阳一样升起的灌木丛,他刚刚穿过仓库壳体上的裂口——但他想,不是奇迹。

没有什么奇迹。

一名克洛根人在拉着他。

这会让他俩都送命。

"放手吧。"他又说道,声音更大了。他把绳子绕在腰上,用力拉,不过他的力量无法与一名愤怒的克洛根人相比。

"纳托。"安德里亚哭喊道。

"我要是放手才叫见鬼,"艾维克丝高喊道,用尽所有力量拉,"我说过我会让你的靴子站在甲板上,我们纳克莫人说话算话。"

他现在再也没有什么东西可以抓住,没有可以支撑的地方,也没有办法停止这个死脑筋的爬虫按照自己的想法玩下去。当每件事都只指向一个不可避免的结果的时候,他只能认为这是英雄主义。克洛根人的英雄主义,赛拉睿人的英雄主义,那些拼命重建已经失去的人们的英雄主义。

一大块碎屑撞上了空间站的时候,第一道电火花在船壳上划出一道金色的电弧。艾维克丝胳膊上绕起的安全绳更粗了，火花星星飞溅，折射在他的面部护板上。

纳托笑了。"安德里亚……雷吉……封上外部燃烧室。船壳将在大概两点方向迎来撞击。"

"该死，不要！"

艾维克丝听到脚底船壳碎裂的时候漫长而强硬的声音。弯曲扭转，金属简直不应该这样。线条的老巢似乎无害，却在纳托的视野中崛起。触须刷着碎片，把它们撕碎。更加细碎的碎片像胡椒面一样撒在空间站上。

他看着它越来越近。"克洛根人，除非你想和我一起，不然就放开。"

太晚了。力量太小了。船壳弹回碰撞的力量，把克洛根人重重砸到壁板上，撕裂了把他固定的磁力封印。他的吼叫消失在通讯线路中突如其来的咔嗒声和沉重的喘息声中。喘着气，嚎叫。

就是这个想法让纳托送了命，只能留一个。

"告诉他们，"他从空间站飞离的时候平静说道，"告诉他们'鞭子'已经被很好地命名了！"

由一个赛拉睿人命名，太诗情画意了。而且看起来非常合适。

不管他又说了什么，不管第一根触须扫过的时候他给出了什么样的回馈，都因为他的电子系统失败而无法探究了。是通讯器还是空气调节器，或者新技术、老技术，根本无关紧要，因为"鞭子"把它们全部都撕烂了。

第十六章

一个紧急状况结束，另外一个紧急状况又发生了。相比安葬逝去的生命，得到知识显得更重要。凯什别的什么也做不了，只能以克洛根人的身份对卡里克斯说些坚定信念的话。

他站在凯什喜欢开会的地方，这个办公室很偏，很少有人发现这个办公室，也很少有人到这里来。他朝本该是一个院子之类的地方向外眺望，不过那儿依然黑暗而封闭，沉寂。

凯什伸出沉重的大手放在他的肩膀上，捏了一下。"他死得很光荣，卡里克斯。他伴随荣耀而去，连我们这样的克洛根人都要敬礼。"

"是啊，"突锐人的声音特别沮丧。"我相信他的死确实如此。"

他对她说话不够尊敬，不过这并没有让她困扰。凯什能理解他的感情。克洛根人对损失并不陌生，不过输给像"鞭子"这样如此邪恶而且无法预测的东西……

她猛地叹了一口气。"至少，"她松开他的肩膀说道，"他确认了我们的猜测，那些飘浮在我们身边的能量并非无害。"

"更糟的是，"他低声说道，"它还很饥渴。"

"可能吧，"她转过身，朝门缓缓走去，"更可能是我们很饥渴，着急重建于是忽视了真正重要的东西。回到你的单位去吧，卡里克斯。"她在门口停了一下，一只大手扶着门框，回头看着被遗弃的突锐人，他垂着头。"他们想要修理的能源管线还能坚持一阵，卡里克斯。船壳受到的损害不会影响到核心，我们在那里有值得坚守的东西。"

他没有回答，什么也没有说。他只是缓缓点点头，看起来十分疲惫。同情与坚定才能交到患难朋友。没有任何其他更好的事情可说，凯什提高了声调，"我们要确保不要再失去任何人。"

卡里克斯什么也没说，她把他留在沉默与阴影中，希望他像情况所需的一样坚强。他需要捡起自己的悲伤与难过，继续奋力前进，他的团队需要他，空间站也需要他，都需要他和手下的船员维持空间站上的生命活下去。

第十七章

斯隆妮总是期待一些过山车一样的旅程,不过近几个星期大起大落让她也很疲惫。好在工作搞定了,不停取得进展,而且进展还不小。凯什手下的克洛根人很有效率,而且基本上不知疲倦。如果他们抱怨,那也是克洛根人惯有粗鲁正常的表现,所以并不需要安全队员监视。甚至在工作中失去了一名兽人也不会让他们的职业道德减少一分一毫。

听上去可能很冷酷,斯隆妮不能确定克洛根人就不是这样子,克洛根人死了。他们就是这个样子的,对吧?他们的生活蛮横而血腥,最后一定会啃上硬骨头,所以他们只能继续干活。

在"鞭子"与空间站碰撞的短暂间隙,没有人想要去偷另外一艘飞船,或者劫持更多人质,或者烧杀抢掠。就算有人想要这么做,她下令让信息安全人员安装的隐藏式探头也都早已就位。如果需要这些探头,那它们早已存在。而如果永远不需要这些探头呢?那最好不过了。

坦恩没有过问细节,所以斯隆妮也没有必要提供。不过,她并不认为赛拉睿人会进行所谓的间谍活动,而斯隆妮只管这些叫作常识。

而不好的方面呢?开会讨论能源短缺和能量储存的时候,卡里克斯的嘴脸总是让她胸痛。她看到突锐人的痛苦与损失超过他们本该承受的分量,卡伊图斯以他惯常阴冷的路数给她解释过,突锐人将损失视为人生中的一个本来就有的因素。每一次胜利都建立在那些没有成功的人的脊背上。这让成功在某种程度上更好,更多。

斯隆妮能理解,你不可能没有任何损失就一路成功。不过她的工作是让损失最小。该死,她拿这个"鞭子"也没什么办法,在公地上的各种麻烦和混乱已经足够她忙得不可开交了,而且混乱还导致不少人员受伤。"鞭子"并没有横扫一切,这要感谢依然眷顾这片残骸的上帝,不过接下来的日子里大家都心有余悸。

卡里克斯倒不惊慌,失去兰坦·纳托之后的几个星期,他依然满脸哀悼之色。他的整个团队都能感受到这一点,绝大多数人是震惊。两名船员暂时请假离开了——她不知道他们到底去了哪儿,她猜一定是个依然有酒流淌的地方。不过他在继续努力,她也一样,他们都在努力。

根据卡里克斯的说法,生命支持系统比原来安全多了,这要感谢他的赛拉睿队友,还有那个奋力保护他的克洛根人,纳克莫·艾维克丝。

一名赛拉睿人和一名克洛根人出去进行修理……这个玩笑本不应该以死亡收尾。难道有人会猜到他们会出乎意料地跑到"鞭子"碎片里面去?没有感应器,他们全是瞎子。不过这个该死的感应器拒绝工作,而她只能这么做。

他们知道的只有"鞭子"确实爆炸了。而且,还炸开了很多东西,也就是说,炸开了联结堡号,还有挡在它路上的一切东西。怎么回事?为什么?这是科学家需要解开的谜题。

她的工作是确保没有人发生慌乱,这个事情很有几分风险。现在要考虑一些类似于路线问题,还有随着时间推移,现在可以考虑的选项太多了。每个最近和她谈话的船员似乎都知道船员的优先任务是什么,应该唤醒谁。

他们应该抛弃空间站,在一个行星上孤注一掷地建立殖民地或者完蛋;他们应该分散到空间站各个偏远角落,以防核心经历另外一次灾难;他们应该试着朝"鞭子"开火;他们应该掉头回到银河系;他们应该在4号公地建一个台球桌……斯隆妮觉得这个主意不错,其他的么……不太同意。

她坐在一个本应是公园的地方,借来一点平和与安静。其他人似乎都让自己忙于……好吧,忙于奔忙。这几天已经证明,不管每个人的日记板上有什么样的待完成清单,任何想要放松的努力都会变成恐慌。"鞭子"、开拓者的缺席、人命的损失、下一次碰撞……

而当人们的想法变成慌乱,变成恐惧,变成愤怒,似乎人们就来专门找她,来喊叫,来请求,来命令。

她想要带路前进,要有所不同。在这里,在联结堡号上,人们看着她,和她说话都带着特定的期待。如果她自己愁眉不展,无论因为反应堆失灵,还是胃肠道不舒服,她就可以看到他们脸上的恐惧,哪怕她脸上一次错误的抽搐,这种效果也会如水波般传出去。

她之前一直认为当一个政客非常简单,一直以来,她似乎总是昂首阔步,永远微笑,像在婚礼上抛撒大米一样把烂事和无聊的事情抛开。

不过现在她承认,这很困难。可现在斯隆妮让坦恩知道她已经到达一个顿悟的阶段毫无意义,而且,就像一个被召唤名字的魔鬼,她的万用工具蜂鸣声响起。

是坦恩吗？当然。运气从来就不站在她这边。"我到底为什么总是和好心情过不去？"她问道。"我们需要碰一下，"他平淡说道，"如果你能挤出几分钟时间的话。"他知道她可以。他知道她的准确位置，知道她在干什么，这都要归功于她手腕上的设备，现在手环多少有点能实现当初想要实现的功能了——除了距离有限。

斯隆妮长长吸了一口气："很重要吗？"

坦恩恼火地答道——她很同情——坦恩的话音里还有疲劳的成分。"一直都很重要。"

很好，她转了转疼痛的双肩："我在过去的路上。"

他们三人在行动室外面的一个会议室集合，斯隆妮到达的时候坦恩和艾迪森已经到了，不过这很正常。她似乎永远注定让他们等着，而在这个时候她的二位领导似乎都没提此事。

"是时候了，"艾迪森说道，"坦恩和我觉得现在应该评估我们下一步怎么办了。"

"好的。"斯隆妮说道，抽过旁边一把椅子，这样她就可以跨坐在上面。她把胳膊环绕在背后，手指交叠插在一起。"评估吧。"

"你想要开始吗？"坦恩问她。

"不想。"

"你有情绪好的时候吗？"

斯隆妮哈哈大笑："一般我的万用工具响起前的 20 秒，我的情绪都很好。"

"如果我毁了你这一天，我非常对不起。"他严肃说道。

"不是因为你，坦恩，"斯隆妮说道，"是这些会议。"她瞪着桌子中间，"我真的憎恨这些会议。"

"那就把这些会议想象成聊天。"艾迪森插话进来，但并没有消除她话语中的怒气。

"唯一比开会更糟糕的事情，"斯隆妮说道，"就是不在日程表上的会议，也就是说，聊天。但是好的，我会努力的，我承诺，让我们聊天吧！"

艾迪森和坦恩交换了一下眼神，这是那种洞穴部落第一次围着火焰开会时候的表情，决定怎么对付旁边谷地过来的长矛部落。

做你想要做的事情或者我来看看，斯隆妮强迫自己放松。毕竟已经四个星期了，也许更新一下状态进展没什么不好。

坦恩先开腔了，"我现在想讨论一件事情，"他语气很模糊而平常，"供应。"

"供应？"斯隆妮重复道，"我感觉我们谈来谈去说的都是这个。"

"那只是在迫在眉睫意义上的谈论，是微观上的，而不是宏观。我们现在需要讨论长期预测。"

斯隆妮不情愿地承认，这一点，应该聊聊——还有一个向上帝保证诚实的会议也该聊聊。

供给已经成为像是迟到的行星地震一样迟早要来的问题，只是因为距离尚远，所以每个人都知道它迟早会来但没人愿意采取措施，除了坦恩。说真的，她发现他的想法几乎没有错误。

"水栽农场，"坦恩说，因为其他人都保持安静，他就继续说了，"培养落后于时间表。有人现在告诉我再有四个月的时间我们才能收获第一批能吃的作物。而在这期间各种工作将耗尽我们的可用资源。"

"四个月？"斯隆妮重复道，上一次她检查的时候他们说需要三到四周，最多一个月。"我是第一次听说。"她一说出口就后悔了，这等于承认她没有被人注意过，不过事实也差不多。

"我让斯本德计算一下,"坦恩说道,"以我们目前的消耗速度,我们大概会在八个星期左右耗光储备库存。"

好吧,斯隆妮想这至少证明我不是唯一一个没有被大家注意的人。艾迪森自己的顾问似乎没有把她当作小圈子里的人,二者的效果倒都差不多。

"这还不是最糟糕的情况,"坦恩更来劲了,"水更早耗尽,回收利用和过滤严重落后于日程表。空间站受到的损害远远比大家意识到的情况严重得多,而且这是假设我们考虑自己已经走出'鞭子'的丛林,况且这还是我们一厢情愿的想法。"

斯隆妮看着艾迪森,看到她和自己一样吃惊。"为什么你什么都知道,而我们蒙在鼓里?"她问坦恩。她很害怕答案,不过必须要知道。斯隆妮强迫自己镇定,她已经做好了自己被报告和会议排除在外的准备,她希望听到一些谦逊的答案,就是她作为执行总监,她的工作需要她知道。不过回答令她吃惊。

"我会溜达。"坦恩说道。

"嗯?"

"我在各个大厅里到处溜达。一般来说我会在我的实验室里踱步,有时候改变一下场景有助于我的思考。然后我四处走,看到也听到了一些情况。今天晚些的时候,"他又悲伤地说道,"我非常确定我们会被纳克莫·凯什正式告知,两个关键项目依然进展不顺。"

"这不是凯什的错误。"艾迪森很快说道。

"我有暗示这是凯什的错误吗?"他温和地问道,"不过你跳到这个问题上,确实是个奇迹。"

不管艾迪森想说什么——而且斯隆妮根本无意咒骂——都停了下来,因为坦恩只是挥挥手,示意不要理会。"这种消息本应该慢慢传到我们这里,而我只是随意走走,所以我知道得比别人快一些。我收集了线索,把点连接起来……不过这不是问题,问题是供给。我们应该专注于供给。"

"我真的不喜欢这个话题的走向。"斯隆妮说道。

"哦?"坦恩注视着她。

斯隆妮吸了口气,为自己鼓鼓劲:"安全官员梦想的场景可不是如何解决供应问题,把人们喂饱,大家才会开心。倒是大家都很喜欢淋浴,对提升士气是真有用。"

"理解,"坦恩说道,不过他又说,"那我们从讨论食物配给问题开始。"

"能换个开头吗?"

"可以,但是我们要先从食物配给开始。"他朝每个人都扫了一眼。"我们允许自由取食是个错误。一开始,我们共有的使命感让人们自然地知晓他们在耗尽资源。"

"是啊,"斯隆妮说道,"不过现在没有这么多了。"

"的确,"他同意道,"船员开始习惯于需要多少就拿多少,随着时间推移,惯例逐渐形成,我们迫在眉睫的危险缓和下来,大家也就不再焦虑,这导致……我不会称之为暴饮暴食,不过有的人确实吃得很多,这种人叫什么来着?"

"混蛋?"

"不。"

"自私鬼?"

"不。"

"不顾别人的蠢货?"

"什么——"

艾迪森及时插话道:"短视。"

坦恩打了个响指:"是的!这就是我一直在寻找的词汇,谢谢你,也谢谢斯隆妮很有感情色彩的评论,在用词上总是如此厉害,我要查看一下数据库才能了解这些术语。"

"一边去,"她说道,"不过如果你能记起来的话,我们不久之前被'鞭子'袭击了,口粮取用有下降吗?"

坦恩严肃地摇了摇头:"事实正好相反,好像大家一知道配给不再受限制,绝望的时刻似乎大家拿得更多。"

"好吧,"艾迪森打了个手势,意指房间外面所有的东西。"如果人们对待任务的眼光迷失了,不知自己职责所在,那就让我们提醒一下他们。"

坦恩一只手托着下颌,一根手指敲着下巴。"你有什么想法?"

"想法倒是有几个,"她回答道,"也许在用餐的时候我们应该把吉恩·加森的告别演讲放到视频屏幕上。她可以——对不起,可能——比我们任何人都能起到更好的动员作用,而且可以视作为对她的纪念。因为……"她又指出,"我们实际上并没有停止哀悼。"

"嗯,"坦恩继续拍着下巴,眼神有点涣散,"这个主意不错。也许是时候了。"

"是啊,"斯隆妮说道,"视频播放完,我们就告诉吃饭的人用餐结束,他们就应该都停止狼吞虎咽。"艾迪森瞪了她一眼。斯隆妮没忍住,她继续说道:"我会让安全小队待命,扑灭你引发的暴乱。"

"没必要那样做。"坦恩说道。

"是吗?"斯隆妮嘴角扭曲,她朝前坐了坐,双肘支在膝盖上。"看,就像你说的,我们没有实行配给——是,这样做很蠢。不过这意味着当我们开始定量配给的时候,人们会感到不安,指责、抱怨囤积居奇或者不公平的配额，什么声音都会有。相信我，我以前见过这样的情况。"

"我知道你见过。"坦恩说道。

"真的？"

"我读过你的档案。"

"没胡说吧？"

"没胡……呃，"停了一下，"这很让人吃惊吗？我几乎读过所有人的档案，我指的是那些已经苏醒的人，尤其是法兰的事故之后。"

斯隆妮瞪了他一会，摇了摇头。"我想说的是，配给会让这里的气氛完蛋，而每个人才刚刚开始从上次'鞭子'袭击中安顿下来。趁这些食物还没有魔术般地消失，我的团队正在24小时守卫我们现在拥有的物资。"

"那个，"艾迪森说道，"已经开始发生了。"

坦恩和斯隆妮都转向她。"我准备接下来就报告的，都是斯本德的最新报告，某些特定物品已经长腿了。"

坦恩僵住了，眼睛大得不可思议："某种生物作用？还是异星新陈代谢分子感染？"

"不，不，"艾迪森急忙说，"这是一种表述方式，东西消失了，好像它们自己走开了。"

"哦，"赛拉睿人说道，"我明白了。"听上去甚至有些失望。

"没有人考虑过告诉安全部门吗？"斯隆妮问她。

"就像我说的，我准备接下来就提的。斯本德只是在今早的报告里提了这件事。"

"这种事情应该算作犯罪行为，而不仅仅待在一个该死的报告里。"

艾迪森没有理会这个小小的指责。"事情不是这样的，他称之为模糊的顾虑,可能是个'误差'。不过他担心这将会成为一个问题。"

斯隆妮强迫自己镇定下来:"很好。我会和他谈谈,派个人进行调查。"

"好。"艾迪森说道。

斯隆妮注意力转回到坦恩身上。"你说还有另外一个选项,不是配给。"

"好吧,是的,我觉得这很明显。"没有人咬钩,他继续道,"我相信该做这件事了,让我们大部分劳动力回到休眠状态。"

艾迪森瞪着他,而斯隆妮大笑了足足十秒钟。

嘉恩·坦恩像一名冷静的职业人士一样忍受着她们,他显然认为自己是职业人士。斯隆妮的笑声终于停下来,他继续说道:"他们醒来是为了帮助我们克服迫在眉睫的危险,而工作已经完成了。我们都同意这一点,现在让他们回去休眠简直太合理了,直到我们拥有第一批水栽作物。"他瞪了斯隆妮一眼,"我没有看出这个想法有什么好笑的。"

"上次我们把人送回休眠状态是一种惩罚,因为严重的犯罪行为。"

"我没看出来和现在的局势有什么关系。"

"坦恩,"她说道,"尽管现在相对平静,我们依然待在一个麻烦成堆的世界里。相信我,每个人都不想被命令回到休眠舱中,徒劳地等待被唤醒。他们现在已经苏醒了,他们想要继续保持这种状态,如果我们想要让他们回到休眠状态,那就一定得诉诸武力。"

"所以我们征求志愿者。"

"如果你能从一千个苏醒的人里找到十个,我会非常震惊。"

这句话让坦恩站了起来,走来走去,这在小小的会议室里实在不容易。"可能艾迪森的建议也适用于这里,加森的演讲可能提醒他们为了来到这里所付出的牺牲,他们已经被置于休眠状态,然后活了下来,我可以加上这一句。"

"好,当然,"斯隆妮讽刺地说道,"苏醒者的生存率是百分之百。"

"你知道我是什么意思。"

房间里短暂地安静了一下,然后艾迪森打破了平静。

"问一下总不会带来伤害,对吧?"

斯隆妮站了起来:"不,问一下就会伤人。相信我,不会有什么好结果,而且这种要求背后暗示着食物将需要配给的威胁,这时候人们自我保护的本能就会起作用了。"

一段时间里,没人说话。坦恩甚至停下脚步,靠在墙上。

"我想,"斯隆妮带着十分的不情愿,"替代办法就是直接进行食物配给,而那也不会起到什么作用。"她揉着自己的太阳穴。"至少问一下有没有志愿者,这样我们也轻松些。"

坦恩点了点头:"我也同意,我已经做出了决定,今天晚上我们就让吉恩·加森告诉每个人我们为什么在这里,还有我们大家为此做出的牺牲。然后我就会征集志愿者。"

"听起来你好像要努力说服自己。"坦恩眨了眨眼,"也许我们可以都用一个小小的提示说服自己,为什么我们来到这里,你觉得呢?"

斯隆妮出现在公地上,和一群不熟悉的船员一起吃喝,而不是通常和自己的安全队员在一起的地方。和她一起用餐的人都很活泼,两名纳克莫工人,一名清洁系统专家,还有一个说话柔声细语的阿莎丽人,她只管埋头于自己的食物。

询问得知,那名叫阿里达娜的阿莎丽人在努力修理主传感器阵列,而且说除非有一架方舟带着备件过来,否则是修不好的。"假如他们的传感器和我们的形状不同,那就更糟了。"

斯隆妮吃完朝门口走去，准备离开，以便在麻烦出现的第一时间召集安全小队。就在这时，广场上少数几个能正常工作的屏幕亮了，显示出吉恩·加森的脸庞。

人群安静了，在这庄严的肃穆中，已故领导人的每一句话都回响在耳边。斯隆妮沉思道，这是历史上的伟大演讲。鼓舞人心，深思熟虑，而且就像她这个原来的空间站首领喜欢说的一样，"屁股都能乐开花"。毫无疑问，加森演讲中的每个字都是对的。

然后坦恩出现了。"我们无畏的领导者字字珠玑，"他的开场白有些尴尬，"来一点掌声怎么样？"然后他就开始鼓掌，没人跟着他一齐，不过屏幕里的坦恩也无从知晓，这可怜的家伙足足鼓了一分钟，才继续说，"我现在本该请加森对你们致辞，不过，哎，她已经去世了。"

哦，什么鬼。接下来是一阵尴尬的沉默。

"如果我们掉以轻心，很多人都会死，"坦恩继续道。

"哦，坦恩，什么鬼……"斯隆妮喃喃道，把头埋进手里。

"如果我们供给耗尽，会死很多人。"坦恩看着摄像头。

"在过去的几周时间里我们已经取得了不可思议的进展，而且我很高兴地报告，紧急状态已经解除。为了确认状态，而且因为我们的储备正在迅速减少，你们的临时领导层征集志愿者回到休眠状态，"他停了一下，然后又说，"你们应该休息一下，对吧？"

够了，实在听不下去了。虽然措辞精心修饰，不过斯隆妮怀疑有多少人会吃坦恩这一套。他最好的结果是被无视，最糟糕的结果是被嘲弄，斯隆妮已经听到一些地方传来窃笑声。她从他们"快速减少的储备"里抽出一瓶什么东西，以最直接的路线回到自己的房间。

她洗完澡，药物开始生效，她穿上一套清洁的制服把万用工具放到前臂上。斯隆妮昨天晚上一边喝酒一边检验，直到她觉得已经醉到能让自己忘记目击到的尴尬时刻。酒精只起到了一点作用。现在，她的屏幕上出现了十六条信息，她只能回想自己错失了什么。她没有理会那些信息，只是敲击了一个链接去找坦恩。不妨把这件事做完吧，她想知道有多少人能了解到在他贫乏的措辞里隐藏的逻辑。

"早上好。"坦恩说道，他的语调已经告诉了她一切。

斯隆妮还是发问了："那么糟？嗯？"

"就是那么糟。"

"有多少志愿者？"

沉默了一秒："没有。"

"没有？"

"就像你所预言的，没有人自愿回到休眠状态，无论如何就是没有。"

"该死。"

"好吧，有一个。"

"哦？"

"她说自己选错了，又反悔了。"

斯隆妮无话可说。

"继续幸灾乐祸吧。"坦恩说道。

"不，不，"斯隆妮回答道，"我没有要嘲讽你，我觉得结果就是这样，不过我不会拦住你赴汤蹈火，不过下一次，你需要找人帮你写好演讲稿。你的演讲实在不怎么样。"她抿了一口咖啡。

"斯本德写的。"

斯隆妮刚才抿的咖啡喷了出来。"你一定在开玩笑。"

"绝对不是，我觉得演讲词没问题。"

"坦恩,那个演讲,我觉得用技术术语说简直就是'大便三明治'。真的,就因为这个演讲词就要把斯本德丢到气闸外面,然后你也跟着他去,因为你自己没有认清。"

他的眼睛睁大了:"我很难想象还有这种惩罚……"

"我在开玩笑,坦恩!请不要介意。下次让艾迪森来讲话,好吗?"

"船员似乎会听你的。"

"是啊,但我在要求其他人买我的账之前,我得先说服我自己。"

赛拉睿人崩溃地叹了口气:"好吧,我们又回到了开始的地方。"

"不,"斯隆妮纠正道,"我们的情况比那个还糟糕。你已经播下种子,那种'供给正在耗尽'的种子。"

"是的,好吧,关于这件事,"他说道,"我们得为食物配给制定一个计划。"

"我们确实需要。"

"你现在有时间吗?"

斯隆妮看了一眼时钟,感觉胃部一阵疼痛:"我先去找点早餐。"

她决定大吃一顿,趁不需要勒紧裤腰带,先把胃塞满。在必要的时候,她会敲碎一些脑壳,飙几句脏话,然后等着空间站爆炸。

或者也许每个人都能对付过去呢……不,她感觉没那么幸运。

第十八章

斯隆妮原来是对的,艾迪森想。首先,他们运气不错,可能这就是为什么安全总监志愿加入凯什清理前往最近的方舟泊位道路的团队。一旦他们到了那里,他们就能用上定位备用传感器界面的套装,传感器就可以上线。

艾迪森不能责怪她,斯隆妮等候了一天,只为在宣布决定的时候不要出现暴力,而把一支能力强悍的队伍留在身后。她非常信任安全总监,如果有什么强烈抵制的话,艾迪森毫不怀疑斯隆妮会留下来。

实际上,事情并没有如此糟糕,广场上有些难听的话,还有些似真似假的推搡,然后每个人都带着"还有什么能搞错"的态度看待这个声明。

事情搞定的时候,斯隆妮就会接受凯什沉重体力劳动的邀请,这就是她自己度假的方式。

那已经是两天之前的事情了。

也许需要几天的时间来消化,几天时间适应新安排的口粮,然后突然意识到他们现在的口粮已经亮起红灯。

联结堡号上大家的情绪已经变了，来了个大转弯。

艾迪森在大厅里溜达，这是坦恩的建议。她越走越觉得自己没用，她身为执行领导的顾问，要监管一个失败的殖民地的殖民事务。很快，人们就会开始问"执行"到底是什么意思。

观看加森的视频记录带来了一个意想不到的麻烦：提醒人们他们为何签约，而实际上他们现在又有什么在手。

她走路的时候躲避着旁人的目光，他们的眼神越来越饥渴，好像在指责这都是她的错。这不公平，不过她也认同，当自然灾害出人意料地席卷人群的时候，政客们永远应该出来背锅。

在每一双指责的眼睛里，她都能听到无言的愤怒——你怎么没有预见到这些？我们都信任你，我们牺牲了一切，因为我们相信你的计划。

不管这种指责是否公平，这都是他们看着她的时候她在自己脑子里听到的话。实际上她并没有参与多少灾难应对预案的制订，她只是像激光一样聚焦在自己的实际工作上，为与在这里相遇的种族进行第一次接触的场景制订计划，应对意外。

哦，她一直在梦想这些时刻！与他们在银河系遇到过的都不一样的异星种族，这些可能性和挑战。她在脑海中勾画过这样的场景：正襟危坐在豪华的大桌子旁浅酌阿莎丽酒，左边坐着吉恩，右边坐着智慧友善的新种族高官显要。

相反，现在的她则睡在地板上，把水煮沸以进行净化，好像在参加什么生存者训练课程。

艾迪森在一处桥接两个区域的走道中停了下来，两边都是阔大的窗户，从这里观看宇宙空间应该很壮观。早前几天她经过这里的时候，身边是"瞭望者",这群人自愿担当瞭望员,直到感应器全部恢复在线,以免联结堡号完全瞎掉。他们或坐或站,已有几个星期无论白天黑夜都守在这里,看"鞭子"有没有任何回来的迹象。或者,他们更希望能扫描出一艘开拓者的飞船,不过截至目前他们什么都没有看到,只有陌生的星星,还有食品供给的消息,他们最近发现做其他事情可以更好地利用自己的时间,所以今天大厅空无一人了。

艾迪森坐在长凳中间,手叠放在腿上,一动不动地坐了一会,沉浸在一片宁静中,只有永远在线的生命支持系统呼呼的声音才会打破这份宁静。她不得不承认,突锐人和他的团队的应急修复表现完美无瑕。他们夜以继日地工作,也只是让系统颠簸前行,不过依然令人印象深刻。她觉得,自己派上用场一定感觉很好。艾迪森摇了摇头,这不是积极的思维方式,她知道。

她的万用工具蜂鸣了,肯定不是斯隆妮,她的小队太远了,连不上微弱的通讯网,虽然船员已经尽力把通讯网拼在一起。她坐回到椅子上回话,坦恩的脸飘浮在她面前的空气中。

"有斯隆妮的消息吗?"他问道。

"没有,"艾迪森回答道,"她们小队里的一名传令兵今早回来了,他说他想问下有没有什么要带的话,而她只是哈哈大笑。"

这像她说话的风格,坦恩想着。

"传令兵说他们觉得自己可以在今天晚上清出道路,然后我们很快就能知道能不能拥有传感器,还是说很长时间都不会有了。"

"嗯……"赛拉睿人摸着自己的下巴,"这比我预计的时间要长一些。"

艾迪森只能耸耸肩,自从食物短缺变得众所周知开始,每件事情似乎都比预计的时间要长一些。

"好吧,"坦恩说道,"我虽然很看重她的建议,不过我们需要做出决定。"

艾迪森停了一下,琢磨他的话,斯隆妮很谨慎也很容易激动,不过最重要的是什么?是她什么事情都爱抓在手里,让自己一直奔忙,而到最后不管怎样,必须搞定事情。

"你在想什么?"

赛拉睿人笑了:"你给我建议的时候,只能算是建议,对吧?"

"没错。"

"而且你知道让斯隆妮管更多琐事的时候,她会非常愤怒的。"

"也没错。"艾迪森说道,她知道话题要往哪儿引。

坦恩继续道:"我觉得我们应该看下在她回来之前,能把多少小事从清单中清理掉。我相信这就是你说的双赢,不仅仅能尽快做出决定,而且还能让斯隆妮从单调的事务中脱身。"

"小事,"艾迪森重复道,"比方说?"

"我有个想法,就是把一个冰箱水柜改作附加的水净化器,小队告诉我以手上现有的材料是可以做到的。而且只会让可居住区域的温度稍微升高一点点,而结果就是我们有了更多的新鲜水,人们可以每两天洗一次澡。"

"哦!"艾迪森回道,一次热水澡听起来太奢侈了,想到这里,她的皮肤都开始刺痛了。

"请定义一下'稍微'?"

"肯定在人类的忍受范围内。"

"坦恩……"

"两摄氏度,平均而言。"

"那就更好了,谢谢你。嗯,是的,我觉得这听起来像是一个很好的计划。"

"那,"他说道,"你看?做出一个决定,这样我们的安全总监回来的时候就少了一件事情需要担忧。"

"你还有什么事?"艾迪森问道,可能有点太快,不过她现在顾不上,完成一些实事很有成就感,这太棒了,顾不上在乎细节。

"我们在行动室见面,把清单过一遍?"

"完美,"艾迪森答道,"我出发了。"

她沿着门道走去,一队克洛根工人在焊接着一台摇摇欲坠的复杂设备。一排排辅助光缆伸到里面,这是在对天花板上再也支撑不住上面重量的地方进行的临时修复。没有人注意到艾迪森,他们的精力完全聚焦于工作上。

不过她在经过的时候感觉到他们身上散发着什么东西,不是仇恨,甚至不是抱怨——她经常能从其他身处人口危机的种族身上看到的感觉,不,这是什么其他的东西。他们完全专注于继续工作,没有理会她的经过。他们没有与艾迪森目光接触,好像是好心想让她短暂休息一下,而不是像其他人那样投来指责的目光。

他们似乎在说:"我们会处理好这个,你去解决更大的问题吧。"艾迪森在短短的走道末端停了下来,转回身向他们走去。

"谢谢你们。"她说道。

这句话只引来一些迷惑的神色,他们交换了一下目光,好像要搞清楚她在和谁说话。

"谢谢你们,"艾迪森重复道,"因为你们的艰苦工作。"

"别客气,应该的。"一个人回答道,然后继续忙手里的活儿。

艾迪森继续走着,有很多问题、顾虑,还有可能性在她脑海里翻江倒海,答案在意识边缘的雾气中幽灵般游走,她想抓住答案时它们又遁入虚无。然而，有一个答案没有离开，清晰可见，只是在原地一动不动，等着她走近。像一条路一样，而艾迪森每走一步都能找回一些曾经的信心和使命感，这是正确的事情，是她一直等待的想法。

很简单，她骂自己怎么没有早点想到。这就是她放纵自己如此颓废要付出的代价，不过她现在改正了。

艾迪森收住步子，理清脑子里最基础的想法。她忍住了给斯本德打电话让他搞定细节的急切冲动，这是她近来经常做的事情。不，这是她应该开始去做的事情。

福斯特·艾迪森抬着下巴冲进行动室，自从"鞭子"第一次袭击以来，她从来没有像这样专注过。两名船员坐在主控台旁边，无望地监视着可能魔术般恢复工作的传感器，哪怕传来一个信号。

"有方舟的踪迹吗？"她经过的时候问道。

"没有。"他们异口同声答道，一直都是一样的答案。

坦恩站在他们身后，看着数据板。

"我有个建议。"坦恩还没来得及说话的时候她就说。

"呃，好的。"赛拉睿人满腹狐疑地说道。他已经把自己的清单展示给大家看，不过随着长长的手指轻轻敲了一下，清单就飞离屏幕。

"我们可以匀出八艘飞船。"艾迪森坚定说道。

"我已经计算过，剩下的飞船足够支持我们撤离。是时候了，坦恩，我们不能傻等着开拓者，我们需要侦察最近的世界，看看附近有什么能用的东西。找一个联结堡号之外的合适的殖民地，我们可以在那里采集或者挖掘资源。"

"嗯嗯嗯嗯……"他回答道。

如果我们说服他……艾迪森预想。

"我们不能继续被困在这里，指望供应问题能魔术般地消失。如果开拓者能过来拯救我们,他们早就应该到这里了,我们都知道,现在我们应该接受现实。"

"艾迪森——"坦恩插话道。

"让我说完。"坦恩收住,有点吃惊。

"说到食物配给,也只是让不可避免的事情再向后拖而已。无须'鞭子'再扫荡我们一次,我们就会全部死掉。只要水栽农场再出一点岔子,就完了,我们全部完蛋。"

"你说得很对,"坦恩说道,"我同意。"

"我的计划行得通,如果我的人……"她企图施加压力,"等一下,什么?"

"我同意。"

"你同意的比我预料的痛快太多了。"

他感觉到她的疑惑,然后解释:"我努力让人们回到休眠状态,结果失败了。"他说道,"而现在食物配给问题对士气的负面冲击很大,而且打断了修理进程。所以,是的,我同意。"

"好吧。"艾迪森说道,"坦恩,我听着怎么这么开心。"

"斯隆妮不会喜欢这个想法的。"赛拉睿人又说,"不过,请继续。你刚才说安排人员?"

她的思绪几乎没法连续起来,昨天她也许如此,不过她的专注已经为她的精神状态赢得了奇迹,艾迪森感觉自己又满血复活了。

"我想一开始派一个驾驶员和一个副驾驶员,这样最好。人数最少,这样我们就可以把最得力的人手留在这里。甚至可以让自动驾驶系统处理飞行任务,实际上就是把飞船当作巨型无人侦察器。"

"不过我意识到我们不仅能够而且应该在穿梭机上配齐全员,搭载真正的探险任务。我们不仅能得到更好的结果,而且可以削减联结堡号上供给品的消耗。"

"很有趣，真的。"坦恩说道，他站了起来，带着一块显示附近恒星系统的地图走到桌子旁。地图基于肉眼观察，采用老式标注方法制作，比完全无用强一点，但他们手里也只有这个了。坦恩在界面上操作。"也许在这些中？"他指着。

"假如这样的话，船员由哪些人组成呢？"艾迪森已经做了基本工作，不过决定让坦恩有参与感，而且，他可能找出更好的办法。

"驾驶员和副驾驶员，这些简单。实际上我们已经唤醒了不少有能力的机师组合，而且，还能每组搭档一个遥感技师。"

"我们这里难道不需要他们吗？修理我们自己的传感器？"

"不，"艾迪森说道，"我们需要校准传感器，是的，最后一定需要，不过现在它们还在等着生产出来，现在它们可以处理一些粗活。"

"好的，我明白了，还有谁？"清单继续列下去，包括异星生物学家、星际地理学家、工程师、医疗人员，还有安全人员。

"安全人员？"坦恩满腹狐疑地问道。

"我觉得这样有助于安抚斯隆妮的担心，只是以防万一有人情绪崩溃，或者有人把飞船据为己有，另寻他路。"

"这两者都不太可能。"坦恩观察道。

"不过斯隆妮依然担心这种事情，而且她的小队……人数太多，"她说道，"我觉得这样说也没问题。"

"食物耗尽前，"坦恩回应道，"我们都需要他们。"

"是的，不过全部要点就在于防止那一天的到来，而且，这些恒星系统都离得足够近，每艘飞船都可以在我们的供应达到警戒值之前回来。"

坦恩盯着显示器，扫视地图。而且艾迪森猜测，他在脑子里拼接各个要素。

"除非他们任何人遇到问题,"他低声道,好像是对着自己说的。"机械故障、'鞭子'或者无法预测的什么事情。"

"这有风险,"艾迪森点头,"不过我们不会一点风险都没有就走出现在的困局。"

"嗯,"坦恩站起,开始踱步。这个时候艾迪森知道她已经说服了他,剩下的都只是细节。终于,时机到了,她给斯本德发了个消息。"马上到行动室来,"她敲击出这些字,发送的时候,手指在微微颤抖,"殖民事务现在开张了。"

斯本德接受了为八个任务组建基本船员名单的工作,他在做这件事的时候,艾迪森则前往殖民事务机库,检查所有的穿梭机。

很多穿梭机已经被用于当作临时避难所,不过并非所有的穿梭机都被征用了,而且把这些临时住户搬出来,腾出八架花不了几个小时。

更大的问题是,她已经预料到,供应物资缺乏情况被严重低估。临时住户已经对存储下了重手,显然是认为他们已经把飞船当作自己的家,觉得里面的每个东西都是他们的。讨论更趋激烈,不过艾迪森悄悄召唤了安全人员帮助"清洁空气",很快就得到了赞同。

"谢谢你。"她对刚赶来的坎德罗斯说道。

"这是我的工作,不必感谢。"

艾迪森继续来到下一艘飞船。

"这到底是怎么回事?"他徘徊在她身边问道。

"我们决定派出一些侦察飞船,对附近的世界进行编排归档,希望能找到一些我们能利用的资源,或者与方舟取得联系。"

"安全总监凯莉也参与了吗?"他问道,听起来有些怀疑。

"斯隆妮没有表示任何反对,"她告诉他,仔细观察他的反应。

他只是点点头,仔细观察最近飞船的侧翼:"你知道我对这种事情有些经验。"

艾迪森停下来转过身:"你有吗?"

突锐人点点头:"我来这里部分原因就是这个。有时候我是安全队员,但回到家我在反恐组。"

艾迪森不认识这个人,也不知道他的名字。不过她可以从他的目光中看到自己照镜子的时候经常露出的神色。

"斯本德负责掌管名册,"她告诉他,"我的意思是如果你有兴趣的话。"

他盯着锃亮的飞船半天没动,然后看着她笑了。他移开目光走开了,什么也没说。

艾迪森在万用工具上给斯本德迅速发了个消息:如果你还需要一个人的话,坎德罗斯是侦察任务的理想人选。一分钟后收到回复:我会和他谈谈,谢谢!

福斯特·艾迪森冲自己笑了,士气非常强大,她想。

在傍晚的时候,第一批侦察飞船划出联结堡号的阴影,点火奔向外面广大的虚空。艾迪森和坦恩从行动室看着,行动室到现在还没有墙,所以能看到周围震撼——或者说恐怖的场景,假如你只想朝前看的话,艾迪森想。这个想法很适合她。

他们为每一次发射庆祝,希望他们指定的船长能狩猎到好运,因为他们已经接近联结堡号贫乏的运输能力的极限了。

坎德罗斯是无界号穿梭机的指挥官,他承诺会很快回来,在加速脱离通讯范围之前的几秒钟又说:"告诉斯隆妮在牌桌旁边为我留个位置。"

艾迪森已记不起那一天她笑了多少次,不过这次感觉最好。

第十九章

斯隆妮·凯莉这几年都没有这么忙了。她完全靠步行回到安全团队,她饿得要死,眼圈发黑。她不知道现在几点,也不知道现在自己的政治替代者在哪里,这种感觉非常好。她可以溜回到自己的房间,趁没人注意到她回来之前,赶快打个盹。

有八个多小时没有任何破事打扰,这听起来简直不可思议,而她也不准备毁了这份安逸。更好的是,她可以拖延报告,说任务只取得了部分成功。大道已经被清空允许通过,是的,不过在远端备用传感器阵列已经没有储存可以拿回来了。联结堡号将会再瞎一阵,这种情况让每个人都不开心。

她还是坚持计划,躲开每个人,无视发给她的消息。坎德罗斯一直尝试发来信号,不过没有任何紧急标记,所以可以等等。可以等的,该死的八个小时,他们可以让她再多几个小时的。这是她应得的,对吧?斯隆妮睡得像石头一样死,像一块被漫不经心从山上踢下来的石头。

八小时过后,她醒了,身体酸痛,饿得要命。她和凯什还有她的小队在这块"废土"上已经待了不少日子。"废土"这个术语指的是联结堡号上还没有被访问过的地方。这个术语只在他们之间使用,所以不会冒犯别人或者让任何非克洛根船员担心,事实上他们让斯隆妮也使用这条术语算是某种荣耀。很久前她就知道当克洛根人给你荣耀的时候,你不可以等闲视之,不管这种荣誉看上去多么不合逻辑。

她与他们并肩工作,以和他们一样的认真态度清理渣滓,铺设线缆。他们这边不需要安全人员,但她需要工作。把自己丢进去,忘掉自己,为了……突然坎德罗斯的信息来了,占据了大脑中央。"回见",主题如此。她感到一阵压抑,他看上去不是会自杀的类型,这些词不像他说的,而她一直就害怕发生这种事情。

斯隆妮倒在借来的沙发上,在身边摸索万用工具。她找到万用工具,想要激活它的时候差点掉下来两次。

她紧张地用颤抖的手指点击,好一会儿才找到菜单位置。

"对不起我没有说再见,"她读出声,虽然只是耳语,"我应该会在几个月内回来,谢谢有这次机会。"就是这样。

"什,么,玩,意?!"她又说道,甚至没有注意到自己的每个字都带着越来越重的怒气,斯隆妮倒在垫子上,看着墙,几个月什么?"什么该死的好机会?"

坎德罗斯没有给出细节,这意味着他觉得她应该知道他的意思。斯隆妮直起身,握着拳转身冲向行动室,风一样穿过两名控制台旁边的技师,他们正徒劳无功地监视着。

"有什么方舟的信号吗?"她问道,没有等待他们的答案,因为他们的回答都一样。

"没有。"他们对着她的背后说道,斯隆妮略感讽刺地大笑一声。

坦恩在主导航台旁，弯腰看着一张地图，一只手托着下巴，手指敲着。她进来的时候他抬起眼睛，精神大振。"欢迎回——"

"该死的坎德罗斯在哪里？"

"我……呃……"就像斯隆妮预计的那样，他的声音不停往后缩。

"坎德罗斯他妈的在哪里？"

"登上了一艘名为无界号的穿梭机。"坦恩说道。

"我一猜就是，"她回答道，"如果我走到殖民事务机库，就会在那里找到他？"

"啊，好吧，当然不会。"坦恩朝面前的桌子比画了一下，斯隆妮聚焦于自己走进来的时候他关注和检视的东西上。一个制作得有些粗糙的三维空间图，不过联结堡号处于正中间，说明了问题。坦恩指着一个离空间站有些距离的小小闪烁图标。

"现在他们在这里，这只是大概，我们没有办法精确地确定。"

斯隆妮绕过桌子，猛地使劲捏住赛拉睿人的下巴。

"为什么这艘飞船失踪了，为什么我的军官在上面？"他被捏得没法回答，斯隆妮松了点劲，不过只是一点。

"斯本德——"

"斯本德？"她重复道，"够了。"她拍了拍坦恩的脸，走开了。

威廉·斯本德。她冲向自己的总部，这个名字像虫子一样在她脑袋里蠕动，他在专做存储空间的空机库旁边找了个漂亮的小房间。她的万用工具说他还在那里，她可以命令他到她这里来，不过这像是一个安排好的私人访问。她的万用工具还告诉了她一些其他的事情，不光光是坎德罗斯，她的手下共有八名军官消失不见了。

斯隆妮在通往他的小房间的门前站好，使劲敲。

"什么事？"里面传来恼火的质问声。

"开门!"她吼了回去,"不然我就要把门踢开了。"

"哦。"里面答道,"斯隆妮?我以为又是生命支持系统的那个混蛋,内布朗。"

"对不起让你失望了,开门。"

"等一分钟。"

"不,现在。"她听到里面窸窸窣窣。

"我给你五秒钟,不然我就要看看这扇门有多结实。"她话音未落,门突然向内开了。

斯隆妮把他从漆黑一片的房间里揪出来,甩上了身后的门。"对不起,房间里一团糟,也许我们可以在公地上谈谈?"

他想朝公地的方向走,躲避着她的目光。斯隆妮一拳砸在离他鼻子只有几厘米远的墙上,定住不动了,斯本德惊得缓缓转过脸面对她。

"呃,这里就不错。"

"我想你能解释一下为什么坎德罗斯和七名我手下的军官不在联结堡号上吗?"

"侦察任务。"斯本德回答道。

"什么侦察任务?"

"你不知道?"这家伙眨了眨眼睛,轻轻皱了皱眉。

"显然我不知道。"

"似乎你应该和坦恩还有艾迪森谈谈。"

"我现在在这里,和你说话。开始谈吧。"他看上去就像刚刚吃了一大坨苍蝇,斯隆妮一动不动。而这个家伙在她的注视下畏缩了。"有人决定派出八艘飞船——"

"谁决定的?"

"好吧,坦恩……自然还有你和艾迪森支持。"

斯隆妮料到如此，她可以猜出剩下来的部分，不过看着斯本德瑟瑟发抖有一种奇怪的满足感。

斯隆妮弯起手指，继续。但令她极度恼火的是，斯本德冲她笑了："没有咨询你的意见？"他更像是对着自己说的，而不是朝她。他看着她的拳头："我不能说我很吃惊么？"

"斯本德，我准备送你执行单人侦察任务，没有配套人员，如果你不告诉我想知道的事情。"

他笑得像只鼹鼠："别人只是告诉我，你们这些人决定派出一些殖民事务飞船到最近的恒星系统寻找供给，你知道吧？"

斯隆妮压过身子，鼻子几乎碰到他的鼻子："别乱猜我知道什么不知道什么，只管说。"

"好，唉呀。"他舔了一下嘴唇，"都是艾迪森告诉我的，包括做决定和划什么的。"

"她说我同意了？"

"呃，我不记得具体的原话。她没说你不同意，我也没问。可能是暗示，我猜。"

斯隆妮皱着眉头："继续说。"

"好吧，"他说道，"她说他们……你们……他们想要派出八架穿梭机，齐装满员，然后让我起草一个清单，看派谁走。"她还没来得及问问题，他就举起双手，掌心向外示意，"我以为你知道的，好吗？"

"为什么是坎德罗斯？你知道我很倚重他。"

"是艾迪森，"他开始道，"不，等一下，不要责怪她。"

"我他妈想责怪谁就责怪谁，给我讲实话。"

"我当时正在准备人员清单，艾迪森给我发来消息，说坎德罗斯是领导一艘飞船非常理想的人选。"这一点斯隆妮无法争辩，不过这不重要。

斯本德继续道:"我觉得她肯定和你说清了此事,我的意思是,你当时已经和克洛根人一起消失不见,我怎么知道呢?顺便问下,那边怎么样?"

"什么那边怎么样?"

"克洛根人那边。"

"不要切换话题,我才是问问题的人!"不过斯隆妮放下自己的胳膊,她的怒气已经变了,一开始盲目的愤怒变成了深思熟虑——艾迪森和坦恩干的好事,斯本德只是一个工具。这句话的每个字都对。

"给我从眼前消失!"

他抻了抻外套,上下打量了一下她,走开了。斯隆妮一个人站在大厅里,看着通往总部的大门,他总像一条隐藏洞穴里的蛇一样出现在门口。

斯隆妮站了很长时间,拳头握紧又松开。一方面她真想回到行动室,把坦恩扔到墙上,然后再拎着他的腿绕几圈,甩到艾迪森身上,看这一对好伙伴满地打滚;另外一方面她在盘算现在是什么情况——他们勾结成一伙对付她。就像斯本德假设的一样,这件事很容易推断。虽然盲目推断很危险,不过斯隆妮还能猜到坦恩理性而冷漠的理由——你才是擅离职守的人,斯隆妮。你知道不管有没有你的建议我都会做出决定,所以这又有什么区别?我们只不过在做我们应该做的事情,我们觉得你应该开心。

不过坎德罗斯的离开才令她愤怒。至于其余部分,他肯定会说——安心啦,派出了几架穿梭机而已,这又不是宇宙末日。不过有意无意地把我手下最好的一名军官派走,按照消息里说的,可能要几个月。而且她知道——至少希望——坎德罗斯不会和他们争论这个,因为他相信这个想法她也有份。他肯定没有想过这一点，肯定不可能专门去想，直到斯本德真的在这件事情上出卖了他。

她苦涩地想，这个鼹鼠！她又在墙上砸了一拳，她很想踢他的门，在房间里胡作一番，就像他们怀疑不能敲定此事的时候他们干的一样，只发个信息给她。

问题在于，直到她能与坎德罗斯通话，发现谁什么时候告诉了他什么事情，除此之外根本无法知道到底发生了什么事情。现在她决定把这事咽下去，假装这件事情对她并无困扰，只是之后再通知他们可能会更好些。

与此同时，她必须紧紧盯着，另寻他路也太危险了。

第二十章

"嗨,雷吉,你最好快点来,哥们儿。"

雷吉强撑起沉重的眼帘,想象床铺上老公的位置是空的,一般就都是这样。绝大多数时候,雷吉起来的时候艾莫瑞已经走了,雷吉起床太晚了。但这一次在暗淡的蓝色流光下,他感觉到了压在他身上的分量,而艾莫瑞的呼吸就吹在他肩膀上,这意味着艾莫瑞睡过了头。

他板着脸,抬起目光看着犯人,一个室友,几名因为轮番换班而不停换进换出的人之一,他叫什么名字?奥尔德林,还是什么奥尔德……"怎么了?"他嘟囔着,小心不要摇醒睡着的植物学家。

那个家伙举起手电,照亮通往门口的路:"是你的船员,"他轻声说道,"那名阿莎丽人,她毁了公地。"

哦,伊利达,不会又是她吧。

他感觉自己肌肉筋疲力尽,眼睛都累了,除了回到老巢把胳膊架在他老公身上短暂地睡上几个小时,什么都不想。但是,他知道自己别无选择,他小心翼翼地把胳膊从艾莫瑞一动不动的胳膊下面抽了出来。他翻过来的时候小床吱吱作响,然后脚重重着地。

艾莫瑞动了一下:"嗯?"

雷吉皱皱眉,举起手拨动艾莫瑞暗淡的棕发:"接着睡觉吧,宝贝。"他轻轻吻了他的前额,"我会回来的。"

"嗯。"

运气好的话,艾莫瑞根本记不住他们刚才说了话。这个人和卡里克斯还有他的手下一样衣衫褴褛,就像雷吉自己一样。

还有伊利达,纳托的死对她打击很重。雷吉自言自语着把皱巴巴的制服套到四角裤和T恤外,衣服都应该好好洗洗了。

定量配给意味着洗澡机会少了,衣服穿得时间也长了些。这个事实让他起了鸡皮疙瘩,但这是必要的。他和那名人类——奥尔登,肯定是这个名字——走出安静的寝室,又清醒了一些,

更能接受事实了。"让我猜一下,"他一边往公地走去一边说,"她又乱扔东西了?"

"主要是护盾。"

雷吉朝他眨眨眼:"什么?"

奥尔登摇摇头:"就是……哥们儿,你会看到的。"

然后他就看到了——没法错过。一小撮人焦急地聚集在公地外面,一小撮人聚在门旁边。雷吉可以听到里面传来喊叫,咒骂,还有什么碎裂的声音。雷吉觉得可能是桌子,也可能是碟子,这些东西都很硬,在公地里,很容易打碎。

他叹了口气,挤进人群,把他们推开,没人想硬怼他一身蛮力。至少雷吉已经赶过来了,他块头很大,肌肉壮硕。这一对外形很不般配,因为艾莫瑞身材纤细,不过他一想到有事的时候能保护自己的老

公，很开心。当然，他也一样很想保护自己的团队，尤其是他一路那些冲到公地的时候，依然想着因为失去纳托而艰难前行的人，就像奥尔登说的那样，伊利达正在对付盾牌。两个人都被生物异能球的能量举了起来，破口大骂着，而另外一个人在地上被揍得屁滚尿流。伊利达坐在他们食堂中间的一张桌子旁边，很多桌子被扔到一边或者掀个底朝天，饮料流成一片散发着甜味、馊味以及高度酒味的沼泽。

他跨过闻起来像是克洛根酒的酒瓶时瑟缩了一下，他知道那种酒的威力，艾维克丝与纳托升天到"鞭子"的烟雾里面后，拉什和卡杰把他拉来"庆祝"，搞得他的肠子差点都断了。

两名纳克莫兽人现在坐在角落里，毫不在意地畅饮。他们似乎也没有表现出来因阿莎丽人的出现而困扰的样子。

伊利达盯着他们："看这，小宠物们！"她手掌发出一个生物异能护盾，扇向另一个人。他们失声惊叫。雷吉皱眉大喊了一声，举起一只手，站到她的视线和她的玩物之间，她另外一只手中的瓶子瓶口对着她的嘴。

"伊利达，"他叹气道。"你喝醉了。"

"我没有……"她随意说道，"喝醉。"

砰！一张桌子碎了，一面盾牌颤动着瞬间破灭了。

人类吓得屁滚尿流，傻傻躺在门口前面。"快……快叫安全队员！"

"不，不需要。"雷吉回过头越肩喊道，"她只是……"醉了，受伤了，难过了。"她会熬过去的，我来解决她。"

"是是是是是啊……"阿莎丽人含糊地说着，身体向前倾去，她手里瓶子里的酒都倒了出来，更多克洛根酿制酒洒了出来。

雷吉又走近了几步，伸出柔软的手指握住瓶子，他的大手几乎把瓶子包起来。"得了吧,威尔莱特,我们出去走走,别再喝了。"

"不!"她往回抽瓶子,一声尖利的啸叫和碎裂的声音说明又一个盾牌完蛋了,里面的囚犯颤巍巍地爬向自由。

雷吉很为这个女孩心痛,她多大年龄,她这几年过着什么样的生活,他不需要有多大年纪就能看到她遭受了怎样的对待。小队已经在一起多年,一起服役,一起战斗。

他想对她晓之以理:"好吧,你知道我们现在实行配给,我们不要因为喝酒而让事情变得更糟,好吗?"

"配给?"她重复着这个词,"有什么好处?"她用力拽着瓶子,雷吉抓得很紧,瓶子一动不动,她好像有点疑惑,"配给不会把他们带回来。"

他的内心震了一下,因为愧疚,他的声音拉低了:"我知道,威尔莱特,我知道。不过纳托,他可不希望你毁掉自己和公地。"他环顾四周说道,"就像这样。"

"你怎么知道?"她瞪着他,暗淡的紫色眼睛瞪大了,眼泪汪汪。"有谁能知道吗?"

"见鬼,"他身后的什么人嘟囔道,"她现在一团糟。"

他回头看见内布朗正在挤进来。雷吉知道,他的微笑非常悲哀。"是啊,"他平静说道,"快点吧,我们把她带到安静一点的地方。"

内布朗没有说话,来到雷吉的左侧,从那个大个子后面咧出一个微笑。

"嗨,威尔莱特,你愿意帮我个忙吗?"她盯着他,一脸茫然。"好的。"雷吉把胳膊环到她肩膀上的时候,她没有挣扎。"你需要我的皮衣吗?"

"她的什么?"

"突击队皮衣。"雷吉朝内布朗低声说道,那个孩子注视着他。

"不需要,"雷吉又说道,这是为了伊利达,"今晚不需要。"

她点点头,允许他们帮她离开桌子。"好的,下次呢?"

"下次,"内布朗坚定说道,"现在,我非常需要一些帮助,呃……"他停顿了,"呃,为了……"

"内布朗需要一名陪同人员,"雷吉说道,"他现在正在努力对付一些能源管道,你想帮忙吗?"

伊利达耸了耸肩,他们领着她穿过地板,她疲惫的泪眼聚焦在人群中,嘴一撇啐道:"懦夫!"

"哇哦。"内布朗把胳膊放到她腰上搀扶着她,而雷吉走到前面带路——最后终于在窃窃私语注视着他们的人群中挤出一条路。

"他们只是……他们只是坐着……然后看到……"

"哦,姑娘。"内布朗的声音颤抖着,"得了吧,我们一醉解千愁。"

"给他们看看,"她说道,而他们半拉半领把她拉到走道上。她转过肩膀,面容好像浸在酸液里。"给你们看看!你不明白……他们开始的时候,发生了什么!"

"好的,伊利达。"雷吉低声道,与内布朗交换了一下眼色。

"先是有人死了。"她喊道,不住颤抖。雷吉抱着她,"然后是食物配给!这还没完!"

内布朗和雷吉他们知道,他们也在那里,死亡,饥饿,为了拯救自己这群混蛋而不择手段的领导层。

"我们得做些什么。"伊利达悲伤地说道,内布朗和雷吉都把一只胳膊放在她腰上,把她架在两个人中间,在大家的注视下大步离开静默的公地。"是的。"内布朗耐心地说道,"是的,不过首先我们要为了缅怀我们认识的最好的赛拉睿人干一杯。"

雷吉点了点头表示同意，伊利达一样点了点头。"听起来很棒，对吧？让我们为纳托喝一杯。"

"敬纳托。"伊利达重复道。

内布朗咧嘴笑了，但眼睛并没有笑："敬纳托。"

"他们会看见的，"阿莎丽人低声道。

"我们会好起来的。"

好几个星期的时间里，斯隆妮像老鹰一样瞪着她的同胞，重新安排安全巡逻队和职责，以七拼八凑地补上她被偷走的八名军官，对付因为食物配给而出现的越来越多的冲突，这些冲突都是屁大点事引起的——因为不耐烦的暴脾气、极度恐惧、饥饿、几乎用光的水、说错了一句话、瞅了一眼、一个动作……

见鬼，斯隆妮只是醒了不到 15 分钟就要去处理一名克洛根人和另外一个傻瓜的争吵，因为那个白痴不理解种族重量等级带来的致命区别，她的头疼死了。而这一切都是因为什么？侦察机能在附近发现充满好东西的花园的一丝希望？开拓者自己没有一头栽到"鞭子"里被击成碎片，而此时还没有人醒来，所以也就没人知道。

这真是一个冷酷的想法，甚至对斯隆妮来说也是这样。

联结堡号上的紧张空气人尽皆知，希望被夸大，但绝望情绪越来越浓。在走廊里、厨房里和食堂里，她都能感觉到。她手下安全军官在训练室里拼命运动，这样才能释放压力。食物配给也更加紧张，每一天都更加紧张。

就算如此，艾迪森对侦察飞船的信心也依旧毫不动摇——把一点豆大的希望捧在手心，慢慢榨取。信念、决心都越来越勉强，还有每个人的脾气，斯隆妮的脾气肯定也这样。

她在水栽农场散步，与联结堡号其他大厅里裸露在外光秃秃的破裂金属板相比，这里的希望感觉更加平和。到处都是克洛根人在处理紧急情况，重新建造休眠舱框架，支撑加固碎裂的隔板。斯隆妮不愿意承认——只是因为他们似乎挥之不去的偏见——但凯什的克洛根劳动力的确是群非常棒的救生员，字面意义上的救生员。

从各种目的和意义上说，他们人数庞大，而且是一个整体。截至目前，他们还愿意吃着配给食物干活，不过这能持续多长时间？他们可不能喝西北风。在斯隆妮考虑的诸多事情中，这个优先级相当高。坦恩现在更不愿意听克洛根人的建议，就算他自己起初和她一样有的想法，也不愿意听。摩擦、争吵还有嘲讽几乎如滔滔江水连绵不绝，这些麻烦会很快变大——然后呢？

斯隆妮在一个破裂的水栽架子前面停了下来，眼神空蒙地看着架子，咀嚼这个问题。她的对面，一名克洛根兽人接过不知是男是女的另外一个克洛根人递给他的面板，把它焊在架子上。

碎裂的金属嘶嘶作响，克洛根人的万用工具发出的黄光将他们二人照出狂野的色彩，就像疯狂的闪光灯一样摇曳。

斯隆妮皱着眉头，她在想如果凯什手下的劳动力忍无可忍会发生什么事情，或者他们为了保持高频度的工作状态需要填饱肚子要怎么办，而她并不认为这些劳力就理应如此干活却仅仅吃配给食物。她想象自己的安全部队站在一群愤怒的克洛根人面前不停颤抖着的画面。如果事情到最后不可收拾的地步，她也别无选择，只能把自己手下的武力派上去，这个想法真让她恶心。

她一只拳头顶着胸口，从上个星期开始心脏就好像在沸腾，而斯隆妮在胸口咯咯作响的时候表情相当不好看。艾迪森说她压力太大，需要休息一下。也许她的确需要，也许她的压力已经够大了。无论情况如何,这都不重要,因为这都是斯隆妮的工作——而不管那些卑鄙的八卦者怎么评论斯隆妮直接搞定事情的方式,斯隆妮·凯莉并不赞赏把她手下的军官作为一种威胁手段。

这些不能怪船员,他们饥饿而恐慌,但这依然不是一个让他们为所欲为的理由。不过,士气需要鼓舞。见鬼,怎么提升士气?斯隆妮心里暗骂着,转过身朝最远的水栽农场港湾走去。这个港湾散发出温暖的流光,灯光设计是为了刺激生态良好的植物生长。这个星系里所有的希望都寄托在这些脆弱的小小绿色黑点上。好吧,希望也寄托在艾迪森派出的侦察队身上。

预计后果?不妙——而人生中她第一次无法指责领导层,因为她自己就是见鬼的领导层。

"该死!"她嘘到,反射性地握紧了拳头。她真想捶打点什么,什么都行。不过她看上去会是什么样,人们又会是什么反应呢?不管现在打一架感觉有多好,斯隆妮都不想成为点燃导火索的烈焰。幸运的塔里尼刚刚好打断她的暴脾气,通讯蜂鸣器响起。

"怎么了?"斯隆妮厉声说道,几乎没有给阿莎丽人看视频画面打个招呼的时间。

不幸的是,以斯隆妮的暴脾气,看上去阿莎丽人带来的并非好消息。

"我们需要你稳住八号甲板的局势。"对方直截了当,"那里发生了一起事故。"塔里尼的声音虽然经过数字化处理,依然隐现紧张,斯隆妮能听到痛苦愤怒的喊叫。

令人头疼的导火索已经烧开了?

"我来了。"斯隆妮急促说完便转身走开了。克洛根人看着她走开,只是稍微停顿了一下手中叮叮当当的工作。

斯隆妮坐的电梯一开门,她就遇到麻烦的第一个迹象,走廊一半隐藏在黑暗中,另外一半在结巴一样脉动的灯光下努力维持连接到路网。应急灯有的能正常工作,发出模糊的红光;而不能正常工作的应急灯微弱地闪动。两名医护人员在走道上一副担架旁边,担架上是一名赛拉睿安全技师,绿色的血液浸湿了缠绕在脖子肩膀和胸部的应急绷带。他朝她微微笑了笑,甚至还努力奉承斯隆妮,微微动手算是敬礼。

"别动,乔加特。"一名医护人员急切说道。"女士。"他又对斯隆妮说。

"他怎么样?"

"已经很幸运了。"他率直说道,告诉她队友情况如何,这比一切都重要。

"我会没事的。"乔加特喘息着说,这句话后面带着点咕咕的声音,斯隆妮不喜欢这样。她一只手放在担架上阻止他们抬起担架,门的开关因为这些干扰而很不开心,医护人员冲她皱着眉。

"谁干的?"她问道,没有理会他们,只在乎那个眼睛水汪汪的赛拉睿人。她朝担架弯下身,防止他说得太大声。

"发生了什么事情?"

他咳嗽几声,绿色的唾沫星子溅到了她的制服上,尽管口边很多泡泡,他还努力地笑了一下。"一个傻瓜,"他喘息着说,"让我分神了。"

"事故?"斯隆妮问道,她的声音很低,以防流言传播。她要压住这件事,不管这是什么事情,压得要快。

乔加特虚弱地摇了摇头,她知道了,是破坏。

一名技师拉了一下她的胳膊。

"女士……"

"走吧。"斯隆妮让担架继续,直到完全离开走道。赛拉睿人的大眼睛痛苦地闭上了。"照顾好他,"她又说道。

"我们会的。"前面的女人说道,乔加特不住咳嗽,门关上了。

赛拉睿人的肺部会不会像人类一样衰竭?如果是这样,就能解释这些声音。时间、护理和适当的医疗技术可以搞定一切,但愤怒像利刺一样扎入了她的脑后,斯隆妮握紧拳头。这并不重要。他甚至本不应该处于这种境地。

搞破坏,有人伤害了她的手下。这个人伤害的不仅仅是乔加特,斯隆妮大步在走廊中走的时候意识到这一点。她每走一步都感觉内心空空的,闪动的灯光照耀下,尸体靠在面板上,四肢、手指上全部是伤。主要是烧伤,是电击还是化学引起的烧伤?

塔里尼在一扇巨大的门旁边等着,手里拿着一个数据板。他拼命向斯隆妮挥舞,让她停下来。他眉头紧皱,只是斯隆妮草草一瞥,经验告诉她阿莎丽人没有参与此事。他没有受伤,制服上没有血污。

斯隆妮拨开眼睛前面的几缕头发。"和我说说。"她说道。阿莎丽人朝在半开的门里进进出出的身穿制服的技师们指了指。

"大概十五分钟之前,一根向服务器房间输送冷冻液的管子爆了。"

斯隆妮回头看着一大排受伤的船员。

"一根管子爆炸造成的损害就很大了。"

"高压。"塔里尼回答道,他把数据板放在手里,拉出他刚才忙于记录的数据。"这是一个主处理器节点,出于显而易见的原因,需要温度更低一些。不过在这里使用的是高压管道,因为它们……"

"性价比很高,"斯隆妮冷淡地结语。"是啊,我听说过这种调调。"

阿莎丽人把数据传给了她。这对她意义不大，不过她了解了主旨大意——在时间线的关键时刻，压力传感器爆表了。

"我们有些担心需要保持制冷液流动的压力数值，不过这个数值最终还是被人清空了。"

"清空？"

"清空。"塔里尼叹了口气，答道，"在手动获取最高权限的情况下。"

斯隆妮的笑有些虚弱，"很好，乔加特说他走神了？"

她点了点头："他说服务器维护人员已经开始换班，他几乎认识他们所有人长什么样子，因为他在这里已经驻扎了有一段时间。"

斯隆妮看着走廊，灯光时亮时灭，和她身后的灯一样。

"那他有没有看见陌生的面孔？"

"没有。"塔里尼朝后一指，朝服务器房间走去，示意斯隆妮跟上来。"在换班中间，少数几个技师和往常一样打招呼，乔加特说他听到里面传来奇怪的声音。他走进去看到……"

斯隆妮走了进去，倒吸了一口冷气。她的呼吸很快冻成雾，而冰晶在面板、隔板和仪表板上危险地颤抖。虽然物理损害看上去不大，斯隆妮还是立即发现了最糟糕的情况——因划伤、弯曲而疤痕累累的材料范围极大。

"如你所见，"塔里尼继续冷酷说道，"面板不可能没事。"

"管道也不可能完好无损。"斯隆妮皱着眉头，眼睛沿着墙后追踪损害的痕迹。墙体因为制冷剂的压力弯曲，管道已经关上，她觉得这会让服务器非常吃紧，不过这不是她现在迫在眉睫的问题。冰晶依然爬满各个表面这一事实，还有制冷剂冻伤了身后走廊里的船员，很明显显示这里能够冷到什么地步。

她举起手朝墙上的洞伸去，摸金属边缘，还是冷得可怕。边缘的裂口向外剥落，就像一朵盛开的花，破裂的管道和其他内部设施像霰弹一样散落在房间里。

斯隆妮回头看着，脑子里勾勒出灾难蔓延的画面。乔加特一定站在现在塔里尼站的地方，正好在路上。见鬼，医疗人员说得对，乔加特非常幸运。斯隆妮皱着眉头，愤怒而崩溃，这几种小情绪混杂着，真让人头疼。

"他听到的声音是什么？"她回头越肩问道。

阿莎丽人偏了偏脑袋，然后扫描了一下数据。"他原话是'像是失败的爆炸，一种闷响，不过是朝后的。'"

"好人，"她抬头看着阿莎丽人，希望他没有发现她愤怒的情绪。"给我帮个忙，队长。你发一个那些圆形旋涡一样的东西。"她指了指。"朝天花板。"塔里尼可不是大傻瓜。

斯隆妮露齿笑了，阿莎丽人淡蓝色的面孔现出会意的神色。

"是的，女士，"他说道，聚集生物异能能量。斯隆妮也不太清楚生物异能是怎么做到的。

他很幸运从来不是一名生物异能者，根据她的经验，人类中的生物异能者都有严重的副作用——至少以前如此。技术随着时间流逝显然已经更好了，不过斯隆妮很老派。

而另一方面，阿莎丽人似乎全都倾向于自然拥有生物异能，塔里尼从一个什么地方拉过来一个奇点，强行把一个活生生的裂缝并拢了，斯隆妮满意地点点头。

"声音在你听起来像朝后的爆炸？"

蓝紫色的生物异能约束体消散了，就算是从这样一个比较远的距离，斯隆妮也能感觉到自己的几缕头发扬了起来。他们隔得太远了，不会受到向上方向的引力的影响，不过这依然让她有点失去方向感。

"这就可以的。"塔里尼朝裂缝皱着眉。"考虑到里面的压力和化学品，用生物异能就足以把二者叠加混合起来，形成一个足够大的瓶颈，引发事故。"

"一个生物异能者，那就是说是一名阿莎丽人？"

"也可能是接受植入手术的人类。"塔里尼低声道。

"我不记得在唤醒清单上有什么生物异能人类，你呢？"

"没有，至少我想不起任何一个在这方面能力很强的人类的名字。"他承认道。

"我们应该查验一下船员记录。"斯隆妮说道，"确定一下。"

"不过你觉得是阿莎丽人干的？"

"你知不知道附近有什么克洛根人可以甩出生物异能？"斯隆妮冷冷问道。

塔里尼很认真地想了想："附近没有战斗大师，我唯一听说过的克洛根生物异能者来自伍德诺特部落。"

他是认真的。斯隆妮盯着他，完全放弃了这条线索，接着说道："我们还是查一下名单吧。"

塔里尼又点了点头，在数据板上键入几个项目。他放下闪动的数据板，仔细看着巨大的网络房间："有个问题——为什么是这里？"

斯隆妮也在疑惑同样的事情，很不幸，很难找出头绪。"服务器房间，对吧？那就是为了情报。"她一根手指指着墙上的洞，却朝门口走去。

"那是个分散注意力的手段，就像乔加特说的。找几个有能力检查进出记录的技师。我想要从每个角度检查这个地方，你和我们的一名信息安全人员坐着查看视频登记项目资料。嘴巴闭严了，塔里尼，我们现在可不想让间谍或者破坏的谣言到处传。"

"明白，总监，"塔里尼知趣地回答道。门被转开了，不停抖动着，但是关不上。乔加特撞上去的时候冲击力已经堵塞了一边轨道。

不管这是谁干的，这家伙把自己人送进了病房，而且让这些技师身处生命危险中。斯隆妮的拳头又攥紧了，她的牙齿一直紧紧咬着，骂着，她会找到他们的，联结堡号再也不需要更多船员、平民献出生命，不需要更多技师去死，不需要。这是她的空间站，她要保护里面的人，尤其是他们自己。

伊利达·伊利达已经把他的突击队皮衣换成了工程师制服，不过这不意味她已经丧失了敏感性。突破、进入，并不困难，要是十年以前她大概会用蛮力搞定，不过现在她有了技术、知识和经验，事情就容易多了。

现在有了一些伤亡，她离开了工程师寝室房间时暗自承认。她已经尽力了，不过人类把这种情况叫作舍不得孩子套不着狼，对吧？幸运的是没有人死亡，这为她账上加了不少分。另外一个加分项目是她搞到手的数据库，卡里克斯告诉他们一只眼睛要盯着供给，不过这是不够的。食物配给令空间站的气氛更加紧张，伊利达知道什么事情很快就要爆发，他们都知道。卡里克斯至少在游戏中领先，不过最糟糕的情况是他们有供给，但是没有情报。情报在这种情况下会带来最关键的区别。尤其是她知道的这种被保护的内容，他们不需要任何人拥有的东西。

内容太多，没法一下子全部消化完。她扫了几眼，知道这是一个真正的奖励。巡逻路线，摄像机的位置，无疑还有更多。卡里克斯有了这些东西，就能做更多事情，保护他们，保护供应物资，还有那些依然沉睡在休眠舱中的人。她忍不住笑了，做些能让她的单位和船员更加安全的事情，感觉真的太好了。

卡里克斯配得上她的工作，而且配得上更多。以前他为她出头，为所有人出头。他会再为她出头的，而且这次她也有他在后面挺着。

"你是不是为自己感到骄傲？"

安全总监冷漠的声音从走廊前面传过来，伊利达定住了。斯隆妮踱步过来，双手空空，眼光尖利地就像沃勒人的微笑。伊利达眨了眨眼，她的内脏扭曲了，但还是简单地咧大嘴笑笑，尊敬地点头："总监。"她很轻松地打招呼。不过她感觉她的身后好像听到有几个安全军官走了进来，他们都见鬼去吧。看来她没有像自己希望的一样小心，赛拉睿人到底看见她没有？也许她应该在有机会的时候把他干掉，为了更加保险。但现在晚了，斯隆妮慢慢走了过来。没有什么其他的话——伊利达什么也说不出来。她懂卡里克斯对这个女人的尊重，不过这让她们两个人都处于很糟糕的位置。

"伊利达·伊利达，"总监说道，"你被捕了，因为毁坏联结堡号的财产——"

"更不要说是阿莎丽、赛拉睿和突锐人的财产！"伊利达身后传来一个女人的声音，她被包围了。

哦，太棒了，这意味着伊利达想要逃出去的运气更差。她已经看到负责安全警卫阿莎丽人开始工作。

"毁坏联结堡号的财产……"斯隆妮大声重复道，伊利达皱了皱眉，向后退了半步。

"等一下，总监，我应该有……"

斯隆妮没让她把话说完，就以超出伊利达意料的速度和力量一拳砸在伊利达的丑脸上。伊利达惨叫一声撞在走廊墙上，弹到安全队脚下,团成一团,眼冒金星,不停颤动。她因为脸颊的刺痛而愤怒地大喊,伊利达摇了摇头,但没用。她应该看到拳头打过来的,见鬼,她应该对此有个计划,不过根据伊利达当雇佣兵的经验,她从来没有预计一名人类联盟军官会破坏她的计划。

"这一记是因为你袭击我的一名队员还有十四名联结堡号船员!"斯隆妮喘着气怒吼道。伊利达对这个女人了解不多。安全队员有力的手指紧紧握住她的上臂,拽着她站了起来。她确信一件事情——没有对事实的绝对把握的情况下,无论是联盟还是斯隆妮都不会攻击某个人。

伊利达被捕了,她沉浸在宁静的愤怒里,主要是对自己发火。

"把她带到禁闭室!"斯隆妮怒道,"准备对她进行审讯,还要搜查她该死的铺位。"她干脆地下达完命运,转身大步离开了。伊利达的蓝色血液在衬衫上留下黑色污迹,疼痛感在鼻窦上一跳一跳,她的脸颊像是着了火,就这样了,她完蛋了。

"你有没有什么想说的?"架着她的人类说道,伊利达的眼光滑到抓着她另外一只胳膊的阿莎丽人身上,没什么想说的,没人帮她,也没有同情之说。啊,好吧,姐妹之情到此为止。

"没有。"她说道,朝地上吐了一口淡蓝色的浓痰。如果没有意外,如果她当时把其他人打了,现在一定被修理得很惨,至少她做的这件事情是正确的。卡里克斯不知道她的行动,而且不会也不可能被拖进来。

伊利达在精神上开始掘壕固守,她知道先遣队不会处决她——他们不敢。她最糟糕的结果也就是像企图偷穿梭机的那伙人那样被送回冷冻状态,不过有谁能获取休眠舱的最高权限呢?

至少,当押送她的人火速把她带到电梯的时候她是这么想的,她会得到急需的睡眠。在她的微笑中,门在她身后关上了。

第二十一章

黎明星就在前方，一轮诡异的新月与"鞭子"，还有更远处的满天星辰交相辉映。

"有什么东西吗？"队长对着科学军官问道。

突锐人摇摇头，什么也没说。

"这怎么可能呢？我们就在它正上方，真是见鬼。"

小小穿梭机的舰桥非常拥挤，甚至有两个人躺坐在船尾压坏的铺位上，也还是拥挤。更多"鞭子"的牺牲者，而且不可能是最后一批牺牲者。现在船长马尔科关心的不是伤员，而是该死的传感器。"鞭子"可以让他们的小小穿梭机像旱地上的鱼一样扑打，这是肯定的，然后这绝对不可能得到可靠的传感器读数。每次扫描传回来的信号都不一样，或者根本就没有信号。除了黎明星，离联结堡号现在位置最近的可居住星球就在他们前方，屏幕在空旷的空间和几颗卫星以及流星场之间颤动，甚至还有奎利巡洋舰队四散开来，这取决于你什么时候观察读数。

他的穿梭机现在和瞎子一样,数据无法相信。不过他们都可以看见这颗行星,它在视野中越来越大。

他必须很快做决定,只要看一眼他憔悴的船员就知道他们会为什么决定投票:掉头回家。够了够了。

马尔科不想回家,至少现在不想。联结堡号承担不起他们两手空空回家的后果,而且他的船员也知道,他们只是吓坏了,不过又有谁能责难他们呢?

"船长,"领航员喊道,"再过十六秒我们就无法摆脱这颗行星的引力了,如果我们现在发动机点火,我们可以像弹弓一样绕开,然后回到联结堡号,让他们知道我们……"

"不要。"他说道,"我们不能空手而归。"

没人说话。飞船鼻子上的什么地方开始诡异地咆哮,声音沿着船壳一路传过来。船壳上的连接处剧烈摩擦,就好像"鞭子"的奇怪触须在玩弄他们。

"导航员,我们准备点火,不过不经过行星。"

"你真的要在没有传感器的情况下着陆?"

"不。"他承认道,"不着陆,但是我们准备稍微进入大气层一点,看看我们能看到什么。"

黎明星大气层高处有一层厚厚的云,大家看不见地表上有什么奖赏等着他们,见鬼,扫描是几个世纪之前做的,显示有植物生命和很多水,是主要的定居候选地,不过现在传感器返回的只有无法看清的垃圾信号。所以他们使用了最原始的办法,直接肉眼看。

他的船员们没有再废话什么,他们都知道签约执行此次任务为的是什么,不过依然还是拔不出这根刺——这是个非常危险的举动,尤其是仅仅依靠视觉，而且可能还有船壳板痛苦的呻吟进行操作。

发动机恰在此时开始咆哮，前方，黎明星开始旋转。飞船朝灰绿色的云朵调整好侧边散热盾的角度。

马尔科不需要命令每个人系好安全带，从联结堡号100万公里远的地方"鞭子"第一次亲热地爱抚他们开始，他们就没有离开过飞行座椅。不过之后残破的空间站就远远甩在身后，无法再发信号。而旋涡平息下来之后，他们好像有了胆量可以走得更远。

行星完全遮盖了其他星星，还有"鞭子"上像绳子一样模糊的肢体。传感器也没有在这个时候发现新的东西。依然是一堆垃圾读数，完全不能用。

"通讯器。"马尔科船长说道。

"这里。"工程师回答道，她不是一名训练有素的通讯军官，不过这名女人处理任务依然令人敬佩。

"继续尝试呼叫联结堡号，还有方舟，通过所有讯道和频率。"

"我知道。"她说道，没有一点不耐烦。他以前下过两次命令，她总是能以最高标准完成任务。

"把我们看到的一切传回去，明白吗？我不在乎信号是否被扰乱，也许他们能找出一个办法进行解码，我们必须要试试。"

"明白。"她表示理解，他的命令比她想象得更加决绝，不过现在也不必为此改变些什么。

穿梭机开始颤抖，而且这次不是因为"鞭子"——黎明星的大气摩擦着他们的船壳。他的视野逐渐变成极度混乱的风暴，火焰开始打着卷舔舐飞船底部。船体在压力下颤抖，漆黑的空间变成高空棕色的灰尘云朵。

几秒钟内他们就被覆盖了，什么都看不见。马尔科紧紧抓着扶手，直到指节发白。

突然之间狂乱停止了,云层已在上方,他们现在在云层下方,危险刚刚远离而去。

"发动机!"他喊道,"我们翻个身!"飞船在朝前冲的瞬间,开始大翻身。

马尔科的身体朝前倾去,呼吸因为胸部绷得很紧而非常急促。

黎明星应该是个花园世界,苍翠繁茂,两条蜿蜒的长河和两片浅海。扫描图是这么说的,那个时候联结堡号甚至还没有到达仙女座。

他也没有看得更清楚。他并没有移开以做出更好的判断,而是松开身上的背带,身体尽量往前倾,把脸贴在玻璃上。

船长没有看到花园,或者森林,没有丛林或者参天大树组成华盖。

他看到的只有荒凉的沙漠,一片凄凉,灰尘,还有什么其他东西。一个巨大的石块矗立着,直直向上,就像一块水晶碎片。"那……是……什么?"他大声问道,每个字都在挣扎。

"一片废土。"有人低声说道,马尔科在想他们说的是黎明星,还是仙女座本身。

一个在上面的运动物体吸引了他的眼睛,一根触须蛇形翻滚,上面还带着成千上万的小小爆炸,它撕开了大气,盘转扭曲,好像在搜索什么东西……

"鞭子"长长的手指先是一弯,然后重重地用旋风的力量狠狠抽击穿梭机。飞船暴烈起伏,人们在尖叫,马尔科觉得叫的这个人就是他——他的脑袋撞在窗户框上,一切都变黑了。

马尔科脑海里浮现出了坠落,疼痛,以及听起来似乎无比遥远的话语——"让我们离开这里!"有人说道,"我们出去!"

"她已经准备好接受审讯。"

斯隆妮拿着塔里尼给她的平板电脑，简单扫了一眼。现在所有需要例行的公事都已经准备好了。她与坦恩简短而令人恼火的对话之后，至少她把准备工作完成了。坦恩命令她"处理此事，"，斯隆妮当然非常愿意，不过她肯定要按照自己的方式行事，而不是他的方式。他觉得把伊利达扔到休眠舱里就足够了。毕竟，这也算给劫持人质的家伙画上了一个平静的句号，给她一个未经审判的惩罚。

而斯隆妮另有想法，她觉得应该询问伊利达的动机，她的意图，她的支持者。斯隆妮注意到这名阿莎丽人表现良好，简直是完美的标兵。卡里克斯自己已经为她提出担保，包括一封在之前派遣到华沙号服役时品格优秀的推荐信。斯隆妮也仔细思考了一下，他所有的队员，至少核心圈，都与他一起在那里服役，而且他们都跟着他来到这里。

很有趣。不管是什么致使伊利达在联结堡号上搞破坏，对一路的人员造成伤害，都不会像坦恩想得那样简单。不过斯隆妮需要进一步确定，她把数据板递回塔里尼。

"她说了什么没有？"

"她要水喝，我觉得这很讽刺。"

"非常聪明。"斯隆妮摇了摇头。

"还有什么其他事情吗？"

"她说她会为人身侵犯而上诉。"

斯隆妮哼了一声，阿莎丽人将之视为就是如此的答案。"我应该警告你，我们因为网络技师在损害中受伤，我们周围的空气变得更热了。"

"他们想要什么？"

"答案，我怀疑。"她张开长长的蓝色手指，做了一个大家都明白的"谁知道"的姿势。

"有些人应该得到惩罚,有些人应该得到补偿。"

斯隆妮的嘴唇撇了一下:"很难,我们不是在欧米茄星团。"

她转着肩膀,听到两边肌肉都从紧张状态中松开,传来骨节活动的声音。"按照通常的标准线对待他们,如果我听到一次爆发,就把他们也锁起来。"

"是的,女士。"

阿莎丽人可以对付管理上的狗屁事务,所以斯隆妮全部的注意力都集中在伊利达·伊利达身上。她在走廊里走着,直到几乎所有的怒气都消散,依然还有很多在肚里慢慢煎熬。伊利达牢房外面的守卫看到她来了,打开了牢房。

"女士。"他低声道。

囚犯规规矩矩地坐在狭窄的铺位上,手放在腿上,她依然铐着能抵御生物异能的手铐。伊利达看起来冷酷而冷静,面颊上依然有血痕。她稍微动了一下表情,不过还是给了斯隆妮一个苦脸。好的,也许应该因此谴责她一下,这不是第一次了。

"总监。"伊利达打了个招呼,这次不是假笑,而是所有阿莎丽人都非常擅长搞的神秘气氛。斯隆妮在门里面停住,一根手指把在她身后的门结结实实关上。

阿莎丽人没有畏缩,这让斯隆妮决定给她个下马威。

"开始,说吧。"

"没有律师?我记得休眠舱里有一个律师的。"她尖刻地说道。

"这是一次非正式的谈话。"

伊利达皱起鼻子:"那样的话我们两个人都能得到一些答案,你似乎很确定我就是个行凶者。你怎么知道的?"

"你告诉我的,自作聪明的混蛋。"斯隆妮手背在身后,一副军队里稍息的姿势——但她浑身都没有感到稍息的轻松感,包括她的肌肉、内脏还有被压制的愤怒。

阿莎丽人嗤鼻淡淡地笑了:"我很确定赛拉睿安全守卫并没有看到我。没有一名网络技师注意到我,安全视频监控也一样。"她的头歪了一下,光线在她紫色的皱褶上闪动。"除了我忽略的摄像机。"

斯隆妮不喜欢这个谈话的方向,完全不喜欢。她向前走了一步,"你在数据核心找什么?你拿走了什么?"

伊利达咬了一下嘴唇,深沉地凝视着安全总监。当斯隆妮看出阿莎丽人的凝视中透露着自以为看透一切的意味时,那种想要把她再打一顿的强烈欲望简直翻倍,而强忍这股怒气无异于在斯隆妮强压的脾气上钻个洞。

"你已经加强了警卫,对吧,怎么加强的?"她笑了。"就靠隐藏式摄像机,访问网络时进行的自动图像捕捉?"

该死,斯隆妮没有出声。不过她皱着的眉头已经响亮地说出了想法,似乎这就是伊利达所需要知道的全部答案,她得意地抬起一边的黑色眉毛。

"总监,"阿莎丽人冷酷地说道,"我不相信广大群众会同意进行秘密侦察,也不会在我们被告知的时候同意进行。"

"是啊,很好,广大群众就是你用华丽特技袭击的对象。"斯隆妮喷了回去。她挥出一只手,姿势好像把小小牢房外面的联结堡号都囊括其中。"加派的安全人员把你抓了个正着。广大群众可以每天敲着我的门哀号,要我放走你这样的罪犯。"

"啧啧。"阿莎丽人只是摊出手,手铐在中间连接的地方作响,然后沉思般说道,"好吧,看看事情如何发展一定很有趣。"她的脸转向前面，手重新放回到腿上。"祝你好运。"

斯隆妮盯着阿莎丽人。在气氛紧张的时候来点动作——这不是她的第一次，也不会是最后一次。不过她不能踢到伊利达·伊利达的牙齿走开，而不带来任何负面影响。

"数据，伊利达。你访问了什么数据？"她没有回答。

"卡里克斯是不是也参与了此事，他知道吗？"

问到了点上，她面部抽动了一下，稍微皱了皱眉。

"还有，为什么这么做？谁帮你的？"

"我自己一个人行动的。"

该死。囚犯只是稳稳地朝前看着，什么也没说，好像她拥有全世界的时间可以沉默以对。

这就是全部，她已经说完了，这意味着斯隆妮有两个问题没解决。她依然不了解破坏者的动机，还有阿莎丽人对加强安全人员了解多少。可她甚至没有告诉坦恩和艾迪森。

斯隆妮转过身敲门，警卫匆忙打开门，斯隆妮转身猛地把门甩上，门自动锁好。连警卫都顺利按捺住自己没有被吓得跳起来，所以只有房间另外一边看上去非常冷酷的阿莎丽人缩了一下的时候，她脸上才极快闪过一丝满意的表情。

"命令，女士？"警卫问道，斯隆妮瞪了她一眼，他要准备挨揍了。

"告诉塔里尼我准备将突锐人视为叛徒。"

"额……"

"他会弄明白的。"斯隆妮简短说道。带着自己的崩溃情绪大步走开，也许伊利达的老大很有远见，也许他有答案，也许她必须逮捕他，还有整个该死的生命支持团队，真见鬼的太棒了。

卡里克斯倾向于首先把周围的工程环境搞舒服了——显然她很多

次发现他在那里——再把伙伴们的厅堂弄得舒舒服服。他自己也承认这一点,而且斯隆妮不能因此责怪他。阿莎丽同伴们的大厅曾经是很多神堡访问者的最爱。因为联结堡号上没有类似的地方,而他又不想被人发现在工程处,她就回到公地。

现在已经很晚了,晚到这个地方唯一的人正要准备睡觉,把手边一切东西都拿来放松——不管是书籍,还是一些轻柔的音乐,暗淡的灯光,或者拿卡里克斯来说,一瓶可能是突锐威士忌的酒。他似乎不准备拿其他东西冒险,因为他已经为突锐人准备好了右旋氨基酸,这样他们的食品供给能多一些,不过他们吃不了人类的食物。

昏暗的灯光下,他看见她进来,举起手里的杯子。

"斯隆妮总监,过来喝一杯。"

"我想我会的,但不喝酒,"她走过来的时候说,"我现在手里有很多麻烦需要处理,再没有——"

"我理解。"他干巴巴地打断道,他的眼睛在黑暗中放光。

"看上去你今天过得很糟,"卡里克斯看着她,她从公地柜台后面抽出一瓶酒。他的脑袋点了一下,斯隆妮想,这家伙看起来像只鸟,这也让他看起来人畜无害,斯隆妮怀疑这有几分真假。她一条腿甩到最近的椅子上,让自己享受这来之不易的轻松。

"有时间聊聊事业吗?"

突锐人眨了眨眼:"你想要……谈商业上的事情?我无所谓,不过现在似乎不太成熟。"斯隆妮这才想起来突锐人和赛拉睿人都不太深入了解人类文化,没有搞清楚其中的比喻。

"我的意思是,"她强调,虽然内心有小小的沮丧,不过嘴上还挂着笑,"你有没有时间谈一下联结堡号上的事业?"

他的表情明朗了,笑到下巴抖动。"哦,那个啊。当然,斯隆妮,或者我是不是应该和总监谈谈?"

斯隆妮苦着脸:"还是叫我斯隆妮吧。"

"明白了。"他以突锐人特有的方式把饮料一饮而尽,而斯隆妮趁机研究了一下他们是怎么喝东西的,顺便也把自己的啤酒干了。公地对饮酒有限制,就是最多一瓶,斯隆妮必须清楚政策。

卡里克斯并不像是一个经营犯罪企业的突锐人,从她看到他的时候他看上去就很放松,也很疲劳,他们都很疲劳。斯隆妮仔细观察他,好像他会吐出牙齿似的。

"伊利达·伊利达被关起来了。"

"伊利达?"卡里克斯又眨了眨眼。"因为什么?"

"搞破坏、非法访问安全网络、盗窃机密文件。"她举起手指一项项数。"引发很多附加损害和伤亡。"

"有人死亡吗?"

"没有人死,因为没有尝试杀人。"斯隆妮痛苦地回答道,"在这几天,半个班次的人马都没有指派任务,而且我们还有一名重要的赛拉睿人在接受治疗。也许在哀悼会之前我们就会把谋杀加到对她的指控里,而不是谋杀未遂。"

"见鬼,我很遗憾。"他用空出来的那只手按着头顶,眼睛朝上看着天花板。"我不知道该说些什么。"

"你有没有参与?"

听到指控,他僵住了。她看着他,注视他的每一丝表情。有人说突锐人的表情很难读懂,其实并非如此。斯隆妮经常和他们一起,已经能领略要旨。他非常不安——因为质询,伤亡还是对伊利达的失望?她也不能确定。不过他坚定直视着她的目光,这让她多少有些安慰。

"我和这事完全没有关系,并且,"他又冷静地说道,"我的其他船员也与此事无关,我可以拿我的职位作担保。"

斯隆妮轻松地出了口气。她也说不出为什么相信他,不过她确实相信。他没有支支吾吾,也没有躲避问题或者她的目光。她的身体又放松了一点,她又从瓶里大喝一口。漂满泡沫的啤酒嘶嘶地下去了。

"她拿走了什么?"他问道。"你说是机密。"

斯隆妮抿了一口啤酒,皱着眉喝到瓶子的黑色颈部。实际上她在争取思考的时间。斯隆妮决定信任他,把他争取过来,至少让他对伊利达的忠诚有所障碍。

"一个数据库,都是维护数据,装备位置,此类的东西。我也搞不清楚为什么。"

"你搞不清楚?"

这句话引起了她的注意,斯隆妮抬起目光,迎视着他:"解释一下。"

突锐人长长地出了口气,他在椅子里挪了一下,把威士忌放到腿上,手里抱着。"想一想,"他慢慢说道,"你会感觉气氛有些紧张,对吧?人们很焦虑。"

"我知道,"她拉着脸。"这只是增加了真正的问题。"

"这本身就是真正的问题。"他纠正道。"首先我们在混沌中醒来,然后我们发现自己的领导层死了。"他指着她,"突然之间,有三个大家都不认识的人开始管事。我无意冒犯你或者艾迪森,好吧,有一点冒犯坦恩。不过加森才是本次任务心脏和灵魂。"

"多谢指出我缺少心脏和灵魂。"她嘲讽地插话,她的眼睛因为回敬过去的笑话眯了起来,不过他并没有停止滔滔不绝。

"你唤醒了人们,想要恢复秩序,而他们只看到一团糟,并且食物库存在减少,更不要说神秘而危险的'鞭子'就在我们左右,然后你要求他们怀着相信事情会变好的信念回到休眠状态。当他们不同意的时候，就开始执行食物配给。配给最终也会被切掉，而人们开始挨饿。他们需要答案、希望。侦察飞船能回来吗？开拓者们会到来吗？'鞭子'会把我们都干掉吗？每天大家的信心都在滑落，斯隆妮。"

这一系列的问题着实让她苦恼，大部分原因是因为他是对的。她向前倾过身体，双手握着啤酒，手肘撑在膝盖上，生气地皱眉。

"我对辩护无罪的理由没什么兴趣，我对动机有兴趣。"

"你们人类有句老话，"他说道，一点也不为她的怒气而担忧，她也没想隐藏自己的怒气，"仿佛等着楼上另一只鞋子落下来的提心吊胆？"

"差不多就是这个意思。"

"登上联结堡号的先遣队员遇到了一个又一个坎坷。"他指着身边的公地，他们聊天的内容显得这里的平静特别虚假。"紧张感越来越高，每一次紧急情况、事故，还有失败让他们感觉更加暴露在危险中，更不安全。但领导层却把他们当作能够抱上床的小孩子看待……"

她禁不住哼了一声："而你不是那个家长，对吧？"

他哈哈大笑，摇着头："好吧，也许这是个很糟糕的类比。重点在于，对他们来说，领导层似乎希望他们像虚拟智能一样——需要的时候招之即来，干完活再关掉开关，就像良好的小机器。"他耸了耸肩，"他们被吓坏了，斯隆妮。他们觉得'鞋子'落下来的时候没人能保护他们，他们不想在事情发生的时候被无助地扔进休眠舱。"斯隆妮现在明白了。

"只要偷走那条情报，"斯隆妮慢慢说道，仔细想了一遍，"伊利达就可以在鞋子落下来的时候做好准备——她能知道什么东西在哪儿，怎么拿到它们。不过为了什么？围攻？威胁？"

"不，"卡里克斯平静地说道，"换一种思考方式。这是一张通往某种自由的门票。也许她只是想要找一个保证她和其他像她一样的人安全的地方。"

"太棒了。"斯隆妮揉着前额,然后用两根手指捏着鼻梁。"而此时将会对空间站上的每个人构成威胁,她把数据给其他人的可能性有多大?"

"只有她和她可能谈话的人知道。我觉得真正的问题在于,我们怎么防止'鞋子'落下来?"

这是一个精彩绝伦的问题,你怎么才能安抚饥饿而恐慌的人们一切都将好吗?对开拓者、侦察机保持希望?拿水栽农场忽悠他们?一句"事情都会好的"就能掩盖过去?斯隆妮要是知道才叫见鬼。

也许艾迪森会这么干,也许坦恩会有办法,不用强制人们回去休眠。

"如果你不介意我说几句,"卡里克斯小心地提议道,"可以从你们对待伊利达的方式开始。"

斯隆妮一脸愁容看着他:"我知道,我知道,她在我队上,我当然希望她得到很好的对待,但如果她最后的结果就是被扔出气闸,那她的惩罚就是对他人的警告……"

她斜眼看着卡里克斯,然后思考自己在逮捕伊利达的过程中做了什么——她打了她一拳,还有她说了些话。但更重要的是,斯隆妮回来后当恐怖分子想要偷走穿梭机时她自己鼓吹的惩罚。

"你觉得我会不理会别人的异议,把某些人扔到太空中去么?"

他爆发出一阵大笑,不得不伸出长手掌握杯子,免得洒了。

"你?可能,你是个强硬的女人,斯隆妮,但你并非完全铁石心肠。"她又苦着脸,他又仰着头。"为什么'执行总监'要散布谣言?"

"如果这对形势有帮助。"现在她苦着脸,"额,我不应该这么说的，我没有证据能证明这一点。"

"可能不需要证据。"他低声哼出扭曲的幽默,"他是真的很重要,对吧?"

斯隆妮的笑声令她笑到肺疼:"那算是吧。"

"很好,这才合乎情理。"

"因为他是赛拉睿人?"

"只是观察到的。"卡里克斯朝前倾了一下,手指转动这玻璃杯,这样他就可以大口喝下杯中物。"他是玩弄数字的那类,一个'不惜代价'的人,对吧?对他来说,在权力游戏中保持先手极其重要。毕竟,权力就是金钱。"

本来应该是金钱就是权力,不过在这种情况下,突锐人说得太对了。她暗暗承认,坦恩宁愿享有权力。"在这个飘浮的废墟上,不管是什么把他网住了。"她大声说道。突锐人的食指从杯子边上伸直,指着她,"这一切足以把他网住,包括在行动中的发言权,我打赌他想指点一切。"

斯隆妮笑了,因为这个聊天变得太过温馨而有些不太习惯,不过她不愿意与别人画线。和一个了解参议会有多无语的人聊天感觉太好了,卡里克斯似乎能理解。

"对不起我没有更好的消息,斯隆妮,情况很艰难。"

"现在形势失去了控制。"她回答道。

"你为什么来到这里?"

"为伊利达,还有喝一杯。"她举起瓶子致敬。

他仔细看了看她,慢慢摇了摇头配,"我的意思是为什么你,斯隆妮·凯莉,安全总监,来到仙女座?"

"一个崭新的开始。"她不假思索地说道,卡里克斯太聪明了,这么个平白的答案可哄不过他,而她并没有任何理由不说。"因为我没有任何东西可以放在身后,而这是一次去做正确事情的机会,可以变得更好。"

"你在家园也可以变得更好。"

"这就是我的家。"

"你知道我的意思。"斯隆妮移开目光,聚精会神地思考。"在那里很难让事情变得更好,"她说道,"当你在某个方向上有如此之多的动能。数千年来根深蒂固的偏见,经过时间考验的法律,甚至大家没人能记起当初为什么制定这条法律和顽固不化的规矩,因为一直以来就是这么做的。"

卡里克斯扭过脑袋,表示同意,而且鼓励她继续说下去。

"这种东西令人厌恶,我都要疯了。"她继续说道,虽然她也不知道为什么会这么说,"不,'老家'的问题在于,就算你是变革的催化剂,你所能希望的也不会比推动程序前进更多。只能希望在你死后消失后很久,有些事情会起到作用。"

"你本可以要求在某些远离神堡的殖民地上拥有一个岗位,在那些以你的级别能够管理负责的地方,并不缺少位置。"

斯隆妮发现自己在不停点头:"是的,我考虑过,不过那只针对我个人来说是个全新的开始。而到最后整个殖民地会被折叠起来,那一天这将不再被认为无关紧要。"

他干涩地笑了笑:"我会说你已经筋疲力尽,不过那样肯定低估了你。"

"是啊,好吧,"斯隆妮说道,然后声音暗淡下去,"多谢你的酒,卡里克斯。"

"应该的。"

斯隆妮把剩下的啤酒一饮而尽，然后把它甩到垃圾桶里。卡里克斯看着瓶子在空中划过一道弧线，瓶子在撞到垃圾桶内壁的时候叮当一声，然后掉到桶底。

"稍微偏左了一点，"他低声道，"而且你得清理玻璃了。"

"这是我生命的故事，朋友，"她露齿而笑，用力把自己的身体从椅子上撑起来，"我见鬼人生的故事。"

突锐人举起酒杯以示团结——同情、认可，还有好运，尽在这一口暗琥珀色的液体中。在事情搞定之前，同情、认可和好运，斯隆妮都需要。

斯隆妮回到安全办公室，拖着缓慢沉重的步伐，她也知道自己这个样子。她把自己扔到最近的椅子上，仔细想了一下现实——卡里克斯没有提供任何答案，反而提出了更多问题，还有那个比喻中的鞋子。

伊利达·伊利达是不是一个人行动？她是不是在寻找什么特定的东西？配给食物，还是其他资源？联结堡号有没有其他成员也卷进来，如果这样的话，有多少人？

塔里尼从他的临时桌子上抬起头，轻轻放下平板电脑。"你从科万尼斯那里搞定什么了吗？"

"是……也不是。"

阿莎丽人用手支着下巴："让我猜猜，更多问题？"

"你是怎么做到的？"斯隆妮低声道，"看上去好像你就知道。"

"我就是知道，从得到的互动数据来看，没有什么迹象表明有同党。当然我们还没有在她团队的聊天里发现任何头疼的事情。他们只是关心她，对我们很恼怒。从侦查情况看来，这很典型，她是独立行动的，因为她拿到的东西也就这么多。"

"我们是不是太希望她是独立行动了？"塔里尼耸了耸肩，"每种环境下都有这种案例。"

"包括这种让煽动行为合理化的情况？"阿莎丽人有些悲哀地笑了，这也告诉了斯隆妮答案。她忍不住花式咒骂了一会，塔里尼只是摇着头，斯隆妮又用突锐语骂了几句，为了骂得更出彩一些。

等她消停下来，斯隆妮靠回到椅子上，怒视着天花板，脑子里疯狂地转着各种事情。卡里克斯告诉她问题多得多，他澄清了事实，还面对面告诉她人们非常恐慌。这种事情只能你自己去感觉，有些事情只能完全从其他人口中听说。

她按揉着自己酸胀的脖颈，问自己为什么有什么就说什么。她想可能是本能，一种定位可信忠诚人士的内在能力。突锐人已经一次又一次展示他为空间站鞠躬尽瘁，他的小队也是。所以把伊利达·伊利达放了？

一小杯冒着热气的黑色液体放在她的手肘旁边的桌子上。斯隆妮扫了一眼，轻轻叹了口气，当浓厚的咖啡香味填满她的鼻腔，她又没皮没脸地狂喜。

"我从物资里搞来了一点，"塔里尼承认道，把咖啡又推近了一点。"看上去你很喜欢咖啡。"

见鬼，斯隆妮不否认这一点。"谢谢。"她拿起杯子，捧在满是老茧的双手中，吸收着杯子传出来的热量和芳香。塔里尼一只手放在斯隆妮的肩膀上，以示理解。

"不要泄气。"

"尽我们所能。"她注视着黑色的陈酿，六百年的咖啡，真是个悲剧，咖啡的年纪比他们所有人都大。

斯隆妮叹了口气："好吧，让我们开始干活。"

第二十二章

在这个安静的房间里，掉根针的声音都宛若惊雷。福斯特·艾迪森坐在主控制台前面，她身后坐着两名技师，都在仅有的两个能工作的显示器前面。坦恩在她身后来回走着。斯隆妮·凯莉坐在一边，斜靠着墙，双臂交叉放在胸前。艾迪森能感觉到安全总监带来的压力就像一个充满气的气球，再撩一下整个就会爆炸。

为了安全原因，殖民事务处最普通的控制室已经把人员都清空了。艾迪森仔细看着控制台上的屏幕，想要重燃一下自己的希望，因为胸中郁结之气越来越重。

八支探险队中的六支已经回来，两手空空。他们访问的世界尽是一片废墟，显然被几乎摧毁联结堡号同样的能量触须扫荡过——坦恩管它叫"鞭子"。

回来的飞船中有两艘严重受损，勉强能回到空间站。一艘飞船上的反应堆已经失灵，因为"鞭子"的触须突然抽到了它身上。全体船员依然待在医务室,因为放射性的毒害濒临死亡。

另外一艘飞船想要到达一个本地恒星系统中很有希望的卫星——郑和星。结果发现"鞭子"巨大的触须紧紧包裹着岩层,就像一条蛇绞紧了自己的猎物。传感器无法穿透这层神秘的毯子,而穿梭机的船长认为着陆会更加危险。四艘其他的飞船也只是遇到了一样的结果。曾经被认为一片青翠的世界现在都是剧毒的废土,没法提供任何有用的东西。

艾迪森咬着嘴唇,他们没能找到资源或者供给,也没找到一个可以疏散联结堡号的地方。他们还在这个过程中耗掉了相当可观的配给物资。每一艘回来的飞船几乎都是空的,而如果要再次飞行,所有的储存必须重新装满。两架穿梭机甚至无法委派修理任务,因为手头上现有的备件严重不足。

现在就看最后两艘的了。艾迪森不敢看斯隆妮,她的军官坎德罗斯,在其中一艘飞船上。艾迪森对派遣负部分责任,她最钟爱的想法最终带来严重后果,想想就很紧张。制定计划的时候斯隆妮不在场,脱离通讯范围也不是她的错。坎德罗斯的委任状也没什么可争辩的,他就是领导这个任务的完美人选。除了一个地方,安全总监可不会心平气和地看待这些消息。以事后诸葛亮来看,艾迪森可以看出来是什么原因。

"嗯,"一名技师说道,一位太阳穴都是灰色的、名叫萨沙的人类老人,永远冷静地对待任务。他在房间里已经呆了一个星期没有出来了——自从凯什传回报告开始——而他从来没有一句怨言,他左边的阿莎丽人也一样,两个人都发誓严守秘密,而且自从逮捕伊利达·伊利达之后就成为一个严肃对待的誓词。尽管有这些预防措施,传言还是已经开始传播。艾迪森想,这不是什么大事,宣布只是一个时间问题。问题在于,是应进行庆祝,还是不容乐观的结果。

"嗯……"

"那是什么萨沙?"她问道。

"一个光点。"

"一个光点?"斯隆妮重复道。

萨沙靠近屏幕,指着一个标记,艾迪森已经记住了这些显示器的读法,她花了好久来盯着,盼着它们。整个控制台是人们用尽招数七拼八凑起来的,而且她内心的一部分真希望她并不了解这些拼凑在一起的杂牌废料代码。

这种情况下,一个用来通知空间站清洁工作人员有洗衣服务的感应器改变了用途,用来监听侦察飞船的异频雷达收发机。在那几分之一秒的时间里,它听到了什么东西,然后又陷入黑暗沉寂。萨沙靠了回去,因为不耐烦和筋疲力尽轻轻叹了口气。

"这是浪费时间,"斯隆妮说道,"传感器在这个糟糕的环境下几乎无法探测我们自己的船体,我们最好放下望远镜。"

灯又开始闪动。

"那里!"萨沙说道。

"我现在也看见他们了。"他身边的阿莎丽人说道。

她叫艾普利亚,她虽然不像同伴一样举止冷静,但对细节却更加注意。她的屏幕上出现侦察飞船的那一刻,阿莎丽人的手就已经在界面上飞舞。

"哪一个才是?"斯隆妮问道。"在消失之前拿到读数。"

艾迪森面容扭曲了,她已经可以看到,但是无法让自己得出答案。让艾普利亚说出来,这感觉就是背叛和弱点,不过她就是说不出口。

"这是S7,"阿莎丽人说道,"马尔科的飞船,任务目标是一颗行星,叫作……黎明星。"

斯隆妮没有反应，这不是坎德罗斯，这意味着他们已经听过他最后的话。

"尝试建立链接，"艾迪森说道，"快！"

"已经在建立链接。"萨沙回道。

坦恩停下踱步，站在艾迪森旁边。他们现在在同一条船上，他应该提醒她这个事实，一艘侦察飞船已经返回，发出了警告信号。不过艾迪森觉得那时他的提醒与分享荣誉一点关系也没有。六次失败之后他现在依然站在她身边这一事实，已经很能说明他的品格，他本可以让自己离得远远的。可以说是她施加压力让他同意派出侦察飞船的，而这几乎就是事实。

不，坦恩立场坚定，他们同意这样，有效地把斯隆妮排除在决定之外，而无论结果是好是坏，都由他们几个分担。

一声巨响让艾迪森向后一倒，她双手捂脸，滚烫的火花如雨点落在她身上。萨沙翻倒在自己的椅子上，艾普利亚飞快站了起来，向后退去，火焰从一个黑洞豁口向外闪烁飘扬，这个黑洞出现在一个工作车间借用来的装备上。

艾迪森眨了眨眼，想要高呼警报，但被斯隆妮一肘子推开。安全总监走了过来，用灭火器泡沫喷射在火焰上。她一定是透过稀薄的空气中找到的灭火器。火灭了，她把用过的灭火器扔到一边，跪在萨沙身边，而艾迪森这才晃过神来。她的手指已经在万用工具上发信息，信息直接发送给纳克莫·凯什，标明最高级紧急情况。已经进行过安全检查的技术维修队伍需要立即来到殖民事务处，最紧急。

回复几秒钟之后就来了。

"维修小队已经在路上，"艾迪森向其他人宣布，又对着斯隆妮说，"我们需不需要一支医疗队？"安全总监摇了摇头，扶萨沙回到自己的座位上。

几分钟之后,四名克洛根人到了,艾迪森看到斯隆妮对着凯什提供的清单一个个查验,确认没问题后,他们鱼贯而入。

"这里!"萨沙硕大的手里指着。不过不需要他提醒,因为烟雾依然从着火的设备上袅袅升起。两名技师把沉重的袋子扔到旁边地面上摊开,里面是乱七八糟的零件和线缆,另一个袋子中是扎在一起的各式工具,看起来都破破烂烂的。

这样肯定不行,她脑子里飞速运转。一定要有另外的办法取得联系——不过肯定没有。

坦恩悄悄走到她身边,"就算没有最近的……小差错,传感器也不够好,他们可能会在我们联系上之前就到了。"他说道,"我们应该准备一个机库,空的机库,然后让一队人员带上食物和水等着他们。"

一名健壮的克洛根人——按照他们的标准来说很健壮——轻轻但是有力地把艾迪森和坦恩从控制台旁边推开,腾出空间。技师从下面爬进去,开始拉着控制面板的杆,还有系统底部的不知道什么玩意。

"下面没有损害。"坦恩回击道。

"都是连在一起的。"克洛根人喷了回去。

坦恩向前倾过身体:"这只是个紧急情况,我们只需要它正常工作十分钟,而不是一辈子的时间。"

"让他们完成自己的工作。"斯隆妮说道,她回到门口旁边自己的位置,不过语气并没有上级权威的意思。

"我们说他们的工作是什么,他们的工作就是什么。"坦恩喷了回来,这种爆发一点都不像他。"原谅我,"他对斯隆妮说道,"我们现在都很紧张,但还是要保持冷静。"斯隆妮看着天花板摇了摇头。

坦恩把艾迪森拉到一边。"我们需要讨论一下如果最后两架侦察机没有带回好消息,会发生什么事情。"他的声音很低,不过艾迪森还是扫了斯隆妮一眼,她显然没听见。

"他们之中有一个人会的,"艾迪森说道,"他们必须如此。"

"充满希望地空想可不是好办法。"

"好吧,"她说,"我猜这就是为什么你在管事。"

坦恩瞪着她,琢磨她的话。这一刻福斯特·艾迪森什么都不想,只想一个人待着。在某种意义上她现在已经是一个人。她从赛拉睿人身边转过身,又一次朝附近的控制台走去,无视克洛根人的脚几乎碰到她自己的脚。坦恩当然是对的,他们确实需要一个后备计划。问题在于艾迪森想出来的每个办法最终都导致相同的结果——放弃联结堡号,终结任务,从所有的牺牲和希望中走来。

见鬼,我们可能一样会改变意见,然后——

"搞定了!"克洛根人说道,话音未落,他就从桌子下面退出来,站在艾迪森前面。

"搞定了?"她问道,有些麻木,"修好了?"

"我觉得是,试一下。"

她还没来得及说什么,萨沙和安德里亚就已经回到椅子上,手在屏幕界面上滑动。一群克洛根人聚在几米之外,工具已经打包,等着看他刚才是不是修好了,这样他们就可以回到自己在做的事情上去。

扬声器噼啪作响,然后传来静电的咝咝声和紧急语音。

"……受伤,需要……在着陆……"

"重复,7号侦察机!"萨沙说道,"'鞭子'在影响你们的通讯,请重复。"

"很高兴听到你们的声音,联结堡号。"飞船的通讯军官回复道,她的声音依然有些混乱，但是足够清晰到分辨清楚。

"我们需要知道你们在外面找到了什么，"艾迪森说道，"请报告。"

"我恐怕没有找到什么好东西。"女人回答道。

艾迪森不得不控制自己，不要骂人："马尔科已经严重受伤，希望另外一艘……运气会好一些。"

"请，"艾迪森说道，"详细点。"

"收到，黎明星不可以。已经被'鞭子'影响了，大气辐射严重……不安全，没有生命迹象。"

艾迪森没有再听，这些话她之前已经听了六次。相同的倒霉事情，通讯军官继续传来各种统计和读数，显然事实就是在每支侦察队回来之前她总是能得到一样的结果。

只剩一支了，现在，只剩一支……

克洛根人收集装备，开始鱼贯而出，斯隆妮也和他们一起。

"……批准重新装载物资，掉头搜寻无界号。"

"等一下，"她说道，几乎控制不住自己的声音，"你说什么？"

"无界号，"女人重复道，"8号侦察机，请求批准寻找他们。"

"你在说什么？"

萨沙和艾普利亚都注视着她，他们的脸上显出恐惧和担忧的神色。艾迪森没有理他们，她错过了什么，而现在无法再逃避了。

"……在我们后面，"女人不耐烦地回答道，"坎德罗斯报告……不适合居住。他们发来了求救信号，过了几秒钟我们就失去了他们的信号。"

斯隆妮就在那里。她把艾迪森推到一边："重复一下！"

"无界号报告异常，然后……消失了，我们想要回去寻找他们。"

"你究竟为什么不在灾难发生的时候就去救援呢？！"斯隆妮对着

麦克风吼道。尽管如此，扬声器传来的声音却并未颤抖。

"我们去了，"女人说道，"立即转了回去，船上的每个人都冒着很大的危险。我们搜索了尽可能长的时间，但是马尔科的……危险。没有吃的了，我们做了一切可能的事情，完全没有踪迹。对不起，我们都同意，不过，我们应该回去——"

"我们理解，7号侦察机。"坦恩说道。

"我们简直就是荒诞。"斯隆妮朝坦恩怒道。艾迪森又一次感觉夹在他们二人中间，这次两个无法忍受的真相撞在了一起。她和坦恩也许让斯隆妮最得力的手下送了命，而且每一架侦察机都失败而归，这意味着没有补充供应，没有港口可以殖民，如果联结堡号再到达临界点，将无处可去。

艾迪森往后靠在墙上。

这个任务注定被诅咒。

第二十三章

卡里克斯的心被挫败感灼烧着。

伊利达被捕已经有两星期了,两个星期的仔细盘问,斯隆妮和她的小队早就把一切都查了个底朝天,包括肉刑和电击,想要发现她有没有把隔板的代码交给别人。

当然,卡里克斯觉得自己也有责任。在记录里她带着偷走的数据库离开了,伊利达的理由是:"为了提醒食物供给而做自己应该做的事情。"她做得太过分太快了,不过随着时间过去……

卡里克斯还没有告诉他的小队为什么伊利达被锁了起来。他们每天都问,不过他只是说他知道的和他们一样多。声称斯隆妮告诉他说,那个女人只是错误的时间出现在错误的地方,而他们只是把她扣下进行询问。这种理由随着时间流逝而越发站不住脚,不过如果他告诉他们事实,他们可能会有一样的想法,就是怎么把伊利达救出来。

现在事情越来越糟,每个人走来走去,好像要跳起来——因为安全队员,因为克洛根人,因为他们的朋友和同志。队友之间已经爆发打斗,事情变得愈加令人迷茫。

他自己的小队已经开始囤积物资,突锐人的食物,人类食物,工具。只要能得手,遇到什么偷什么,卡里克斯假装看不见,而他的队员知道他在假装看不见。他意识到他们将之视为一种心照不宣的同意。

此刻,伊利达在牢房里等待,等待他的帮助,等待营救,等待……改变。

卡里克斯坐在一个不错的金属箱一角,看着克洛根人修理一个严重受损的水栽舱。

负责制定处理方案的技师已经来过又走了,只是报告说这个地方本身的结构完整性有些问题。秧苗太脆弱,如果不是在最佳情况下,几乎无法存活。他们还剩下两个能勉强工作的水栽港湾,但这样并不会让大家对配给的担忧少一点。尤其是——以他严苛的眼光看来——这两个港湾里一个比另外一个情况更差。

克洛根人——纳克莫兽人分别名为卡杰和拉什——二人一组一起干活。他们互相骂着,更像是鼓励而不是愤怒,虽然对抗总是克洛根人交流的一个要素。

"你焊接得就像一个喝醉了的沃勒人。"卡杰咕哝道,另外一名克洛根人哼声又长又响。"至少我看上去不像。"

"谁?你的人类同伴?"

"说什么呢。"拉什回道。

他们就这样互相打趣,完全没有意识到卡里克斯的存在,而卡里克斯只是微笑着。他很喜欢这样的气氛,这比在沮丧的情绪里待着强多了,这样的时候真的是太稀少了。

他的笑声吸引了拉什的注意,这名大个子克洛根人把一根金属条砸到另一只手轻轻拿着的面板上,而他的愤怒目光穿过黑暗的远方。

"有什么好笑的?"他怒道,他们总是带着怒气说话,他并不认为这是针对他。

"我只不过在欣赏这份陪伴而已,哥们儿。"

激活焊接器的时候,卡杰的万用工具亮起,金属融化,吱吱作响,也不可能说话。

"你在干活,是吧?"他的声音一点也不小。大块头的克洛根人总是声音深沉,就算卡里克斯认识的少数女性也一样——不过更尖利一点。就像超大号的旋转钻机,深深嵌入花岗岩里。

"生命支持和休眠舱。"卡里克斯说道。他一只手握着大腿,手肘朝外,一只脚抵着箱子,保持平衡。这样让他可以更好地看清两名技师。

"他要保证部落首领睡得死死的。"拉什又对他的搭档说,另外一名克洛根人嘟囔了一声,卡里克斯觉得这声算是感谢,或者只是认可,无论如何都不是威胁。"然后把开胃菜送过去——"克洛根人停了一下,然后,严肃地说道,"那个和他一起干活的赛拉睿人。"

"没错。"又点点头,这一次,卡里克斯觉得,是为了纳托,还有纳克莫·艾维克丝。

"你们两个似乎精神很好。"卡里克斯深思熟虑地说道,"毕竟现在的形势并不好。"

"缺少吃的,环境荒凉,对吧?"卡杰笑了,声音像是鹅卵石互相碾磨挤压。"就像家里一样。"又是丁零咣啷的声音从黑暗中传来,在巨大的泊位上回荡,他对着准备更换的嵌板大大地咧开嘴,露出牙齿笑了。

拉什和卡里克斯也忍不住笑了，他们心领神会。"至少我们应该很快听到侦察机的消息。"他说道。

克洛根人沉重地交换了眼神。

"唔，哦。"卡杰低沉地应了一声。

"唔，哦。"另外一个人也回应了，拉什双臂交叉，放在刚刚焊好的杆子上，回头看着他，"你不知道，是吧？"

卡里克斯依然在箱子上没动。"知道？知道什么？"他内心的苦恼全部化开，弥漫在话音中。卡杰狠狠打了拉什胳膊一下，力道很大。"他们一直保守秘密，白痴！"

拉什耸了耸肩，卸掉卡杰重击的手，然后回头看着卡里克斯。

"侦察机早就回来了。"

"什么？！什么时候？"

"绝大多数侦察机，可以这么说。"卡杰纠正道。

"什么时候？"卡里克斯重复道，他可以感觉到下巴上的肌肉都抽紧了。

两名克洛根人像大山一样一起耸了耸肩："好几个星期了。"

此刻卡里克斯说不出话来，没法说出他现在是什么感受，震惊，愤怒，还是被背叛？

克洛根人没有注意到。"从波查那里听说的。"卡杰继续道，他从黑暗的港湾走出来，张开巨大而满是肢节的手掌，他的兽皮随着每个动作皱起皱纹。"消息传来的时候，波查在行动室修理换流器。"

"什么消息？"卡里克斯质问道。他费了很大力气才按捺住自己不要把箱子抽起来抡到——尝试抡到——他们两个人克洛根人头上。

"没有行星，"拉什嘟囔道，轻轻敲打着金属面板，面板鸣锣般响着。"没有供应物资。"

"'鞭子'把他们都摧毁了，"卡杰又说。"比图岑卡城死得还惨。"

"差不多就这样。"

"是啊，没有突锐人。"

"还没有……"

他俩又交换了一下目光，爆发出大笑，卡里克斯没法加入到他们的笑话中来——这次不行。没有供应物资送过来，没有侦察机带来好消息。

"开拓者呢？"

卡杰狠狠耸了耸肩："一点迹象也没有。"

没有开拓者的迹象，他们知道。而领导层把希望全部压在开拓者身上，从第一天开始就把方向转在这条线上，侦察机会回来，供应物资会重新补齐，行星土地将会得到改造……

撒谎，全是撒谎。也许一开始不是撒谎，但至少几个星期的时间足以配得上撒谎二字。克洛根人依然在打趣，卡里克斯已经麻木于背叛，他从箱子处离开水栽农场。

两个水柜的水藻已开始在水栽农场生根，一个看起来要完蛋。虽然这很让人焦虑，不过领导层依然一直告诉他们只要有殖民资源补充，所有的水栽作物都会盛开。侦察机将带回新的种子，还有肥沃土地的新希望。

没有这些资源，联结堡号将只有依赖两个正常工作的水栽港湾，只有两个。连喂饱一个单位都不够，更不要说空间站上已经激活的人口，优先级必须重新调整，信息肯定会传播出去，他们指望什么其他的东西活下去呢？

这一切都没有意义，我对斯隆妮·凯莉的误判有多严重？卡里克斯取出万用工具，电话差一点就拨了出去。相反他只是发了一条消息：

"有侦察机的消息吗？"

不到两秒，回复就来了："没有。"就这么多。

他久久看着这两个字，隐藏的愠怒爆发成狂怒，明目张胆的欺骗。就算两个克洛根人不能完全信任，他也找不出原因为什么他们会编造这么一个故事。

所以领导层封锁消息什么也没干，甚至斯隆妮也是如此，他还想象她能比其他人更好一些。他们已经知道了几个星期，却什么也没说，这意味着……

他的怒火驱使他以创纪录的速度回到工程处。"集合！"他说道，没有理会船员们对他的致意，他的愠怒驱使让他们跳起来服从。不是因为他们害怕他，他知道，而是因为他们了解他。

卡里克斯并不惊慌，他不会随便就惊慌的。他的话语严厉，态度紧张，让他们都知道发生了什么事情。短时间内，他们放下手里的工作，每个人都带着不同的好奇，紧密团结在老大周围。卡里克斯看着船员的脸孔——很多人既是朋友也是下级——伊利达缺席所带来的遗憾依然对他打击很大。她跟着他混的时间最长，她专注、熟练、忠诚，她有没有预见会发生这个事情？难道这就是为什么她要把这个数据给他？

伊利达总是善于计划这种事情，华沙号的船长试图掩盖真相的时候，她第一个闻出不对的味道，也许这是阿莎丽人与生俱来的智慧。也许她比他看人更加现实，无论哪种，卡里克斯拥有了她给他的东西。

一群船员在准备听他说些什么，卡里克斯不能让他们失望。"你们都知道我们在对付怎样的事情，"他开始道，"现在联结堡号上面的情况。"他双手交叉背在身后，他的小队也无意识模仿这个动作。联盟及军事训练养成的习惯，甚至供应商也学会了，好像他们一贯如此。内布朗皱着眉头,供应商是个聪明的家伙,就像伊利达,不过没有那么多心机。

"口粮很紧张,"卡里克斯继续道,多数小队队员频频点头。"空间站需要更多修理工作,而现在的修理人员不足。"更多人点头,强调性地吱几声。"不管什么时候询问最新情况,我们得到的回答总是一样的歌舞升平。"卡里克斯逐个注视着船员们的目光。"侦察机将带着行星坐标返回,口粮会提升,开拓者会找到我们,只要更加努力一点,每件事情都会变好。"

"新的家园,"他又说道,转过身朝小队边上走去。"新的食物和资源,有机会创造向我们承诺过的新生活,远离我们原来旧世界的偏见和灾难。"

他们留在身后的世界,六百年的尘与土。卡里克斯等了一下,一只手放在内布朗肩上,吞下思乡病带来的剧痛。他原来从来不知自己也思乡,直到看见自己小队队员的脸庞,他的朋友们。

他的下巴动了一下,稍作停顿,然后说出了没人想说的话:"我们都知道我们留下了什么,发生在华沙号上的倒霉事情。"内布朗点点头,他的嘴巴闭成一条线。"这帮领导让我们努力掩盖他们的错误,或者更糟,不把事实告诉我们,我们做苦工的时候他们却在计划逃跑。"

大家眼睛瞪大了,卡里克斯点点头:"我们以为仙女座会有所不同,我们已经把这些东西丢在身后,然后我们失去了纳托。"

"老大!"内布朗向前走了一步,他的声音响亮地说着什么,不确定的心态在每张脸上回荡,"是什么事?伊利达吗?"

他闭上眼睛,深深吸了口气。"机密,"他说道,每个音节都清晰响亮。"传染了联结堡号的领导层,就像毒品,他们无法戒除的习惯。"他睁开眼睛,迎着小队成员的目光,告诉他们他绝不回头。"他们告诉我们会拥有新的行星，"他的手攥紧了。"假的，他们早在几周之前就知道我们周围的行星都已死去。"

安德里亚脸发白了："等等，死了？"

他点点头。纳托死后安德里亚就在场，雷吉和她都花了很长时间走出来，雷吉先走出来的。安德里亚的话音立即吸引整个人群的注意力，他的问题在他们之间回荡。

"死了。"卡里克斯确认道。"一样被我们旁边的'鞭子'撕裂了。"

她缩了一下，半转身隐藏脸上的焦虑，内布朗一只手放在她肩膀上。

"他们撒谎。"内布朗茫然说道，然后破口大骂。

"好几个星期？"安德里亚低声说道，接着看着卡里克斯。她的雀斑几乎都变得苍白。"他们已经知道了好几个星期？"

"似乎就是这样。"

她重重长出了一口气，手塞到裤子兜里。"不——我没法相信。"

"相信吧，"内布朗痛苦地说道。他转向小队的其他人，又回到卡里克斯身边，手一挥，"我们已经在下面呆了多长时间，他们的每句话我们都信以为然？就像我们是乞讨废品的孤儿一样。"他的声音提高了，更加愤怒。"我们也是联结堡号的一部分！"

"内布朗，没人说我们不存在。"卡里克斯的脑袋偏了一下，"只是——"

"只是我们不重要！"安德里亚插话进来，她苍白的脸色因为愤怒而变红。卡里克斯知道不能令她失望。不能让他们任何人失望。

"行星救不了我们，"他又说，声调提高了一些。"开拓者也救不了我们，我们需要新的计划，朋友们。新的可能性，新的方向——""还有新的领导！"

他没有看到是谁说的,不过这句话点燃了燎原之火。安德里亚冲到内布朗身边,抓着卡里克斯的胳膊,她抓得有点疼。"多长时间?"她质问道,"物资供应就会枯竭?他们会饿死我们吗?"

哇,他没有预料到这句话动员力这么强。卡里克斯能动的那只手盖到她手上,用胳膊压着她的手指,他希望足够坚定,给她安慰,有些时候他很难知道人类是否安心。

"放松点,"他说道,想要宽慰大家,"我们不会饿死的。"

"老大绝对不会让我们饿死的。"内布朗又说。

"是啊……嘿,是啊!"其他人开始点头,看着卡里克斯这边。让他明显感到紧张,几乎发抖了。

"计划,"有人重复道,"优先级顺序……我们需要锁定供给物资。"

"我们要把情况告诉大家!"

安德里亚欣慰地睁大眼睛:"我们不能让其他人挨饿,雷吉怎么样?艾莫瑞呢?我们还有些朋友在外面……"

"我们不会的。"他还没掂量这句话的分量就说了出去,他看到他们都看着他,他从来没有想过他可以激发出大家旋风般狂热的信心。突然之间他的船员都围绕在他身边,都伸出手摸他的肩膀、他的胳膊,满怀信心,充满骄傲,饱含支持。

"需要释放伊利达。"他听人说道。又有另外一个人说:"我们需要保卫食物配给!"

"安全人员怎么对付?"

"让他们去死吧!"有人嘲弄道。

人群的声音在他身边打转,愤怒的、轻松的和富有信心的声音混在一起,让人头晕目眩。都是因为他,他们把他视为领袖,卡里克斯肩膀并起,捏了捏安德里亚的手,然后向后退了几步,好让视野能看到他们所有人。

"先拣重要的事情！"他大声说道，响亮得足以打断其他话语，他们都安静地看着他，听着他的话。太来劲，太给力了。

他聚集起所有身为精英的信心，他从没想过自己居然有这么大的号召力。不过他并没有把命令直接扔出去强迫他们执行，而是把他们都当作平等一员，作为朋友。

他扬起手，"我们需要一个计划。"内布朗微笑着洗耳恭听："我觉得我们可帮你，老大。"

第二十四章

"真是该死的一片混乱！"斯隆妮说道，这句话并非冲着坦恩，此时的坦恩在行动室后面的办公桌来回踱步；也不是冲着艾迪森，此时的她在门边对着墙把头埋在手里坐着，这是房间里离斯隆妮最远的位置。她的话是直接冲着地面，冲着整个操蛋的空间站。

愤怒已经俘获了她，就在几周之前。她像暴君冲出拥挤的控制室，一路往外，尽自己一切可能让自己忘掉坎德罗斯。侦察任务的失败已经够糟糕的了，但是她无法让自己甩开这个侦察任务让她付出了失去最好军官的事实，而且代价永远无法弥补。此后没有找到他的飞船，也没有再听到任何消息。有些人想要宣布他们失踪了，然后停止使用关键资源继续搜索，不过斯隆妮一点也不理会这些想法。时间飞逝，只会让情况变得更糟糕，不管是关于坎德罗斯，还是广大船员都尚未得知侦察已经失败这一事实。

实际上，时间已经成为疼痛的源头。一天天过去，而没有答案，没有展示出告诉大家真相的勇气，只会让最后不可避免的那一刻到来时更加糟糕。

"不能这样继续下去了，我的朋友们，"坦恩说道，"我们现在别无他选。"斯隆妮怒气冲冲地想，这就是掩耳盗铃的最终下场。嘉恩·坦恩和平常一样，对一切负责，过去对他来说只是数据。斯隆妮瞪着眼睛："如果你说我们掉转身回到银河系……"

"不，"坦恩说道，坦恩的话像匕首一样锋利地切断了斯隆妮。对他来说颇不寻常，虽然斯隆妮很不爽，但还是挺直后背。

士兵们听到这个任务的时候都极不情愿。"我还不准备放弃。"他又说道，目光在斯隆妮和艾迪森之间来回转，"我们没人应该放弃。"

艾迪森像个牵线木偶，慢慢抬起头，眨了眨眼。

"那，什么选择？"

"休眠。"坦恩说道。

斯隆妮笑了，或者应该大笑，但没笑出来。坦恩的观点无法反驳。赛拉睿人继续说道："大象都回到休眠状态，只留下一队基本船员。我们能做的只有等待，希望开拓者能找到我们，希望'鞭子'不要再来一次。"

"此举风险很大。"艾迪森说道，虽然她的话里也没有几分自信。她也知道他是对的，斯隆妮能听出来。

"绝对如你所言。"坦恩同意道，"不过这几天所有的事情都很有风险。"话音落下，就像尸体上盖了张毯子一样，很长的时间里没人说一句话。

"我来。"艾迪森说道，"我来做声明。"

"你确信？"坦恩问道，他想的问题和斯隆妮一样——艾迪森并不负责此事。她的情绪……很复杂，至少可以这么说。

"你不能这么干,"艾迪森说道,几乎要苦笑出来,"记得你征集过志愿者吧?"

"我真想忘掉此事,"他皱了皱眉,"为什么不是斯隆妮?"

"去死吧!"斯隆妮说道,"你把我们弄得一团糟的,执行总监。"

"这不公平!"坦恩回击道,"我已经尽自己所能每个选择都咨询你俩——"

"你只是假设我们都可能同意。"

艾迪森撑起身:"很显然,对吧?没人喜欢现在的样子,这不能怪斯隆妮,因为我们做宣布的时候,她正在外面为船员们的反应准备安保措施。"

她看着他们两个人:"这就是为什么我们两个人在这坐了两个星期一动不动,还安然无恙。人们不会自愿去休眠的。"

"他们必须休眠。"坦恩说道。

"他们不会的,"艾迪森回答道,"除非他们被……强迫。"

斯隆妮·凯莉咬着下巴,摇了摇头:"真是一团混乱!"不过,毫无疑问,艾迪森在这一点上没错。斯隆妮接着说:"你想要什么时候宣布?"

"尽快。"女人回答道。

"好的,好的!"斯隆妮脑子里飞快地转过需要进行的准备工作。她的小队已经太分散,没有办法弥补,她要把他们都召回来,简单介绍一下情况,然后为接下来的事情做好准备。她需要和卡里克斯谈谈,见鬼,这才是他想要警告她们的。他们至少可以对此举杯致意。他的小队最终也会进入休眠,所以他们可以协助进行剩下的事情。她不知道那帮死硬的混蛋帮忙的意愿有多强烈。他们都在看着她,内心想法都写在脸上——伊利达还被你关着呢。

斯隆妮走到门前:"给我一小时。"她离开时说道。一小时之后她把小队所有人都召集到总部,这个地方也就比废墟好那么一点。每一次凯什提出要送一个小队过来进行修理,斯隆妮总是谢绝。太多其他更加重要的地方需要修理。而且,除了偶尔逮捕几个人,她的小队基本不在这里。

看到这些面孔都聚集在一起,这个场景有点陌生,看不到坎德罗斯在人群前面感觉更加陌生。他的小队已经得到简报,只等着宣布了。斯隆妮本应该在艾迪森的演讲之前让小队分散开,这样就可以让"街面上"有安全力量存在,这是暴君剧本上的老牌策略。

她觉得这一样可能效果更好。让人们想去吧,希望他们下意识地认为,安全队员甚至根本不着急。要让空间站恢复秩序,这完全属于可以接受的一步。

不过总的来说,她想要保持机动灵敏,把小组安排到反应最极端的地方去——如果有反应极端的地方的话,在他们把人塞回到冷冻舱之前把事情平息掉。

公共广播系统响了,艾迪森的声音从扬声器中传出来,在走道中回荡。"我是艾迪森总监,"她开始说道,"正如你们许多人所知,十个星期之前殖民事务处派出了一支舰队侦察最近的世界——那些可能适于居住的星球,或者,在某些情况下为我们逐渐减少的库存补充资源。我们不排除在空间站不足以支持任务的情况下找到一个可以把人口迁移过去的地方的可能性。"

"我很遗憾地宣布这些任务都失败了。我们从远处辨别出的世界都遭遇了与联结堡号受到损坏相同的神秘现象——我们现在绝大多数人都管它叫'鞭子'。"

斯隆妮觉得,考虑到目前的情况,这几句话并不是一个糟糕的开始。她仔细考量了一下她的小队。能看到决绝的神色,但每个人的脸上都很冷静。

艾迪森继续说道:"我们有一艘飞船没有回来,现在搜索与救援行动正在展开。我们都希望执行任务的成员一切平安,但我们现在必须把焦点转移到联结堡号及其居民的生存上来。

"过去几个月的时间里,你们已经漂亮地完成了工作,关键问题已得到解决。空间站依然需要大量的工作才能准备执行任务,不过现在空间站很稳定,你们应该为这项壮举感到自豪!

"我们现在主要的担心就是供给问题,我们只是纯粹地缺少维持已唤醒人群的资源。我们周围缺少适合居住的星球,而水栽农场又问题成堆,我们没有其他选择,只有等待庄稼可以收割并储存起来。作为替代方案,开拓者将与我们取得联系,而他们将给我们一个解决方案。

"几个星期以前我们征集志愿者回到休眠状态。你们没有人愿意这样,我也理解你们的苦衷。不幸的是我们现在别无选择。我必须用吉恩·加森的话来提醒你们。'我们为此做了以往或者未来最大的牺牲。'现在是时候了,非必要的人员将强制回到休眠状态。"另外一次短暂的沉默,大家都在消化这几句话。

"团队领导将很快发表简短讲话,在接下来的二十四个小时里安全人员将与你们联系,他们将会把你们护送到休眠舱,然后监视整个过程。我们期待你们的合作,这将拯救联结堡号的任务。"

斯隆妮想,再过二十四个小时这一切都将结束。然后,那个时候她将带着自己的小队回来。他们将在绑带、口水和脏话弥漫的空间站进入昏迷状态,而这个空间站周围到处是似乎摧毁一切的"鞭子"。

当然她需要一直保持清醒。难道领导不应该就是这样行事吗?其他人必须做出牺牲,但我们?哦,不,我们太他妈的重要了。

斯隆妮又等了一会,不过艾迪森似乎说完了。很奇怪她没有说几句感谢、上帝保佑或者其他什么。好吧,乞讨者没得选,至少这不是坦恩发表的演说,也不是斯本德写的。斯隆妮依然不愿意回想这段记忆,而且余生都不愿意想起。

"听着,"她说道,她说这句话没什么必要,因为她的军官们已经在听了,"按照计划执行,好吗?我们不知道事情最后会怎么样,不过应对形势的我们像是一群不想要疏散到该死的指定行星的殖民者。我们当中有些人以前执行过类似的任务,而这种任务从来就不有趣。只管记住我们要拯救他们的生命,虽然他们可能不像我们这样看待此事。他们脑子里只有自己的最佳利益,我们的任务是提醒他们服从更大的局面,明白?"

四周都在点头。"那就好,让我们搞定此事。"她的万用工具蜂鸣声响起,是凯什。斯隆妮朝自己的队员举起一只手指表示暂停,然后离开墙走了几步。"喂,情况怎样?克洛根人愿意一起干么?"

"我并不担心部落,"凯什说道,"不过有个问题。"

"什么问题?这才过去差不多三十秒。"

"我联系不上卡里克斯了。"

斯隆妮脉搏一跳,她的嘴都干了。卡里克斯对这项工作非常重要,甚至比斯隆妮自己还重要。

"好吧,别惊慌,谁来代替他?"

"这就是问题所在,"凯什说道,"我似乎无法从生命支持团队中弄来什么人,而且没有他们的话——"

"没有办法进行激活休眠舱的准备工作。"

"没错,"凯什说道,然后又说,"我可以做,但是我没有受过监视整个过程的训练。"

"我明白了,当前我们就把你列为备选计划。我会看一下能不能跟踪到卡里克斯,他们现在可能在一个屏蔽了雷达信号的地方,你去确定基础设施已经为那些即将回到在线状态的休眠舱做好准备。"可斯隆妮自己都不相信这些话。一个资深安全军官内心深种的直觉告诉她有什么其他事情正在发生。不管是什么,肯定不对劲。因为如果有人在外面,有那么一群人想要避免回到休眠状态,干掉卡里克斯和他的小队肯定是实现这个目的好办法。

"好的,"她说道,回到她的小队,"我需要四名志愿者,我们现在有些人失踪了,并且——"

公共广播噼啪作响,斯隆妮的话停了下来,可能艾迪森还是没有说完。不过充满联结堡号的并不是她的声音,是一名突锐人的声音,非常熟悉。

"我是卡里克斯·科万尼斯。"突锐人的声音隆隆作响。"我在这里,是要告诉你们所有人,说不!不回到休眠舱,抵抗回到冬眠的命令!"

哦,见鬼!不!

斯隆妮的万用工具又在啁啾作响,斯本德在呼叫。

"现在不行!"她大喊着回答,意识有些眩晕。

"没问题,"斯本德说道,"我只是想你可能需要派一支小队去军火库。"

"你以为你是谁,可以指挥我去哪儿……"虽然他的话很在理,她的愤怒还是爆发了,"为什么是军火库?"

"我只是碰巧经过那里,注意到门是开着的,大开。而且没有警卫。"

"这他妈的怎么……"

她手腕上响起另外一个警报,这条警报是空间站的应急系统自动直接传送的。

"水栽农场交火了?!"斯隆妮读道,简直不敢相信。

她从房间里冲了出来,挎着手枪,整队安全人员都跟在她后面。

第二十五章

"嘿，表现自然点！"卡里克斯对劳伦斯·内布朗说道，这货坐立不安，一直死盯着那两名警卫，他们回头看他的时候，也没有偏开眼神。

他以为伊利达被捕就是最糟糕的事情，而且想要因此获取一些补偿。现在他知道了她被逮捕的真正原因，但现在不是纠缠这个事情的时间和场合。卡里克斯轻轻抓起他的上臂，用力地把他从走廊入口拉走。

"我们的目标是里面的东西。"他说道。

"他们做得不对。"内布朗低声道，他的眼神有些沮丧。他意识到自己小肚鸡肠了，这是一个开始。

"我知道，"卡里克斯说道，"但是我们不需要把注意力吸引到我们自己身上，我们要做些最重要的事情。"内布朗的脚像是踢着一块隐形的鹅卵石，拖着脚在地上走。

卡里克斯看了看身边的其他人，只是一伙老友，在重返修理工作之前享受几分钟休闲时间。只有内布朗不像话，不过可能也没有那么糟糕，卡里克斯想。这让他可以有话头和那两名警卫讲。

"你们剩下的人都待在这里，我会回来的，"其他人还没有来得及问他，卡里克斯冷静走向那两个人。这个突锐人尽力笑了："怎么回事，军官？"

"你的朋友怎么了？"一个人问道，下巴指着内布朗。肮脏的制服标明他叫怀特，一个老年人类男性，矮胖，块头很大，留着可怕的铅笔胡，与茂密的眉毛和鬓角一起显得很不协调。

"他似乎看我们很不爽。"另外一名守卫说道。另外一名人类，她的身高和清瘦的脸几乎与怀特形成漫画般的鲜明对比，制服标明她名叫布莱尔。

"别搭理他，"卡里克斯回道，"他的一名朋友被抓了，他现在还在为此伤心。如果他的态度打扰到了你们，我表示道歉。"

"如果我们打扰了他，"怀特说道，"也许你应该把你的那伙人带到其他地方。"

"我们过几分钟回来，别着急。现在看起来好像离你们换班还有一段时间，你需要什么东西吗？吃的还是水？"

现在布莱尔的注意力转向他，她的眼睛因为眯起来而锐利："本周的食物配给已经发放完了，如果你是在暗示你可以搞到——"

"不，不，"卡里克斯举起手，掌心向外，"我省出来了一点，我很乐意分享。"他从夹克里抽出一瓶水，在她面前晃了晃，清亮的液体不停晃动。

"我很好，谢谢。"

怀特也抓住了他："为什么你不重新去找你的朋友，长官？我们在这里只是履行职责。"

"当然会去，"他说道，"对不起打扰你了。"

卡里克斯朝两人身后的隔板门看了一眼，维护标记都已经刻成钢印用小字印在门框上。他回到队伍中，内布朗正用好奇的眼光看着他，可能有些猜疑。"为什么你要把水给那些混蛋？"他背朝着警卫，卡里克斯把这瓶水泼到一个种植机里面。植物是假的，土壤也是。显然是准备在联结堡号不再是废墟的情况下用水栽农场的什么东西替换掉。

"到底是怎么回事？"内布朗问道，"我可以喝掉的。"

"我很怀疑，"他把最后几滴也甩掉，然后把空瓶子塞回到夹克。"除非你想睡上一个星期。"

内布朗眨了眨眼，以敬佩目光看着卡里克斯。小队里旁边的其他人也露出这副表情，说真的，水就是水。卡里克斯只是想把两名守卫的注意力引开一会，他就可以看到隔板的识别代码，他没有想到这个动作在他自己人眼里会是什么样。

自从他与斯隆妮长谈之后他们已经有一点怀疑他，虽然对他的怀疑没有宣之于口，但卡里克斯可以说他们在寻找迹象。从他们的表情来看，他不仅将消除他们的顾虑，而且会把钟摆推到另外一个方向。他给警卫的不仅不是水，而且他还想给他们下药。

如果这就是他们所相信的东西，卡里克斯说没什么不好。

"我们必须采用不同的办法，"他说道，他们都点点头。他热切的眼睛说着，只要告诉我们去做什么。

"他们拒绝了我的水。"他继续说道，感觉到已经有点陷入自己创造的空想里，"所以我们需要找出其他办法让他们离开那扇门。"

"调虎离山。"一名船员说道。

"那个简单，"内布朗说道，"我知道怎么做。"他的语气里有些卡里克斯肯定不喜欢的东西，一种恶意，然而不能否认其中的热情。

"也许是再来一次烤肉，"他深思熟虑地建议道，"打火肯定会吸引他们回应的。"

"没问题,"内布朗说道,招招手,就另外从人群里招来了两个人,三人一路上心平气和地聊着,大步走开。

卡里克斯看着他们走开,感叹这个安排的英明。内布朗总是热血冲头,而把他的好友伊利达抓起来也于事无补。哦,好吧,他想。现在没什么可以做的。他可以看见留下来的六个人的表情。他们想做点事情,而他们希望他带路前进,不管他接受这个角色与否。他们需要改变,他们需要知道生命不能这样下去。在一个空间站上干到死的想法早在几个月之前就应该被抛弃,因为能力低下的三人组在每一个转折点都做出了错误的决定。领导层依然陷于偏见和政治之间,剩下的船员早就想把这一套都丢在身后。他们来这里是为了一个新的开始,而不是支撑老旧过时的顽固想法。

公共广播噼啪作响,福斯特·艾迪森的声音充满空间站,"正如你们很多人所知,十个星期以前殖民地事务处派出一支舰队侦察最近的世界……"

卡里克斯和他的一小队崇拜者听着,一言不发。卡里克斯注意到有两个警卫不安地走来走去,眼睛扫着公共房间里的寥寥几个人,他怀疑他们不知道这是什么事。

他激活万用工具,扎进无穷尽的菜单,他创建了文件与文件夹的迷宫,隐藏他需要的东西,真正的战利品藏在伊利达偷来的数据里。

艾迪森的话依然在房间里回荡,沿着长长的走廊传出很远:"我很悲哀地宣布这些任务已经失败。"她说道,聚在一起的人都抽了冷气。"我没法相信他们好几个星期只是坐着啥也没干。"卡里克斯小队中有一个人说道。是乌尔里希,一名率直的人类,他粗犷的体格经常让人低估,但这个家伙是卡里克斯遇到过的最精细的工程师,他从一开始就是这个团队的一员——第一批加入联结堡号任务的人员之一。

"冷静，冷静。"卡里克斯说道，语气很是淡定。他和他的小队要行动的时候，不知道艾迪森要宣布这个事情，它带来了一个卡里克斯无法抗拒的良机，就让他们认为他算好了时间。

搞定了！卡里克斯找到了隐藏文件。伊利达偷出来的最高权限代码，他依然无法说清为什么保留着这些代码，或者为什么他对此向斯隆妮撒谎，她在高层中是唯一一个对得起岗位的人，大家这么说。

"计划是这样的——"他说道。

警报声响起，有人喊道："开火啦！"

声音是从一个连接走道那边传过来的，内布朗和他的朋友过去的那个大厅，然后又一声喊。

"水栽农场有交火！"

消息弹出在卡里克斯的屏幕上。

这应该吸引他们的注意了，哦，见鬼！内布朗，你干了些什么？

两名警卫放弃了隔板门前面的岗位，朝房间冲过去，肩膀把卡里克斯撞到一边。就转移注意力而言，他能指望的最好结果就是在水栽农场的交火——虽然他从来没有指望过，根本没有。如果内布朗破坏了食物供应……卡里克斯不愿意想这事，他现在必须要趁警卫不在的时候行动。不过这毕竟是一个隔板，只有警卫可以获取最高权限。他扫了一眼伊利达偷出来的清单，找到了在门框上看到的代码编号。然后输入进去获取权限。

墙里面发出沉闷的颤抖，巨大的门打开了。

"快点，"卡里克斯对他的队员说，"我们不会有很长时间。"

"里面是什么？"乌尔里希问道，突然满腹狐疑。

"军火库。"卡里克斯答道。

再也不需要什么说服工作了，卡里克斯和他这伙人往军火库走的时候，威廉·斯本德从远处看着。他看到门为他们打开，就好像在欢迎一群老友。

"难道不是很有趣吗？"他对自己说道，朝周围扫了一眼，确认自己没有被盯梢。他应该把这事报告给安全人员，如果他没有汇报的话，可能会引起很多麻烦。不过威廉·斯本德一点也不喜欢斯隆妮·凯莉，更不喜欢独裁的政治版图。所以，他会联系安全人员，不过首先他要让卡里克斯在武器库里待个够，甚至待更长时间。就算在武器储藏柜的深处，卡里克斯也能听到福斯特·艾迪森的演说。她谈起这个任务，需要支持，而且不论付出什么代价。真的，这是她的错误，他们对一个已经死亡的梦想持续而且毫无理智的信仰会让除了他们自己外的所有人死掉。而这一切只是因为他们看不见真相。

吉恩·加森已经死了，她的远见和她一起死去了，卡里克斯对此感到搞笑而崩溃，因为他们的领导假定生命支持小队会赞同计划。他和他的人将参与到这个走向错误的工作中来，虽然并没有人要求他。他怀疑是不是有人问过凯什，不过现在是一个赛拉睿人当权，那就可能没有。他的身边，他们把能搞到的每支枪都握在手里。

"把这些都装到包里。"他对他们说。不过无须这句话，他们已经自己动手了，货真价实地满足了对于武器的狂热。他的计划是夺取武器，把他们重新安排到隐蔽偏僻的大厅里去。这将使双方更加平等一点，然后他会有一个讨价还价的筹码，用来对新管理层提要求的影响力，以及更加多样化的安全部队成员，这是一个新的计划。当然，还有豁免他的全部队员，只有这样他才会告诉他们武器在哪里。

他站在那里，看着手下兴奋的船员们把暴力工具塞到战术行囊里面，行囊太重，他们几乎拎不起来，从这一点他就知道他绝对不会同意把船员送回休眠舱。他自己这么想太疯狂了。

"够了,"他说道,"安全人员会马上回来,我们必须马上消失。"

"下一步去哪里?"有人问道。

卡里克斯必须快点作出判断,他没有料到这一切发生得如此之快,而且成了这个样子。他此时感觉身处飘荡的激流中,自己一个人划着个筏子,其他人都不可理喻地决定扒在这个筏子上。

"在艾迪森演说之后,"他回答道,"我觉得我们应该拿走尽可能多的供给物资,趁参议会还没在我们和物资之间设置障碍。"如果他们还没有设置障碍的话,他心里默默修正自己的说法。

"就算他们设置障碍,也没法阻拦我们。"另外一个人像狼一样狡黠地笑着说道。

"可能是这样吧,"卡里克斯承认道,"不过我宁愿当守护物资的人。"

"明智的举动。"

他又一次取得广泛的同意。卡里克斯希望他们能为自己想想,不过现在远不是鼓励他们的时候。他在这里启动了一番事业——在仙女座,毕竟无它处可去,再无法脱身。当他们溜出军火库的时候,每人扛着两个满满的大包,更多数人肩上甩了第三个大包。卡里克斯想要从旁观者的视角描绘这个时刻。少数在公共房间里的船员背靠在墙上,双手摊开,看到这些技师三三两两带着这么多装备走出安全区,简直目瞪口呆。

他们把身上的包拉紧,有些枪管伸出了包外。虽然艾迪森的话在墙间回荡,但是这些船员看见的只有盗窃。他需要做些什么,而且必须尽快行动。很快恐怖分子的标签就会贴在他们身上。

当他们前往目的地的时候,卡里克斯的万用工具无情地鸣起。斯隆妮，斯隆妮，凯什，斯隆妮，他怀疑他们想要发现他的位置——他已经在一个小时之前关闭了这个功能。安全小队可能有办法绕过他的设置，不过他本来也还需要万用工具来获取隔板门的最高权限。

卡里克斯放下武器袋，跪下。他的这伙盗贼静静聚在旁边，知道即将发生什么事情。他飞快地刷着菜单，从机械的记忆存储中发现了自己想要的选项。

"我们必须抓紧时间，"他说道。说话的时候他选择了一条命令输入，然后他用首领身份的认证激活了全空间站范围的公共广播。

"我是卡里克斯·科万尼斯，我在这里，是要告诉你们所有人，说不！"他的声音在艾迪森刚才说话的地方回荡。"不回到休眠舱，抵抗回到冬眠的命令！"信息清晰而响亮，他觉得他成功了，他的语气强硬而理智，十分镇定。话音刚落，他输入的命令开始生效，居住区每一个被封闭的隔板门都开始打开。卡里克斯步伐轻快，强迫自己挂上一副焦虑不安的表情，没有与经过的人的目光接触。

烟雾从水栽农场翻腾而起，他从旁边走过，甚至都没有看一眼房间里面的样子，他不希望安全人员看到他们，不过他更希望他们没有看见他。内布朗早就开火，这是为命中注定的狂欢大会助兴而已，他们只希望损害流于表面，或者很快可以被控制，其目的是干扰注意力，而不是卑鄙的破坏。

他转向一条长路，他的小队紧紧跟在后面，就像一帮雇来的打手。我开始了什么？他很快就把这个问题推到一边，现在真正重要的问题是如何结束。

他又打开广播，趁他们还没有剥夺自己访问广播系统的权限。"不要进入你们的休眠舱，"他说道，"我们不是机器人，当我们的存在变得碍手碍脚的时候关掉开关就行了。空间站是我们的，我们所有人的，而且如果不是我们,就无法修理这座空间站。"

"没有人来营救我们,没有行星等着我们降落,艾迪森在这件事情上说得很对。但她没有告诉你的是,我们的领导层已经知道两个星期之久了,两个星期!联结堡号不需要你们都去休眠。它现在需要的是你们都在空间站上,做你们来此所要做的事情。这是摆正航向的伟大推动!一个伟大……"

他访问公共广播系统的权限被终止了,他的万用工具依然可以工作,但是频道被切断了。

"好吧,我猜有的人不喜欢我说的话。"这句话引的他的"匪帮"中发出一阵笑声。他转过身越肩看着他们,他们是抵抗军和起义军。

卡里克斯不能十分确定成为这个造反的头头该怎么做,不过他可以追溯回银河系的事参考参考。他因当时义不容辞地反抗华沙号的队长,而不可阻挡地成为传奇。最终,一个角色将毫无疑义地迎来自己的命运,那就这样吧。他希望凯什能够理解,他觉得她有可能理解。毕竟如果一名克洛根人不能理解起义反抗压迫者的话,又有谁可以呢?

卡里克斯在一个转弯离开机库的凹室停下了,斯本德指定这个机库为空间站的临时仓库。

"你们拿好武器。"他对身边的人说道。

他放下包,选择了他的手第一个抓起来的武器——一支马托克突击步枪,至少他觉得是。并不是他最专精的武器,不管它规格如何,肯定可以用。

"一旦我们安全占领了这个房间,"他说道,"我需要你们有三个人把这些包拿进去。然后我们就会使用悬浮车把所有的东西往方舟停泊坞运送。"这个地点是他胡乱说的,不过好像已经深思熟虑了好几个星期似的,但说真的这只是突然出现在他脑袋里,只是因为他听一个克洛根人说他们最近清理出了一条通往那里的道路。那个地方依然没有任何装备，而卡里克斯有一种强烈的感觉这种情况不会很快改变。他的小队都在点头，好像这是圣人的智慧之言，只有在这个时候他才意识到他们是对的，他选择了完美的地点，如果他们能够到那里，然后守卫它……

"什么悬浮车？"阿德里亚问道。

"里面肯定有他们一大伙人。"卡里克斯回答道，他希望这是真的，不然只要安全部队一次小小的包围这场小小的叛乱就会完蛋。

每个人都选了一样武器，他点点头，再次走到最前面。他这次走得慢多了，与脑中高喊着让他停下转身回去的声音做斗争。绕过下一个角落，就再也没有回头路了，他未来的前景就是做一个叛徒，一名逃犯了。后面是六名重装工人，他们劳累过度，饥肠辘辘，耳朵流血。就在这里，在现在，比起前景，他更害怕他们这几个人。如果他们走运的话，他们会夺取物资，获取可以和参议会谈判的地位，找出一个让船员不再回到休眠状态的办法。如果有必要，把空间站的其余地方也抢了，一定要干点什么，只是需要不同的思路。

他绕过转角，三名守卫挤在打开的隔板前面，正在和斯本德谈话。

"抱歉了！需要你们让开一下！"卡里克斯说道。

"把你们的手……"对方还没说完，卡里克斯一伙人就爆发出枪声，他再也没法假装可以控制局面。"集中火力！"有人喊道。

向下跳的一名警卫还没落地，子弹就击中了他的动能护盾，他抖了一下。能量撕碎了护盾表层，闪光也随护盾耗尽而停止了，下一颗子弹正中他的前额，他的跳跃以死亡的砰声收尾。

斯本德看到了卡里克斯，正试图突破逃跑，胳膊掩在耳朵上。他穿过前面的两名警卫，跑步的时候一肘子拐倒一个，扰乱了他的瞄准。

卡里克斯怀疑这并非巧合，他把这一幕默默记在心里。很快这位官僚前面空无一人了，但他还在跑，直到穿出火线之外。卡里克斯没有理他，他发现自己举起了武器，手指紧紧扣在扳机上，武器哒哒哒响了，喷出的火舌几乎让他看不清东西，连续发射的声音震得耳鸣。出于本能他蹲下身朝一边移动，不过那里并没有什么掩体。

他的一名手下肚子挨了一枪，弯下身痛苦地嚎叫，步枪掠过地板。他们虽然有枪，但是没有斯隆妮的军官们穿着的防弹衣。剩下来的两名警卫回到机库，一边跑一边开火。一阵齐射过去，一个人翻滚着倒下了。她的护盾耗尽的时候尖叫着摔到了一边，膝盖瞬间爆裂了。卡里克斯开枪打伤了她。但他过了一秒钟才发现，他打死了什么人，还废了她的腿……

另外一枪击中了他放倒的警卫，这一枪打在喉咙上，嚎叫变成了含混不清的咕哝声。

那个唯一活下来的警卫蹲在一个孤零零的箱子后面，一秒钟后探出身向攻击过来的人扫射。卡里克斯站在空地上，为刚才看到的事情目瞪口呆。子弹在他身边呼啸而过，一粒子弹擦伤了他的裤脚，他几乎没有感到子弹的冲击力。然后有个同伴把他扑倒了，他倒在地上，一个躯体沉重地压在他身上。

他们已经攻击我了，他想。接着卡里克斯感到身体一热，向下一摸，满手鲜血。是他身上那个人的鲜血，他已经死了。

一粒子弹击中地板，距离他的脸只有一只手的距离。火花飞到他眼睛里，卡里克斯没有时间哀悼倒在身上的尸体，褒扬他的牺牲，他甚至不知道这个人是谁。相反他滚过身继续战斗，尸体砰地落到他前面的地上，形成一个掩体。

他这才看清，是乌尔里希。他看着这个人的眼睛，乌尔里希还没死，朝他眨眼。"我……"他说道，满嘴是血，然后子弹撕开了他的背部。三次重击，每一下都让他眼光中的生命流逝，直到最终解脱的时候，他的眼睛像玻璃一样一动不动了。

卡里克斯感觉到他脸上最后的温暖呼吸，然后就什么都没有了。乌尔里希救了他的命，而卡里克斯刚才用这个还活着的人给自己当盾牌，这就是乌尔里希多年的忠诚与同志情谊的回报。

"对不起，朋友。"卡里克斯低声说道，尸体没有回答。

愤怒淹没了他，周围的一切不再重要。死亡只是联结堡号领导层糟糕决定的结果而已，不仅仅是现在发号施令的那群人，而是要回溯到计划制定的时候，一个该死的官僚决定了一个愚蠢的继承规则，没有考虑谁可能会被拎出来掌局。系统会挑选出因为纯属偶然而位列优先级最高的人，好像优先级就是最重要的事情。而结果则是，一个笨拙的吝啬鬼和一个沮丧的大使要为数千人做出生死攸关的决定。斯隆妮当然也有一大堆自己的破事，不过他还是觉得她在那群人中出现纯属运气，而不是事先安排。

死亡依然在这群无辜而勤劳的人群中堆积，他们没有区别，只是分别忠于任务或者卡里克斯·科万尼斯。他撑着自己站起身朝机库走去，举起枪绕到箱子一边，开枪打死了那个吃惊的没有从板条箱后面走出来的安全军官。一阵齐射在几秒钟内耗尽了她的动能护盾，生命之光从她眼中流逝，嘴依然吃惊地张成O形，女人的躯体在屠杀过后依然在发抖。

"把东西全拿走，"他朝大家说道，但没有具体对着谁，"推车在那里。"他指着沿墙排开的悬浮车，去找威廉·斯本德。这个人把家安在大型机库旁边的一个小房间里，离大厅只有几米远。他把自己锁在里面，卡里克斯的万用工具访问权限已经被拉黑，所以他用力敲门："你在里面吗,斯本德?我是卡里克斯,开门。"

里面传来一个含糊不清的声音:"我不能被人看到和你说话。"

"为什么你会来帮我们呢?"

"我有帮助吗?"

卡里克斯咀嚼这句话,不过只有一秒钟。他想要听听这个人类说了什么,然后谋划他们接下来怎样做,他需要知道他是否在管理层有一个理解他事业的内线。"如果你和我们是一条战线,就直说吧,我能保护你。"

"我没有和任何人在一起。"斯本德厉声道。

"斯本德……"

"你可能得离开了,卡里克斯,我有职责上报。"

卡里克斯叹出一口气:"我们之后再讨论这个问题。"

卡里克斯内心低沉地笑了一声:"是啊,谁知道呢。也许我会看到你站到另外一边。"然后卡里克斯听到斯本德平静的声音,报告他刚才帮助卡里克斯赢得的攻击。卡里克斯·科万尼斯只能摇摇头,匆匆离开。

第二十六章

当军火库映入眼帘，斯隆妮开始全速奔跑。斯隆妮在外面还有几十步的地方停了下来，蹲在一个低矮的栏杆下，侦察地形。

尸体，飞溅的血液，使她的内脏扭成了结。那里面是她的人，她的家人，他们被击垮了，而且是卡里克斯下的手。见鬼！她知道他很聪明，政治上很敏锐。但他把自己的这一面隐藏得很好。

"我看到至少两名军官倒下了。"她说道。

"谁有武器？"

她小队的几个人插话进来，不需要下令，他们就向前走去，其他人都在后跟着。斯隆妮挑出两个人，朝军火库入口右边打了个手势，其他人知道应该跟着她向左边去。

斯隆妮拿着手枪弯着腰向前跑，眼睛盯着前面通往右边门口的路。她的小队像水一样流动，穿过零星的掩体，流过开阔地，就像扑在防波堤上的海浪，直到最后到达隔板。

斯隆妮没有犹豫，她朝从她身边的军官点了一下头，然后两个人丝毫没有停顿绕过转角进入房间。她的枪向一处显然是藏身处的地方扫射一通，然后把拳头从握把上松开，手指放在扳机上。

"卡里克斯！"她高声喊道，"现在投降，我们会宽大处理！我说话算话。"斯隆妮不能确信自己是否真心如此，不过她知道自己的小队可不会相信。他们将之视为一个把敌人引到开阔地的策略。

对面没有反应，房间依然很安静，尸体静静躺在里面。斯隆妮走到最近的遇难者身边，摸了一下脉搏，发现没有动静。深切的痛苦和恐惧揪住了她。不管卡里克斯动机如何，已经造成流血，安保小队已经被定为攻击目标，她的小队要出去复仇。

斯隆妮十分纠结是否应该讲几句，她在职业生涯已经讲过无数次，保持专业性的必要性，尊重法治，不得宣判有罪，除非……根据她的经验，安全人员一直对这些话做出同样的反应，很多人点头表示同意。然后他们看见罪犯的时候，怒火就会爆发出来。

那就去他的吧，这已经远远超出了一次简单的争执。他们袭击了军火库，偷走了武器。她朝四周一扫，不需要开列一个清单就能知道，因为整个货架都清空了。这个房间本来为联结堡号在仙女座遇到的情况做准备而堆得满满当当，里面可以装备的人数比她唤醒的安全人员多十倍，足够武装一支小型军队。

"散开，"她说道，"搜寻房间。"

他们早已消失不见，不过她需要一分钟思考一下。她的小队冲了进去，开始逐条小道搜索。斯隆妮抬起手腕，拍了拍万用工具，呼叫医疗人员。

"带上尸袋。"她报告这里有三名安全队员以及一个名生命支持技师在军火库死亡。

"长官！"她不自觉地惊了一下，一名军官从武器储藏柜的方向走过来，受过军事训练的人总是管她叫"长官"。

她没有再理会这个称呼。"他们很聪明，"这名女人说道，"只拿走了没有追踪器的武器。我们没法通过传感器找到他们。"

"我就知道这样。"斯隆妮回答道，摇着头。

卡里克斯精于此道，或者他身边的什么人精于此道。她想知道他还藏着什么奇招，他为此准备了多长时间，她和他在伊利达被逮捕后的交谈片段在脑海中反复回放。她去他那里要情报，而且告诉他一些他这个层级本无须知道的东西。

他有自己的方式，她一回想起这件事情就发抖，感觉自己像是犯罪的受害者。他的整个团队从以前开始就都跟着他，还有"个人崇拜"之类的词汇，这些都在她脑中掠过。

他们的搜查结束了，其他人都围在她身边。他们脸上的表情更加坚定了她已经知道的事实。就像她猜测的那样，他们已经走了。

"现在我们最重要的事情就是跟踪这些武器，"她对他们说道，"带上最好的装备，把剩下的都拿上，我需要在这里留两个人，把门关上锁好。敏奇，科万，你们来处理。除非有我的命令，谁都不可以进去，明白了吗？"他俩都点点头。

有人递给斯隆妮一支步枪，斯隆妮，检查了一下装弹情况，关闭了保险："其他人都跟着我。"

"我们要把房间封起来。"坦恩说道。他没有理会因吃惊而倒吸一口气的福斯特·艾迪森。她也是这么想的，但现在可没有时间争辩。他留她在控制台那里，朝门口大步走去。

斯本德站在墙边，看着万用工具上的什么东西，具体内容谁知道呢，肯定是更多抢掠和交火的报告。斯本德几分钟之前才在报告提到的战斗中逃出来,而且从他刚才给大家说话的情况看来,也只是勉强逃命。坦恩经过的时候朝他点了点头:"帮我守好房间。"行动室门口没有人站岗。实际上"鞭子"开始袭击之后就没人站岗了,坦恩事后也觉得很吃惊。尽管如此,他也从来没有考虑在这里放个人站岗,不管船员们怎么抱怨,他并不真的相信会发生这样的事情。

计算失误,他绝不能重犯。斯本德帮他守门,行动室有三个入口,两个通往被封锁的走廊,不过他们把这三个门都封了。松懈的安保和侥幸心理,必须终止。

"很奇怪,"坦恩碰到艾迪森的时候说道,"这个冲突给了我们需要对叛乱采取行动的理由,如果这些船员不愿意回到休眠舱,那就让他们——"

"你怎么能这么说呢?"

艾迪森问道,面露嫌恶之色:"军火库死了三个人,谁知道水栽农场又死了多少。"

"这就是我想说的。"坦恩说道,很迷惑她的抗拒心理。

"尸骨未寒,你就已经准备把这些变成一种优势。"

他耸了耸肩:"当然了,任何事件必须放在将来的决定和方向中加以考虑,这是自然而然的事——"

"我现在听不了这个。"她离开了。坦恩的争辩声跟在她身后,解释着,不过斯本德吸引了他的注意。他举起一只手,如同人类的表情表达的那样,表示我明白了。

那就是了。坦恩回到控制台前,它的功能依然受限,不过他还是可以做一件事情,就是访问遍布整个空间站的摄像头。不是所有的摄像头都可以,当然他希望能访问的摄像头多些。

每个摄像头都看到了几乎一样的场景,人们在四处奔跑,或者成群结队地卷入混乱的交谈，有些处于暴力边缘，惊慌又混乱。毫无疑问这就是卡里克斯想要的结果，坦恩摸了摸自己的下巴。他低估了突锐人，或者，他根本没有想到去估量他。卡里克斯只是个中层管理人员，一个颇有能力的生命支持技师，团队的好领导。坦恩怀疑他有什么背景才能展示出如此的政治敏感。他取出卡里克斯的个人档案，扫了几眼，没有突出的地方：卡里克斯职业生涯中曾被指派到许多飞船和空间站上过，仙女座先遣队公开召集志愿者之前的一年才提升为队长。有趣的是，卡里克斯的申请书交得很晚，而且是和他的整个团队同时申请的。在他的申请中卡里克斯声言，要么他们一起加入先遣队，要么都不来。

坦恩在这一条上沉思了一会，他拉过一把椅子坐下，坦恩抿了一口水，拿起每个向卡里克斯汇报工作的人的档案，跳过摘要，着重分析细节部分读了起来。

行动室下面三层，一群武装平民冲进一块公地，那里是非克洛根船员时常出入的地方。

卡里克斯希望这里是空的，局势平静下来之前人们都最好待在自己的总部里，他没有考虑到其实绝大多数人根本就没有总部。因为必要或者有人陪伴，他们喜欢睡在公地上，三五成群，或安静或激烈地聊着什么。里面的人此时安静了，因为看到他和他的……匪帮？他走进来的某个时候开始想他们是否被视为匪徒，而且那些人瞪大的眼睛证实了这种猜疑：我们看起来一定就是这个样子，因为我们手里的突击步枪挥来挥去，制服上尽是鲜血。有一个瞬间，卡里克斯害怕他们可能会挡路，然后又产生一种奇怪的感觉，他们可能会爆发出掌声，祝贺他为了他们的权利揭竿而起。实际上两种都发生了。

嘲弄的喊声，支持的欢呼声，乱成一片。人群很快发生混乱，开始按照意识形态画线。斗殴开始了。人们喊着，有的倒在地上，有的向安全的地方跑去。而他就身处中央，周围都是他荷枪实弹的死硬忠诚队员。

是啊，卡里克斯这样想，这简直就是最好的描述词汇——无处可逃。他们绝大多数人都跟了他很多年，克服了不可胜计的困难。在华沙号之后，他们声称会跟着他赴汤蹈火。他宣布要去申请仙女座志愿者的时候，并不是为了测试他们的忠诚，而是希望能与这种生活决裂全新开始。不过他们信守了诺言，而他在意识到发生什么之前，他们就为他决定，申请必须以整个团队的名义提出。然后催生了现在整齐划一地逃离这个被胡乱指挥的飞船的愿望。直到现在他依然怀疑他们是否真的理解加入先遣队意味着什么，他们想成就一番事业。好吧，他觉得他们实现了愿望，然后又进一步实现了一些。

卡里克斯停下踱步，他举起手，示意安静，身边的武装护卫依然在他身边绕成一个圈，枪像利矛一样指着外面。人群继续拥挤推撞，声音越来越激烈。卡里克斯张嘴要求大家安静，不过还没来得及说话，一名技师就朝天花板开了几枪，人群一片死寂，都看着他。

卡里克斯等到尘埃落定才开始对他们讲话。"我们所有的人都因为某种原因从休眠中被唤醒，"他说道，"为了修理联结堡号。它不仅仅是我们被指定登上的飞船，这不是一个临时岗位。联结堡号是我们的家，我们的避难所。迄今我们依然不知道这个地方遭受了多大损害，没有人知道。我们领导层谈论的'鞭子'，也仅仅是一个名词而已。"

他吸引了所有人的注意，决定要抓住时机。

"现在我们知道这个'鞭子'已经把我们附近的所有行星变成废墟。我们甚至有一只侦察队没能回来，可能又成了伤亡人员。这个未知的力量可能在我们无法知晓的任何时候卷土重来，因为所有的传感器都坏掉了，而且几乎没有修好的希望。"

"也许应该把传感器小队换掉！"有人喊道。另外一个声音喷了回去："没有备件我们什么也修理不了，因为制造车间无法单独应对——"

又是另外一个声音打断了："工厂正在全力运转，不过每次我们开始制造什么东西，就被告知取消了，因为优先级更高的任务又来了。"

很多人点头同意，也有人大骂，责怪声交织着责怪声。

卡里克斯又举起手："我们都曾努力工作，如果需要责怪任何人，那一定是临时领导层。他们从来没有被委任为领导，而且显然他们也没有能力。"

大家的回应各有不同，但赞同居多，很好。

"糟糕的决定，"他继续道，"总是不断更换的立场和优先事务，彻头彻尾的欺骗。而且在这后面，我们可能被'鞭子'再次袭击。这种情况下，他们的决定竟然是我们都回到冷冻状态，装作打个盹，然后我们所有的问题都解决了。"更多人点头，他得到了鼓舞，"这就是他们的计划？我们应该去睡觉，然后把事情都托付给他们？"

"不，我不会！"他说道，声音抬高，"我的团队不会参与进来。我们拒绝操作这些休眠舱，我们可以选举公正而决断的领导。最重要的是，领导层愿意思考所有可能……包括为了我们的生存而放弃任务。"

这些话必然会引起危险，卡里克斯停下来观察着大家的反应。他的团队可能会攻击自己，虽然可能性不大。人们也可能会把他大卸八块，因为他反对加森的愿景。

他的小队站在原地等待着，人群炸开了锅，分成暴力冲突的两派。

第二十七章

听到暴动的声音后,斯隆妮朝那里奔去。她身后有五十名军官,他们的靴子踩在地砖上,发出雷鸣般的响声,斯隆妮咬着牙,在头脑中想象包围的场景。

什么?卡里克斯和他的小队已经成了什么?这不是简单的抗议,他的演说已经暗示了许多内容。违抗回到休眠状态的命令,这就意味着暴动,或者说一场叛乱?这些见鬼的文字游戏真的重要吗?

她觉得给予惩罚的时候很重要,违背命令可能只是给出一个警告,有些时候会关禁闭,但叛乱就意味着死刑。这意味着去往气闸的短暂路程和被扔向最近星球的漫长螺线。

抵抗,斯隆妮决定了,现在需要这么做。她头脑的一部分依然不想承认卡里克斯的叛乱。毕竟他在交谈中说的那些话,还有他为让他们活下去付出的那些努力,让她感觉欠他一份人情。

她第一个到达公地,几百人正聚在一起,争辩着什么。有些人在打架，一名阿莎丽人一掌砍在人类的脖子上，被砍的那个倒在地下，不住咳嗽。一名突锐人猛击另外一名突锐人，而后者也以牙还牙。

在广场中间，一群人挤成圈，一起移动，所有的人都面朝外，保护中间的什么人或者东西。可能发生了踩踏，有人倒下了，那些依然能站住的人努力保护他们，免受进一步的伤害。不，斯隆妮知道不仅于此。她看到了他们的制服——生命支持团队的船员，但就算没有制服，斯隆妮也能看到他们的表情。她对表情很有研究，她看过一千个安全监视探头的图像，还面对面看过一些人的表情，一般罪犯在行事的时候就是这副表情。然后她看到了卡里克斯，正在他们中间。他们不是在保护一个倒下的同志，而是在保护自己的头儿。

斯隆妮疑惑地注视着突锐人，而他似乎在说，你逼我的。那一瞥的目光中没有悔恨，也没有任何将在这里和平终止一切的痕迹，显然他和他的那伙人不准备放下武器。

"旁边太多平民了！"一名军官朝人群喊道，斯隆妮又重新集中注意力迅速扫了一眼周围。一个肾上腺素喷发的人类男性，还没来得及看清对方是谁就朝她旋风般一拳打过来，他想要收回拳头时已经太晚了，还是打在斯隆妮下巴上。这个混蛋块头很大，就算他想停下来，拳头的力量还是收不住，把斯隆妮撞得向后退了一步。她嘴里开始冒出温暖的铁锈味，吐了出来。

她手下的一名军官马丁内兹，闪了进来，团身出手。斯隆妮想要喊不，但嘴里只有血和不成调的喊声喷出来，马丁内兹用步枪枪托猛击到他肚子上。斯隆妮听到这个家伙一声惨叫，倒在地上。别这样，她想喊出来。

人群中有个人看到了他们动手，但没有看到斯隆妮挨打，就得出了结论——"安全小队在对付我们！"他们高声喊道，"抵抗！"

斯隆妮想要抓住马丁内兹的胳膊和后背，让他冷静冷静。不过她的手指没有碰到他的二头肌，指尖只拂过袖子，马丁内兹还是冲了出去。她的军官给了刚才喊叫的抗议者一耳光，抓着他的肩膀，两个人在一堆胳膊中倒下了。人群包围了他们，马丁内兹迅速淹没在人海中。现在已经不单单是混乱的打斗，这场混乱已经有了自己的生命，变成一场全面混战。斯隆妮从过去的经验中知道，现在已经不可能让人群奇迹般回到理智中了。不，结果只会是一方被打到投降，或者撤退。他们现在能做的是向前冲，越快越好，希望在这短暂的几秒钟里没有人开火。卡里克斯和他的小圈子朝斯隆妮进来的那块隔板相反的方向挺进，她把一名阿莎丽人踢到一边，给了一拳，然后又在落地的时候还击了一拳。她的拳头下鼻子开花。斯隆妮没有停下，模糊感觉到她应该离自己的小队不远了，她多么希望坎德罗斯就在这里，他能读懂形势，知道此时守在她身边。

"他们朝隔板走去了！"那是她的一个女手下喊道。斯隆妮意识到这个喊声是对着她的。

"知道了，"她喊道，"我们要阻止他们！"

然后这个女人站在她身边，和她一起，就像坎德罗斯会做的事情一样。另外一名军官出现在斯隆妮左边说道："用你的万用工具，封住门！"

是的，是这样做。斯隆妮跪下，想要忽略周边旋风般的战斗，一只膝盖撞到了她，有个人差点踩在她手上，她挣扎着站稳，试图争取哪怕一瞬宝贵的平静。斯隆妮敲击万用工具，打到菜单，在地图上找到自己的位置标记，然后将门设置为关闭。她抬起头，门一动不动，卡里克斯和他的那伙人已经很近了。

"该……"她对自己说道，她的眼睛眯了起来扫了卡里克斯一眼，看到了他胳膊上的万用工具。在它包含的冗长项目里，有一个是隔板维护代码。卡里克斯声称不知道什么丢失的数据，但他已经有了代码，这就是他进入武器库的方法，以及所有的门都大开的原因。每个人都有访问一切的任何权限——而她只是在军火库留下几个警卫。她专门把武装人员放在视线之外，好让自己冷静地思考。"我真是个傻瓜。"她低声道。所有薄弱地方的清单在她脑中滚过——行动室、安全办公室、殖民事务机库、适合存储物资的空余机库、储水柜和回收装置、依然封锁的休眠舱、联结堡号上广阔无人而静谧的地方，还有下面一条自己亲自帮凯什清理出来的隧道。卡里克斯当时根本不在戒备范围之内。他打算把她和她已经醒过来的队员困在广大空间站的一个小小角落里。

哦，该死。斯隆妮看着卡里克斯，他的同伙，以及一群突然变成他的私家军的小型军队都进入了通行隧道。她可以看到里面有一整排悬浮车，有人等着他们。上面堆满了口粮和水，还有其他东西。现在卡里克斯通过墙面板上输入命令，门关上了。

斯隆妮·凯莉高喊撤退。她朝行动室奔去，一边走一边向凯什狂发消息。这个克洛根人一直都没有回复，斯隆妮在想纳克莫部落对此将如何反应，他们实际上也不愿意回到休眠状态。

另一方面，他们基本在清单最靠后的位置。而且，如果他们抱怨的话，凯什总是拿纳克莫·莫达部落的愤怒劲儿来威胁他们。斯隆妮想，他们应该觉得自己很幸运，因为莫达没有醒来。然后她又想，我们都很幸运，因为莫达没有醒来。

卡里克斯也背叛了凯什，从技术上讲他是为凯什工作的，少数向凯什报告工作的非克洛根团队。他和她透过风声吗？他们有没有勾结在一起？斯隆妮焦虑地叹了口气，她有所怀疑，拒绝相信这个猜测。凯什虽然与领导层尤其是坦恩有分歧，但是是忠于任务的。

不过……如果克洛根人也插手了，如果这后来被证明是趁古老的偏见还未根深蒂固之前意图重组仙女座政治版图的政变……"我们就完了！"斯隆妮对自己说。不管她的小队训练多么有素，不管从平民那里得到多少帮助，都不是有组织的克洛根人的对手。

她又看着自己的万用工具。

"拜托，凯什，回话。"

她的小队穿过一群群联结堡号船员。有些人聚集在大开的门口旁边，可能是守卫里面放着的东西，他们自己拥有的工作成果。斯隆妮希望这样——虽然她从他们的眼光中看出，他们的意图肯定没有那么高尚。

"门怎么了？"有人朝她喊道，"为什么不关上？"

"我们正在着手解决，"斯隆妮毫不犹豫地答道，她分不出人手帮助防守这些房间里面的东西。卡里克斯也知道这一点，这个聪明的混蛋。

她来到一条与联结堡号长臂平行的步道，景色本来应该很壮观的——青翠的花园，私家车呼啸而过，市民与船员同伴一起用餐购物后在这里徜徉。

但"鞭子"严重损坏了这块宽广的空间，上边的部分甲板沿着边缘崩塌，挡住了向外的视线。一条一边满是商店的宽阔大道上面依然堆满货物，另一边满是乱糟糟的残渣。

枪声响起，声音还没有传过来，斯隆妮就趴到地上。这是多年磨炼出的本能，她朝前爬去，在一条又长又矮的装饰性花坛后面找好掩体。一排突击步枪的子弹在空中呼啸而过，身边的走道上火花四溅。开火停顿间隙，她才有机会看看墙，她只能看到黑色的门面，她的小队一路过来的时候已经散开,只有少数人跟着她,其他人都在她刚才走过的长路上的阴影中藏好。

"有人看到他们了吗?"她问道。

没人看见。

"散开。"斯隆妮命令道,朝其他隧道入口的军官走去,要他们原地不动。这里只有四个人和她一起,三个人慢吞吞地或走或爬跟在她后面很远的地方,尽量为自己找个好位置。

在她发出命令后,有个人一动不动。斯隆妮看着那个一动不动的蜷曲身体,内心感到一股熟悉的恐怖之结。

一阵火力扫在隧道入口的墙上,小队的人马上爬回到阴影中。

"我希望在十秒钟之内有掩护火力。"她说道,声音刚够身边最近的三个军官能听到。

"骚扰火力,牵制住就好,明白了吗?打头上,钉死他们。"

她趴着爬到种植机的另外一边,把自己的武器放在一边。她小心翼翼地低下背部——种植机只有差不多半米高——斯隆妮站起一只脚,准备跑。

就在她给三名军官下命令后十秒钟,他们朝那一排商店门面开火了,斯隆妮转过身朝门道大喊。"医疗兵!快过来!有人倒下不动了!"

她没等人回答,就冲了出去,眼睛看向地面,避开上面一大排商店招牌上耀眼的灯光。

她弯着腰朝最近的商店冲过去,用肩膀顶开入口,藏入黑暗。她运气不错,敌人没有看到她穿过去。枪战继续,这个位置让她对局势有了更确切的认知,她数了下,他们有四个人。一个在附近,三个人在道路的远方。

她沿着商店边上黑暗的空道路移动，关上手电，以便眼睛能慢慢适应。她的枪扫过每一个角落，不过里面没有人，也没有人在商店后面，至少就她所知，整排商店都是空的。那为什么这些武装暴徒驻扎在这里呢？

她从一道后面的维护门进入迷宫一般的隧道系统，商店的工作人员可以在其中来去自如，他们可以通过它送货而不用干扰消费者的人流。头顶上有动静，她停了一下。声音很低，还有移动或者装配装备的声音。

"你太贪婪了。"有人说道。

"闭嘴！过来帮忙。"另外一个人回答道。

她看了下身后，确认一下她的处境——她现在孤身一人。斯隆妮在黑暗中向前爬去，她身后的枪声退化成背景，听起来更像遥远的雷声。前面有人骂着，然后是什么东西掉到地上的声音。她觉得这是个机会，向前滚去，进入一个小储藏间。目睹他们一伙人把为两个生命支持人员准备的储存一扫而空，然后他们又把一袋什么东西装到推车上。

"一边去！把手放在我能看见的地方！"斯隆妮说道。

他们放下包裹，几万个灰白的小东西在地板上散开，弹跳着。是种子，斯隆妮意识到。他们没有投降，趁他们抢来的东西撒在地上的时候，两个人转身朝斯隆妮的反方向跑过去。斯隆妮向前向他们的方向开了几枪，瞄准的位置比较低，希望能击中大腿或者膝盖，这样他们就无法再淘宝。不过她的脚落在地毯的小硬壳上，轻轻滑了一下，但很要命，她的瞄准变高了，第一枪击中了最近的那个人的后背。这个家伙撑了一下倒在地上，他的同伙转过角落，消失在另一边的商店里。

斯隆妮没有理会撒落的种子，她知道这些种子对联结堡号的生存意义非凡，但现在什么也做不了。她小心不要踩在上面，几秒钟后，她就穿过房间，越过尸体——它流了更多血，斯隆妮恐怕这只是个开始……

门道分开，分成两条。她可以继续向前，也可以向上走一条狭窄的楼梯，可能通往什么办公室。突袭的效果已经不在她这边，她打开战术照灯，仔细看着地面，台阶上都是被压坏的种子的残迹。她用脚尖着地，一次跨两个台阶，尽量让声音最小。到顶只有两个台阶，身前的空间突然爆发出强光和巨大的声浪，是一个闪光弹。她蹒跚后退，被震得什么也看不见，什么也听不见，人也几乎跌倒但她还是勉强站住了。好在空间狭窄，她还可以分辨清方向。

斯隆妮朝楼梯顶上的房间盲射几枪，枪切换到全自动模式，可以在穿甲和燃烧子弹之间变换。因为持续轰炸，她的听力有所下降，视觉虽然没有完全恢复，但是够用了，她一直向上爬，一路开火，毫不间断，这样敌人就没有时间重新站起来开火。

爬上楼梯顶层，她开枪冲进办公室，桌子椅子都碎成一堆金属条和人造木屑。远处的窗户，就是她的小队第一次冒着火力冲过来的时候监视步行道的地方，突然之间撒上了一排弹孔，每隔一个都在边缘有烧焦的黑圈。

不过她右边最远的那个窗户是开着的，斯隆妮刚好瞥见猎物的腿爬到标牌上，消失在墙后。

她倾身迈步，准备追击，不过本能又告诉她不要这么做。她马上收身，不过已经太晚了，她下巴上吃了一记重拳，斯隆妮四仰八叉地倒下。她的枪飞了出去，消失在一张受损的桌子底下。她扭在地上，没有理会腿上撕裂般的剧痛，起身站住。

斯隆妮蹲下身，重击从她头顶呼啸而过，斯隆妮一记重拳又一记重拳结结实实打在那个家伙的胃部。他惨叫着弯下身，下巴迎送到斯隆妮弹起的膝盖上。斯隆妮的视力恢复了，看到血像泉水一样从对方嘴里喷出来。他向后跑去，斯隆妮跟在他身后，然后看见他的手的时候，停住了。

握在他手里的是一支手枪。她转过身朝桌子下面钻去，寻找自己的武器。斯隆妮一个滚翻，重重背部着地，他的子弹打在金属蒙皮上。

"你无路可走了！"这个人说道，嘴里满是鲜血，所以有些含糊不清。"卡里克斯有个比你领先十步的计划。现在投降吧，你可以活——"一声恐惧的尖叫切断了他的话。

斯隆妮听到他扑倒在了地上，随后是低沉的生物异能爆裂消散的声音。她迅速扫了一眼桌子上面，塔里尼站在那里，蓝色的皮肤在微光中七彩斑斓。

"你没事吧？"阿莎丽人问道。斯隆妮说道："没事，虽然如果你再晚一秒钟……你对他做了什么？"

"劫掠。"他答道。

"不是耍我吧？"斯隆妮观察道。

塔里尼稍微抬了抬下巴："我觉得我们已经过了这个阶段了，你觉得呢？"

十分钟之后斯隆妮·凯莉到了行动室。门是关着的，这是个好迹象。这说明即便是卡里克斯也不能获取最高权限，她在私人频段中呼叫了坦恩和艾迪森，几秒钟后门从里面开了。

她几乎与斯本德撞在一起，他一定就在里面等着。

"怎么样？"他的语调有种奇怪的平静，"你抓住他们了吗？"

"没有。"斯隆妮回答道，承认这一点真是令人痛心。她几乎要开始讲自己的事了，不过斯本德很快点了点头，让到一边，好像他不再关心这件事了。

"好吧,好吧,"坦恩说道,"间谍大师回来了。"

"现在不是开玩笑的时候,坦恩。"

"你可以告诉我们你已经安装了隐藏式摄像机,我们来讨论一下隐私方面的意义——"

"我说过我会加强安保的。"她回击道。

"你对于应该监视的具体地方有疏漏!"

"你看,"斯隆妮嘘道,"这个要等到以后解决。如果你没有注意到我提醒你一下,我们现在要对付叛乱。"

他审视她的眼光没有动摇,不过他还是让她进来了,没有说什么。但斯隆妮的小队依然留在外面,塔里尼向斯隆妮干练地点点头,门关上了。他的头稍微朝前点了一下,好像是在说,我们可以不在这里和你一起,但我们都支持你。

斯隆妮壮了胆,转回向坦恩,狡猾的斯本德在背景里隐约可见,好像对此根本不感兴趣。

"他们袭击了军火库。"她说道,生硬地直奔主题,似乎这样最好,"就现在而言他们的装备比我们还好。"

"这是怎么可能发生的?"坦恩质问道,"空间站只有这个房间应该是坚不可摧无法渗透的,但是斯本德告诉我卡里克斯和他的那伙罪犯轻松走了进来。"

"他有那几扇门的最高权限。阿莎丽人偷的数据里面有这个权限,我不知道为什么我不认为——"

"你关起来的囚犯没有传递情报吧?"

"卡里克斯是这么说的。"

"而你忘了更换密码?"坦恩问道,已经在踱步,"哪怕是这种形势下？"

"我……"她停了下来，稳住呼吸，"如果你想要把整个事情赖到我头上，这个会议可以到此为止了。"

第二十八章

坦恩走着,步伐飞快,斯隆妮觉得他在地上走出一条痕迹只是几分钟的事情。

"到处都是抢掠事件的报告,"他说道,"在公地区域的殴斗,水栽农场已经毁了,可能永远也没法复原。"他痛骂着她,但斯隆妮几乎没听,只是眼睛直瞅着天花板。

"我们需要关上那些门,"斯本德说道,"现在空间站门户大开,所以发生了这些事情。"

"我同意,"坦恩说道,"实际上我不理解为什么还没有采取行动把门关上。"他把此事指向斯隆妮。

"因为卡里克斯会确保这种事情不会发生,除非整个重新设置。"

"那就进行重启,"坦恩说道,"你还在等什么?"

"完全重启需要时间,而重启进行中,会有更多打开的门变得不安全。"

"那就手动关门。"

"派一个小队出去关上每扇门,而且需要一直守在那里,直到开始执行重置。"

坦恩只能低声埋怨,因为他至少能理解这个。手动关上所有的门需要大量的劳动力,这就意味着需要克洛根人,就现在。但没有人能知道克洛根人都在哪里,凯什和艾迪森也不知道在哪儿。他们好几个小时都无影无踪。可能是找了个阴暗的角落藏起来了,斯隆妮想,不过她没说出来。

"斯本德。"坦恩叫道。

"是,长官。"

"当这一切开始的时候,给克洛根劳动力安排了些什么?他们当时在哪里?"

斯本德根本不用查询:"更换第九层和第十层甲板之间破裂的电气管道。"

"凯什和他们一起吗?"

"谁知道,她喜欢到处管事。"

"现在……"坦恩说道,虽然没有任何实际的意义,因为斯本德基本上不会忍着凯什,凯什也一样,可能就是这个原因他们很少打交道。他们以往有些过节,不过斯隆妮没有问他俩到底什么过节,"回答我的问题。"

"我也不知道凯什是不是和他们在一起。"斯本德直说了。

斯隆妮看出来话题要往哪儿引:"我下去找到她。"

"派一支小队过去,"坦恩说道,"我觉得你应该待在这里,你是安全的头领,你应该盯着……安全。"

斯隆妮盯着他:"我无意冒犯,但我会在充分发挥我自己和军官力量的基础上做出决定。"

坦恩步子迈了一半就停了下来，面朝她，什么也没说。

斯隆妮又继续道："卡里克斯为凯什效力。我们还不知道凯什态度对这个事情是什么看法。"

"你是不是说她也有份？克洛根人也是其中一部分？"

"我不是这个意思，"斯隆妮回答得很快。她现在可不想让坦恩对克洛根人天生的不信任变成一个影响因素。这种不信任已经是个很大的影响因素了，现在至少不要变得更大。"克洛根人从醒来开始就无比忠诚。"

"我们的生命支持团队曾经也一样。"

"我没有理由相信他们会背叛我们。我最恐惧的是卡里克斯已经考虑过此事，然后在知道克洛根人离得很远，在通讯范围之外的时候选择行动。"

坦恩深思熟虑地点点头："他甚至可以做些事情来破坏通讯器。"

"好吧，我没有想到那一步。"

"我能想到。"

斯隆妮叹了口气："你知道的，没有人暗示这么明显的办法，我可以试着和卡里克斯谈谈。"

赛拉睿人看着她，好像她说的是外星语。

"你？"斯本德的眉毛几乎扬到发际线上去，"这真是个可怕的想法。"

"那你觉得其他人可以？"

斯本德自鸣得意地笑了笑："可能有个人在政治层面上更合适，我很开心和卡里克斯打交道——"

"我们是不是要听一下你为坦恩写的演讲？政治上合适的大师课

程。"

"这是无关话题。"坦恩责难道,"我们不和恐怖分子谈判。"

斯隆妮走向他,直直对着他的脸:"不要再听从你的提议了,对吧?"坦恩很有种,迎视着她的目光没有移开。

"原谅我,"他小心说道,"我以为你,还有所有人,都会同意这么一个政策。"

"哦,我同意,我同意。"她回答道,"我只是不同意使用恐怖分子这么一个词语。"

"那就需要你重新定义一下这个单词了。"坦恩说道,好像很吃惊的样子,"他们袭击了军火库,干掉了你布置在这里的警卫,烧掉了水栽农场……如果这些还不够,我可以继续。"

斯隆妮发现自己无言以对,但也不想承认他就是对的。她咬着牙瞪了回去。

坦恩举起手。"看,"他说道,"找到凯什,也许你可以在找到凯什的时候跟踪到艾迪森,不过你小队里的大部分人都需要留在这里,留在眼皮底下。我们需要恢复秩序,就像我们需要阻止卡里克斯,我们要不惜任何手段来阻止他们。"

斯隆妮全都听到了,而且很同意,不过她依然瞪着斯本德,怒气满满的,过了几秒钟才肯说话,"当这一切结束的时候,"她说道,盯着那只鼹鼠,"这里必须有所改变。"

她说完话转过身离开了,她的小队等在大厅外面,站成阵列,好像在期待迎击前往行动室的侵略军,他们都充满期望地看着她,斯隆妮挺直了身体。

"塔里尼。"她叫道,阿莎丽人抬起下巴听着。"找出三名志愿者,你去追踪福斯特·艾迪森,把她安全地带回来。试着找一下殖民事务处的办公室，或者机库。"

"明白。"

斯隆妮看着其他人，"我需要你们有三个人跟着我，凯什和克洛根劳动力不在通讯范围之内，而我需要他们守好门。"队员纷纷举手，所以斯隆妮随便选了三个。

"两个人待在这里，其他人散开，"她说道，"我们不能因为守卫行动室就失去空间站的其他部分，从附近的地方开始，让大家知道你们在那里恢复秩序。"她停了一下，又说，"尽量不要开枪，明白吗？这些人被吓坏了，他们很紧张。如果我们也和他们一样，事态就会更加严重，明白了吗？"大家都点头。

"很好，"斯隆妮说道，"开始行动。"

她大步回到行动室旁边的公地，身边的核心军官簇拥着朝左右散开。他们排好队形，脸上的表情好像第一次来这里，有的一脸轻松，有的好像要被痛扁一顿。"好好在房间里待着，"她对他们说道，"或者待在公地上，如果有人抢掠或者引发混乱，就按照联结堡号的法律进行处理。"她大声说道，这样她自己的手下就能听到。他们需要知道正确的话，这些话将原封不动地由军官从一个区传到另外一个区。她每进入一个地方，就会留下几个士兵平息偷盗或者争执口角这样的事情。一个不满现状的人把一片腐烂的食物砸到她脖颈上，斯隆妮尽量不往后缩，也没有理会，只是把它甩开，然后离开这个地方。

她以前可不是这样的。

他们回去穿过那一排商铺，之前已经把卡里克斯留下的人都清理掉了，斯隆妮又一次在这些商店里看到了些影子，只是这一次她知道他们全是平民，试图取走能带走的一切。她打手势让自己身边的最后几个军官也进去。

"小心点，"他们跑开的时候她说道，"敌人的数量比你们多。"他们点点头，有的人显然目光充满恐惧，但脚步并没有停下来。

人们向阴影跑去，斯隆妮过来的时候他们如老鼠一般逃窜藏了起来直到她过去。她走过之后人们就大喊需要新的领导层，或者干脆就像被传染了一样破口大骂。

"不要冷冻！不要冷冻！"

"再快点！"斯隆妮说道，他们现在只有四个人，要找到凯什还有七层楼要走。"从现在开始我们不要再发生交火，我们一定不能再让人看见。"

"明白。"三人组异口同声答道。

斯隆妮避开了下一个大厅，那里人影憧憧。她带领小队穿过步行街上的铺面，来到边上的栏杆处。这里的天花板有个小缝隙，天花板从这里崩塌了下去。这个地方可以俯视联结堡号的一条长臂，而去往那里的墙已经歪了。斯隆妮跳上栏杆，稳住平衡，把身体靠在外斜面墙上沿着边缘移动，不时寻找落脚点，这时走道阴影里传来一声高喊："趁我们还没有被冷冻，阻止他们！"随后又传来赞同与鼓劲的喊声。斯隆妮意识到，人们已经分了组，一拨是那些依然忠于任务的人，一拨因为恐惧而崩溃，还有一拨是被卡里克斯的成功所激励的人，他们冲了出来。她穿过栏杆看着他们，考虑把另外一只胳膊也抬起来，朝他们开几枪阻挡一下。

不，她想，不要交火，那样只会拖慢我们。她松开栏杆，开始滑行。她的小队学她的样子一起滑行下去，然后继续朝下一层奔跑，连滚带爬，摔到下面依然覆满灰烬的楼厅里，这些灰烬都是灭火系统的功劳，没人来过这里。

斯隆妮着地的时候嘴里骂了一句，用一个滚翻减小冲击，真是疼得要命。小队里的其他人也没有好到哪里去,不过几秒钟内都站了起来,虽然也很疼,但依然跟着。愤怒的群众似乎很满意,准备为吓走了一些安全军官而没有追上来庆祝。

享受你们的胜利吧。她看着自己的小队:"我们走,但是我们不能再像那样着陆了。"

他们和她一样,都松了一口气。他们穿过一个又一个楼厅,跳过矮墙,朝联结堡号内部的主中心枢纽前进。电梯都没有清理到可以使用的程度,不过感谢卡里克斯,所有的门都开着,而电梯管道都在墙上建有为维护和紧急情况下使用的应急楼梯。

斯隆妮从这一排最后一间公寓打开的楼厅门滑了进去。里面黑黢黢的,一股灰尘的味道,她打开枪上的照灯,一路小不停地用枪扫视前面,不过没有发现什么人。

她从前门走出的时候,扫了一眼角落,朝左边走过去,身后的军官则向右前进,另外两个人跟着他,穿过远端。斯隆妮提醒他们跟着她走,临近什么地方突然传来一阵笑声,在大厅里回荡。然后,更远的什么地方,有人在疼痛地哭泣。

"简直就是噩梦。"她身后的军官说道。

"安静!"她厉声说道,虽然她也同意这个感觉。

他们从下一个广场走过,斯隆妮朝这里看了看。这就是卡里克斯和他的核心团队在隔板后面逃跑的地方。现在这里已经凋零在黑暗中,灯光都灭了,可能是被特地摧毁的,尸体散落在地上,看到此景她一阵反胃。

卡里克斯绝不会想看到这样的场景,也不会鼓吹或者命令出现这种情况,绝对不可能。这不是在伊利达被捕之后她谈过话的突锐人,他也不可能是这种同事。

不过,伊利达的审讯……斯隆妮可能没有看到卡里克斯搞审讯,不过伊利达看到过。这说明卡里克斯非常聪明,而且把大部分个性对斯隆妮死死瞒住。要不然就是低估了他的力量,斯隆妮在想在他此前的岗位到底发生了什么重要的事情,以至于他的团队对他如此死心塌地。

他们到达电梯的时候再没有发生什么意外,斯隆妮犹豫了一下。她回头看着公地,那里已经变成墓地。

"凯什和她的小队在六层楼下,"她轻声道,"你们三个人去找到她,解释下发生了什么事情。"

"你不去?"一个人问道。

"不去,"斯隆妮说道,"我还有其他事情需要处理。"他们三个人都犹豫了。

"看,我怀疑有什么其他人下去了,"凯什很理性,而且站在我们一边。我希望如此,她没有说出来,继续说道,"跟她解释一下发生了什么,然后把她带上来,进入万用工具的通讯范围让她和坦恩谈谈。"

"你去哪里?"

"我必须要去找个人。"他们面面相觑,满腹狐疑。

"保密,明白吗?"她的语气变得很尖利,"我给你们三个人下了命令,并且希望你们遵照执行。"

"如果凯什变得不可理喻怎么办?或者他们已经被……我不知道,被恐怖分子以某种方式干掉了?"

"那就不要交火,直接回来报告,我不会离你太远。"她也不知道最后这句话如果不幸成真应该怎么办,不过一定要这么说。她不能让他们三个人去她自己要去的地方:"走吧,军官们。"

他们不情愿地向楼梯走去,朝下进入联结堡号的深处。斯隆妮等他们下了三层,才开始爬梯子,她滑得很快,走了十步,然后侧身而行,来到下面一层冰凉的地板上。她单膝跪地,打开步枪上的手电,光柱只能驱开阴影,找到空荡荡的角落。这个地方已经被废弃了,灰尘上倒是有几个脚印。

她进入黑暗,张耳细听,每根神经都处于高度警戒。斯隆妮几个月前来过这里,为被阻塞的隧道找出一条通路,这样纳克莫工人就可以通行。当时她在这片残迹中穿行了一个小时,这个迷宫似乎无穷无尽,在她发现了一条似乎有些希望的路——虽然特别窄,几乎无法到达——凯什叫她回来,说已经发现了通往前方的路。

斯隆妮找到的这条路让人摸不到头脑,所以大家都废弃了这条,而选择了另外一条。不过她依然记得怎么走,至少她觉得自己记得。这个实验室似乎是对的,不过实验室太多了,她记起一扇凹下去的门。是的,就在那里,一个角落里,桌子和柜台摞成不规则的金字塔,墙顶上有条裂缝,通往她要去的地方。嗯,她想,现在没有看见裂缝和桌子。

"你究竟在哪里?"她朝黑暗问道,令她吃惊的是,黑暗中传来了回答。

"说明你的来意!"声音粗哑,口音很重。斯隆妮认不出这是谁的声音,这没什么吃惊的,她只认识联结堡号上面的少部分人。

"我也想问一样的问题。"

"我们才是问问题的人。"左边右边都传来移动的声音,阴影重重。斯隆妮强迫自己保持镇定,带着步枪进入这个地方会坏了她的事。

"我来这里不是为了战斗。"她说道。

"那你来这儿干什么?"那个声音问道。

"我想要和卡里克斯·科万尼斯谈谈。"

"从来没有听说过这个人。"

斯隆妮摇了摇头:"那你们三个人是碰巧守在这个黑黢黢的地方的喽。这个实验室没人用,而且还需要修理,只是恰好后面墙上有个洞,可以通往联结堡号上科万尼斯为起义建立的总部。难道这一切纯属巧合?"

她的话有很多猜测的成分,但他们沉默了,这让斯隆妮会心一笑。

"现在,"她继续道,"我们为什么不省省守卫门口的这种见鬼的大男子气概,做点别的事呢。比如是你去让卡里克斯知道安全总监斯隆妮·凯莉一个人在这里,来和他谈谈,还是你们希望我用你们的内脏重新涂满这面墙,再和他见个面呢?"

一个男人走进她的光柱,他又高又壮,好像所有的业余时间都用来进行举起克洛根人这项运动了。

"我觉得我们应该采取第三个选择,"他说道,"你放下枪,我们把你铐住,送到卡里克斯那里去,这样你就知道伊利达的感觉了,总监。"

她对自己说,赌博时刻到了,只有现在投降,才能走得更近。她现在只能希望前线的兽人们不会在领导未批准的情况下自行其是。而且她怀疑卡里克斯是专门为她下了这样一个命令,还是对每一个现身的人都这么命令,如果是后者,那就意味着他们不需要请示就可以把她暴揍一顿——或者更糟。

所以她把枪放到地上,把手放到背后腰上,等待。他们动作并不客气,不过尽管他们想给被关起来的朋友们复仇也没有伤害她。斯隆妮很快发现自己在被托着往前走。有人带路走了差不多二十分钟,他们通过了那扇狭窄而扭曲的小道,来到几个月之前她和纳克莫部落清理出来的路上。这条道是联结堡号上的主动脉,只能说最勉强地清理过。一路上都是堆在一边的碎屑和散落的装备。斯隆妮现在很后悔这个决定。这是打开走廊最容易的方式，不过现在这些堆在一起的垃圾成了卡里克斯军队的简易掩体。每个被废弃的板条箱或者破烂的空调都有一到两个叛军蹲在后面，所有的人都配有武器。

不过她独自过来时的后悔在看到他们的时候烟消云散。如果她来的时候凭借武力，屁股后面跟着一整个班，那无论最后谁胜出，肯定是一路血战。这些混蛋们可能没有经过训练，不过数量惊人。而且他们的优势就是可以严整以待，只管一直待在掩体后面。

"似乎你已经把这儿当家了。"她对前面的那个兽人说道。

"不要说话！"他回敬一句。

太有创意了，斯隆妮叹了一口气，继续数着敌人，在脑子里建立起一个小型数据库，记录他们的位置、武器，还有可能有用的任何其他细节。她希望永远用不上这些数据，不过依然比对这道移动路障说话好些。

他带着她进入一个制造车间，大量机器上面盖着保护罩，沉默而冰冷。机器旁边是几排凌乱的架子和作业空间，被"鞭子"弄得七扭八歪。有很多掩体和空间，容得下这些乌合之众，再外面，如果斯隆妮没有记错的话，是一个空的方舟机库。

从那里，卡里克斯和他的人可以进入到空间站十分之九的建筑中，更不要说唤醒他们认为用得上的渠道和专业知识的任何人——他们想怎么编故事给唤醒的人说都可以。斯隆妮再也不否认这是个多么明智的行动。卡里克斯可不是一个温吞的总监，绝对不是。

"凯利总监。"卡里克斯的声音从旁边工厂地面相邻的小小办公室里滤出来。斯隆妮转过身，看着他走出来，站在一群生命支持系统专家的核心成员中间，这肯定是他所信任的小圈子的人，他们的特征都一样。她朝他点了点头。"卡里克斯,"她说道,"我不知道你现在是什么头衔,对不起。"

他的下巴朝兽人一偏,几秒钟之后斯隆妮的手腕被松开了,她立即甩手并按压抚摸以缓解手腕的疼痛。

"我不需要头衔,"他说道,"我只需要做出更好的决定。"

"坦恩也在尽其所能,我们都一样。"

他干笑了起来,他的朋友们也开始应和着笑。很明显,其他人有点被强迫的意味。

"我们能谈谈么?"她问他,"私下。"

"这要看情况,"他说道,"你是不是想分散我们的注意力?在进攻开始的时候,让我从前线离开?"

"没有人前来袭击,卡里克斯。我们需要你——你们所有人——回到空间站中来。"

"你需要我们回到冬眠中去,"他说道,"而在此之前,你需要我们把其他人都送到休眠状态中,但这是不可能的。"他是代表自己聚集起来的同僚们说的,而不是她,她很了解这个战术策略。

"没有人前来袭击,"她重复道,"我是来谈判的,我想要弄个明白。"

"明白什么?"

"所有。"她在房间里扫视了一圈,想要看清突锐人为此番事业召集的这群狂暴异端分子是什么样子,全然不管他们想要完成的事业是什么。

"你为什么要这么干,有人死了,卡里克斯,还有很多人受伤。我们剩下的一点补给也被抢掠或者摧毁了。"

他盯着她看了几秒钟,好像还在决定要不要相信她,就算他对生命的损失有一点懊悔,他也让人无法在满面棱角中看出这点情绪。

"拿走她的万用工具,雷吉。"卡里克斯对兽人说道。

收下递来的装备后。卡里克斯关掉开关,把它扔到一边。他质问般地看着兽人,斯隆妮知道那是在责备他们没有第一时间拿走万用工具。她没有时间开启自动传输自己的位置,不过她可以一直说她传了。

"很好,"卡里克斯说道,"我们谈谈。"他转过身回到房间里,兽人雷吉推着斯隆妮朝门走去。

第二十九章

　　时间过去了很久，艾迪森、凯什和斯隆妮都没有消息，坦恩看着传送回来的信号——叛军攻破了走廊，狂欢般地劫掠，把那些伤员丢在后面，他看的时间越长，就越怀疑未来的那些参议会同伴的渎职。他越怀疑，就越愤怒，他的焦点都聚在一个人身上。

　　他理解对粮食采取措施的迫切性——甚至如果粮食代表最基础最基本的法律与秩序，任何生物，最终都会迷失。这只是天性，甚至是生理属性如此，在任何一个有感知能力的生命形式中都会不可避免地出现。坦恩并非铁石心肠，他确实理解。

　　无论在什么情况下——只要不像联结堡号任务在未来陷入危险这么重要——他可能都会很欣赏斯隆妮平息叛乱的努力。毕竟，任何事情都可以找到机会，甚至包括这件事情。不过在联结堡号船员起义包围他们的时候，坦恩不能冒这个险，现在太多事情陷于危险了。坦恩万用工具上的计时器走得特别慢，他开始拟定计划，筹措后备力量和安全保险以应对不可预见的事情。必须有什么人掌管这一串头疼的事情,斯隆妮用如此生动的词描述它。

"斯本德。"

"是的,长官。"这名人类似乎永远不变地耸肩观看着监视仪,他站起身,注意力全部转向坦恩。聪明的家伙,很容易相处,尤其是当需要把事情搞定的时候——正是现在,坦恩需要搞定一些事情。

"你们出去一下。"他回头对行动室里的少数几个人说道。那两个人被安排监视传感器是否显示疏漏的方舟信号,他俩互相对了一眼。"但是如果有信号——"

"那里有过信号吗?"

"没有。"

"那你们就可以去休息了,现在,走吧。"

"嗯,去哪儿,长官?"

坦恩的大眼睛斜视着,目光穿过房间落在他俩身上。"找个地方!"他干脆说道,"你们好歹也算智慧生物。"

他们没有争辩,走的时候低声嘟囔着。很好,至少身边的人里还有斯本德愿意听话做事。一旦他俩走得足够远,他就可以享受一些假装出来的隐私,坦恩转回到助手身边,两只手撑着圆碟。为了强调此事的重要性,而不是因为他需要倚靠他做事。

"叛乱已经持续了够长时间,首先是艾迪森和凯什,现在是斯隆妮,所有这几个人都失去了联系。我们现在只能依靠自己。我们需要在一切都失控之前采取行动。"

"行动,具体指什么?"斯本德问道。然后,他忽然理解了现实,就又会意地说道:"武装?"

坦恩点点头:"如果没有搞错的话,反馈告诉我们叛乱者只会对一件事情有反应,现在是把事态扼杀在萌芽的时候了。"

"没了我们可不行!"这句话是从身后传来的。斯本德眉头皱紧,他的目光飞快穿过坦恩的肩膀,赛拉睿人轻松猜出他看到了什么,他转过来看到艾迪森和凯什大步走进行动室。放他们进来的船员一脸矛盾抱歉的表情。

"你们刚才去哪儿了?"坦恩厉声问道,毕竟进攻是最好的防守。

艾迪森的眼中危险地闪着光,不过凯什夸张的四肢吸引了他的注意。

"我们遇到了瓶颈。"克洛根人言简意赅。考虑到空间站的形势,坦恩也没有追问,更多战斗,更多流血,早就够了。

"我很开心你们现在是安全的,"他说道。凯什偏过脑袋,显然觉得他的感情让她很有面子,很好。艾迪森冷冷地对着坦恩,"你又想一个人做出决定?"

"我以为我是一个人。"他客气地回答,艾迪森前额的血管猛地跳动了一下,毕竟算是她出去了。"那斯隆妮在哪里?她特地出去找你和凯什了。"

"我们也没有看到她,有几个她的人找到了我们,说斯隆妮离开他们去办些其他事情。"

"如果你的人依然待在行动室里,我们就不会有这些问题了。"坦恩打断道,直接针锋相对。

"我们之后再评论有哪些失败之处,现在,首要的行动是扑灭叛乱。"

"他们不是狗,坦恩,"艾迪森把手撑在控制台上,一视同仁地盯着他和斯本德,"他们是人,我们的人,而且他们被吓坏了。"

"要是几周之前,还可能有效,"他回答道,"但是你已经听说过科万尼斯。我们对付的再也不是被吓坏的抗议者了。已经造成了流血事件，而我们一直在低估他们，我们不能让这些人从我们的疑虑中获得好处。"

"我的意思只是……"

"我看明白了，"坦恩的声音盖过了她崩溃的抗议，"我们有两个选择。"

凯什靠在艾迪森旁边的控制台上，表示支持她。战火给她的制服染上了黑色的疤痕，匆忙打好的绷带从撕裂的衣服裂口中伸了出来。坦恩看到以后，非常吃惊，一名克洛根人竟然流血了，这可非同小可。现在他有了更多施加压力的理由。

他首先迎着艾迪森的目光。"我们可以把整个安全力量送到战斗中去，把那些叛乱者碾成渣滓，这个血腥的袭击会让我们失去上百条生命——"

"我们不接受。"艾迪森尖锐地反对道，眼睛依然眯着。

确实如此，他的眼光又转向凯什："……或者我们唤醒纳克莫·莫达。"

在很长时间里，大家一言不发，他在等待。

"莫达。"凯什慢慢重复着，在他眼里，她表情总是非常凝重，从未改变。他读不懂她，也永远弄不清楚克洛根人在想什么。这帮该死的飘浮者脑大皮厚，不过也只有这帮脑大皮厚的家伙才能彻底终结叛乱。情况已经如此严重，坦恩点了点头，"我们送莫达去对付卡里克斯·科万尼斯。我们将很快决定性地终结叛乱，用压倒性的力量。"

"然后怎么办？"克洛根人机敏地问道，不过她没有提供任何选择——这是坦恩的事情。

他笑了："然后我们开个会——"

"太棒了，"艾迪森低声道，"一定会起到很好的作用。"

"我们将让每个人都参与会议，听取他们的不满。"坦恩继续坚定说道，人类女人有点吃惊地看着他。

斯本德热烈地点着头："然后我们提出对未来的计划，那时我们应该已经对星系的状态有所了解了。"

"没错。"坦恩说道。

"什么计划？"凯什问道。

"这个计划，"坦恩回答道，"我们不再让对方在楼道中互相流血的时候，再制定。"他抬起眉毛看着他们所有人。"我相信其中有很大的操作空间，你们觉得呢？"随后他等着。他们三个人虽然或者富有激情或者信任，但都点点头。坦恩知道自己做出了正确的选择，未来才是关键。如果他们不能先把这件事情处理好，那就谈不上未来，坦恩转回到斯本德："这就是我要你唤醒纳克莫·莫达的原因——让她帮助对付科万尼斯。"

"他？"凯什大惊，几乎没有考虑过这个选择。斯本德眨了眨眼，张开嘴，又闭上，看着凯什，"我不是不愿意，但为什么是我？"

坦恩告诉自己要仔细行事，一定要正确处理，因为真正最好的人选是凯什。不过他最不愿意做的事情就是给莫达形成克洛根人处于强势位置的印象。他悲观地朝自己指了一下说："我倾向于相信，如果我这样的赛拉睿人和一名克洛根人进行面对面谈判，不会有什么好结果。当然我无意冒犯，凯什。"

"我不认为这是冒犯，"凯什严肃地回答道。"不过送我过去，更有意义。"

"我无意冒犯，凯什，不过我觉得纳克莫·莫达这样的部落首领如果知道手下的劳动力都被唤醒了，而她还依然睡着，反应不会很好。"

凯什的嘴紧紧闭成一条线，搞定她了。他继续道，"派我的副官——"

"是我的副官，"艾迪森尖刻指出，她冲斯本德皱着眉头，"他似乎已经忘了。"

"我只是帮忙，"斯本德一样尖刻地答道，"不管哪里需要我的帮助。"

坦恩倾过脑袋："斯本德先生对我们很有帮助，而且最重要的是在这个时候极富灵活性。就因为这个原因，他现在赢得了一些声誉，可以代我发言。"

艾迪森的脸上露出一个奇怪的表情，坦恩说不清那是苦相还是抽动，可能二者兼有？人类的嘴脸总是这么诡异多变。

"斯隆妮参与了这个关于莫达的计划吗？"艾迪森问道。

"如果她没有消失的话，我会问问她的意见。"

艾迪森斜眼看着他，"也许我们应该等着她，不管她出去做了什么，一定都非常重要。"

坦恩怀疑能是什么重要的事情，不过又觉得斯隆妮无关紧要，"我们当然希望她是安全的，"他说，"但我们等不起。"就个人想法，他不认为斯隆妮会同意当前的计划，她几乎不同意他们的任何事情。而且，现在确实没法等。坦恩微微清了清喉咙："就按照我说的，派出斯本德先生，我们将向莫达展示她应得的尊重。"

"送去一个傀儡？"凯什打断话问道，然后，转向斯本德，没有任何感情，"无意冒犯。"

"我也不认为你这是冒犯。"凯什的话音还未落，坦恩就看到了他的嘴扭曲了。

凯什悄悄咕哝了一声："只有我可以启动休眠的最高权限。"

坦恩突然感觉自己站在了悬崖边上，他已经忘了这个小小的细节，而现在,她进入这个房间以来,他第一次感觉到真正在看着凯什,"你会唤醒他吗?"他问道,"为斯本德?我能看出你俩之间关系不怎么样,不过你一定会知道我是对的。"

"我……只能不情愿地同意这是一个很好的计划。"

"那莫达呢?她会听斯本德的吗?"斯本德张开嘴想说点什么,但坦恩挥了挥手,让他保持安静。就让这个成为凯什的主意吧,他努力用眼神说道。

凯什把重心移到另外一只脚,思考着。她说:"送去一个政治地位远不如她但是比我高的代表,你就会向她展示出要求的重要性?"她伸平双手,擦去身边衣服上黑色的破洞,好像这个破洞让她很疼。"莫达会很开心,而且会享受这个威胁傀儡的机会,"她的笑容露出利齿,直冲着斯本德,"如果就像对待所有克洛根人一样对待她,渺小的人类,她就会从牙缝里捡出你的骨头。"

斯本德回了一个紧张的笑容,二者之间的关系并没有变得更糟。

"很好,"坦恩声音响亮,鼓了鼓掌,"就这么定了,关于克洛根人在这件不愉快的事情上助阵的事情,就交于斯本德去和纳克莫部落首领谈判。我们会狠狠收拾叛乱的罪魁祸首,而且我们,"他指着艾迪森和凯什,"可以开始着手处理人们关切的事情。"斯本德已经在点头了。

"那斯隆妮怎么办?"凯什以自己特有的方式慢慢看着坦恩。

"这很容易,我们让克洛根人去寻找她,"坦恩胸有成竹地回道,"如果有可能的话,把她安全送回到行动室,这样我们就可以和她一起讨论问题了。"

"太好了,"艾迪森的红色三角眉弓上皱起抬头纹,不过她还是充满顾虑地慢慢点了点头。"我希望在发生伤亡之前就把事情解决掉。"她的指尖搭在控制台边上,死死盯着斯本德,"不要激怒克洛根人,斯本德。莫达是个……好吧，你懂的。"

"相信我。"斯本德直起制服夹克，坦恩第一次看到他这么真挚的样子。他接着说道："我可不愿意惹毛克洛根战队。"

坦恩在他后背上拍了拍，带他去门口。"听着，"他最低声说道，"我知道我们对你提了很多要求，我很感谢——"

"幕僚长。"斯本德说道。

"什么？"

"任命我为幕僚长，如果莫达同意了，我想直接为你工作，而不是做一个见鬼的囊地鼠。"

坦恩直直看着他的眼睛，那是一种艾迪森或者斯隆妮的眼神中没有的渴望。

"我相信可以这样安排，"坦恩回答道，"如果莫达同意的话……"

第三十章

斯本德听到莫达已经被解冻，紧张得手上尽是汗水。凯什在十分钟之前已经启动了程序，而且在所有内脏器官的指示灯都变绿之后就离开了。她经过他身边时的笑声一直在他耳边回荡。

标准的休眠舱并不大，只保留了必要的设施。不过也足以让相应的种族睡得很舒服，当他们突然需要应对纳克莫部落的克洛根人的时候，就需要额外设计大一圈，这样这些休眠舱大一些也就能够理解了，而实际上这个休眠舱大得多得多。

斯本德对克洛根勇士的物理体积没有概念，纳克莫·莫达的名声却投下长长的阴影。他等着唯一的技师对她进行身体检查，却发现自己的腿不受控制地瑟瑟发抖。

纳克莫·莫达——他在前往警卫通讯室的路上囫囵吞枣地看了一下她的档案，档案里的她阴森冷酷。一名女性部落首领，这已经很能说明她的能力。图岑卡城伍德诺特的首领莱克斯也不是好糊弄的，但斯本德从外交渠道知道任何能给他留下印象的人都足以把其他人吓个半死。

从任何一方面看，纳克莫都不是一个软弱可欺的部落——他们野蛮，没有耐心，极富攻击性。这些都是克洛根人珍视的品质，而威廉·斯本德则想利用这些特点，尽快把这个事情搞定。

她现在一定很生气，她可能臭得像个——

尖利的喊声，像是警告。一名充满敌对情绪的克洛根人，沉重而危险的声音来回震荡。门被大甩开，斯本德尽力支撑自己。这如同金属感十足的刺耳锣声似乎要撕裂背板。纳克莫部落首领就这样宣示自己的到来。好像莫达还没摆够姿态，也许关于她的流言已经说明了很多事情，但事实也许比流言更甚。当她看着斯本德的时候，眼睛中燃烧出正义的愤怒火焰。

"我的部落到底在哪儿？！"她的声音如玻璃和花岗岩炸裂。

"很安全，"斯本德匆忙说道，这才想起克洛根方言里根本没有安全一词，"嗯，在等待您的命令！"

莫达走起路来像一辆坦克，力量和肌肉像推土机一样把前进路上的一切阻碍推到一边，她朝斯本德走过来的时候根本没有减速，差点把他像割麦子一样放倒，斯本德脊柱都控制不住地僵住了。半秒钟后发现自己还在喘气的他睁开一只眼睛，发现莫达宽阔扁平的大脑袋离他只有一微米，一种强大的统治感。

"你是谁？"她低吼道，"凯什在哪里？或者加森？如果我不能和凯什说话，那唯一令我能容忍的只有吉恩·加森了。"

斯本德僵硬的脊柱因为威胁也有些发软了，他强迫自己腿挺直，直视着她的眼睛。

"我叫威廉·斯本德，联结堡号领导层的幕僚长。"好吧，如果她同意后面的事情的话，那他就是幕僚长了，如果她不同意，也没有什么关系。

"说来话长，吉恩·加森已经死了。"他又说道。

她宽大的鼻孔喘着粗气，把脸贴近斯本德说道："这个宇宙里我只把一个人类当作朋友，就是吉恩·加森。所以说吧，现在。"

他说了一个简短快速的版本。她只是瞪着他，没有眨眼，什么也没说。当他平静下来的时候，她还是一言不发。蔓延着的寂静，充斥着他们二人之间狭小的空间，直到斯本德很确定自己听到耳膜嗡嗡作响。

"凯什和参议会决定唤醒特定的个人，"他说道，打破了沉默，"能够参与重建的人优先级最高。"

克洛根人眯起眼睛，向后退了一步，给了自己身体一个空间，从喉咙爆发出粗粝的狂笑，她虬结的手掌捶打自己的制服胸部。

"重建？"她哼了一声，笑声淡下去。

"重建！现在看看你！"她半转过身，巨掌朝后甩到爆裂的门上，显然准备开战。斯本德看到了她的关键所在。

"你的重建现在怎么样了，人类？"

斯本德觉得应该花言巧语一番，他叹了口气："嗯，犯了些错误。"他的话被沙哑的笑声打断了，斯本德趁现在还没有做令自己后悔的事，比方说让自己被干掉，又深深吸了一口气。她的狂笑平息下来的时候，他又开始尝试说服她。

"部落首领，我们请求你帮我们平息叛乱，以免事情最后弄得不可收拾。"她的笑声带着一丝幽默的意味，戛然而止。

"你们的安全部队为什么不把他们干掉？"她直截了当地问道。

他不想告诉她说是因为斯隆妮的安全小队力量太微弱了，又没有备选措施。他又一次被问得哑口无言，她从他的脸上读出了真相。

"所以,"她缓慢说道,"你们可怜的武力没法对付叛乱。"他张了张嘴想要抗议,但她用一个狡猾的眼神和尖锐的问题打断了他,"或者说是你们不愿意用自己人对付自己人?"这个问题效果奇佳而且极具洞察力。

斯本德脑筋转得飞快,"我们想要尽快结束这一切。实际上,我们想派出克洛根武力——您的克洛根军队。"他赶快修正道,"这样我们就很有可能能避免一次漫长的冲突,更不要说少死很多人了。"

"所以你想把强硬的克洛根人甩到这些叛变者头上,恐吓他们不战而降?你的意思是停止战斗?"

"不,"他快速说道,"根本不是这样,如果有可能,当然要避免流血。不过如果情况许可,你可以做任何你认为合适的事情,只要能保证任务安全。"

莫达双臂交叉,叠在宽阔的胸前,居高临下地看着斯本德。她和斯本德之间的距离本来很近,现在这个距离似乎突然之间没有那么合适了。她可以一瞬间把他的脑袋砸烂,或者,本来他就应该这么想,并最终也这么做。

斯本德清了清喉咙,找了个理由退了下去,他说要为这个外交任务清理一下数据。在他和纳克莫·莫达之间隔一张会议桌实际上起不到多大作用,不过这让他感觉好多了。

"简而言之,"他以结束的口吻说道,"这次起义严重威胁到了空间站的安全,还有任务,包括——"莫达看上去不太感兴趣,斯本德继续说道,"纳克莫部落的持久繁荣昌盛。"这句话让她咬牙切齿地低吼,吸引到了她全部的注意力。

"我要弄清楚事情是怎么回事!"她的声音像公牛的哞声般,斯本德觉得她永远不知如何改变自己说话的方式。"你总是让我不知所云,像在梦游一样,这样是不是好随意利用我们的人?而现在,是你的手下不守规矩,却想要我帮忙,让我的部落去流血?"

斯本德感觉自己脸都白了。她没有动,一步都没有,但不难感受到克洛根兽皮下奔涌的愤怒。

"我们……我,呃……"他出汗的手心在大腿上抹了一把,希望没人注意到。"我们准备向纳克莫部落做出补偿。"

她身体向前倾:"怎么补偿!"这不是一个请求,而是一个要求。

"我,不,我们,"他很快纠正道,"我们愿意正式以公告形式承认纳克莫部落的服务,包括树立克洛根人的雕像——"

"去他的雕像!"莫达低吼道。她的拳头砸在桌子上,斯本德的一堆数据盘像一摞卡片一样扇形散开,他差点惊得跳起来,他的胃几乎跳到嗓子眼。

"每名克洛根人都知道这个故事,"她继续愤怒说道,"你们这些所谓的文明种族力不从心了,就跑过来乞求我们的帮助。我们流完血,你们一只手感谢我们,另外一只手制裁我们。你以为我们没有吸取教训吗?"

斯本德的嘴大张着:"我……好吧,那个——"

"一坨狗屎!"莫达倾过身压向斯本德,他和她的大嘴——还有大牙离得太近了,只要这位部落首领愿意随时可以把他的脸咬下来,而且她看上去就很想咬。"虫族战争中的教训,我们永远不会忘记。"她低吼道,语气充满威胁,"你们要死的时候,就拼命把我们捧上天,我们要是把你们这群可怜虫救了,你们就开始修理我们,谋杀我们的孩子!然后丢给我们什么?一座该死的雕像!"她啪的把重量压在桌子上,桌子旋即裂开了一道缝,颇具警告意味。

"不同的时代,不同的战争,不过我们已经学聪明了。"她咬牙切齿地说出这些，牙齿吱吱作响。

"你说得对，但不只是雕像的。"斯本德跳过了那些废话，他可以逾越坦恩给他的小小授权，不过最重要的是结果。有了结果才会获取权力，才会得到认可，他会在卡里克斯身上孤注一掷，双倍下注。

"我们准备为纳克莫部落在参议会中提供一个职位。"这句话说出来的时候出人意料的轻松，带着吉恩·加森传奇般的自信，就算他经练习过一百次，也不会表现得更好了。

"几代人以来，克洛根人一直被拒绝进入参议会，"她满腹狐疑地缓慢说道，居高临下地看着他，眼睛眯成危险的一条缝，"不要和纳克莫部落耍花招，渺小的人类，我们会吃了你。"

这和凯什的语气简直别无二致，斯本德差点笑出来。房间里的情绪显然变了，他谨慎地出了口气。"这个提议是合法的。"或者，假如他成功劝说了坦恩，提议就合法了。

一旦克洛根人把该死的血腥叛乱压到土里，斯本德毫不怀疑凭自己的能力能说服赛拉睿人批准这个提议。

莫达瞪着他："整个部落都醒来了吗？"

"只有工人醒来了。"斯本德说道。

"为了达成目标，我需要我的战士们在身边，为了分享荣耀，唤醒他们。"

"这是自然，我会搞定此事。"

"至于你的提议，"她说道，脸上尽是呼出来的水汽，"一定要有见证者。"

"当然。"

"你的人和我的人。"

"当然。"他友善地说道，拿起自己的万用工具通讯器，与最近的工作人员接通了近场通讯频率。

房间里的静默令人焦躁不安，然后又一次传来靴子的声音，五个人进来了。两名克洛根人，把两名人类从他们被发现的地方拉扯过来，第三名克洛根人走在最后。

斯本德一个人也不认识。看脸也认不出来——至少不认识人类的脸——莫达抓起第一名克洛根人前部的护甲，叫出他的名字，斯本德才知道那个克洛根人是谁。

"拉什！"她低吼道。他说了些什么，但都消散在莫达猛地拉过这个克洛根人结结实实的头碰头中了，骨头压碎骨头的声音在房间中响起，吓呆了所有的非克洛根人。

拉什嘴里不停骂着把两只手往头上拍了拍。

"我是你的部落首领！"莫达咆哮道。

斯本德的身体向内一缩，勉强硬挺着没动。克洛根人不会因为一点点眩晕就让自己停下来。"是的，部落首领！"他吼了回去，其他人也加入行列。她朝他们怒吼，眼睛瞪得大大的，嘴唇扭曲，发出野性的嚎叫："我会在所有的战斗中领导部落。"

"是的，部落首领！"

"你们要记住，"她低吼道，"我们即将踏入血腥的战场，纳克莫部落。让我们记住我们为何在此。"她一只拳头举在面前，握紧，关节噼啪作响的声音散落在寂静中。"还有我们来了是做什么。"斯本德注视着莫达让自己的部落无条件地服从自己的画面，既感到恶心又有些着迷。这些都没有在任何一方面减少他们的实力。

他们击打自己的胸部，像是一种原始的敬礼——斯本德也不知道到底是不是——然后莫达又安静下来。她朝人类见证者吼着，他发现一个书呆子样的人往后退了两步。"我们会为你们而战，"莫达宣布，

"我们会把他们的脑袋拧下来，结束叛乱。然后我们胜利的时候，"她的声音又危险地提高了，"你必须信守你的承诺。"她一根粗厚的手指指着他。

斯本德点点头。"那就双方谈定——"莫达的拳头锤在另外一只手上，声音就像一块骨头一样裂开了，"说吧。"

斯本德想找回加森一样的自信，不过只学到了几成。"如果你平息了叛乱，你会代表你的种族获得一个参议会席位，纳克莫·莫达。"他身后的一名员工倒吸了口气，斯本德没有转身。莫达的目光死死盯着他，直到他紧张得脊柱生疼，眼泪汪汪。部落领袖身后，克洛根人在低声说着什么，可能是互致胜利的欢呼，或者击掌，那个正在抚摸自己前额上被莫达撞出凹坑的克洛根人也参与其中。

最终，莫达简短利索地点了下头。

"那我就认为已经说定了。"她转过身，克洛根人像雷鸣的瀑布般分开，让她先走。他们作为一个整体离开，准备战斗，最后一个克洛根人的脚步声也消失在门道中。斯本德转过身面对着那两个被抓来作为见证人的人类。"回去干活吧，"他干脆地说道。

他们两个面面相觑，然后很快离开了房间，知趣地选择了另外一扇门出去。威廉·斯本德看着他俩离开，独自站着，长长地出了一口气。"能做的都做了，"他对空荡荡的大厅说道，"就看风朝哪边吹了。"

第三十一章

斯隆妮被扔到一个椅子里,就在卡里克斯站着的地方对面的一条狭长桌子对面。她的手腕被绑到背后,尼龙带穿过椅子的金属条,绑带非常紧,斯隆妮感觉到一股血沿着手腕滴了下来。

"这真的没有必要。"她说道,小心让语调里不露出疼痛的感觉。

雷吉只是嘟囔了一声,他走到她身后,好像要抓着她的头,避免最危险的麻烦发生。

卡里克斯在她对面找了把椅子坐下,他抬起头看着手下,下巴朝门口方向抬了抬。几秒钟后,斯隆妮听到门关上了。

"真是遗憾,"突锐人说道,"我恐怕领导层现在的满意度不会太高。"他说话的时候向前倾了倾身体。"你本来就不应该来的,斯隆妮。你来了也不会改变任何事情。"

"你的人对你非常忠诚,是吧?"

"你现在才知道?"

斯隆妮摇了摇头,"我是从伊利达身上知道的,她所做的一切,都是为了你,是吧?不过这个……"如果她没有被绑起来,本想挥挥胳膊,指一下外面的这支小小部队。"我从来没想过他们走得这么远。也没想过你会走得这么远。"

"老实说,我也没想到。"他目光移开,迷失在远方,"从开始的华沙号开始,我就没有期待过会成为他们的领导,或者他们的英雄。当初决定加入先遣队的时候,我想甚至可能想要避免这种情况。"

"所以,发生了什么事情?"

"他们一直坚持,然后我不能让自己一直拒绝。"声音黯淡下去。外面,斯隆妮听到竖起掩体的忙碌声音,还有等待命运裁决的人们紧张地窃窃私语。

"伊利达也一样,"卡里克斯聊天般说道,"信不信由你,不过她完全依靠自己的力量追踪数据缓存,因为她觉得在接下来的风暴中,我们可能会需要这个东西。"

"你在这件事情上对我撒了谎。"她稍微抬起下巴。

"我也觉得我撒了谎。"他说道,毫无愧色,不过也没有自豪。"不过之后,你也对我撒了谎。"

"伊利达得到的对待……"

"我说的是侦察队。"卡里克斯说道,他失望的眼光盯着她,斯隆妮沉默了。

"我就直接问你,斯隆妮。记得我送出的信息吗?我问你侦察队有没有什么新的消息,而你什么也没说。这就是星星之火,你懂的。"

"你觉得这些都应该怪在我头上?"

"星星之火,"卡里克斯重复道,"责怪是不可能的。这是数百个事件和决定——好的和坏的——累积起来的结果,怪不到某个人头上。"

他越靠越近,"重要的是我们现在做什么,斯隆妮,而不是我们已经做了什么。"

整个一团糟的事情在她脑中闪过——"鞭子"、加森、唤醒坦恩——所有的事情,这些坏事中有一个共同点。回神到卡里克斯的话上,他是说在做出每一个大的决定的时候,重心总落在任务上,而不是考虑船员。她现在明白了,而且不像她之前筋疲力尽的时刻,这一次斯隆妮发现自己没有再无视或者走开。

"我没有控制住脾气,我承认,"卡里克斯承认,"我回到了我的小队身边,告诉他们侦察队的情况,还有那些谎言。我猜我应该早点预料到他们会将此事放大,然后磨刀霍霍地把整个事情看成让他们去采取行动的召唤。"卡里克斯看着她,一根手指在桌子上不经意地敲着。"我只是忍不住去想,如果当消息传回来时就发布一个声明,事情会不会有所不同。好几周的时间,斯隆妮。你隐瞒了好几周的时间,这让我很不安。这让我们意识到你——我们的领导——在计划什么事情,而且你们计划的事情并不符合我们的最佳利益。"

"坦恩和艾迪森,他们想等着一个新的计划。"斯隆妮反射一样回答道,"直到我们能处理好船员们的反应。"

"而你同意了。"他说道,这句话不是一个问句,"我认为你能处理得更好,斯隆妮。我以为你会是站出来反对这件事情的那个人。"

"我是……"她说道,"我原本是的,见鬼,我该死的当时在想什么?"

"那你现在同意我了。"

斯隆妮看着他的眼睛:"是啊,是啊,我现在同意了。不过之后发生的事情,卡里克斯。太过了,武器失窃,还有杀死我的人。"

"流血不可避免,我也希望事情有所不同,不过……好吧,我们能说些什么？你的人也很忠诚，他们打得很好。"

她强压下本能的怒气，因为这些人命的损失，罪恶感，以及想要保护自己人的欲望而产生的愤怒。不过，愤怒不能为事情画上一个句号，也不能修复联结堡号。"我们必须为这个事情找出一条出路，卡里克斯。一个不用把我们全部摧毁的解决方案，只要他们一旦认定我失踪了，他们就会把整个安全小队送到这里——"

"然后袭击军火库，"他答道，"本来联结堡号上只有一支军队，现在有了两支，而且还势均力敌，如果历史告诉了我们什么的话，那就是，只有在双方势均力敌的情况下才会有真正的对话。"

"那就让我们谈谈，带上条件，我会和坦恩谈谈。"

斯隆妮还没有说出坦恩的名字，卡里克斯已经开始摇头："现在坦恩就是问题。"

"坦恩会听我的，他信任我。"也许吧。

卡里克斯一根手指在桌子上像敲鼓一样不停地敲，注视着她："你知不知道坦恩来我这里，想要让我给他生命支持系统的最高权限？"

她眨了眨眼："什么？"

"这是真事，"他说道，"好几个月之前的事情，把伊利达抓起来之前很久。和最近的事情无关。他只是没有理由地想要权限而已。只是万一他想做自己认为需要做的任何事情都是为了让事情变得'更好'，毫无疑问。"每个字从他嘴中逐个蹦出来时，像一条条有毒的鼻涕虫。

斯隆妮记得坦恩在一次会议上提出过这个想法，他说如果卡里克斯和凯什发生了什么事情，信息就会丢失，这让他很焦虑。

"他为什么没有去找凯什？"

"他去了，"卡里克斯回答道，"凯什拒绝了。"而这次拒绝并不足以让他停下来，该死。虽然她很努力，但斯隆妮无法将这个事情归罪于普通的赛拉睿与克洛根人之间的紧张关系,这是不同的事情,这是赤裸裸的欺骗。

她看着卡里克斯:"我也说了不,"她在琢磨这件事,或者至少努力去琢磨,"我不知道他直接就到你这里了。"

"我怀疑你还有什么其他不知道的事情。"而且让两个人互相猜疑。

"有时候我觉得自己应该坚持第一本能。"她说道。

"什么意思?"

"领导层,"她说道,因为被认可,肩膀上如同卸下了千斤重担,"当我们知道坦恩在代替加森的行列中只排第八的时候,我也许就应该宣布一个紧急状态,我当时差点就这么干了。"

他什么也没说,只是看起来很悲伤,斯隆妮突然意识到自己并不经常在突锐人脸上看到这副表情。

"我当初应该拒绝唤醒他的,"斯隆妮继续说道,"协议太荒谬了,我从来没有想过加森之外的人掌管局面,从来没有梦想过会发生这种事情。"

"又有谁会想到呢?"

"见鬼,我们应该把这个工作交给凯什,她应该很完美,或者至少让她当个顾问。她会牵制坦恩,这是肯定的。见鬼,我应该让你管事的。"

"我?"

他面对这个建议的时候真的很吃惊,斯隆妮说这句话的时候并没有仔细考虑,不过他们两个人之间待得时间越长,这个想法看上去就越有道理。

"是的,"斯隆妮说道,"为什么不呢,看看你的那些人把你拥在中间就知道了。看,现在还有机会,如果坦恩不愿意的话,我会去找艾迪森和凯什谈谈。也许出路就应该是这样，你当顾问，代表你的船员。"

"那凯什呢？她配得上比我更高的地位。"

"坦恩绝对不会同意的。"

卡里克斯摇了摇头，近乎愤怒。"你觉得他会考虑我？一个背叛了他们，引发死亡和破坏的突锐人，而且不是一个忠诚而且有能力的克洛根人？这就恰恰是我们要丢在身后的事情，斯隆妮，而且你也知道，这儿容不下这种事情发生，没有理由。"

"我同意。"斯隆妮这句话特别真挚，她自己和卡里克斯都吃了一惊。

他坐在那里想了很长时间。

有人重重地敲了三下门，卡里克斯用万用工具开了门。

"他们来了。"雷吉说道。

斯隆妮站了起来，没有在意她身上的椅子："我去和他们谈谈，他们是安全队员，会听我的。我会解释——"

"不是安全队员，他们的人数太多了。"

"那又是谁？"卡里克斯问道。

"我也不知道，不过他们来这里不是为了聊天的。"

斯隆妮·凯莉的想法一瞬间就从和平解决到黑暗地带转了一圈："卡里克斯，你说过现在在联结堡号上有两个武装集团，势均力敌。不过这不是真的，对吧？"

"什么意思？"

"还有第三支，卡里克斯。"

他的眼神告诉她他已经理解了她的话，卡里克斯的表情很快被替换成……不是恐惧，只是坚决的放弃。"是纳克莫。"他说道，声音低沉而恐怖。

斯隆妮背朝着巨人，很快抽出手。椅子痛苦地摇晃着："放开我，把万用工具给我，凯什会听我的话的。"

"凯什和他们不是一伙的。"雷吉说道。

斯隆妮慢慢转向他："那和谁一伙？"

"不知道。"

"每个人都躲到掩体后面去！"卡里克斯说道，已朝门口走去。

一只脚迈出门的时候，卡里克斯停住了。他从腰带中抽出一个工具，朝斯隆妮的方向扔过去。是一把折叠式弹簧刀。当然她没法拿住，所以弹簧刀只是打到她身上，又弹到地上。"等一下，"她急切喊道，"等一下，你准备做什么？"

卡里克斯迎着她的目光，"去保护我的船员，这是我一直在做的事情。"一个强硬的声明，却充满感情。

"不要，不要战斗。你开始战斗的时候——"

"他们已经派来了克洛根人，斯隆妮，"他摇了摇头，"没有比这更直接的了，对话的时机已经过去了。"

"这样不对。"她争辩道，"卡里克斯，如果你现在投降的话……"

突锐人的笑声充满苦涩："什么，你觉得坦恩会接受我们的道歉——然后撤回他的行动？"他又狠狠摇了摇头，"我们尝试过了，斯隆妮。现在是做正确事情的时候了。"他耸了耸肩，沮丧地说道，"不论代价如何。"她不知所措地注视着他。卡里克斯走了，什么也没说，身后的门依然开着。

见鬼，斯隆妮膝盖跪到地上，翻过身，伸手去够刀子。她滚倒在一边，摸索到把手，大拇指顶着刀把一侧，利刃弹开到位。

外面爆发了枪声，几百人的叫喊着寻找掩体，然后还击，逃开。

这就是无组织乌合之众的标准定义。

生物异能的力场震击着墙面。"不，不！"斯隆妮喊道。她已经如此接近解决方案了，不需要谁去死。

她滑倒，刀子切在自己的胳膊上。斯隆妮没去理会疼痛，一直来回割愚蠢的尼龙带。这个小玩意系得太紧了。斯隆妮带着挫败和疼痛感怒吼，一边用刀刃在尼龙带上来回割。她的声音与走道里雷鸣般的预示胜利的声音相比太微小了，几乎听不清。尼龙带终于断了，斯隆妮站起身拼命朝门口跑去，伤口的血流满手掌，她每跑一步都把拳头握紧再张开，疼得要命，不过疼痛代表意识回归，她很欢迎这样，这让她注意力集中。

在外面的空间，她滑了一步停了下来。斯隆妮以前目睹过很多次战斗，终结过很多战斗，不过也挑起过更多战斗。曾经有一次她为守卫一个研究站血战到只剩她一个人，直到登陆舰把她从屋顶接走。她曾见过屠杀，也曾经参与过部分屠杀，她的脑海里有一些永远不愿开启的门，但她从来没有看到这样的景象。

卡里克斯的叛军固守壕沟，装备精良，而且理想坚定。他们有人数优势，还有弹药，而且他们已经穿越了暴力的界限，他们强烈地希望胜利。

但他们不是克洛根人。克洛根人没有理想主义，他们也不需要，他们有快乐。他们以战斗为乐事。组装工厂已经炸成斯隆妮见过的最丑陋最大也最烂的废墟。

"坦恩，该死，你放出了什么？"她低声道，这实际上不是个问题，因为答案显而易见。

克洛根人像被鞭打的公羊一样冲了进来，而且他们过来不是为了聊天。卡里克斯的叛军在自己竖起来的掩体后面躺成一片，有的死无全尸。

斯隆妮大脑迅速切换到战术模式，大局面已经失控了，不过这里，她的面前……

一名克洛根勇士把一条断裂的手臂踢过地板，然后朝一支枪管猛颤的突击步枪冲过去。他一拳把这支枪打到一边，另一只拳头打到阿莎丽叛军的下巴上，把她打得飞起，甩到一台静止的机器上。

克洛根人继续朝前冲，准备用硕大的脚掌把她踩扁。斯隆妮冲了上去，用那把刀——可怜的小型工具刀——扎到克洛根人的眼睛里，她甚至都没有意识到自己做了什么，这只会令克洛根人愤怒。

她知道这个时候不能停下，不能道歉，不能请求镇定，不能慢慢跑到克洛根人面前讲道理。不，现在这是一场战斗，而克洛根人很喜欢这种运动的味道，很快他们就会进入血腥狂怒的阶段。如果真的到了这个地步，大屠杀会无情持续到杀光最后一个人。她好像从一个远处看着自己，那支被甩到一边的步枪像是找路一样飞到她手里，转过去朝她刚才打伤的克洛根人怒吼。这个傻大个工人狂怒，走了过来，甚至子弹穿透了他也不在乎。

最后他还是倒在斯隆妮脚下，她看到他的身后又来了十几个克洛根人。中间的那个吸引了她的眼球。他们的老大，不是凯什。

他们之间的不信任只有一瞬，就像渗进地缝的血，已然凝固。

"莫达。"斯隆妮低声道，坦恩已经唤醒了莫达，一定是他。凯什更了解情况，会自己过来挽救局面。

而莫达，该死的，事情肯定无法回转。而且斯隆妮——不假思索，依靠行动本能——站到了敌人一边。

纳克莫·莫达站在战斗人员新组成的战线中间，从他们刚刚在掩体中打开的缺口走过来。就算她认识或者在乎斯隆妮·凯莉，她也没有任何表示。

不光莫达,她的精英战士也被唤醒了,冲到她身边。莫达掏出武器朝战场一指,她的守卫便不假思索地像波浪一样冲上来。不管谁卷了进来,为什么而战,都已不重要,游戏已经开始了。

"纳克莫·莫达!"斯隆妮的声音穿越人浪,部落领袖朝她的方向看了看,"现在停下来!没有理由——"

但莫达只是摇了摇头:"你选错阵营了,凯莉!"

"没有哪一个阵营是正确的!"斯隆妮吼道,没有动。

莫达瞪着她,然后一阵奇怪的宁静降临在这个拥挤的地方。尽管这里是战场,周围枪支在开火,克洛根人在流血怒吼,寂静却在蔓延,虽然只有一秒钟,没有人说话。莫达的眼睛在似乎在说,斯隆妮,是你选择的时候了:和我们一伙,还是跟他们一伙。

斯隆妮·凯莉也感觉到叛军的眼光在注视着她,虽然只有一部分人。半数克洛根士兵的眼光也落在她身上。等待,就算只有几分之一秒,想要知道她的选择。她朝莫达摇了摇头,举起了武器。

纳克莫部落首领笑了,暴力混乱卷土重来,两边的数百名战斗人员都在厮杀和死亡。

"撤回去!"有人喊道,可能是卡里克斯。其他叛军立即按照命令行动,不过斯隆妮没有办法知道到底一开始是谁下了这条命令,可以肯定的是,有的人并不了解克洛根人。

她向后退去,一边射击,绝不转身逃命,溃退只会刺激克洛根人真正灾难性的嗜血之欲。不过她的努力没有任何作用,剩下的叛军崩溃了,四处逃亡。如果她不跟着逃命的话,战场上就会只剩下她一个人,对抗数百克洛根人,他们会撕下她的四肢。所以斯隆妮也跑了,很快追上了卡里克斯残兵败将的尾巴。克洛根人的波浪从后面追上了落单的士兵,她听到惨叫,骨头碎裂的声音,还有身后几米处极度兴奋的嚎叫,那是暴力的交响曲。

斯隆妮跳过一个长长的架子,从上面滚过去,只差一点点克洛根人就把架子打烂了,破片飞起她的后背。她从地上一个翻滚脱开,但克洛根人出现在了上面,高举着拳头冲着她。随后一粒燃烧子弹击中了他的脑袋,血浆旋即溅了她一脸。她转头,拼命眨眼,想把血浆甩开,而她头顶上克洛根人的身体不住颤抖扭曲,最后被密集的爆炸火力打成数截。

大厅里到处都是按照新计划过来的叛军,他们之前关心的什么事情,现在都已经不重要了。爆炸子弹在克洛根人战线前面一遍遍洗地,房间的一边变成了一条漫长而纠结的死亡毁灭之墙,雷鸣般响亮。克洛根人与叛军一样被震荡波消耗着生命,在一排排泼洒的霰弹中像掷骰子一样随机判决自己的生命。

这个战术至少起了作用,它击退了敌人。斯隆妮压低身体,蹒跚回到叛军战线,靠在一个流满鲜血的板条箱上,没人看她,现在她是他们的一员。

不好说他们是怎么知道的,或者什么时候知道的,不过他们就是知道。莫达已经要求她做出选择,是在争取平等权利的叛军一边,还是阴谋家们对自己人放出一群克洛根人的这一边?

很好,她已经做出了选择。

在这短暂的休息中,斯隆妮四处张望,寻找武器。不知什么时候她已经丢掉了步枪和匕首。她想起那些死在她身后的人,还有他们丢下的武器。克洛根人来的时候并没有多少武器——至少不是人手一枪,可能是因为供给不足,可能是因为时间来不及,或者仅仅是因为他们觉得需要挑战。她很好奇坦恩是不是知道她在这里下达了命令,还有凯什会不会也参与进来。凯什绝对不会同意这样做，虽然可能坦恩忽悠了她。直奔部落首领，从休眠状态中唤醒她，然后告诉她所需要知道的情况，得到想要的结果。不管是不是赛拉睿人干的，他们的办法奏效了。

一只肩膀顶着她，是卡里克斯，他们的目光碰在一起。"为什么你要把刀给我？"她问道。

"看看你能干什么。"他脸上强行挤出一丝笑容，"在我们没有时间思索的时候，指导我们如何行动，对吧？我猜对了，斯隆妮。我以为你会——"一颗子弹锋利地透过掩体，卡里克斯一小股灰色的脑浆从左侧喷出来，他瞪大眼睛，膝盖跪在地上，沉重地倒在她身边。

斯隆妮转过身，目瞪口呆。克洛根人又压来了，一拨克洛根人压上了筋疲力尽的叛军战线。不过他们没有带步枪，然后她在砸烂的掩体边上看到了其他人。新来的人穿着和她一样的制服，一个人刚从肩上把狙击枪放下来，目光也看到斯隆妮。干掉卡里克斯之后下一个目标就是斯隆妮。是她手下的一名军官，她们的目光相遇了，虽然只有一瞬间，那个女人就消失了，往回冲去，报告她看到了什么——斯隆妮和他们一伙，她会这么说，被拉拢过去了，或者斯隆妮一直都在和我们对着干。

愤怒的克洛根人群冲到叛军中，斯隆妮跪在地上，翻过卡里克斯的尸体，最后一次看着他聪明的眼睛。这是她能抓在手里的最后一根稻草，她来这里不是为了抓最后一根稻草，整个事情不应该是这样的。

"我们干什么？"有人问道。

过了一秒钟，斯隆妮发现问题指向的就是自己，她抬头扫了一眼，看见兽人雷吉。根据卡里克斯的说法，他就是那个野蛮地绑住她的手腕的人，因为对她的"满意度"一直结结实实地垫底。

"什么？"她麻木地问道。

"我们在干什么？"他又重复了一遍，他在问她。就是这样，卡里克斯死了，乌合之众群龙无首，他们也知道。

"我们会死，"斯隆妮说道，非常简单，"除非我们死光了，否则他们是不会收手的。"

蛮人向她伸出手："那我们就战死为止。"他说道。

斯隆妮抓住了他的手，一支步枪递了过来。她看着步枪，好像很陌生，虽然她可以闭着眼睛把它拆开再装好。

她把枪拿到手里。"在其他什么时候，"斯隆妮说道，"我会说让我们为自己的信念而死，但是现在我会说撤退，撤到联结堡号更深的地方，到地下去。"

他气鼓鼓的像一面墙："我宁可死在这里。"

"那你也愿意让你的事业死在这里？"

这句话让他停了一下。

"家人呢？"她又问道。"朋友？让我们做一个至关重要的决定，怎样？"

雷吉抬起头，他的眼睛闭着，接着他点点头："如果我在这里昏了头，艾莫瑞会原谅我的。"

战斗离他们已经近在咫尺，斯隆妮拍了拍他的肩膀："很好，就让我们做出一个重要的决定，好吗？为了卡里克斯。"

他勉强点了一下头。

"撤退！"斯隆妮喊道，她快速后撤，离莫达越来越远。她来到装配平台更深的地方，这里的机器都没有开着。她一遍一遍喊撤退，雷吉也跟着她照做。他们与其他几名叛军在后面聚在一起，这几名叛军的领头人叫内布朗，手里握着一支远距离步枪。斯隆妮冲过来的时候他瞄准了斯隆妮，但雷吉站在了二人中间。

"她现在和我们一起了。"雷吉说道。他这句话里的什么东西让人安定了一些。信任，信任雷吉，而不是斯隆妮。

他们回来穿过房间，一个个交替掩护，朝跟随的克洛根冲锋群零星打几枪。斯隆妮想要无视那些人的惨叫声，那些人没能成功快速回撤，身处克洛根人愤怒的风暴中。

斯隆妮让雷吉带路，他似乎知道路怎么走。可能他已经为卡里克斯侦察过这个房间，帮助把这里的秘密和出口画成地图，或者他也是和其他人一样瞎蒙。

路上什么地方传来雷鸣般的爆炸，远处的墙那边隐约可以看到有人战斗。前面是一扇门，雷吉转过身朝它靠过去，敲了几下，掉出一架子零件，斯隆妮从这一堆乱七八糟的东西旁边走过，听到身后有人跌倒，或者是有狙击手干掉了他们，现在的情况下这很难说。雷吉离门只有五米，门从里面爆炸开了。弹片贯穿了他的身体，他像一个没有生命的麻袋一样倒下，滑倒在烟雾和碎片爆炸形成的直径数米的云中。

斯隆妮想要停下，但身后的人持续压上来。他们宁愿面对未知也不愿意让克洛根人待在身后，她看到内布朗在她身边，其他人在内布朗后面。所有的人的眼睛都盯着门，他们继续向门口冲去，步枪手又回到前面。

"够了！"一个声音吼道。

这个声音回荡在整个空间站，房间里的每个人都停了下来。纳克莫·凯什穿越烟雾。她的身后，斯隆妮看到了熟悉的面庞，她的安全小队，或者至少其中的一部分人是成员，她在他们的眼中看到了指责、不信任，和越积越多的仇恨。

"够了！"凯什重复道，这次是特地对着斯隆妮，带着愤怒和失望。斯隆妮像是回应，举起手，步枪哐啷一声掉在地上。她身边的其他人并不情愿，但是既然她在某种程度上是他们的领导，在紧张的数秒钟过后，他们跟着她照做。

内布朗是最后一个，武器从手指间滑下的时候一直死死盯着斯隆妮。他的目光一半指责一半愤懑，好像在说，这都是你的错。

斯隆妮·凯莉笑了，然后，似乎没有人明白笑点在何处。在某种程度上她既是人们叛乱的理由，又是他们实际上的领导者。

一个彻底失败的领导者。

这简直见鬼的完美。

第三十二章

他们的领袖倒下的时候,数百人的交火声也停了下来。即使如果他们没有停止战斗,甚至如果他们更努力地绝望地战斗到最后一刻,也无关紧要。卡里克斯是他们的主心骨,而对手,基本不能再恐怖了。

希望变成了恐惧,而恐惧激起革命,他们本来觉得这次革命不会输掉。斯隆妮意识到了这一点。她能理解,卡里克斯肝脑涂地的时候,她觉得胸中扭成一团,这也不意味着她会成为什么人的沙袋。

劳伦斯·内布朗成为不稳定的那个人——坚硬、愤怒,不愿意丢下任何东西。当斯隆妮走进拥挤的牢房,他走到她面前,如同输无可输的赌徒。他发出扭曲的怒吼,眼露杀意。她侧步到他身边,抓住他的手腕,把他拧过来。他显得特别无力,毫无底气。深入灵魂的损失,失去了朋友,失去了自我,失去自己在宇宙中的位置。

她把他身体砸到面板上,面板吭哪一响,他的脑袋被钉在墙上,一只手被反拧到背上很高的位置,只要一动就会剧痛。他叫喊着,牢房里其他几个叛变者也在喊着,这只是许多牢房中的一个,斯隆妮可以听到争辩声、责难声,还有因为失去而苦恼的声音。

"待着别动!"斯隆妮命令道,塔里尼逐个门看过去,一只手抬着。"你会乖乖的吗?"

只要军士们还在这里,其他人大抵不会攻击——不过他们也不会说话。更不要说塔里尼到这里来是为了帮助斯隆妮的。他来这里是为了把自己的总监关起来,理由是叛乱。这太讽刺了,对吧?

不过他只能一直看着斯隆妮的后背,这能说明一些问题。斯隆妮朝他苦笑了一下,想要表示感谢,和一些她没法宣之于口的沉默认可。阿莎丽人并没有笑回去,他牙关紧闭,转过身关上了身后牢房的门。

很长时间里,拥挤的房间内只有内布朗沉重的喘气声,还有人们支支吾吾的讨论,不知道下一步会怎么样。他们一个个疲惫不堪,浑身青肿,绷带松开的地方流着血。就像斯隆妮一样,他们都受了伤。与她不一样的是,他们没有那份自豪来展示伤口,斯隆妮急促地叹了口气。

"我们是来解决问题的,我也不是来这里打仗的。"

内布朗面部抽了一下,不过胳膊被绷得动不得了。"那就从我身边滚开!"他怒吼道。

"你给我安静下来。"

"你闭嘴,"他咬牙切齿地喊道。"你这头猪!"

很奇怪,斯隆妮小心地看着余光附近的地方,他们似乎都在犹豫。没有了卡里克斯的强力领导,他们都失去了主心骨,丧失了方向。

她很小心,没有把工程师的胳膊推得更上,没有想折断他的胳膊,不过她也不肯放手。

"我来这里不是因为安全总监的身份,"她坚定说道,"我和你们一样陷入了麻烦,和你们所有人一样。"她又说道。她转过头,朝其他人点点头。一阵怀疑和不信任的骚动把她夹在中间,她转向一边,又转向另外一边,这样大家就可以看到她的身侧,"我来这里的原因和你们一样。卡里克斯相信你们,你们会辜负这份信任吗?"汗水在她的俘房的眉弓上结成水珠。内布朗的眼睛紧闭,用力拖着被扭住的地方,斯隆妮没有松手,他疼得怒号。

"省省吧,内布朗,"她对所有人说道,"你们这些人举起武器对抗不公,而你们输了。现在无法摆脱这个局面,我们任何人都不行。"

"不过——"

"我会尽我所能从克洛根人手下救出你们的生命,"斯隆妮平静地打断他的话,如刀割般锐利。"我救不了卡里克斯,对此我感到遗憾,我真的非常遗憾。不过现在他死了,而你们活着。我想要你们继续活下去,你们明白了吗?"

"我们剩下的船员怎么办?"作为一个处于不利地位的人,内布朗还是用尽力气说话,意志令人钦佩,至少斯隆妮很钦佩,"雷吉怎么办?他死了。还有乌尔里希,卡里克斯……"内布朗明显泄气了,"雷吉的老公就在这里,我们不能……"

"这就是我们做出的决定!"她的话因为愤怒而升高了。这句话像锋利的爪子略过人群,内布朗吃惊地嘟囔了一声。"你过过脑子!我被锁在这里的时候不能为其他人做什么事情!这对你哪怕有一点意义吗?我们现在必须与体制对抗。牢房外面的任何机会都会带来新的选择。"

自从"鞭子"导致她从灾难中醒来,斯隆妮除了信任体制,别无可做。她已经根据先遣队的协议完成了她的任务,希望每个人都得到正确对待处理,然而这就是她得到的结果——被关起来,没有任何选择,甚至这伙一起被关押的囚犯也视她为敌人。

再也不能这样下去了。

"那些受伤太严重的人不会被锁在这里,他们会被送去医疗实验室,在那里得到医疗护理。"她又坚定说道,她有塔里尼的许诺,"现在,我们拥有的只有自己,你,我,内布朗,还有那些在牢房里的人,就是这样。你准备怎么做?"

他的手腕折到她的手里,好像要挣脱,但是她用力的时候,他却没有动。内布朗皱着眉,也许他明白了,这需要时间。她打了个赌,松开了一点,仅仅让他离开墙一点,但是她继续握着他的手腕,依然很用力。

"我不会踢你的屁股的,直到你倒下之前,"她斩钉截铁说道,"但是我并不想这样。这会失去意义。"这孩子突然抽出了手,但仅仅是转了转绷紧的肩膀,盯着她的脚。可能胆怯,或者是尴尬,或者仅仅是……迷失。

斯隆妮向后退了一些,给了他一些空间,不过现在没有太多地方可以退了。她摆好姿势,背靠着门,这样她就可以看到他们所有人。不过没人看她,绝大多数人都看着地面。气氛并不紧张,却很沉重——绝望感已深深扎根于此。他们会放弃的,甚至内布朗这个爱打架的家伙,也会放弃的。

真该死!斯隆妮想转身在门板上狠狠打一下,然后要冲那些做出决定让他们来到这里的人大吼。唤醒莫达是其中最糟糕的决定。对方明明只有棍子在手,却选取了核战。她想要把手放在坦恩铅笔一样细的脖子上使劲捏,直到他感觉到克洛根人和她手下的战士们在那个房间里感受到的痛苦。

总的来说,她想杜绝卡里克斯死亡类似的事情。那个时候他死不瞑目，生命戛然而止。她想要很多东西，现在她拥有的是船员的残骸，还有这个痛苦的现实——她为之服务并进言的领导层，都已经确定地背叛了她，背叛了他们所有人。她需要在什么地方消化一下这个现实，卡里克斯非常相信这群人。

现在斯隆妮需要他们的信任，无论他们喜不喜欢她。她从一个能理解的基础开始。"事情就是这样，不会像广泛传播的流言那样的，任何人想把我们扔到太空都是不可能的。"她很后悔当初曾经这样建言。这是真正让人崩溃的一刻，真正愿意解决联结堡号的问题，而不是把问题踢到一边。现在他们是问题所在。"在最糟糕的情况下，他们会把我们像马戏团一样当众戏耍，以儆效尤。"一个女人单臂扶着腰，另一只手抱在肩膀上，"我们会被处决吗？"

"不，"这个女人缩着身子，斯隆妮咬着牙。"不，"她又说了一遍。坚定，但是没有咬得那么紧。她强迫自己记住这些人是谁，技师、工程师、劳工。他们努力工作，像钉子一样强硬，但没有战士。虽然目睹哪怕最恶劣的战斗，不过就她而言，他们不是受过训练的士兵。斯隆妮曾经小小地好奇过，他们中间有多少人属于那种把过去的秘密——留在家园的秘密，从官方记录中划掉的秘密——丢在身后的那一种，还有那些同情者，最后一分钟不再让她一无所知，她不再想这件事情，还是再找时间考虑吧。

"这个任务代价太大，我们不能再失去更多生命了，虽然他们都知道。不过这将带来后果。"

"问题在于，你是否愿意对付这些后果？"

人群中脚步慢吞吞拖着，目光移开。内布朗抬起下巴："你愿意吗？"他问道，目光挑衅，隐藏着谴责的意味，就像以前一样在说，你又不是我们的一员。也许这是真的。这一次，斯隆妮双手交叉背在身后，迎着他的目光，坚定而毫不退让。"你想听到什么，工程师？没人在乎你和你的人煽动了一次暴乱，杀死几十个联结堡号市民及船员？"这孩子苦着脸。"你能在手腕上被打一下，然后摆摆手指，就此离开吗？雷吉的老公怎么想？"这句话让他退缩了。

她直奔主题："你想要假设他只是在你背上拍拍，然后你就说已经尽力了？"他频繁眨着眼睛，她觉得自己赢了，她摇了摇头，"这种事情不会发生。这是有后果的，而且如果你想要在这个星系有一些属于你自己的生活，就要咬紧牙关，对付他们，从现在开始。"

"那克洛根人怎么办？"有人问道。

内布朗的眼中重新燃起愤怒："是啊，他们怎么办？"他问道，"他们甚至都没有停下来谈判，一上来就杀人！"

斯隆妮也没有答案，这是真的——当时他们就是这么干的。不管有没有下令，这就是一支"劳动力"立即变成军队的最佳范例，尤其是一队克洛根劳动力。

要承认，特地放出克洛根人，这似乎是让叛军重回叛乱的最完美的办法。

她完全了解坦恩在放出莫达的时候希望完成什么目标，他们这些人还活着完全是个奇迹，无论当时投降与否。

不过克洛根人没有把他们全部杀光，现在坦恩必须对付克洛根人了。

她又摇了摇头，内布朗浓重的眉弓拧在一起。"克洛根人镇压了一场暴乱，"斯隆妮说道，没有废话，只有直白，她现在拥有的只有坦率，"他们不会被斥责而是被赞扬，无论你们是否愿意承认，"她继续道，其他人低声私语。"暴动失败了。"

他没有马上回答，其他人会丢出想法和建议，但无关紧要。没有卡里克斯，他们就没有一个专一的目标，没有一个为之奋斗的终结点。他们向壁垒袭去，而努力被残暴镇压了，现在他们和坦恩扭曲的逻辑感中间只有她了。

她可以从内布朗沉下的肩膀看出来他已经做出决定，内布朗脑袋耷拉着。"好吧。"他喃喃道。

听到这几个字，其他人都沉默了。斯隆妮痛苦地看着他们努力想要掌握的宇宙并未成为他们期待的样子。就在他们失败的地方，没有精心的领导，没有公平的机会，只有后果和耻辱，

斯隆妮点了点头。"很好。"她重复道。

这就是他们拥有的一切，最后，也是她拥有的一切。

第三十三章

"这是个噩梦!"艾迪森断言。她大步走进办公室的时候,这就是她的开场白。坦恩正在和几个副官谈着什么,他从非正式会议中抬起头,皱着眉头。

"我相信我特别要求了你不要扰——"

"我知道你的要求了。"她看着副官,大拇指指向门口,无言地下达了命令。他们甚至不需要看着坦恩来确认——这是个疏忽,坦恩迟早会说出来。他们匆匆出去,躲避着她的目光。

坦恩重新坐回到椅子上——从一个会议室中捞出来的——而他现在看着怒发冲冠的总监。

"那,问题是什么?"

"别和我瞎扯这些。"她斩钉截铁地回答道。

她没有坐下,只是抓过椅子靠在上面,这是斯隆妮的典型动作,福斯特·艾迪森似乎已经很习惯了。只要她不对他或者副官饱以老拳,他还是可以欣赏这份愤怒。"我们在医疗实验室有伤员，还有死人需要照料和处理，另外还有几百名叛乱者关在并非牢房的房间里，需要解决。"她继续说道，声音越来越高。"而且我们该死的安全总监——我们当中的一员，也是叛乱者！"

坦恩的眼皮发紧，他轻轻握紧手指，一只手肘撑在椅子扶手上。

"现在我们做不了更多的事情，"他冷酷地说道，"死人就在那里，等着我们好好处理，而医疗小队在尽其所能挽救活人。"

"这对于我们自己的死掉的人来说太不尊重了，"她的话音在紧张之下有点唏嘘。

他耸了耸肩，他是对的，而且知道自己是对的。

"我们在这里需要说的是，死人可以等，"他指出。"他们不太可能爬起来再去敲别人的门，这与我们急需立即救治的男人女人完全不一样。"

"我们要把叛乱者怎么样？"她质问道。

"解决起来很简单。"

"见鬼——"

"总监，拜托。"坦恩举起一只手，尽可能安抚情绪。"至少听我说一下。坐下。"他指着她靠着的椅子。

艾迪森皱着眉头。"我就这么待着，"她说道，"而且我在听。"

好吧，这比斯隆妮在的绝大多数日子里都要强点，赛拉睿人容忍了这个女人这点小小的反抗，什么也没说。

"我们像理智的生物一样讨论问题，好不好？"他转而说道，"我们苏醒之后，放在首位需要考虑的是什么？"

"生存。"

"太对了，然后呢？"

艾迪森考虑了一下："任务。"

"正是如此。"他朝她微笑，虽然过去的几个小时很恐怖，不过她还保持着理智，这让坦恩很满意。当然，他对殖民官员本来就应该报以如此期待。从某种奇怪的意义上说，能看到她终于怒怼他是个很好的事情，展示一点激情和紧张。她的档案里记录了她的这条特点，不过他恐怕"鞭子"已经让她昏了头。

"这些人拒绝回到休眠状态的那一刻，我们就开始丧失立场。我们有太多嘴需要喂养而资源又太少，要为所有事情权衡时间和能源，他们的耗费超出了我们能承受的范围。"

"这些人依然是联结堡号生态系统的一部分。"

"说的没错。"

"然后？"艾迪森双臂交叉放在椅子后面，身体靠在椅背上，以减少威胁性。

"然后，"他重复道，"处理叛乱者，我们必须要给他们提供两个选择。"

"两个？"

"简单点说就这样。"

"好吧。"她扬起眉弓，"请不要告诉我们把他们扔到太空里去。"

坦恩忍不住笑了："把他们扔到太空里去？就像我们从前的安全总监建议一样？这个太讽刺了，现在她就是叛乱者的一员，不，当然不会。在她处理情况的特别手段中，这一页应该撕掉。"

"那就比方说，给他们一个可怕的选择，还有一个合理的选择？"

"没错，"他赞许地点点头，"选项一，我们提供穿梭机给他们……"

"我们承担不起——"

"总监，拜托允许我说完。"

艾迪森叹了口气："很好，继续。"

"我们提供穿梭机，"他坚定地重复道，"以及合理时间内的供给——但不是合理到不合理的地步。希望他们能在旅途中找到他们更喜欢的世界。"

"放逐？"

"正是如此。"

"在仙女座的一角，地狱中死亡缠绕的星云，我们所有的侦察队都没找到什么有用的东西，或者说在努力中消失了。坦恩，把他们扔到太空里去吧，这样还不太残忍。"

"是啊，"坦恩的笑容更开朗了。"他们也知道。至少斯隆妮知道，这就是为什么第二个选项更有吸引力。"

"那是什么？"

"休眠。我们所有人首先要求的就是这个，当然，最后，另外一条路上，会有一个惩罚听证会等着他们，这个听证会的压力不大。就像以往一样，大家头脑都冷静了。"

她立即领会了意思。"我们可以把所有的事情安顿好，把基础设施建好，资源供应也稳定下来，"她的目光尖利地看着他，"简单地说，把现在的麻烦锁到抽屉里，以后再回来处理。"

"有些粗暴，不过足够可行。"他承认。

"我们既没有时间，也没有能力向这群罪犯提供资源，尤其是他们已经证明自己不可信任，而且不能维持秩序。"他挥了挥手，"他们可以离开，或者睡眠。凡是脑子正常的人都不会离开，'鞭子'就在外面等着呢。"

"刑满后，怎么，我们就重新唤醒他们？"

"你是不是很怀念他们想要夺取控制联结堡号的那一段时光?"坦恩问道,他敲着桌子,"一旦他们尝到了叛乱的味道,就不会回头了,不会的,"他又说,"而我们现在有的资源就这么多。"

她咀嚼了一下他的意思,他可以从她的眼神中看出她的想法——她可能在权衡计划的利弊,很好。坦恩知道她会得出一样的结论,因为这是正确的结论。他已经考虑将每一个偶然因素考虑在内。没有人,把自己发射到"鞭子"占据的虚无空间去流浪,那相当于自杀。

让这些人回到休眠状态是联结堡号能提供的最好选择,如果他们一开始就听说——这不需要感谢斯隆妮的极端论点——这些事情从一开始就不会发生。这很讽刺,但这是对的,而且早在很久之前就该如此。

最终,艾迪森点了点头:"好吧,我现在联系凯什,然后——"

"对不起,不行。我们现在不能再让更多克洛根人卷进来了。"坦恩平静地打断了话。

"他们已经完成了自己的工作,现在是我们要完成工作了。"他说道,强调"我们"这个词,"做我们的工作,你难道不同意吗?"

她这次没有争论,不过坦恩知道没有任何事情是她不能争辩的。这是个很棒的计划,他喜欢,斯隆妮也许会同意这个计划,甚至她会恐吓一番,把他们扔到"鞭子"那里去,或者用其他同样野蛮的办法威胁他们。

坦恩有点期待这件事情发生,就是斯隆妮被扔到决定过程的对面去——他早就觉得斯隆妮不应该参与决策,而且他不是一个野蛮兽人。

第三十四章

"任何一次错误的举动，或者乱发脾气，"警卫逼近牢房门的时候斯隆妮对这群人说，"我都会把你的牙打到你的肚子里，我说清楚了吗？"她的声音很平静，语气里没有一点开玩笑的意思，他们都严肃地点点头。甚至内布朗，他黑色的皮肤边缘都变成了土色，她觉得是精神焕发的表现。他们都感觉到了这样一个压倒性的事实——他们与参议会可能动用的惩罚手段之间离得很近。

斯隆妮提醒自己，除了她，没有什么能稍微阻拦一下惩罚。而且她会拼死战斗，为了保全这群人的生命，为了未来而努力。哪怕少努力一分一毫，都比抛弃他们更糟糕。这会让参议会更加觉得这些人根本没有理由行动和战斗。

斯隆妮知道，他们有理由，如果没有意外，卡里克斯会让他们飞得更远，脱离控制。在接下来的短短时间里，他们需要闭上嘴，让斯隆妮说话。

他们都已经讨论过了,斯隆妮站出来为他们战斗,不过他们要按照斯隆妮说的去做。其他任何事情都纯属浪费,而且斯隆妮没有耐心换个指导。

门开了,塔里尼走了进来,身边是两名斯隆妮的手下——原来是斯隆妮的手下。囚犯们颇感不安,昏沉一团,不愿意看着把他们抓起来的人,也不愿意看着斯隆妮本人。

"每次出去一个,"塔里尼命令道。"把手举到头上。不要说话,每个人都不许离开队列。"

斯隆妮朝船员点了点头。"走吧。"

他们拉着脸,咬着嘴唇,从门中鱼贯而出,手放在头上。安全小队手里紧紧握着枪,把他们排成两列。房间里只有斯隆妮了,她停在门里。塔里尼静静看着她,表情中流露出无言的关切。

"有多糟糕?"斯隆妮平静问道。

"我也不知道,"阿莎丽人回答道,摇着头,"他们的口风很严。"

"可能是担心你忠于我。"斯隆妮带着一丝苦涩的幽默说道,"我猜我也差不多。"塔里尼的嘴扭曲了,"对不起,斯隆妮。"

"是啊。"她耸了耸肩膀,然后手搭到脑后,直直看着前方。"我也一样。"

斯隆妮走出了牢房,大厅里,其他囚犯歪歪扭扭站成长长两行,几乎没有人说话。很好,在这一百多号叛乱者者中,只要有人打斗接下来就会受到惩罚。

"朝前走。"塔里尼说道,在前面带路。

这是前往行动室的时候最后一次有人说话。一路上更多囚犯加入进来——那些受了伤但是不严重、能在医疗后自己走动的人。

他们走到之后,就穿过门,斯隆妮看到周遭都是自己的安全力量,倒是一点也不吃惊。艾迪森和坦恩坐在中间，凯什站在稍微远一点的地方，和莫达、拉什以及另外一个克洛根人轻声谈着什么。那个克洛根人肤色更暗一些，别的克洛根人厚厚兽皮是黑色的地方，他那里是灰的。他浑身是疤，皮肤上满是暴力伤害留下的沟纹，显然看起来比其他人更年长一些，从克洛根人的寿命来看，他属于史前一类。

莫达几乎没有看他们一眼，只是在斯隆妮出现的时候吱了一声，抬起硕大的脑袋表示致意。

凯什抬起头，凝视的目光认真而严肃。莫达在她肩上重重捶了一拳，低声嘶哑地说了点什么。斯隆妮不知道他们二人之间传递了什么消息，不过凯什的叹息滚过整个行动室，像是远处惊雷拉响了警报。

坦恩小心地斜视了克洛根人一眼，让艾迪森先说话。

"谢谢你，你可以把手放下来了，"坦恩张嘴了，"我们不是——"

"我们至少可以给他们一些尊重。"艾迪森说道，每个人都听见了这句私语。

"尊重？这些人——"

"废话少说，"斯隆妮打断话，垂下手，一路挤到人群前面，"我们都知道我们在这里做什么。"

坦恩的目光盯着她："你们太过分了。"

"是啊，比方说我冒着被枪毙的危险上来拧断你的细脖子。"斯隆妮回答道，不过她并没有咄咄逼人。这两个人曾经放出莫达和她的克洛根勇士到联结堡号平民中，而且向狙击手下达命令干掉了卡里克斯，斯隆妮手下的一名军官扣动了扳机，这比其他任何事情都更加令人刺痛。

"这次你又带来什么星光闪闪的计划，坦恩？"她直截了当地收回刚才的话题。

艾迪森目光锐利:"这次你能不能闭上嘴,专心听?"

"你怎么看待这里的事?"斯隆妮回呛过去,她一根手指指着身后的人群,"你觉得他们活该得到坦恩觉得他们应该得到的处罚?"

她身后嗡嗡声起,内布朗低声道:"我们饿肚子,都是他的错。"声音并不小,听得到,但也不够大,不过还是吸引了绝大多数的注意力,她看到坦恩又大又圆的眼睛瞪得溜圆了。

"你们在这里,是因为你们参加了一场暴动,令联结堡号的未来陷入危机。"他坚定说道,清了清喉咙,提高权威性。

"拜托!"内布朗插话,斯隆妮回头呵斥样地看了他一眼,不过他并没有看着她,他的眼光盯着坦恩,仇恨在愤怒下隐约可见。"你选择隐藏事实,欺骗我们!因为你的不果断,我们会被饿死。"

卡里克斯的手下有不少表示愤怒和赞同,斯隆妮伸出一只胳膊,好像这样的屏障就能阻止他们。

"坦恩,"她的声音压过人群的嗡嗡声,"你也不是无可指摘。我们没有人能独善其身。"她的话简洁有力,如果她的目光盯着莫达时间长了点,部落首领就会知道为什么。纳克莫人露齿而笑的时候不一定代表友善,不过与此同时,斯隆妮也不认为克洛根人就怀有怨恨。毕竟,他们赢了,这得感谢斯隆妮的投降。

坦恩怒发冲冠道:"这一点也不公平。"

"她是对的,"凯什生硬说道,她双臂交叉放在胸前,皱眉看着坦恩和艾迪森。他俩都站在中心圆盘旁边。赛拉睿人对着凯什责骂,"如果你愿意的话,这里的第三方已经足够。克洛根人的工作已经完全超出预期,而且——"

"他们杀掉了卡里克斯!"后面有人喊道。

伊利达,见鬼。斯隆妮没有考虑到阿莎丽人擅长伤口撒盐。

她向后伸出手,抓住最近一个人——一名突锐人,眼睛被打的乌黑,脸上横着一道新划出来的伤疤——把她拉到近前。

"让她闭嘴。"她低声道,工程师点了点头,一路挤回到囚犯中。

凯什继续道,小小的混乱并未让她困扰:"各方在叛乱事件中都尝到了死亡的滋味,铸成大错。如果我们把他们关在他们的——而且我们会的,"她坚定说道,"那我们就应该承认。"

她的身边,莫达哼了一声。听起来就像是她说了一句"该死"之类的,然后大块头克洛根人又说道,声音清晰而酸涩,"你也有自己的错误举动要负责,凯什。"

斯隆妮眉毛扬起,凯什转向部落首领。这俩人怼上了,然后,那个史前男性克洛根人,走到她俩中间。"一次解决一个目标,"他说道,口中说出的每个字都像生锈的铁路钉子。很简单的一步,一句平常的话,两个克洛根人都消停了。

艾迪森突然举起一只手,皱着眉头问道"斯隆妮·凯莉,作为安全总监,你有什么话要为你自己说的?"叛变者一阵沉默,甚至伊利达也停下了喃喃自语。

哦,见鬼,斯隆妮甚至没仔细思考这个问题。她没理会安全人员——自己的安全人员——向前走了三步,站在行动室参议会和卡里克斯手下船员正中。她并不蠢,她与其他人一样,知道她在走路的时候有几个她小队的成员在她身上瞄准着一条射击线,如果她在当前局势下动手,当然会挨枪子,因为她并没有训练他们有丝毫迟疑的习惯。

"要说的有很多。"斯隆妮答道。她的手背在身后,站稳身体,直直盯着坦恩的眼睛,"与这里的某些人不同,我也有很多话要为其他人说。"

"现在,你——"

"我要为身后的这些人说，"她继续道，切断了她的话，"他们现在饥肠辘辘，心怀疑惧，甚至在得知领导层向他们撒谎之前也是如此。"声音洪亮而从容，"我要为卡里克斯·科万尼斯说话，他看到情况从糟糕变得更糟，并采取了他看来是最好的措施，为这个堕落的空间站带来希望。"

坦恩的眼睛眯成了缝，目光犀利："我要为空间站真正期望的吉恩·加森和真正的领导层说话。"艾迪森嘴唇发白，凯什短短呼了一口气，这是因为斯隆妮的言辞刺穿了行动室，气氛一片紧张。

"但最重要的是，"斯隆妮捶着自己的胸膛。"我为自己的常识说话，常识就是我们不对自己人撒谎，我们不去玩残酷的'谁能活谁能死'游戏，只是因为我们太小肚鸡肠，当我们犯下错误的时候，不能爽快认账。"她的眼光没有指向莫达——莫达已经得到了斯隆妮足够的仇视——而是坦恩。

"我们不会，"她说道，每个字都是重音，"派自己人打自己人。"

赛拉睿人直起身，手平放在身边的面板上。"你做了些什么？"他怒道。他的声音在发抖，"那你，伟大的安全总监，你又能做些什么不同的事情，恢复这里的秩序？"

斯隆妮摇了摇头，"我已经在那里了，坦恩。谈了又谈，把卡里克斯带回到……谁知道呢。我们永远都不会知道，对吧？"她手指着坦恩，坦恩退缩了一下，好像她的手指剃须刀般尖锐。"有人在我们还没有走出几步的时候就派出克洛根军队猛烈袭击我们。"

艾迪森摇着头说："他们不应该开火的。"

"真相并非如此。"莫达插话道，她的怒吼突然之间显得非常危险。"有人告诉我们出发，然后我听到那个瘦骨嶙峋的沙鼠说，'无论任何手段，完成任务'。不要胆敢把不满发泄到我们身上。"

坦恩重重地叹了口气:"当然,一名克洛根人会觉得这意味着'杀光每个人'。"

凯什飞快地伸出一只手,打在莫达的胸甲上,大家都听见了回声。斯隆妮浑身一紧。安全小队的每个人都立即握紧自己的武器,而部落首领让凯什的手挡住飞上来的膝盖。

"我们会说话算话,"她承诺道,"其他人可以放心。"不过坦恩摇着头,暗示自己会有更好的想法。书呆子,笨蛋。他的全部注意力又一次转到斯隆妮身上。

"不管怎样,你破坏了办公室里的所有规则。"他说道。"你杀害了纳克莫部落的成员——"

"他们过来的时候,枪口在喷火!"

"你在那里看到了,枪口的音量关乎你忠诚于哪一边,难道不是吗?"

斯隆妮的拳头握紧了:"我当时在努力谈判,你这个膨胀的鱼饵。"

"你那是违抗命令!"坦恩提醒她,而斯隆妮不知道该怎么反驳,她曾经违抗他发出的等待的要求。不过,如果她等待了,克洛根人会不会把他们全部杀掉?

她的嘴唇弯起:"我不后悔我的任何选择。"

"那么你将为他们承担后果。"他向她保证。

斯隆妮期待的无非如此,真正的问题是,他到底是怎么计划的?

"首先,"他继续道,把注意力转向其他人,"我们处理卡里克斯·科万尼斯的同党。"

内布朗咬着下巴:"你可以——"

"闭嘴!"斯隆妮回击道。

这家伙攥着拳头,下巴抽搐着,把本来想说的事情咽了下去:"我们干了一仗,我们输了。现在怎么办?"

好吧,他这样可赢不了任何外交奖项,不过斯隆妮很欣赏这份直爽。

坦恩和艾迪森交换了一下眼神,绝不是好事。"你有两个选择。"艾迪森说道。

"第一个选择满足你最原初的渴望,你可以按照自己的方式做事。"内布朗黑色的眉弓扬起,斯隆妮也抬起一边眉毛。

"我们准备给你提供一支穿梭机队,"艾迪森双臂交叉,仔细看着船员。"加好油,放满物资。你可以带上那些心怀不满的船员,开始你们自己的旅程。"

"你是认真的吗?"内布朗问道。

"是的。"

"放逐?"伊利达说道,挤到前面。斯隆妮咽回去骂人的话,因为听到很多武器装弹的声音,指着阿莎丽人。

"伊利达,不要这么快就被干掉了,"她转向坦恩,警惕地看着他,"这可不是个好的选择。"伊利达嘲笑地看着她,"这意味着什么?"

斯隆妮可以从坦恩的脸上看出来,他现在玩的游戏。"意味着他知道我们不会同意,"她说道,眼光从来没有从他身上移开,"这样让他看起来慷慨而公正,从头到尾都知道我们不会走。"

"为什么不呢?"伊利达问道,依然因为愤怒、疲惫而看不出来坦恩的意思。

"因为这绝不是小事,"凯什插话进来,"被流放到'鞭子'的荒凉空间。你也听说了,最近的行星都无法居住。"这让大家都安静了。

"还有第二个选择,"坦恩又说。

"有话直说。"斯隆妮失去了耐心,很快就会失去。

坦恩自鸣得意地以为自己是上级，似乎知道他的时间相当有限。他拍了拍两只又长又结实的手，一边挥舞一边说："回到休眠状态，直到联结堡号修好，而且能够完全正常运作。"

"什么?！"

"没门……"

一些叛变者受到了刺激，安全小队队员手里的武器重新举起，瞄准了他们。

斯隆妮恶狠狠瞪着塔里尼，阿莎丽人安慰性地点点头，动作很小，他不知道这到底是什么意思。不过没有人开火，这很能说明问题。

"绝对不可能！"内布朗说道，声音抬了一个八度。他向前走了一步，到了斯隆妮能触手可及的范围内。她挺直身子，以防万一，"你从一开始认定我们是大麻烦的时候就应该决定让我们回到休眠状态！"

"我们怎么能知道你会让我们出去，"伊利达火上浇油。"我们很容易冷处理，对吧？"

"他不会的，"一个女人说道，"他们永远不会让我们出去的。"

"没门。"

斯隆妮长呼一口气，不过这并没有让她胸膛里的雷电一样的心跳慢下来。

坦恩仔细看着他们。"所以，"他慢慢说道，终于说出了那个词，"你选择放逐？"

"天，是啊！"内布朗喊道，拳头在空中挥舞，斯隆妮闭上了眼睛。

"与永远冻起来相比，遗忘在联结堡号的日志里要好。"伊利达又说道。

"我们能自寻出路！"

"至少我们能够互相相信对方。"

艾迪森的眼光找到了斯隆妮,她张开眼睛的时候无法躲开另外一个女人的目光。而在那个目光中,她发现了歉意、焦虑、愤怒。

是啊,好吧斯隆妮只能面对这种情绪。赛拉睿人耸了耸肩,斯隆妮注意力转移到他身上。"太牛了,"他说道,真的很吃惊。"你会为了一群放逐者失去一切。"

"坦恩!"艾迪森的大声警告稍微晚了那么一丝。

斯隆妮和莫达一样,两个人都露齿而笑。她无视她的团队,无视塔里尼突然说出她的名字,斯隆妮跨过了二者之间的距离,一击准确的勾拳,几个星期里她都渴望能出手打这个混蛋。

赛拉睿人的骨头很细,但很强硬。冲击震动了胳膊和肩膀,不过只是让坦恩因为冲击力转了一下。赛拉睿人喊叫起来,半是痛苦半是警告,肋骨撞到控制台边上,疼得喘不过气。

凯什宽阔的巨掌扇自己的耳光,似乎与叛乱者的欢呼与嘲笑一样响亮。

没有一个安全队员开火,这简直就是个奇迹。

艾迪森不停地咒骂着——这个举动居然赢得了斯隆妮的少许尊重——弯腰扶住他,使坦恩终究没有彻底倒下。

"该死!"斯隆妮抬起头咬牙切齿地骂道,她抖出手。"这个该死的空间站,你们这些搞阶级歧视的人渣。你们把这里变成了地狱,那你们就留在这里吧,我们选择流亡。"

人群沉寂了一下,屏住呼吸。坦恩的手指托着下巴,眼睛愤怒地大睁着——是的,斯隆妮注意到,他眼神里有一丝恐惧,很好。

不过还是艾迪森最后开腔了。"好吧。"她抬头瞪着斯隆妮。"你会拥有你的穿梭机,斯本德会搞定物资供应。"极短地停了一下,仿佛是心跳一次的时间,"祝你好运,我真心祝愿。"

"是啊,好吧……"斯隆妮转过身,承受着塔里尼的眼光,点头表示感谢。"我敢打赌你在下水道里找到你们的脑袋之前,我们就会在某个地方定居下来。"

她冲向门,没有人说话。叛乱者——不,放逐者——毫不犹豫地跟了上去。要适可而止,她会和愿意相信这个新星系的人一起赌赌机会,并愿意为此流血。

当有一天她与卡里克斯在地狱相见的时候,她如果告诉卡里克斯她抛弃了他们全部,那她真的太人渣了。塔里尼和他的安全小队在一边护送他们出去。

第三十五章

坦恩在水栽农场遇到了一大堆麻烦,事情还没有平息。赛拉睿人需要一个温暖而独立的地方坐下,不用在其他事情上耗费注意力,呵护自己受伤的自尊。看着这些顽强的种子挣扎着成长,多多少少安抚人心。

四名克洛根人跟着部落首领,迈着雷霆般的脚步走进大厅。坦恩站着,不愿意被其他人看到坐在比他高出许多的兽人护卫身边。莫达的眼光死死盯着他,坦恩知道事情不妙。万用工具响了,传过来斯本德的图像,也于事无补。

"长官,纳克莫首领找你。"

"她已经找到我了。"坦恩说道,目光一直注视着来袭的风暴。"把凯什派来水栽农场,快点。"

通讯器黑屏了,这群易怒的野兽们像楔子一样直直站在坦恩面前,坦恩的头偏了偏。他打定主意,玩些外交手段会让事情有所改善,或者这比再有一拳打过来强太多了。

"部落首领,如果你希望讨论什么事情,我们可以在其他地方聚一下——"

莫达居高临下盯着他,"现在你已经对流放者下了判决,现在该处理一下空间站上正常的事情了吧?"她胳膊上的肌肉沉重厚实,双臂交叉叠在胸前。

他眨眨眼,装出吃惊的样子:"是啊,是的,是该处理了。我们说话的时候,穿梭机正在整装待发,流放者和同情者聚在一起,准备分别。我们预计他们会在几个小时内出发。"

"那凯什呢?"坦恩犹豫了一下。"凯什怎么了?"

"她是不是像我们期待的那样,用她的经验很好地完成任务?"

这句话由克洛根人说出来似乎太显正式了一点,莫达说出来就加倍奇怪。坦恩有一种奇怪的不平衡感,什么事情不对劲。

"是啊,"他小心说道,"她和她的手下很有工作能力,一名队员还拯救了最近的叛乱。"

莫达的眼睛眯紧了。"那是你和她之间的事情,你的军官们纪律如何,我也不关心。不过,"她又严厉地说道,"不应该如此信任凯什。"

"我同意,"坦恩说道,再次吃惊了。她想干嘛?"不过,已经做完的事情都成事实。而且——"他的眼光越过克洛根人队形,看到凯什大步跨过同一扇门,一名史前克洛根人跟在她身后。纳克莫·德拉克,坦恩想起来了。和莫达一起苏醒的凯什的祖父。这名老克洛根人貌不惊人,少言寡语。

他有了后援,稍感轻松,继续自信地说道:"而且我们想要把这些事情甩在身后。把联结堡号打造成跨种族友谊和合作的光辉典范。"

"很高兴听到你这么说,凯什。"莫达低吼道,打招呼致意,"代表纳克莫部落联结堡号的见证人,欢迎你。"

凯什古怪地看了坦恩一眼,不过点了一下头,"你说的没错。"不管话题方向如何,坦恩如鲠在喉。他还没来得及说话,莫达就向前走了一步,鞠了个躬。她一直弯到腰部,像一张弓。

坦恩的眼睛瞪得大大的,第二张眼皮都抽紧了。

"那么,纳克莫部落按照约定行动,现在正式接受在联结堡号参议会中拥有一个席位的提议。"

很长时间里,水栽大厅里没有任何声音,莫达可能因为这个不常见的姿势感到不舒服,抬起目光。

"她在干什么?"坦恩问道。凯什的眉头皱得更深了:"我也不知道。"她看着莫达,"你在干什么?"

部落首领吼道,肩膀一耸一耸,她可不是什么谦逊的人:"我在要求参议会席位,因为我们镇压了叛乱,这是说好提供给我们的。"

凯什的眼睛转向坦恩,他又眨了眨眼:"提供……什么?"

莫达的疑惑堆积起来。她冷笑,露出牙齿。"参议会席位!"她大声重复道,好像他很笨。"你们那个沙鼠一样的大使提供给我们的——代表你——在联结堡号领导层参议会上有一个席位,来换取我们的忠诚和服务,以及终结掉叛乱。"

"斯本德?"这是坦恩从混乱的思维里唯一能找到的人名。威廉·斯本德来到了克洛根人这一边,坦恩以为用语非常清晰。他摇着头,走近了一些——希望没有特别近。"这是不可能的,"他终于说道,"我没有授权他提供这个职位,甚至提都没提。"

她的身后,一个满脸横肉的兽人把拳头砸进手掌。

"错了!"他吼道。

凯什的目光来回看着他们两个。

"斯本德说,如果你镇压了叛乱,你就会在参议会中占一个位置?"

"你刚才没有这么说吗?"莫达吼道,"有目击者。"她指着身后的克洛根人。"而且还有一些人类,我非常确定。"

坦恩继续摇着头,"恐怕这里有一些误会,"他坚定地说道,"没有一个种族能在参议会中武断地占据一个位置,更不要说是一个未经授权的个人说的。这太疯狂了,而且与先遣队的一切想要达成的目标都格格不入。"

莫达静得像一尊雕像,瞪着他。太吓人了,这就是克洛根人永远也不会占据一个参议会席位的理由,太容易激发冲突的倾向了。虽然内心很愤怒,坦恩必须要打破沉默,他轻轻举起手,要求镇定。"我们绝不会作出这样的提议,"他说道,"对不起,莫达,不过我们什么也做不了,我们会为这个错误谴责斯本德。"错误,他这个灌了水的脑袋。"现在,如果你原谅我的话,我会和我的副官谈一下,看看我们能不能更改一下计划,为你们的服务定出更加合适的奖励。"

部落首领还没来得及答话,凯什就走到他们两个人中间,坦恩趁机溜之大吉。

他溜出门,依然可以听到莫达怒吼,她的随从也在回应她的愤怒,还有凯什奋力让他们安静下来,声音一直跟着他到电梯。

坦恩之前从来没有这么愤怒过,这份愤怒对着威廉·斯本德,而且加深了他对纳克莫·莫达的恐惧。这种极端的情绪让他几乎不能思考,理性天旋地转。

电梯上行的时候,他踱着方步,斯本德……怎么对付斯本德。这个人能达到目标,不过手段太过下作,而且,说实话,太过疯狂。为纳克莫·莫达提供一个参议会的职位,他到底怎么想的?坦恩觉得他本人也要稍微谴责一下，他毕竟派出一名人类来处理这个任务，而且，指示他为了赢得部落的支持不惜任何代价。

坦恩应该更仔细地选择措辞，不过现在什么事情都做不了。他也不能赞同斯本德的提议，这个最重要，也非常清楚。问题是，如何避免让莫达在一个毫无诚信的交易面前不要愤怒，如果克洛根人……不合作的话，安全小队显然不足以完成任务。

"嗯，"坦恩喃喃道，电梯上升的时候依然踱着方步。莫达完全不适合在联结堡号参议会中占据一个位置，凯什可能在一个漫长的三巨头时代和一次多数票投票之后可以，不过莫达？不可能。

她无法处理麻烦，作出艰难的决定，甚至——连令人厌烦的日常事务都处理不了。参议会里规矩摞规矩，各种规则的迷宫让人头晕目眩。不，参议会需要的是冷酷而冷静的头脑，而且参议员们已经，甚至渴望处理空间站上的事无巨细的日常工作。这和偏见一点关系也没有，这只是常识。他还没有到行动室，就几乎说服了自己。

莫达能当上部落首领可不是因为自己心慈面软，她大喝一声推开凯什，克洛根人向后趔趄退了几步。

"你不能见人就打！"凯什喊道，鼻尖对着莫达的鼻尖。

莫达的吼叫淹没了凯什。"我需要满意的答案！"她吼道，"我需要他们尊重我们！这是我们在这里拿命赚来的！"

"我能理解，首领，"凯什看着她，双臂张开。虽然她是一个工程师，不过她首先是个克洛根人。莫达足够尊重她，因为她知道任何冲突都会以鲜血和瘀青收尾，而且最终双方都会满地找牙。凯什绝对不会让步，她的目光转向他们全体。

"那个人类副官犯了一个错误！"凯什施加压力。

"他是个笨蛋——他逾越了界限！"

"一个副官？"莫达吐了口水，"他说自己是什么，幕僚长？"她的身后，卡杰哼了一声表示赞同。

"他用力太猛了，"凯什坚定说道，"不过这并不是将赛拉睿人撕成两半的理由，你想对整个联结堡号开战吗？"

莫达挺起身："我是纳克莫·莫达，克洛根人纳克莫部落的首领，我不会在战争面前屈服！"

"不过无论如何这都会把我们全部摧毁。"凯什回答道，双手握拳，使劲张开双臂。

"我们在一个新的星系里，周围都是'鞭子'，随时把我们的飞船撕开。无论你喜不喜欢，我们必须一起协作。我们不能溺死这个梦想——这个杰作中——而且还是用我们的鲜血。"

"他们就该流血！"拉什吼道，猛地点了点头，卡杰怒道，"在我们的所有努力工作之后！"

"我们应该把联结堡号破坏掉，变成废墟！"拉什又说，猛地点头，"毕竟，这是我们建造的，而且还是我们重建的。"

德拉克伸出巨大的拳头，锤着拉什的胸口。"注意你的措辞，小畜生。"他的目光凶悍，迫使另外一个家伙移开了目光。"把空间站破坏掉无济于事！"

"但总比开战再接管要好，"卡杰又说道，"而且为整个克洛根人争得统治权。"

"我的克洛根人！"莫达纠正道，她的目光盯着凯什，"这到底包不包括你，凯什？"

凯什重重出了一口气："部落首领，如果我们接受了这个空间站，我们会享受一次单个战役的胜利，但我们种族会注定再次遭受留在图岑卡的克洛根人一样的仇恨，我们需要盟友，需要其他种族。"

莫达注视着她,这个工程师很有想法,她一直都很明智——太明智了,但莫达不喜欢她分裂的忠诚,凯什属于纳克莫部落。不得不承认,她也没有错。

莫达的目光注视着阴影中的走廊,赛拉睿人淹没其中。他派了什么低级家伙代表自己发言,做出承诺——不,那是彻头彻尾的谎言——以赢取他们的支持。部落将之视为一个武器,这就是他们如何被看待的,如何被对待的。他们会为这出闹剧流出鲜血,而且流更多……

莫达转过头,克洛根人在他旁边,迎着他的目光。甚至拉什,这个沉默的宠物,都停下渴望鲜血的笑容。

凯什两只手压在一起。"部落首领,"她说道,声音很低。"你是否愿意就此放过?"

莫达回头看着,咬着牙。"不,"她说道,"我们被许诺过一个新的生活的时候,同样的一套见得太多了。"

凯什郑重地点点头,不过干瘪的德拉克说话了,数千年的年龄让他的话音有些回响。"听她的吧,莫达,她比我们更熟悉那些两面派参议员。"这个洞察力倒是很公正。她点了一下头,

"克洛根人对艰苦的环境并不陌生。"凯什说道,指了指一个大型观景窗——以及外面释出的腐蚀性气体触须,纠缠在一起。"我们征服了图岑卡,而且我们会征服仙女座,不过可能……"她耸了一下肩膀,"可能,部落首领,克洛根人必须寻找自己的道路,这样就不必对任何人感恩戴德,也许克洛根人配得上在所谓的另一边找到适合我们的东西。"她一字一句地说道。

聪明,莫达沉思道,聪明而大胆。当关于克洛根人和联结堡号的事情搅在一起的时候,也许她未必总是同意凯什,不过如果这几件事

情分开的话……

卡杰喃喃道:"听起来很有趣。"

拉什的笑容又回到了脸上。"有趣,"他停了一下,"只要没有突锐人。"他们都哼了一声。

莫达没理他们两个:"那你呢?"

凯什收起目光:"我会留下。"

莫达继续瞪着凯什问:"为什么?"

"我不赞同他们对纳克莫部落所做的事情,"凯什坚定说道,"不过我也把所有的心血都投入到空间站里,部落里的一些人必须留下来,保证克洛根人不会没有盟友,我选择成为这个人。"

莫达揉着肩膀,脑子里不停地转。她不会撒谎,征服这个致命星系的想法,虽然会把赛拉睿和他的理事会吓得够呛,却让她欣喜不已。而凯什一直拒绝选边,也很有道理。

莫达朝前面走了一步,抓住凯什的领口。她把克洛根人拉到前面,避开可能跟上来的她前额上的利刺。莫达停下来,眼对眼注视着她:"不要忘记你的忠诚,纳克莫·凯什。"

"永远不会。"凯什回答道。

莫达依然注视着,然后,她咕哝了一声,推开了工程师,转过身,对着凯什,对着那个怀有偏见的死硬赛拉睿人,在联结堡号上。

"做好必要的准备!"她大步走开的时候高喊道,脚步沉重,就像一个正在追寻猎物的巴塔瑞战兽。"放逐者离开的时候,我们也离开。"

身后,她听到凯什沉重而僵硬地出了一口气,莫达决定就在这里终止对话。就让凯什担心她的冷漠吧,凯什知道她的建议已经让克洛根人付出了代价,而莫达接受这一切又付出了多少代价。纳克莫部落将会取得胜利,无论有没有联结堡号。似乎这个所谓的"另外一边"

到最后与原来的一边也没有什么不同。

数代人努力实现一个梦想，几个小时就击碎了它。

坦恩斜靠在观景窗的坚固金属框上，长长的机库在他面前展开，气氛活跃，熙熙攘攘，成排的克洛根人排着队进入提供给他们的小小穿梭机舰队。纳克莫·莫达走在最前头，双臂交叉，带着蔑视，意志坚定，监视这次撤离。她偶尔抬起目光看着他，而他还没移开目光的时候，她就这么瞪着他。

克洛根人行进的脚步离放逐者们不远。斯隆妮·凯莉和她的这帮罪犯，还有一些同情者选择在"鞭子"的空间上慢慢死去，而不是在空间站上生活。很难想象他们就这样选择，不过坦恩不能逃避事实。他们的组织性并不强，不过却无所畏惧。

旁边都是安全人员，他们站成一群，也朝指定的飞船走过去，背包甩在肩膀上，推着悬浮车，里面有成捆的供给品——两个星期的食物和水，斯本德已经说了。

坦恩低下了头，很容易看出这些格格不入的人和心怀不满的人离开是一种解脱，但很难承认这个事实。外面的人构成了联结堡号大部分人口，他的建筑队员，还有生命支持团队的大部分人，主要都在里面。

面对暴动坦恩可能赢了，不过代价真的太恐怖了，不足以服众。一团糟，他摇了摇头，斯隆妮登上了她的穿梭机，没有回头看他一眼。

这么多人贡献了自己的知识、时间、身体，以及各种各样的努力才建成了联结堡号，多少人把希望和梦想钉在他们来到仙女座的旅程上。

他抬起头，目光比泊位、折叠着等待修理的运输口更远，他看到了"鞭子"上的诡异颜色，飘向远方，等待，漂移。根据侦察，那些飘移着的受伤毁灭的行星是死亡文明的残体。

他双手交叉叠在胸前，努力注意不要感觉像是保护自己疼痛的内心,而只是随意的姿势。他身后有人敲了敲背,他发现另外一名访客,没有来得及换上自己那套理性镇定的表情,不过这可能是艾迪森,这是她走路的习惯,她的步态很特别。

"嗨。"她说道。

坦恩没有看身后,他不需要,而且艾迪森也不想要他回头。福斯特·艾迪森的感知力很强,而且他现在不知道如何隐藏自己的不安定感。

"从一开始到现在……"他说道,不算一个回答,也不算打招呼,他现在就只有这个想法,"所有的这些计划、梦想和希望、一个杰作,都将由我们创建。"他余光看到艾迪森爬上台阶来到大窗户旁边,在他身边不远处也用一样的姿势靠着。

"杰恩·加森有办法让这一切听起来像个冒险。"

"一个冒险,"坦恩酸楚地重复道,"一个新的宏大星系,无数肥沃的土地,可以提供我们需要的一切。"他闭上眼睛,头垂下,直到眉头碰上坚固的玻璃。他呼出一口气,玻璃上起了雾。"我不知道,福斯特,我不知道是不是作出了正确的决定。"

"哪个?"

"随便哪个,"他承认道,声音很小,"我想做的就是让联结堡号繁荣昌盛,从一开始就能完成自己的使命。我向你发誓,我做的每个决定都基于这个想法……"

艾迪森什么也没说,可能这个反应非常见鬼。

坦恩大笑,不过感觉很虚弱。

"牺牲,"他苦涩地说道,"吉恩·加森说的就是牺牲。她说我们进行这个旅程,就是做出了所能做出的最伟大的牺牲。"

"然而某些事情告诉我,"艾迪森安静说道,"这太乐观了。"

"最糟糕的是，一个谎言。"坦恩睁开眼睛，抬起头，飞船的尾气喷在泊位上，交织出斑斓的颜色，"她知道吗？你觉得呢？"

"知道什么？"

"她说的可能是个谎言，或者，最好也不过是一次营销。"

艾迪森轻轻笑了，只比呼气声音大一点。"我觉得吉恩·加森能感觉到我们感觉的一切。"她直起身，走到坦恩身边，看着飞船做好准备。"对于吉恩这样优秀而野心勃勃的女人来说，对于愿意投资联结堡号的政府来说，希望的力量太强大了，坦恩。对于每个身边的普通人来说也如此。"

她的话音中甚至有了些淡淡的幽默："甚至对于逻辑性最强的赛拉睿人来说也是如此。"

"可能吧。"坦恩不能让自己笑，尤其是艾迪森的手放在他的肩头的时候。这只手可能是同情，也可能是支持，他也不知道，他觉得二者都有一点，也许只有这么一次。"我能问你一个问题吗？"

从观景窗的反光看过去，她的面容在冷光下有些苍白，更突显她的眉弓抬起，下巴朝下点了点。

坦恩不知道为什么会这样感觉，好像心脏一直顶在嗓子眼，或者为什么内心感到如此空虚。他所能确定的就是，有史以来他第一次感到疑惑吞没了自己。他目光移开，回到繁忙的泊位上。

"你是否认为她会作出同样的决定？"他问道。"我是说吉恩？"

艾迪森缓缓吸了口气："我也不知道。"她说的时候又缓缓把气吐了出去。

坦恩点了点头，她的回答正如他所料。

"我觉得，"她继续慢慢说道，目光看着寒冷而伤痕累累的空间站，"吉恩·加森首先就不会允许我们陷入目前的局势，我非常不愿意承认这一点；坦恩，但我们——我们所有人——我们一开始就走错了路，无可挽回。"坦恩没法不同意。

"我们已经尽力了，"她又说道，"甚至斯隆妮也尽力了，我相信这一点。"

"可能吧。"

不过他们永远也不知道。这个任务已经要了梦想创建者的性命，她甚至还没有在这个本可以成为杰作的新星系里留下什么印记。

牺牲，她会这样说，坦恩曾经认为自己已经做好了准备。终究，也许吉恩·加森确实错了。

"我觉得，"他又说道，比以前安静多了，"我们做出的最大牺牲并非来到这里。"

"不是？"

他摇了摇头，但再说些什么。他不能说，要承认自己错已经够艰难了。

艾迪森捏了捏他的肩膀，她没有说话，只是让他看着操作台上闪动的灯光，正在进行繁忙准备工作的船坞，还有外面"鞭子"压在头上的可怕威胁。

他们只是在一定程度上知道，如果加森掌管一切，这都不会发生，这让他们感到刺痛。而且他已经向自己证明了，自从在火焰与恐惧中醒来，他的下意识里尽是惊惧。

另外一边见。

他想，最大的牺牲不是离开，而是她。

第三十六章

在冰冷而荒芜的太空里，飞船在"鞭子"的蛛网中飘移，朝着未知的星星。就像一个包裹，旅行的起初他们都在一起，然后仿佛是在安静地默契中，他们分成两群。

流放者和克洛根人真正分开的时候，蓝白色的引擎喷气闪动着，超出了通讯器和传感器的范围。他们已经正式离开联结堡号，可能永远都不会回来。

凯什没有意识到她满是老茧的手按在玻璃上，关节生疼，她看着自己飞船的尾气。现在她已经开始怀念空荡荡的走廊里克洛根人沉重的脚步声，她怀念那些响亮而通常很野蛮的笑声。

那些战斗、那些嘲弄、那些革命同志和家庭，克洛根部落就意味着家庭，这个也许比对其他任何种族的意义都要重大。毕竟，在这么长的时间里，克洛根部落拥有的只有彼此，凯什悲伤地想到，那边似乎也只是孤单的一个地方，忘记了一半的偏见的一个地方，冲突依旧肆无忌惮的地方。

加森有没有预料到这一切？

凯什不是理想主义者。她为这座空间站和先锋队玩命工作，如果有必要她甚至愿意献出生命，或者就像后来那样，为了部落的福祉，愿意离开自己的部落。

冲突解决了，任务似乎浮现了重新开始的前景，和平也有了机会不过代价就是鲜血、战火、损失。不管他们立场如何，仙女座的定居者在各个分裂的种族中逐渐建立起怎样的联结，从加森和她的参议会死去的那一刻事情开始就逐渐腐坏。

也许克洛根人在这一边会找到一条新路，也许他们能生存下来，甚至繁荣起来。凯什对他们的部落首领信心十足。她真切地相信联结堡号的领导层的努力，并很好地领导他们。在这种希望的精神下，她留在后面。而先遣队的种子，由鲜血浇灌，由火焰磨砺，将在仙女座中开枝散叶。

他们选择成为什么样的人，他们选择从这件事中汲取什么教训，都取决于他们本人。凯什会留在这里，她参与了这里的工程工作，等待他们回来的一天。

但首先，这里有这么多人需要哀悼，生存者、失去亲人的人、愤怒的人，都需要安抚。需要比她自己更温和的安抚，她的任务就是重建。

在准备联结堡号工作的时候，她没理会她自己人最后的一瞥，为了内心永恒的平静。

他们飘移开的时候，斯隆妮看着满是伤疤的空间站斑驳的线条。当然——不，如果——他们与联结堡号最终能重新相会，当所有的损害都得到修复，所有元素就位，这里将一片壮观，一个她永远看不到的地方,这会是她的一个遗憾。她看着远处"鞭子"引出的丝线发出的诡异流光。

斯隆妮在想,空间站的举措是如何把其他一切扭曲成这个样子。

内布朗背朝着窗户,筋疲力尽地跪在地上。斯隆妮觉得还有一部分原因是恐惧,恐惧氛围弥漫在四周,他们都知道外面有什么——或者说,没有什么——没有行星、没有食物、没有希望。

好吧,加森一定是受到了诅咒,这就是"另外一边",而这个理想主义女人的杰作最终涂满了鲜血,因为旧的仇恨,因为少数人的愚蠢和傲慢。

斯隆妮抚摸着观景玻璃,默默道别,然后转过身,又一次也是永远背向联结堡号。

"好吧。"她干脆说道,一双手用力拍着,不少放逐者跳了起来。内布朗喃喃着什么,斯隆妮也不想费劲让他重复一遍,她没有管他,大步离开最后一点残余的希望,把罗盘转到一开始就该具有的方向上——生存。她的生存,还有那些从一开始被唤醒就依靠她的人的生存上。

她早就应该这么做了,只是应该从最开始就这么做。

"也许我们没有一个空间站。"她说道,语气坚定,她看着新船员的时候,目光抬得很高。

"也许我们没有一个任务,但是我们所有的东西,"她继续道,在地板上走过,"是我们彼此,还有生存下去的力量和决心。"

伊利达斜靠在面板上,双臂交叉在胸前耸了耸肩:"外面是个死亡陷阱,你觉得我们能做什么?"

"饿死,"内布朗冷酷说道,"省省吧。"

他打断了红发女人的话,耸耸肩,抖掉她安慰的双手:"这是真的，安德里亚。两个星期的口粮，还要指望我们找到经验丰富的侦察队没有找到的地方？"他苦笑道。"也许我们现在应该枪毙自己。"

飞船里的恐怖气氛上升了一个级别。斯隆妮看着伊利达，然后是内布朗。甚至那个叫安德里亚的家伙也蜷着身子，一片死气沉沉。

所以这就会像他们说的一样，对吧？她在权衡自己的选择。一个优秀的安全总监也会弯下腰，眼对眼地看着属下，认真倾听他们，安抚他们。

玩这个游戏吧。

好吧，去他的。这场游戏已经把他们都扔到了这里，斯隆妮朝伊利达走过去，阿莎丽人抬起下巴，不过没有料到那只手直奔她的喉咙而去。

斯隆妮一转，伊利达的领子已经被拳头握住被狠狠摔到墙上，墙震动了一下，一旁的其他船员惊叫了一声。

"你他妈的到底想——"

"闭嘴，"斯隆妮强硬说道，把脸凑到伊利达面前，甚至能看得清阿莎丽人的虹膜。"你觉得这里的每个人都签了先遣队的正式协议，你就可以无所顾忌地想说什么就说什么，想做什么就做什么。"伊利达抓着自己的手腕，斯隆妮用更大的力量把她按在墙上，拳头抵着她的喉咙。

内布朗跳了起来："嘿——"

"安静点儿！"斯隆妮干脆说道，头转过来瞪着他，看着他们所有人，"这里再也不是联结堡号了，你们没有办法控制住自己，这就是为什么你们现在滚出来了。为什么卡里克斯死了。"

伊利达露出牙齿，紧张地说道："你打算怎么办？把我们扔到太空里去？"

"如果有必要的话。"

她平平淡淡的回答,让伊利达感觉受到了嘲弄。然后,斯隆妮的手指上加了一把劲,伊利达意识到了——斯隆妮的每个字都他妈是认真的。

"我们在这件事情上赌一把,"斯隆妮坚定地说道,去他的安慰人心。"一条生命。我们搞砸了的话,就会死。我不知道你们其他人怎样,但是我会活下来,我会搞定的。"斯隆妮的手松了一点,她的声调一点都没变,"无论有,还是没有你们。"

伊利达松了一口气,她紫色的皮肤边缘变淡了,她抓挠着后脑勺,小心地看着斯隆妮。

"天呐,好吧。"她怒道,这是她能得到的最好让步。

斯隆妮的不耐烦都发泄在内布朗身上,他向后退了一步。他举起两只手,说得很快:"放松点,我和你是一伙的。"

"我也一样,"安德里亚静静说道,她闭上眼睛,抬起头。"为了纳托,还有雷吉,为了,见鬼,我也不知道,因为我想活下去。"

对斯隆妮来说这是个足够好的理由。她转过身,仔细看着她的每名新船员,他们都朝她点头,耸肩,甚至偶尔微笑,竖起大拇指,她也点头致意。

"很好,"然后她的声音更大,"很好,他们认为我们会死在外面?那就让他们这么想好了。"她仍然把伊利达按在墙边,知道这个女人恶毒的目光依然盯着她的后脑勺。她没有理会,如果伊利达敢动一下,马上就会成为榜样。"现在,这是新的生活、新的规则,我们不是他们所说的那种理想主义冒险者。"再也不是了,她在去往驾驶室的时候想,也许他们从来就不是。

"流放者们,休息一下。"

"什么计划,老大?"

她停了一下,一只手扶着墙,回过头看到内布朗正在朝其他人打手势——所有的人都饥肠辘辘,而有的人依然受着伤。

"把伤员治好,"她说道,"把供给分类统计好,我会在一个小时内和你讨论后勤的事情。"

"是的,女士。"

斯隆妮想笑,不过她没有,只是转向驾驶室,轻松说道:"哦,如果再有任何人盗窃供应物品,他们就会希望自己宁可死在联结堡号上。"

她的余光看到很多人在点头,同意。再也没有理想主义者了,很好。

她走到驾驶室,瘫到座位上,身旁是唯一一个有飞行经验的放逐者,实际上是一名赛拉睿人,他朝她点了点头,什么也没说——这已经比坦恩强一千倍了。

"很好。"她背靠在座椅上说道,宏大的空间,陌生的星辰和飞船前方"鞭子"上伸出的诡异漂亮的丝带。新的星系、新的规则、新的生活,他们自己的生活。她看着气状的微光,笑了。

"让我们看看如何征服这另一边的世界。"